KB106722

국어선생님을 위한
한국문학사 강의

고칠현삼제(古七現三制)란 문학 작품을 섭렵함에 있어
고전 읽기에 70%, 현대 문학 읽기를 30%로 해야 한다는 것이다

【 제5권 신소설 】

한국문학사 편찬위원회 엮음

머리말

　문학이란 한 시대를 살아가고 있거나 살아간 사람들의 정신적 지도이다. 그러므로 우리들도 그들이 살아간 삶의 지도를 알아보고 훌륭한 역사와 교훈을 배워야 함은 새삼 두말할 필요가 없다.

　흔히 우리가 문학을 운운함에 있어 고칠현삼제(古七現三制)를 이야기하게 된다. 다시 말하자면 문학 작품을 섭렵함에 있어 고전읽기에 70%, 현대 문학 읽기를 30%로 해야 한다는 것이다.

　이 말은 예부터 지금까지 금과옥조로 지켜오고 또 앞으로 지켜져야 할 일이다. 그런데 어찌된 일인지 요즘 학교 현장에서 현대 문학만을 강조되고 있는 경향이 있다. 이는 반드시 시정되어야 할 것이다. 특히 대학입시를 눈앞에 둔 수험생들이 본고사·수학능력·논술 대비를 함에도 고전문학쪽에 등한한 듯한 인상을 지울 수가 없다. 이러한 현실을 극복하고자 하는 차원에서 필자는 주로 학생들이 쉽고 가까이 접근할 수 있는 우리의 고전 문학들을 시대별로 엮었다. 또한 시대별 중요작품과 입시 출제에 가장 많은 빈도를 차지했던 작품들을 뽑아서 엮었다.

　여기서 실린 작품들은 다시 말해서 선조들의 지혜와 슬기이며 또 우리의 삶이며 역사이다. 우리가 버릴 수 없는 정신적 지도이며 역사이다. 학생들은 이 문학작품들을 통하여 우리의 현실과 역사에 대한 자각으로 되돌아와야 한다고 생각한다.

　엮은이는 지금까지 본고사·수학능력·논술대비용으로 만들어졌던 기존의 책이 가졌던 단점을 과감하게 탈피하여 새롭고 이해하기 쉽게 만들었다. 특히 8종 교과서 외에도 시험으로 나올만한 작품들을 망라하였음을 밝혀둔다. 작품 개요와 지은이 해설로써 작품 배경과 사상을 이해하도록 했다. 아무쪼록 수험생들은 이 책을 통하여 교양과 시험에도 좋은 결실이 있기를 바란다.

1. 백과 사전식 나열을 피하고 학생들의 시험이나 정신적 교양이 되는 고전을 가려 뽑았다.
2. 권위있는 교수들의 협의와 검토를 통해 자료와 수험서의 기능을 갖도록 했다.
3. 작품의 요약, 지은이를 소개하여 작품의 배경과 사상을 파악하도록 했다.
4. 8종 교과서의 찾아 읽기 힘든 글들을 시대별, 쟝르별로 편집하였다. 아울러 시험에 중요하게 취급되는 것들도 빠짐없이 게재하였다.

국어선생님을 위한 한국문학사 강의

차 례

■ 신 소 설

신소설

금수회의록(禽獸會議錄)

안국선(安國善)

동물들을 등장시켜 인간 사회를 풍자한 우화소설로 그 제재(題材)가 특이하고 주제 의식이 강한 작품이다. 문학 작품 중에서 국내 최초로 판매금지처분을 받은 소설이다. 대부분의 신소설이 권선징악을 그린 데 반해 동물 세계를 통하여 인간을 풍자하는 우화 형식을 시도한 점이 특이하다.

서언(序言)

머리를 들어 우러러보니 일월과 성신이 천추의 빛을 잃지 아니하고, 눈을 떠서 땅을 굽어보니 강해와 산악이 만고의 형상을 변치 아니하도다. 어느 봄에 꽃이 피지 아니하며, 어느 가을에 잎이 떨어지지 아니하리요.

우주는 의연히 백대(百代)에 한결 같거늘, 사람의 일은 어찌하여 고금이 다르뇨? 지금 세상 사람을 살펴보니 애닯고, 불쌍하고, 탄식하고 통곡할 만하도다.

전인의 말씀을 듣든지 역사를 보든지 옛적 사람은 양심이 있어 천리(天理)를 순종하여 하나님께 가까웠거늘, 지금 세상은 인문이 결딴나서 도덕도 없어지고, 의리도 없어지고, 염치도 없어지고, 절개도 없어져서, 사람마다 더럽고 흐린 풍랑에 빠지고 헤어나올 줄 몰라서 온 세상이 다 악한고로, 그름·옳음을 분별치 못하여 악독하기로 유명한 도척이 같은 도적놈은 청천 백일에 사마(士馬)를 달려 왕궁 극도에 회행하되 사람이 보고 이상히 여기지 아니하고. 안자(顏子)같이 착한 사람이 누항(陋巷)에 있어서 한 도시락밥을 먹고 한 표주박물을 마시며 가난을 견디지 못하되 한 사람도 불쌍히 여기지 아니하되, 슬프다! 착한 사람과 악한 사람이 거꾸로 되고 충신과 역적이 바뀌었도다. 이같이 천리가 어기어지고 덕의가 없어서 더럽고, 어둡고, 어리석고, 악독하여 금수(禽獸)만도 못한 이 세상을 장차 어찌하면 좋을꼬? 나도 또한 인간의 한 사람이라, 우리 인류사회가 이같이 악하게 됨을 근심하여 매양 성현의 글을 읽어 성현의 마음을 본받으려 하더니, 마침 서창에 곤히 든 잠이 춘풍에 이익한 바 되매 유흥을 금치 못하여 죽장망혜(竹杖芒鞋)로 녹수를 따르고 청산을 찾아서 한 곳에 다다르니, 사면에 기화요초는 우거졌고 시냇물 소리는 종종하며 인적이 고요한데, 흰 구름 푸른 수풀 사이에 현판(懸板) 하나가 달렸거늘, 자세히 보니 다섯 글자를 크게 썼으되 〈금수회의소〉라 하고 그 옆에 문제를 걸었는데, '인류를 논박할 일'이라 하였고, 또 광고를 붙였는데, '하늘과 땅 사이에 무슨 물건이든지 의견이 있거든 의견을 말하고 방청을 하려거든 방청하되 각기 자유로 하라'하였는데, 그곳에 모인 물건은 길짐승·날짐승·버러지·물고기·풀·나무·돌 동물이 다 모였더라. 혼자 마음으로 가만히 생각하여 보니, 대저 사람은 만물지중에 가장 귀하고 제일 신령하여 천지의 화육(化育)을 도우며 하나님을 대신하여 세상 만물의 금수·초목까지라도 다 맡아 다스리는 권능이 있고, 또 사람이 만일 어리석고 하는 일이 없으면 초목같이 아무 생각도 없는 물건이라고 욕하나니, 그러면 금수·초목은 천하고 사람은 귀하며, 금수·초목은 아무것도 모르고 사람은 신령하거늘, 지금 세상은 바뀌어서 금수·초목이 도리어 사람의 무도패덕함을 공격하려 하니, 괴상하고 부끄럽고 절통(切痛)하여 열었던 입을 다물지도 못하고 정신없이 섰더니,

개회 취지(開會趣旨)

별안간 뒤에서 무엇이 와락 떠다밀며,

"어서 들어갑시다. 시간 되었소."

하고 바삐 들어가는 서슬에 나도 따라 들어가서 방청석에 앉아보니, 각색 길짐승·날짐승·모든 버러지·물고기 동물이 꾸역꾸역 들어와서 그 안에 빽빽하게 서고 앉았는데, 모인 물건은 형형색색이나 좌석은 제제창창(濟濟蹌蹌)한데, 장차 개회하려는지 규칙적인 방망이소리가 똑똑 나더니, 회장인 듯한 물건이 머리에는 금색이 찬란한 큰 관을 쓰고, 몸에는 오색이 영롱한 의복을 입은 이상한 태도로 회장석에 올라서서 한 번 읍하고, 위의(威儀)가 엄숙하고 형용이 단정하게 딱 서서 여러 회원을 대하여 하는 말이,

"여러분이여, 내가 지금 여러분을 청하여 만고에 없던 일대 회의를 열 때에 한마디 말씀으로 개회취지를 베풀려 하오니 재미있게 들어주시기를 바라오.

대저 우리들이 거주하여 사는 이 세상은 당초부터 있던 것이 아니라, 지극히 거룩하시고 전능하신 하나님께서 조화로 만드신 것이라. 세계만물을 창조하신 조화주를 곧 하나님이라 하나니, 일만 이치의 주인되시는 하나님께서 세계를 만드시고, 또 만물을 만들어 각색 물건이 세상에 생기게 하셨으니, 이같이 만드신 목

적은 그 영광을 나타내어 모든 생물로 하여금 인자한 은덕을 베풀어 영원한 행복을 받게 하려 함이라. 그런고로 세상에 있는 모든 물건은 사람이든지 짐승이든지 초목이든지 무슨 물건이든지 다 귀하고 천한 분별이 없은즉, 어떤 것은 높고 어떤 것은 낮다 할 이치가 있으리요. 다 각각 천지의 기운을 타고 새겨서 이 세상에 사는 것인즉, 다 각기 천지 본래의 이치만 좇아서 하나님의 뜻대로 본분을 지키고, 한편으로는 제 몸의 행복을 누리고, 한편으로는 하나님의 영광을 나타낼지니, 그 중에도 사람이라 하는 물건은 당초에 하나님이 만드실 때에 특별히 영혼과 도덕심을 넣어서 다른 물건과 다르게 하셨은즉, 사람들은 더욱 하나님의 뜻을 순종하여 천리정도(天里正道)를 지키고 착한 행실과 아름다운 일로 하나님의 영광을 나타내어야 할 터인데, 지금 세상 사람의 하는 행위를 보니 그 하는 일이 모두 악하고 부정하여 하나님의 영광을 나타내기는 고사하고 도리어 하나님의 영광을 더럽게 하며 은혜를 배반하여 제반 악증이 많도다. 외국 사람에게 아첨하여 벼슬만 하려 하고, 제 나라가 다 망하든지 제 동포가 다 죽든지 불고(不顧)하는 역적놈도 있으며, 임금을 속이고 백성을 해롭게 하여 나랏일을 결딴내는 소인놈도 있으며, 부모는 자식을 사랑치 아니하고, 자식은 부모를 효도로 섬기지 아니하며 형제간에 재물로 인연하여 골육상잔(骨肉相殘)하기로 일삼고, 부부간에 음란한 생각으로 화목치 아니한 사람이 많으니, 이같은 인류에게 좋은 영혼과 제일 귀하다 하는 특권을 줄 것이 무엇이오. 하나님을 섬기던 천사도 악한 행실을 하다가 떨어져서 마귀가 된 일이 있거든 하물며 사람이야 더 말할 것 있소. 태고적 맨처음에 사람을 내실 적에는 영혼과 덕의심을 주셔서 만물 중에 제일 귀하다 하는 특권을 주셨으되 저희들이 그 권리를 내어버리고 그 성품을 잃어버리니, 몸은 비록 사람의 형상이 그대로 있을지라도 만물 중에 가장 귀하다 하는 인류의 자격은 있다 할 수가 없소.

여러분은 금수라, 초목이라 하여 사람보다 천하다 하나, 하나님이 정하신 법대로 행하여 기는 자는 기고, 나는 자는 날고, 굴에서 사는 자는 깃들임을 침노치 아니하며, 깃들인 자는 굴을 빼앗지 아니하고, 봄에 생겨서 가을에 죽으며, 여름에 나와서 겨울에 들어가니, 하나님의 법을 지키고 천지 이치대로 행하여 정도에 어김이 없은즉, 지금 여러분 금수·초목과 사람을 비교하여 보면 사람이 도리어 낮고 천하며, 여러분이 도리어 귀하고 높은 지위에 있다 할 수 있소. 사람들이 이같이 제 자격을 잃고도 거만한 마음으로 오히려 만물 중에 제가 가장 귀하다, 높다, 신령하다 하여 우리 족속 여러분을 멸시하니 우리가 어찌 그 횡포를 받으리요. 내가 여러분의 마음을 찬성하여 하나님께 아뢰고 본회의를 소집하였는데, 이 회의에서 결의할 안건은 세 가지 문제가 있소.

제일, 사람된 자의 책임을 의론하여 분명히 할 일.

제이, 사람의 행위를 들어서 옳고 그름을 의논할 일.

제삼, 지금 세상 사람 중에 인류 자격이 있는 자와 없는 자를 조사할 일.

이 세 가지 문제를 토론하여 여러분과 사람의 관계를 분명히 하고, 사람들이 여전히 악한 행위를 하여 회개치 아니하면 그 동물의 사람이라 하는 이름을 빼앗고 이등 마귀라 하는 이름을 주기로 하나님께 상주(上奏)할 터이니, 여러분은 이 뜻을 본받아 이 회의에서 결의한 일을 진행하시기를 바라옵나이다."

회장이 개회 취지를 연설하고 회장석에 앉으니, 한 모퉁이에서 우렁찬 소리로 회장을 부르고 일어서서 연단으로 올라간다.

제일석, 반포지효(反哺之孝:까마귀)

프록 코트를 입어서 전신이 새까맣고 똥그란 눈이 말똥말똥한데, 물 한 잔 조금 마시고 연설을 시작한다.

"나는 까마귀올시다. 지금 인류에 대하여 소회(所懷)를 진술할 터인데 반포의 효라 하는 문제를 가지고 잠깐 말씀하겠소.

사람들은 만물 중에 제가 제일이라 하지마는, 그 행실을 살펴볼 지경이면 다 천리(天理)에 어기어져서 하나도 그 취할 것이 없소. 사람들의 옳지 못한 일을 모두 다 들어 말씀하려면 너무 지리하겠기에 다만 사람들의 불효한 것을 가지고 말씀할 터인데, 옛날 동양 성인들이 말씀하기를 효도는 덕의 근본이라, 효도는 일백 행실의 근원이라, 효도는 천하를 다스린다 하였고, 예수교 계명에도 부모를 효도로 섬기라 하였으니, 효도라 하는 것은 자식된 자가 고연(固然)한 직분으로 당연히 행할 일이올시다. 우리 까마귀의 족속은 먹을 것을 물고 돌아와서 어버이를 기르며 효성을 극진히 하여 망극한 은혜를 갚아서 하나님이 정하신 본분을 지키어 자자손손이 천만대를 내려가도록 가법(家法)을 변치 아니하는 고로 옛적에 백낙천(白樂天)이라 하는 분이 우리를 가리켜 새 중의 증자(曾子)라 하였고, '본초강목(本草綱目)'에는 자조(慈鳥)라 일컬었으니, 증자라 하는 양반은 부모에게 효도 잘 하기로 유명한 사람이요, 자조라 하는 뜻은 사랑하는 새라 함이니, 부모는 자식을 사랑하고 자식은 부모에게 효도함이 하나님의 법이라. 우리는 그 법을 지키고 어기지 아니하거늘, 지금 세상 사람들은 말하는 것을 보면 낱낱이 효자 같으되, 실상 하는 행실을 보면 주색잡기(酒色雜技)에 침혹하여 부모의 뜻을 어기며, 형제간에 재물로 다투어 부모의 마음을 상케 하며, 제 한몸만 생각하고 부모가 주리되 돌아보지 아니하고, 여편네는 학식이라고 조금 있으면 주제넘은 마음이 생겨서 온화·유순한 부덕을 잊어버리고 시집 가서는 시부모 보기를 아무것도 모르는 어리석은 물건같이 대접하고, 심하면 원수같이 미워하기도 하니, 인류사회에 효도 없어짐이 지금 세상보다 더 심함이 없도다. 사람들이 일백 행실의 근본 되는 효도를 주장하는고로 출천지효성(出天之孝誠) 있는 사람이면 우리가 감동하여 노래자(老來子)를 도와서 종일토록 그 부모를 즐겁게 하여 주며, 증자의 갓 위에 모여서 효자의 아름다운 이름을 천추에 전케 하였고, 또 우리가 효도만 극진할 뿐 아니라 자고 이래로 '사기(史記)'에 빛난 일이 한두 가지가 아니오니 대강 말씀하오리다.

우리가 떼를 지어 논밭으로 내려갈 때 곡식을 해하는 버러지를 없애려고 가건마는 사람들은 미련한 생각에 그 곡식을 파먹는 줄로 아는도다! 서양책력 일천팔백칠십사 년의 미국 조류학자 삐이루라하는 사람이 우리 까마귀 족속 이천이백오십팔 마리를 잡아다가 배를 가르고 오장을 꺼내어 해부하여 보고 말하기를, 까마귀는 곡식을 해하지 아니하고 곡식에 해되는 버러지를 잡아먹는다 하였으니, 우리가 곡식밭에 가는 것은 곡식에 이가 되고 해가 되지 아니하는 것은 분명하고, 또 우리가 밤중에 우는 것은 공연히 우는 것이 아니요, 나라에서 법령이 아름답지 못하여 백성이 도탄에 침륜(沈淪)하여 천하에 큰 변화가 일어날 징조가 있으면 우리가 아니 울 때에 울어서 사람들이 깨닫고 허물을 고쳐서 세상이 태평무사하기를 희망하고 권고함이요, 강소성(江蘇省) 한산사(寒山寺)에서 달은 넘어가고 서리친 밤에 쇠북을 주둥이로 쪼아 소리를 내서 대망에게 죽을 것을 살려준 은혜를 갚았고, 한나라 효문제(孝文帝)가 아홉 살 되었을 때에 그 부모는 왕망(王莽)의 난리에 죽고 효문제 혼자 달아날 때, 날이 저물어 길을 잃었거늘 우리들이 가서 인도하였고, 연(燕)태자 단이 진(秦)나라에 볼모잡혀 있을 때에 우리가 머리를 희게 하여 그 나라로 돌아가게 하였고, 진문공(晉文公)이 개자추(介子推)를 찾으려고 면산

(綿山)에 불을 놓으매 우리가 연기를 에워싸고 타지 못하게 하였더니, 그 후에 진나라 사람이 그 산에 '은연대'라 하는 집을 짓고 우리의 은덕을 기념하였으며, 당나라 이의부는 글을 짓되 상림에 나무를 심어 우리를 준다 하였었고, 또 물병에 돌을 던지니 이솝이 상을 주고, 탁자의 포도주를 다 먹어도 프랭클린이 사랑하도다. 우리 까마귀의 사적(事蹟)이 이러하거늘, 사람들은 우리 소리를 듣고 흉한 징조라 길한 징조라 함은 저희들 마음대로 하는 말이요. 우리에게는 상관없는 일이라. 사람의 일이 흉하든지 길하든지 우리가 울 일이 무엇 있소? 그것은 사람들이 무식하고 어리석어서 저희들이 좋지 아니한 때에 흉하게 듣고 하는 말이로다. 사람이 염복이니 괴질이니 앓아서 죽게 된 때에 우리가 어찌하여 그 근처에 가서 울면, 사람들은 못 생겨서 저희들이 약도 잘못쓰고 위생도 잘못하여 죽는 줄은 알지 못하고 우리가 울어서 죽는 줄로만 알고, 저희끼리 욕설하려면 염병에 까마귀 소리라 하니 아, 어리석기는 사람같이 어리석은 동물은 세상에 또 없도다. 요·순(堯舜) 적에도 봉황이 나왔고, 왕망 때도 봉황이 나오매 요·순 적 봉황은 상서라 하고, 왕망 때 봉황은 흉조처럼 알았으니, 물론 무슨 소리든지 사람이 근심있을 때에 들으면 흉조로 듣고, 좋은 일 있을 때에 들으면 상서롭게 듣는 것이라. 무엇을 알고 하는 말은 아니요, 길하다 흉하다 하는 것은 듣는 저희에게 있는 것이요, 하는 우리에게 있는 것이 아니어늘, 사람들은 말하기를, 까마귀는 흉한 일이 생길 때에 와서 우는 것이라 하여 듣기 싫어하니, 사람들은 이렇듯 이치를 알지 못하는 어리석은 동물이라, 책망하여 무엇하겠소. 또 우리는 아침에 일찍 해뜨기 전에 집을 떠나서 사방으로 날아다니며 먹을것을 구하여 부모 봉양도 하고, 나뭇가지를 물어다가 집도 짓고, 곡식에 해되는 버러지도 잡아서 하나님 뜻을 받들다가 저녁이 되면 반드시 내 집으로 돌아가되, 나가

고 돌아올 때에 일정한 시간을 어기지 않건마는, 사람들은 점심 때까지 자빠져서 잠을 자고, 한번 집을 떠나서 나가면 혹은 협잡질하기, 혹은 술장보기, 혹은 계집의 집 뒤지기, 혹은 노름하기에 세월이 가는 줄을 모르고 저희 부모가 진지를 잡수었는지, 처자가 기다리는지 모르고 쏘다니는 사람들이 어찌 우리 까마귀의 족속만 하리요. 사람은 일 아니하고 놀면서 잘 입고 잘 먹기를 좋아하되, 우리는 제가 벌어 제가 먹는 것이 옳은 줄 아는고로 결단코 우리는 사람들하는 행위는 아니하오. 여러분도 다 아시거니와 우리가 사람에게 업수이 여김을 받을 까닭이 없음을 살피시오."

손뼉 소리에 연단에서 내려가니, 또 한편에서 아리땁고도 밉살스러운 소리로 회장을 부르면서 깡똥깡똥 연설단을 향하여 올라가니, 어여쁜 태도는 남을 가히 호릴 만하고 갸웃거리는 모양은 본색이 드러나더라,

제이석, 호가호위(狐假虎威 : 여우)

여우가 연설단에 올라서서 기생이 시조를 부르려고 목을 가다듬는 것처럼 기침 한 번을 캑 하더니 간사한 목소리로 연설을 시작한다.

"나는 여우올시다. 점잖으신 여러분 모이신 데 감히 나와서 연설하옵기는 방자한 듯하오나, 저 인류에게 대하여 소회가 있삽기 호가호위라 하는 문제를 가지고 두어 마디 말씀을 하려 하오니, 비록 학문은 없는 말이나 용서하여 들어주시기를 바라옵니다.

사람들이 옛적부터 우리 여우를 가리켜 말하기를, 요망한 것이라, 간사한 것이라 하여 저희들 중에도 요망하든지 간사한 자를 보면 여우같은 사람이라 하니, 우리가 그 더럽고 괴악(怪惡)한

이름을 듣고 있으나 우리는 참 요망하고 간사한 것이 아니요, 정말 요망하고 간사한 것은 사람이오. 지금 우리와 사람의 행위를 비교하여 보면 사람과 우리와 명칭을 바꾸었으면 옳겠소.

사람들이 우리를 간교하다 하는 것은 다름아니라 '전국책(戰國冊)'이라 하는 책에 기록하기를, 호랑이가 일백 짐승을 잡아먹으려고 구할 때, 먼저 여우를 얻은지라, 여우가 호랑이 더러 말하되, 하나님이 나로 하여금 모든 짐승의 어른이 되게 하였으니, 지금 자네가 나의 말을 믿지 아니하거든 내 뒤를 따라와 보라. 모든 짐승이 나를 보면 다 두려워하느니라. 호랑이가 여우의 뒤를 따라가니, 과연 모든 짐승이 보고 벌벌 떨며 두려워하거늘, 호랑이가 여우의 말을 정말로 알고 잡아먹지 못한지라. 이는 저들이 여우를 보고 두려워한 것이 아니라, 여우가 호랑이의 위엄을 빌어 저 모든 짐승으로 하여금 두렵게 함이다. 그런데 사람들은 이것을 빙자(憑藉)하여 우리 여우더러 간사하니 교활하니 하되, 남이 나를 죽이려 하면 어떻게 하든지 죽지 않도록 주선하는 것은 당연한 일이라. 호랑이가 아무리 산중 영웅이라 하지마는 우리에게 속은 것만 어리석은 일이라. 속인 우리야 무슨 불가한 일이 있으리요.

지금 세상 사람들은 당당한 하나님의 위엄을 빌어야 할 터인데, 외국의 세력을 빌어 의뢰하여 몸을 보전하고 벼슬을 얻으려 하며, 타국 사람을 부동하여 제 나라를 망하고 제 동포를 압박하니, 그것이 우리 여우보다 나은 일이요? 결단코 우리 여우만 못한 물건들이라 하옵네다.(손뼉 소리 천지 진동)

또 나라로 말할지라도 대포와 총의 힘을 빌어서 남의 나라를 위협하여 속국도 만들고 보호국도 만드니, 불한당이 칼이나 육혈포를 가지고 남의 집에 들어가서 재물을 탈취하고 부녀를 겁탈하는 것이나 다를 것이 무엇 있소? 각국이 평화를 보전한다 하여도 하나님의 위엄을 빌어서 도덕상으로 평화를 유지할 생각은 조금도 없고, 전혀 병장기의 위엄으로 평화를 보전하려 하니 우리 여우가 호랑이의 위엄을 빌어서 제 몸의 죽을 것을 피한 것과 어떤 것이 옳고 어떤 것이 그르오? 또 세상 사람들이 구미호(九尾狐)를 요망하다 하나, 그것은 대단히 잘못 아는 것이라. 옛적 책을 볼지라도 꼬리 아홉 있는 여우는 상서라 하였으니, '잠학거류서'라 하는 책에는 말하였으되, 구미호가 도(道) 있으면 나타나고 나올 적에는 글을 물어 상서를 주문에 지었다 하였다. 그리고 왕포 '사자강덕론'이라 하는 책에는 주(周)나라 문왕(文王)이 구미호를 응하여 동편 오랑캐를 돌아오게 하였다 하였고, '산해경(山海經)'이라 하는 책에는 청구국(靑丘國)에 구미호가 있어서 덕이 있으면 오느니라 하였소. 이런 책을 볼지라도 우리 여우를 요망한 것이라 할 까닭이 없거늘, 사람들이 무식하여 이런 것은 알지 못하고 여우가 천 년을 묵으면 요사스러운 여편네로 화한다 하고, 혹은 말하기를 옛적에 음란한 계집이 죽어서 여우로 태어났다 하니, 이런 거짓말이 어디 또 있으리요. 사람들은 음란하여 별일이 많으되 우리 여우는 그렇지 않소. 우리는 분수를 지켜서 다른 짐승과 교통하는 일이 없고, 우리뿐 아니라 여러분이 다 그러하시되 사람이라 하는 것들은 음란하기가 짝이 없소. 어떤 계집은 개와 통간한 일도 있고, 말과 통간한 일도 있으니, 이런 일은 천하만국에 한두 사람뿐이겠지마는, 한 숟가락 국으로 온 솥의 맛을 알 것이라. 근래에 덕의가 끊어지고 인도(人道)가 없어져서 세상이 결딴난 일을 이루 다 말할 수 없소. 사람의 행위가 그러하되 오히려 하나님을 두려워하지 아니하며 짐승을 부끄러워하지 아니하고, 대갓집 규중 여자가 논다니로 놀아나서 이 사람 저 사람 호리기와 각부아문(各部衙門) 공청에서 기생 불러 노름 놀기, 전정(前程)이 만리 같은 각 학교 학도들이 청루(靑樓)방에 다니기와, 제 혈육으로 난 자식을 돈 몇 푼에 욕심나서 논다니로 내어놓기, 이런 행위를 볼짝시면 말하는 내 입이 더러워지오. 에이 더러워, 천지간에 더럽고 요망하고 간사한 것은 사람이오. 우리 여우는 그렇지 않소. 저들끼리 간사한 사람을 보면 여우라 하니, 그러한 사람을 여우라 할진대 지금 세상 사람 중에 여우 아닌 사람이 몇몇이나 있겠소? 또 저희들은 서로 여우같다 하여도 가만히 듣고 있으되, 만일 우리더러 사람 같다 하면 우리는 그 이름이 더러워서 아니 받겠소. 내 소견 같으면 이후로는 사람을 사람이라 하지 말고 여우라 하고, 여우를 사람이라 하는 것이 옳은 줄로 아나이다."

제삼석, 정와어해(井蛙語海 : 개구리)

여우가 연설을 그치고 할금할금 돌아보며 제자리로 내려가니, 또 한편에서 회장을 부르고 아장아장 걸어 와서 연단 위에 깡충 뛰어올라간다. 눈은 톡 불거지고 배는 똥똥하고 키는 작달막한데, 눈을 깜짝깜짝하며 입을 벌죽벌죽하고 연설한다.

"나의 성명은 말씀 아니하여도 여러분이 다 아시리다. 나는 출입이라고는 미나리 논밖에 못 가본 고로 세계 형편도 모르고, 또 맹꽁이를 이웃하여 산고로 구학문에 맹자왈 공자왈은 대강 들었으나 신학문은 아는 것이 변변치 아니 하나, 지금 정와의 어해라 하는 문제로 대강 인류사회를 논란코자 하옵네.

사람들은 거만한 마음이 많아서 저희들이 천하에 제일이라고, 만물 중에 저희가 가장 귀하다고 자칭하지마는, 제 나라 일도 잘 모르면서 양비대담(攘臂大談)하고 큰소리 탕탕 하고 주제넘은 말하는 것이 우습다. 우리 개구리를 가리켜 말하기를, 우물 안 개구리는 우물이 좁은 줄만 알고 바다에는 가보지 못하여 바다가 큰지 작은지, 넓은지 좁은지, 긴지 짧은지, 깊은지 얕은지, 알지 못하나 못본 것을 아는 체는 아니하거늘, 사람들은 좁은 소견을 가지고 외국형편도 모르고 천하 대세도 살피지 못하고 공연히 떠들며, 무엇을 아는 체하고, 나라는 다 망하여 가건마는 썩은 생각으로 제 나랏일도 다 알지 못하면서, 보도 듣도 못한 다른 나라 일을 다 아노라고 추적대니 가증하고 우습도다. 연전에 어느 나라 어떤 대관이 외국 대관을 만나서 수작할 때 외국 대관이 묻기를

"대감이 지금 내무대신으로 있으니 전국의 인구와 호수가 얼마나 되는지 아시오?"

한데 그 대관이 묵묵히 무언하는지라 또 묻기를,

"대감이 전에 탁지대신(度支大臣)을 지내었으니 전국의 결총(結總)과 국고의 세출·세입이 얼마나 되는지 아시오?"

한데 그 대관이 또 아무말도 못하는지라, 그 외국 대관이 말하기를,

"대감이 이 나라에 나서 이 정부의 대신으로 이같이 모르니 귀국을 위하여 가석하도다."

하였고, 작년에 어느 나라 내부에서 각 읍에 훈령하고 부동산을 조사하여 보아라 하였더니, 어떤 군수는 말하기를, '이 고을에는 부동산이 없다'하여 일세의 웃음거리가 되었던 일이 있었소. 이같이 제 나라 일도 크나 적으나 도무지 아는 것 없는 것들이 일본이 어떠하니, 아라사가 어떠하니, 구라파가 어떠하니, 아메리카가 어떠하니 제가 가장 많이 아는 듯이 지껄이니 기가 막히오. 대저 천지의 이치는 무궁무진하여 만물의 주인되시는 하나님밖에 아는 이가 없는지라, '논어(論語)'에 말하기를 하나님께 죄를 얻으면 빌 곳이 없다 하였는데, 그 주(註)에 말하기를, 하나님은 곧 이치의 주인이라. 그런고로 하나님은 곧 조화주요, 천지만물의 대

주재(大主宰)시니 천지만물의 이치를 다 아시려니와, 사람은 다만 천지간의 한 물건인데 어찌 이치를 알 수 있으리요. 여간 좀 연구하여 아는 것이 있거든 그 아는대로 세상에 유익하고 사회에 효험있게 아름다운 사업을 영위할 것이어늘, 조그만치 남보다 먼저 알았다고 그 지식을 이용하여 남의 나라 빼앗기와 남의 백성 학대하기와 군함·대포를 만들어서 악한 일에 종사하니, 그런 나라 사람들은 당초에 사람되는 영혼을 주지 아니하였더면 도리어 좋을 뻔하였소. 또 더욱 도리에 어기어지는 일이 있으니, 나의 지식이 저 사람보다 조금 낫다고 하면 남을 가르쳐 준다 하고 실상은 해롭게 하며, 남을 인도하여 준다하고 제 욕심 채우는 일만 하는도다. 어떤 사람은 제나라 형편도 모르면서 타국 형편을 아노라고 외국 사람을 부동하여, 임금을 속이고 나라를 해치며 백성을 위협하여 재물을 도둑질하고 벼슬을 도둑질하고 벼슬을 도둑질하며 개화하였다 자칭하고, 양복 입고, 단장 짚고, 궐련 물고, 시계 차고, 살죽경 쓰고, 인력거나 자행거 타고, 제가 외국 사람인 체하여 제 나라 동포를 압제하며, 혹은 외국 사람 상종함을 영광으로 알고 아첨하며, 제 나라 일을 변변히 알지도 못하는 것을 가르쳐 주며, 여간 월급냥이나 벼슬낱이나 얻어 하노라고 남의 나라 정탐꾼이 되어 애매한 사람 모함하기, 어리석은 사람 위협하기로 능사를 삼으니, 이런 사람들은 안다 하는 것이 도리어 큰 병통이 아니오?

우리 개구리의 족속은 우물에 있으면 우물에 있는 분수를 지키고 미나리 논에 있으면 미나리 논에 있는 분수를 지키고, 바다에 있으면 바다에 있는 분수를 지키나니, 그러면 우리는 사람보다 상등이 아니오니까.(손뼉 소리 짤각짤각)

또 무슨 동물이든지 자식이 아비 닮는 것은 하나님의 정하신 뜻이라. 우리 개구리는 대대로 자식이 아비 닮고 손자가 할아비를 닮되, 형용도 똑같고 성품도 똑같아서 추호도 틀리지 않거늘, 사람의 자식은 제 아비 닮는 것이 별로 없소. 요 임군의 아들이 요 임군을 닮지 아니하고, 순 임군의 아들이 순 임군과 같지 아니하고, 하우씨와 은왕 성탕(成湯)은 성인이로되, 그 자손 중에 포악하기로 유명한 걸(桀)·주(紂) 같은 이가 낳고, 왕건(王建) 태조는 영웅이로되 왕우(王偶)·왕창(王昌)이가 생겼으니, 일로 보면 개구리 자손은 개구리를 닮으되 사람의 새끼는 사람을 닮지 아니하도다. 그러한즉, 천지 자연의 이치를 지키는 자는 우리가 사람에게 비교할 것이 아니요, 만일 아비를 닮지 아니한 자식을 마귀의 자식이라 할진대 사람의 자식은 다 마귀의 자식이라 하겠소.

또 우리는 관가 땅에 있으면 관가를 위하여 울고, 사사(私私) 땅에 있으면 사사를 위하여 울거늘, 사람은 한번 벼슬자리에 오르면 붕당(朋黨)을 세워서 권리 다툼하기와 권문세가에 아첨하러 다니기와 백성을 잡아다가 주리를 틀고 돈 빼앗기와 무슨 일을 당하면 청촉 듣고 뇌물받기와 나랏돈 도적질 하기와 인민의 고혈을 빨아먹기로 종사하니, 날더러 도적놈 잡으라 하면 벼슬하는 관인들은 거반 다 감옥서감이요, 또 우리들의 우는 것이 울 때에 울고, 길 때에 기고, 잠잘 때에 자는 것이 천지 이치에 합당하거늘, 불란서라 하는 나라 양반들이 우리 개구리의 우는 소리를 듣기 싫다고 백성들을 불러 개구리를 다 잡아라 하다가, 마침내 혁명당이 일어나서 난리가 되었으니, 사람같이 무도한 것이 세상에 또 있으리요? 당나라 때에 한 사람이 우리를 두고 글을 짓되, 개구리가 도의 맛을 아는 것 같아서 연꽃 깊은 곳에서 운다 하였으니, 우리의 도덕심 있는 것은 사람도 아는 것이라. 우리가 어찌 사람에게 굴복하리요. 동양 성인 공자께서 말씀하시기를, 아는 것은 안다 하고, 알지 못하는 것은 알지 못한다 하는 것이 정말 아는 것이라 하였으니, 저희들이 천박한 지식으로 남을 속이기를 능사로 알고 천하 만사를 모두 아는 체하니, 우리는 이같이 거짓말은 하지 아니하오. 사람이란 것은 하나님의 이치를 알지 못하고 악한 일만 하니 그대로 둘 수 없으니, 차후는 사람이라 하는 명칭을 주지 않는 것이 대단히 옳을 줄로 생각하오."

넓죽넓죽 하는 말이 소진·장의가 오더라도 당치 못하리라. 말을 그치고 내려오니 또 한편에서 회장을 부르고 나는 듯이 연설단에 올라간다.

제사석, 구밀복검(口蜜腹劍: 벌)

허리는 잘룩하고, 체격은 조그마한데 두 어깨를 떡 벌리고 청랑(晴朗)한 소리로 머리를 까딱까딱하면서 연설한다.

"나는 벌이올시다. 지금 구밀복검이라 하는 문제를 가지고 잠깐 두어 마디 말씀할 터인데, 먼저 서양서 들은 이야기를 잠깐 하오리다.

당초에 천지개벽할 때에 하나님이 에덴 동산을 준비하사 각색 초목과 각색 짐승을 그 안에 두고 사람을 만들어 거기서 살게 하시니, 그 사람의 이름은 아담이라 하고 그 아내는 하와라 하였는데, 지금 온 세상 사람들의 조상이라. 사람은 곧 하나님의 아들이라 하는 뜻을 잊지 말고 하나님의 마음을 본받아 지극히 착하게 되어야 할 터인데, 아담과 하와가 죄를 짓고 에덴 동산에서 쫓겨난지라. 우리 벌의 조상은 죄도 아니 짓고 하나님의 뜻대로 순종하여 각색 초목의 꽃으로 우리의 전답을 삼고 꿀을 농사하여 양식을 만들어 복락을 누리니, 조상 적부터 우리가 사람보다 나은지라. 세상이 오래되어 갈수록 사람은 하나님과 더욱 멀어지고 오늘날 와서는 거죽은 사람의 형용이 그대로 있으나 실상은 시랑

(豺狼)과 마귀가 서로 싸우고, 서로 죽이고, 서로 잡아먹어서, 약한 자의 고기는 강한 자의 밥이 되고, 큰 것은 작은 것을 압제하여 남의 권리를 늑탈하여 남의 재산을 속여 빼앗으며, 남의 토지를 앗아가며, 남의 나라를 위협하여 망케 하니, 그 흉칙하고 악독함을 무엇이라 이르겠소? 사람들이 우리 벌을 독한 사람에 비유하여 말하기를, 입에 꿀이 있고 배에 칼이 있다 하나 우리 입의 꿀은 남을 꾀려 하는 것이 아니라 우리 양식을 만드는 것이요, 우리 배의 칼은 남을 공연히 쏘거나 찌르는 것이 아니라 남이 나를 해치려 하는 때에 정당방위로 쓰는 칼이오. 사람같이 입으로는 꿀같이 말을 달게 하고 배에는 칼 같은 마음을 품은 우리가 아니오. 또 우리의 입은 항상 꿀만 있으되 사람의 입은 변화가 무상하여 꿀같이 달 때도 있고, 고추같이 매울 때도 있고, 칼같이 날카로울 때도 있고, 비상같이 독할 때도 있어서 맞 대하였을 때에는 꿀을 들어붓는 것 같이 달게 말하다가 돌아서면 흉보고, 욕하고, 노여하고, 악담하며, 좋아지낼 때에는 깨소금 항아리같이 고소하고 맛있게 수작하다가, 조금만 미흡한 일이 있으면 죽일놈 살릴놈 하며 무성포(無聲砲)가 있으면 곧 놓아 죽이려 하니 그런 악독한 것이 어디 또 있으리요. 에, 여러분, 여보시오. 그래, 우리 짐승 중에 사람들처럼 그렇게 악독한 것들이 있단 말이요(손뼉소리 귀가 막막)

사람들이 서로 욕설하는 소리를 들으면 참 귀로 들을 수 없소. 별 흉악망측한 말이 많소. '빠가' '갓뎀' 같은 욕설은 오히려 관계치 않소. '네밀 붙을 놈' '염병에 땀을 못 낼 놈' 하는 욕설은 제 입을 더럽히고. 제 마음 악한 줄을 모르고 얼씬하면 이런 욕설을 함부로 하니 얼마나 흉악한 소리요.

에, 사람의 입에는 도덕상 좋은 말은 별로 없고 못된 소리만 쓸데없이 지저귀니 그것들을 사람이라고? 그것들을 만물 중에 가장 귀한 것이라고? 우리는 천지간의 미물이로되 그렇지는 않소. 또 우리는 임금을 섬기되 충성을 다하고, 장수를 모시되 군령이 분명하며, 다 각각 직업을 지켜 일을 부지런히 하여 주리지 아니하거늘, 어떤 나라 사람들은 제 임금을 죽이고 역적의 일을 하며 제 장수의 명령을 복종치 아니하고 난병도 되며, 백성들은 게을러서 아무 일도 아니하고 공연히 쏘다니며 놀고 먹고 놀고 입기 좋아하며, 술이나 먹고, 노름이나 하고, 계집의 집이나 찾아다니고, 협잡이나 하고, 그렁저렁 세월을 보내니, 집이 구차하고 나라가 가난하니 사람으로 생겨나서 우리 벌들보다 낫다 하는 것이 무엇이요? 서양의 어느 학자가 우리를 두고 노래를 하나 지었으니,

아침 이슬 저녁 볕에
이꽃 저꽃 찾아가서
부지런히 꿀을 물고
제 집으로 돌아와서
반은 먹고 반은 두어
겨울 양식 저축하여
무한복락 누릴 때에
하나님의 은혜라고
빛난 날개 좋은 소리
아름답게 찬미하네

그래 사람 중에 사람다운 것이 몇이나 있소? 우리는 사람들에게 시비들 것 조금도 없소. 사람들의 악한 행위를 말하려면 끝이 없겠으나 시간이 부족하여 그만둡네다."

제오석, 무장공자(無腸公子: 게)

벌이 연설을 그치고 미처 연설단을 내려서기 전에 또 한편에서 회장을 부르고 나오니, 모양이 기괴하고 눈에 영채(映彩)가 있어 힘센 장수같이 두 팔을 쩍 벌리고 어깨를 추썩추썩하며 하는 말이,

"나는 게올시다. 지금 무장공자라 하는 문제로 연설할 터인데, 무장공자라 하는 말은 창자 없는 물건이라 하는 말이니, 옛적에 포박자(抱朴子)라 하는 사람이 우리 게의 족속을 가리켜 무장공자라 하였으니 대단히 무례한 말이로다. 그래, 우리는 창자가 없고 사람들은 창자가 있소. 시방 세상 사는 사람 중에 옳은 창자 가진 사람이 몇 명이나 되겠소? 사람의 창자는 참 썩고 흐리고 더럽소. 의복은 능라주의로 지르르 흐르게 잘 입어서 외양은 좋아도 다 가죽만 사람이지 그 속에는 똥밖에 아무것도 없소. 좋은 칼로 배를 가르고 그속을 보면, 구린내가 물큰물큰 나오. 지금 어떤 나라 정부를 보면 깨끗한 창자라고는 아마 몇 개가 없으리다. 신문에 그렇게 나무라고, 사회에서 그렇게 시비하고, 백성이 그렇게 원망하고, 외국 사람이 그렇게 욕들을 하여도 모르는 체하니 이것이 창자 있는 사람들이요? 그 정부에 옳은 마음먹고 벼슬하는 사람 누가 있소? 한 사람이라도 있거든 있다고 하시오. 만판 경륜(經綸)이 임금 속일 생각, 백성 잡아먹을 생각, 나라 팔아먹을 생각밖에 아무 생각 없소. 이같이 썩고 더럽고 똥만 들어서 구린내가 물큰물큰 나는 창자는 없는 것이 도리어 낫소. 또 욕을 보아도 성낼 줄도 모르고, 좋은 일을 보아도 기뻐할 줄 알지 못하는 사람이 많이 있소. 남의 압제를 받아 살 수 없는 지경에 이르되 깨닫고 분한 마음 없고, 남에게 그렇게 욕을 보아도 노여할 줄 모르고 종 노릇하기만 좋게 여기고 달게 여기며, 관리에 무례

한 압박을 당하여도 자유를 찾을 생각이 도무지 없으니, 이것이 창자있는 사람들이라 하겠소? 우리는 창자가 없다 하여도 남이 나를 해치려 하면 죽더라도 가위로 집어 한 놈 물고 죽소. 내가 한 번 어느 나라에 지나다 보니 외국 병정이 지나가는데, 그 나라 부인을 건드려 젖통이를 만지려 하매 그 부인이 소리를 지르고 욕을 한즉, 그 병정이 발로 차고 손으로 때려서 행악(行惡)이 무쌍한지라, 그 나라 사람들이 모여서서 그것을 구경만 하고 한 사람도 대들어 그 부인을 도와주고 구원하여 주는 사람이 없으니, 그 사람들은 그 부인이 외국 사람에게 당하는 것을 상관없는 줄로 알아서 그러한지, 겁이 나서 그러한지 결단코 남의 일이 아니라 저희 동포가 당하는 일이니 저희들이 당함이어늘, 그것을 보고 분낼 줄 모르고 도리어 웃고 구경만 하니, 그 부인의 오늘날 당하는 욕이 내일 제 어미나 제 아내에게 또 돌아올 줄을 알지 못하는가? 이런 것들이 창자 있다고 사람이라 자긍(自矜)하니 허리가 아파 못살겠소. 창자없는 우리 게는 어찌하면 좋겠소? 나라에 경사가 있으되 기뻐할 줄 알지 못하여 국기 하나 내어 꽂을 줄 모르니 그것이 창자 있는 것이오? 그런 창자는 부럽지 않소. 창자 없는 우리 게의 행한 사적을 좀 들어 보시오. 송나라 때 추호라 하는 사람이 채경에서 사로잡혀 소주(蘇州)로 귀양갈 때 우리가 구원하였으며, 산주구세라 하는 때에 한 처녀가 죽게 된 것을 살려내느라고, 큰 뱀을 우리 가위로 잘라 죽였으며, 산신과 싸워서 호인의 배를 구원하였고, 객사한 송장을 드러내어 음란한 계집의 죄를 발각하였으니, 우리의 행한 일은 다 옳고 아름다운 일이요, 사람같이 더러운 일은 하지 않소. 또 사람들도 우리의 행위를 자세히 아는고로 '게도 제 구멍이 아니면 들어가지 아니한다'는 속담이 있소. 참 그러하지요. 우리는 암만 급하더라도 들어갈 구멍이라야 들어가지, 부당한 구멍에는 들어가지 않소. 사람들을 보면 부당한 데로 들어가는 사람이 많소. 부모 처자를 내버리고 중이 되어 산 속으로 들어가는 이도 있고, 여염(閭閻)집 부인네들은 음란한 생각으로 불공한다 핑계하고 절간 초막으로 들어가는 이도 있고, 명예있는 신사라 자칭하고 쓸데없는 돈 내버리러 기생집에 들어가는 이도 있고, 옳은 길 내버리고 그른 길로 들어가는 사람, 옳은 종교 싫다 하고 이단으로 들어가는 사람, 돌을 안고 못으로 들어가는 사람, 섶을 지고 불로 들어가는 사람, 이루다 말할 수 없소. 당연히 들어갈 데와 못 들어갈 데를 분별치 못하고 못 들어갈 데를 들어가서 화를 당하고 패를 보고 해를 끼치니, 이런 사람들이 무슨 창자 있노라고 우리의 창자 없는 것을 비웃소? 지금 사람들은 보면 그 창자가 다 썩어서 미구(未久)에 창자 있는 사람은 한 개도 없이 다 무장공자가 될 것이니, 이 다음에는 사람더러 무장공자라고 불러야 옳겠소."

제육석, 영영지극(營營之極 : 파리)

게가 입에서 거품이 부걱부걱 나오며 수용산출(水湧山出)로 하던 말을 그치고 엉금엉금 기어 내려가니, 파리가 또 회장을 부르고 나는 듯이 연단에 올라가서 두 손을 싹싹 비비면서 말을 한다.
"나는 파리올시다. 사람들이 우리 파리를 가리켜 말하기를, 파리는 간사한 소인이라 하니, 대저 사람이라 하는 것들은 저희 흉은 살피지 못하고 다만 남의 말은 잘 하는 것들이오. 간사한 소인의 성품과 태도를 가진 것들은 사람들이오. 우리는 결단코 소인의 성품과 태도는 가진 것이 아니오. '시전(詩傳)'이라 하는 책에 말하기를, '영영한 푸른 파리가 횃대에 앉았다'하였으니, 이것은 우리를 가리켜 한 말이 아니라 사람들을 비유한 말이오. 옛글에 '방에 가득한 파리를 쫓아도 없어지지 않는다'하는 말도 우리를 두고 한 말이 아니라 사람 중의 간사한 소인을 가리켜 한 말이오. 우리는 결코 간사한 일은 하지 아니하였소마는, 인간에는 참 소인이 많습디다. 사슴을 가리켜 말이라 하여 임금을 속인 것이 비단 조고(趙高) 한 사람뿐 아니라 지금 망하여 가는 나라 조정을 보면 온 정부가 다 조고 같은 간신이요. 천자를 끼고 제후에게 호령함이 또한 조조(曹操) 한 사람뿐 아니라, 지금 도덕은 떨어지고 효박한 풍기를 보면 온 세계가 다 조조 같은 소인이라 웃음 속에 칼이 있고 말 속에 총이 있어, 친구라고 사귀다가 저 잘 되면 차 버리고, 동지라고 상종타가 남 죽이고 저 잘 되기, 누구누구는 빈천지교(貧賤之交) 저버리고 조강지처 내쫓으니 그것이 사람이며, 아무아무 유지지사(有志之士) 고발하여 감옥서에 몰아넣고 저 잘 되기 희망하니, 그것도 사람인가? 쓸개에 가 붙고 간에 가 붙어 요리조리 알씬알씬 하는 사람 정말 밉기도 밉습디다. 여러분도 다 아시거니와 그래 공담(公談)으로 말하자면 우리가 소인이오? 사람들이 간물(奸物)이오. 생각들 하여 보시오. 또 우리는 먹을 것을 보면 혼자 먹는 법 없소. 여러 족속을 청하고 여러 친구를 불러서 화락한 마음으로 한가지로 먹지마는, 사람들은 이(利)끝만 보면 형제간에도 의가 상하고 일가간에도 정이 없어지며, 심한 자는 서로 골육상쟁하기를 예사로 아니, 참 기가 막히오. 동포끼리 서로 사랑하고, 서로 구제하는 것은 하나님의 이치거늘 사람들은 과연 저의 동포끼리 서로 사랑하는가? 저들끼리 서로 빼앗고, 서로 싸우고, 서로 시기하고, 서로 흉보고, 서로 총을 쏘아 죽이고, 서로 칼로 찔러 죽이고, 서로 피를 빨아 마시고, 서로 살을 깎아 먹되 우리는 그렇지 않소. 세상에 제일 더러운 것은 똥이라 하지마는, 우리가 똥을 눌 때 남이 다 보고 알도록 흰 데는 검게 누고 검은 데는 희게 누어서 남을 속일 생각은 하지 않소. 사람들은 똥보다 더 더러운 일을 많이 하지마는 혹 남의 눈에 보일까, 남의 입에 오르내릴까 겁을 내어 은밀히 하되, 무소부지(無所不知)하신 하나님은 먼저 아시고 계시오. 옛적에 유형이라 하는 사람은 부채를 들고 참외에 앉은 우리를 쫓고, 왕사라 하는 사람은 칼을 빼어 먹(墨)을 먹는 우리를 쫓을 때, 저 사람들이 그렇게 쫓으되 우리가 가지 아니함을 성내어 하는 말이, 파리는 쫓아도 도로 온다며 미워하니, 저희들이 쫓을 것은 쫓지 아니하고 아니 쫓을 것은 쫓는도다. 사람들은 우리를 쫓으려 할 것이 아니라, 불가불 쫓아야 할 것이 있으니, 사람들아, 부채를 놓고 칼을 던지고 잠깐 내 말을 들어라. 너희들이 당연히 쫓을 것은 너희 마음을 수고롭게 하는 마귀니라. 사람들아 사람들아. 너희들은 너희 마음 속에 있는 물욕을 쫓아버려라. 너희 머릿속에 있는 썩은 생각을 내어쫓으라. 참외가 다 무엇이며, 먹이 다 무엇이냐? 사람들아 사람들아, 우리 수십억만 마리가 일제히 손을 비비고 비나니, 우리를 미워하지 말고 하나님이 미워하시는, 너희를 해치는 여러 마귀를 쫓으라. 손으로만 빌어서 아니 들으면 발로라도 빌겠다."

의기가 양양하여 사람을 저희 똥만치도 못하게 나무라고 겸하여 충고의 말로 권고하고 내려간다.

제칠석, 가정맹어호(苛政猛於虎 : 호랑이)

웅장한 소리로 회장을 부르니 산천이 울린다. 연단에 올라서서 머리를 설레설레 흔들고 좌중을 내려다보니 눈알이 등불 같고 위풍이 늠름한데, 주홍같은 입을 떡 벌리고 어금니를 부지직 갈며 연설하는데, 좌중이 조용하다.

"본원의 이름은 호랑인데 별호는 산군이올시다. 여러분 중에도 혹 아시는 이도 있을 듯하오. 지금 가정이 맹어호라 하는 문제를 가지고 두어 마디 할 터인데, 이것은 여러분 아시는 것과 같이, 옛적 유명한 성인 공자님이 하신 말씀이라. 가정이 맹어호라 하는 뜻은 까다로운 정사(政事)가 호랑이보다 무섭다 함이니, 양자(楊子)라 하는 사람도 이와 같은 말을 했는데, 혹독한 관리는 날개 있고 뿔 있는 호랑이와 같다 한지라, 세상에 사람들이 말하기를, 제일 포악하고 무서운 것은 호랑이라 하였으니, 자고 이래로 사람들이 우리에게 해를 받은 자가 몇 명이나 되느뇨? 도리어 사람이 사람에게 해를 당하며 살륙을 당한 자가 몇 억만 명인지 알 수 없소. 우리는 설사 포악한 일을 할지라도 깊은 산과 깊은 골과 깊은 수풀 속에서만 횡행할 뿐이요, 사람처럼 청천백일지하에 왕궁 국도에서는 하지 아니하거늘, 사람들은 대낮에 사람을 죽이고 재물을 빼앗으며 죄없는 백성을 감옥서에 몰아넣어서 돈 바치면 내어놓고 세 없으면 죽이는 것과, 임금은 아무리 인자하여 사전(赦典)을 내리더라도 법관이 용사(用事)하여 공평치 못하게 죄인을 조종하고, 돈을 받고 벼슬을 내어서 그 벼슬한 사람이 그 밑천을 뽑으려고 음흉한 수단으로 정사를 까다롭게 하여 백성을 못견디게 하니, 사람들의 악독한 이를 우리 호랑이에게 비하여 보면 몇 만 배가 더 될는지 알 수 없소. 또 우리는 다른 동물을 잡아먹더라도 하나님이 만들어주신 발톱과 이빨로 하나님의 뜻을 받아 천성의 행위를 행할 뿐이오. 하지만 사람들은 학문을 이용하여 화학이니 물리학이니 배워서 사람의 도리에 유익하고 옳은 일에 쓰는 것은 별로 없고, 각색 병기를 발명하여 군함이니 총이니 탄환이니 화약이니 칼이니 활이니 하는 등물(等物)을 만들어서 재물을 무한히 내버리고 사람을 무수히 죽여서, 나라를 만들 때의 만반경륜은 다 남을 해하려는 마음 뿐이라. 그런고로 영국 문학박사 판스라 하는 사람이 말하기를, '사람이 사람에게 대하여 잔인한 까닭으로 수천만 명 사람이 참혹한 지경에 들어갔도다'하였고, 옛날 진희왕이 초회왕을 청하매 초회왕이 진나라에 들어가려 하거늘, 그 신하 굴평이 간하여 가로되, '진나라는 호랑이 나라이라 가히 믿지 못할지니 가시지 말으소서'하였으니, 호랑이의 나라가 어찌 진나라 하나뿐이리요. 오늘날 오대주(五大洲)를 둘러 보면, 사람 사는 곳곳마다 어느 나라가 욕심없는 나라가 있으며, 어느 인간이 고상한 천리를 말하는 자가 있으며, 어느 세상에 진정한 인도를 의론하는 자가 있느뇨? 나라마다 진나라요, 사람마다 호랑이라, 세상 사람들이 말하기를, 호랑이는 포학무쌍한 것이라 하되, 이것은 알지 못하는 말이로다. 우리는 원래 천품이 은혜를 잘 갚고 의리를 깊이 아나니, 글자 읽는 사람은 짐작할 듯하오. 옛적에, 진나라 곽무자라 하는 사람이 호랑이 목구멍에 걸린 뼈를 빼내어 주었더니 사슴을 드려 은혜를 갚았고, 영윤 자문을 나서 몽택에 버렸더니 젖을 먹여 길렀으며, 양위의 효성을 감동하여 몸을 물리쳤으니, 이런 일을 보면 우리가 은혜를 감동하고 의리를 아는 것이라. 사람들로 말하면 은혜를 알고 의리를 지키는 사람이 몇몇이나 되겠소? 옛적 사람이 말하기를, 호랑이를 기르면 후환이 된다 하여 지금까지 양호유환(養虎遺患)이라 하는 문자를 쓰지마는, 되지 못한 사람의 새끼를 기르는 것이 도리어 정말 후환이 되는지라. 호랑이 새끼를 길러서 덕을 보는 사람은 있으되 사람의 자식을 길러서 덕을 보는 사람은 별로 없소. 또 속담에 이르기를, '호랑이 죽음은 껍질에 있고 사람의 죽음은 이름에 있다'하니 지금 세상 사람에 정말 명예있는 사람이 몇 명이나 있소? 인생칠십 고래희라, 한 세상 살 동안이 얼마되지 아니한데 옳은 일만 할지라도 다 못하고 죽을 터인데 꿈결같은 이 세상을 구구히 살려 하여 못된 일 할 생각이 시꺼멓게 있어서, 앞문으로 호랑이를 막고 뒷문으로 승냥이를 불러들이는 자도 있으니 어찌 불쌍치 아니하리요. 옛적 사람은 호랑이의 가죽을 쓰고 도적질하였으나, 지금 사람들은 껍질은 사람의 껍질을 쓰고 마음은 호랑이의 마음을 가져서 더욱 험악하고 더욱 흉포(凶暴)한지라, 하나님은 지공무사(至公無私)하신 하나님이시니, 이같이 험악하고 흉포한 것들에게 제일 귀하고 신령하다는 권리를 줄 까닭이 무엇이오? 사람으로 못된 일 하는 자의 종자를 없애는 것이 좋은 줄로 생각하옵네다."

제팔석, 쌍거쌍래(雙去雙來 : 원앙)

호랑이가 연설을 그치고 내려가니 또 한편에서, 형용이 단정하고 태도가 신중한 어여쁜 원앙새가 연단에 올라서서 애연(哀然)한 목소리로 말을 한다.

"나는 원앙이올시다. 여러분이 인류의 악행을 공격하는 것이 다 정당한 말씀이로되 인류의 제일 괴악한 일은 음란한 것이오. 하나님이 사람을 내실 때에 한 남자에 한 여인을 내셨으니, 한 사나이와 한 여편네가 서로 저버리지 아니함은 천리(天理)에 정한 인륜(人倫)이라. 사나이도 계집을 여럿 두는 것이 옳지 않고, 여편네도 서방을 여럿 두는 것이 옳지 않거늘, 세상 사람들은 다 생각하기를, 사나이는 계집을 많이 두고 호강하는 것이 좋은 것인 줄로 알고 처첩을 두셋씩 두는 사람도 있으며, 어떤 사람은 오륙 명도 두는 자도 있으며, 혹은 장가든 뒤에 그 아내를 돌아다보지 아니하고 두 번 세 번 장가드는 자도 있으며, 혹은 아내를 소박(疎薄)하고 첩을 사랑하다가 패가망신하는 자도 있으니 사나이가 두 계집 두는 것은 천리에 어기어짐이라. 계집이 두 사나이를 두면 변고로 알고 사나이가 두 계집 두는 것은 예사로 아니, 어찌 그리 편벽되며, 사나이가 남의 계집 도적함은 꾸짖지 아니하고, 계집이 남의 사나이를 상관하면 큰 변인 줄 아니, 어찌 그리 불공평하오? 하나님의 천연한 이치로 말할진대 사나이는 아내 한 사람만 두고 여편네는 남편 한 사람만 좇을지라. 물론, 남녀 무론하고 두 사람을 두든지 섬기는 것은 옳지 아니하거늘, 지금 세상 사람들은 괴악(怪惡)하고 음란하고 박정하여 길가의 한 가지 버들을 꺾기 위하여 백년해로(百年偕老)하려던 사람을 잊어버리고, 동산의 한 송이 꽃을 보기 위하여 조강지처(糟糠之妻)를 내쫓으며, 남편이 병이 들어 누웠는데 의원과 간통하는 일도 있고, 복을 빌어 불공한다 가탁(假託)하고 중서방하는 일도 있고, 남편 죽어 사흘이 못되어 서방 해갈 주선하는 일도 있으니, 사람들은 계집이나 사나이나 인정도 없고 의리도 없고 다만 음란한 생각뿐이라 할 수밖에 없소. 우리 원앙새는 천지간에 지극히 작은 물건이로되 사람과 같이 그런 더러운 행실은 아니하오. 남녀의 법이 유별하고 부부의 윤기(倫紀)가 지중한 줄을 아는고로 음란한 일은 결코 없소. 사람들도 우리 원앙새의 역사를 짐작하기로 이야기하는 말이 있소. 옛날에 한 사냥꾼이 원앙새 한 마리를 잡았더니 암원앙새가 수원앙새를 잃고 수절하여 과부로 있은 지 일 년만에 또 그 사냥꾼의 화살에 맞아 잡힌 바 된지라, 사냥꾼이 원앙새를 잡아가지고 집으로 돌아와서 털을 뜯을 새, 날개 아래 무엇이 있거늘 자세히 보니 거년(去年)에 자기가 잡아온 수원앙새의 대가리라. 이것은 암원앙새가 수원앙새와 같이 있다가 수원앙새가 사냥꾼의 화살을 맞아서 떨어지니, 그 창황 중에도 수원앙새의 대가리를 집어가지고 숨어서 일시의 난을 피하여 짝 잃은 한을 잊지 아니하고 서방의 대가리를 날개 밑에 끼고 슬피 세월을 보내다가 또한 사냥꾼에게 얻은 바 된지라, 그 사냥꾼이 이것을 보고 정절이 지극한 새라 하여 먹지 아니하고 정결한 땅에 장사를 지낸 후로 그때부터 다시는 원앙새는 잡지 아니하였다 하니, 우리 원앙새는 짐승이로되 절개를 지킴이 이러하오. 사람들의 행위를 보면 추하고 비루(鄙陋)하고 음란하여 우리보다 귀하다 할 것이 조금도 없소. 사람들의 행사를 대강 말할 터이니 잠깐 들어보시오. 부인이 죽으면 불쌍히 여기는 남편이 몇이나 되겠소? 상처(喪妻)한 후에 사나이 수절하였다는 말은 들어보도 못하였소. 낱낱이 재취(再娶)를 하든지 첩을 얻든지, 자식에게 못할 노릇하고 집안에 화근을 일으키어 화기(和氣)를 손상케 하고, 계집으로 말하면 남편 죽은 후에 수절하는 사람은 많으나 속으로 서방질 다니며 상부한 지 며칠이 못되어 개가할 길 찾느라고 분주한 계집도 있고, 또 자식을 낳아서 개구멍이나 다리 밑에 내어 버리는 것도 있으며, 심한 계집은 간부에게 혹하여 산서방을 두고 도망질하기와 약을 먹여 죽이는 일까지 있으니, 저희들의 별별 괴악한 일은 이루 다 말할 수 없소. 세상에 제일 더럽고 괴악한 것은 사람이라, 다 말하려면 내 입이 더러워질 터이니까 그만 두겠소."

원앙새가 연설을 그치고 연단에서 내려오니, 회장이 다시 일어나 말한다.

폐회(閉會)

"여러분 하시는 말씀을 들으니 다 옳으신 말씀이오. 대저 사람이라 하는 동물은 세상에 제일 귀하다 신령하다 하지마는, 나는 말하자면, 제일 어리석고, 제일 더럽고, 제일 괴악하다 하오. 그 행위를 들어 말하자면 한정이 없고, 또 시간이 진하였으니 고만 폐회하오."

하더니 그 안에 모였던 짐승이 일시에 나는 자는 날고, 기는 자는 기고, 뛰는 자는 뛰고, 우는 자도 있고, 짖는 자도 있고, 춤 추는 자도 있어, 다 각각 돌아가더라.

　　슬프다! 여러 짐승의 연설을 듣고 가만히 생각하여 보니, 세상에 불쌍한 것이 사람이로다. 내가 어찌하여 사람으로 태어나서 이런 욕을 보는고! 사람은 만물 중에 귀하기로 제일이요, 신명하기도 제일이오. 재주도 제일이오, 지혜도 제일이라 하여 동물 중에 제일 좋다 하더니, 오늘날로 보면 제일로 악하고, 제일 흉괴하고, 제일 음란하고, 제일 간사하고, 호랑이보다도 포악하고, 벌과 같이 정직하지도 못하고, 파리같이 동포 사랑할 줄도 모르고, 창자없는 일은 게보다 심하고, 부정한 행실은 원앙새가 부끄럽도다. 여러 짐승이 연설할 때 나는 사람을 위하여 변명 연설을 하리라 하고 몇 번 생각하여 본즉, 무슨 말로 변명할 수가 없고, 반대를 하려 하나 현하지변(懸河之辯)을 가지고도 쓸데가 없도다. 사람이 떨어져서 짐승의 아래가 되고, 짐승이 도리어 사람보다 상등이 되었으니, 어찌하면 좋을꼬? 예수님의 말씀을 들으니 하나님이 아직도 사람을 사랑하신다 하니, 사람들이 악한 일을 많이 하였을지라도 회개(悔改)하면 구원 얻는 길이 있다 하였으니, 이 세상에 있는 여러 형제 자매는 깊이깊이 생각하시오.

• 안국선(安國善, 1854~1928)　1894년 일본 와세다대학(早稻田大學)에서 정치학을 공부했다. 귀국하여 정계(政界)·관계(官界)·실업계 등 여러 방면에서 활동했으나 실패했다. 그후 정치·경제를 강의하고 육영사업에 힘썼으나, 만년에는 낙향하여 전원생활을 했다.

은세계(銀世界)

이인직(李仁稙)

우리나라 최초의 신연극 소설이다. 1908년 이인직에 의해 원각사에서 상연되었다. 피지배층이 부패한 관리에 대해 항거하고 지배층의 학정을 폭로하며 반항하는 정신을 고취하고 있다. 신소설 중에서 주제의식이 가장 강한 작품이다.

겨울 추위 저녁 기운에 푸른 하늘이 새로이 취색하듯이 더욱 푸르렀는데, 해가 뚝 떨어지며 북서풍이 슬슬 불더니 먼산 뒤에서 검은 구름 한 장이 올라온다. 구름 뒤에 구름이 일어나고, 구름 옆에 구름이 일어나고, 구름 밑에서 구름이 치받쳐 올라오더니, 삽시간에 그 구름이 하늘을 뒤덮어서 푸른 하늘은 볼 수 없고 시커먼 구름 천지라. 해끗해끗한 눈발이 공중으로 회회 돌아 내려 오는 데, 떨어지는 배꽃 같고 날아오는 버들가지같이 힘없이 떨어지며 간 곳없이 스러진다. 잘던 눈발이 굵어지고, 드물던 눈발이 아주 떨어지기 시작하며 공중에 가득차게 내려오는 것이 눈뿐이요 땅에 쌓이는 것이 하얀 눈뿐이라. 쉴 새 없이 내리는데, 굵은 체 구멍으로 하얀 떡가루쳐서 내려오듯 솔솔 내리더니 하늘 밑에 땅덩어리는 하얀 흰무리 떡덩어리같이 되었더라.

사람이 발 디디고 사는 땅덩어리가 참 떡덩어리가 되었을 기경이면 사람들이 먹을 것 다툼없이 평생에 떡만 먹고 조용히 살았을는지도 모를 일이나, 눈구멍 얼음덩어리 속에서 꿈적거리는 사람은 다 구복(口腹)에 계관(係關)한 일이라. 대체 이 세상에 허유(許由)같이 표주박만 걸어놓고 욕심 없이 사는 사람은 보두리 있다더라.

강원도 강릉 대관령은 바람도 유명하고 눈도 유명한 곳이라. 겨울 한철에 바람이 심할 때는 기왓장이 홀홀 날린다는 바람이요, 눈이 많이 올 때는 지붕 처마가 파묻힌다는 눈이라. 대체 바람도 굉장하고 눈도 굉장한 곳이나, 그것은 대관령 서편의 서강릉이라는 곳을 이른 말이요, 대관령 동편의 동강릉은 잔풍향양(潺風向陽)하고 겨울에 눈도 좀 덜 쌓이는 곳이라. 그러나 일기도 망령을 부리던지 그날 눈과 바람은 서강릉도 이보다 더할 수는 없지 싶을 만하게 대단하였는데, 갈모봉이 짜그러지게 되고 경금 동네가 폭 파묻히게 되었더라. 경금은 강릉에서 부촌으로 이름난 동네이라, 산 두메 사는 사람들이 제가 부지런히 손톱·발톱이 닳도록 땅이나 뜯어 먹고 사는데, 푼돈 모아 양돈 되고 양돈 모아 궷돈 되고, 송아지 길러 큰소 되고, 박토 긁어 옥토를 만들어서 그렇게 모은 재물부자 된 사람이 여럿이라. 그 동네 최본평의 집이 있는데 동네 사람들의 말이,

"저집은 소문 없는 부자라. 최본평의 내외가 억척으로 벌어서 생일이 되어도 고기 한 점 아니 사먹고 모으기만 하는 집이라, 불과 몇 해 동안 형세가 버썩 늘었다. 우리도 그 집과 같이 부지런히 모아보자."

하며 남들이 부러워하고 본받으려 하는 사람이 많은 터이라.

대체 최본평 집은 먹을 것 걱정 입을 것 걱정은 아니하는 집이라. 겨울에 눈이 암만 많이 와도 방 덥고, 배부르고, 등에 솜조각

두둑한 터이라. 그 눈이 내년 여름까지 쌓여 있더라도 한 해 농사 못지어서 굶어 죽을까 겁날 것은 없고, 다만 겁나는 것은, 염치 없는 불한당이나 들어올까 그 염려뿐이라. 바람은 지동치듯 불고 최본평 집 사립문 안에서 개가 콩콩 짓는데, 밤사람의 자취로 아는 사람은 알았으나 털 가진 짐승이라도 얼어죽을 만하게 춥고 눈보라 치는 밤이라, 누가 내다보는 사람은 없고 짖는 개만 목이 쉴 지경이라. 두메부잣집도 좀 얌전히 잘 지은 집도 많으련마는 경금 최본평 집은 참 돈만 모으려고 지은 집인지 울타리를 너무 의심스럽게 하였는데, 높이가 길 반이나 되는 잔 참나무로 틈 하나 없이 튼튼하게 한 울타리가 옛날 각 골 옥담 쌓듯이 빽 둘렀는데 앞의 사립문만 닫히면 송곳같이 뾰족한 수가 있는 도적놈이라도 뚫고 들어갈 수 없이 되었더라. 그 울안에 행랑이 있고 그 행랑 앞으로 지나가면 사랑이 있으나, 사립문 밖에 보면 행랑이 가려서 사랑은 보이지 아니하니 여간 발씨 과객이 아니면 그 집에 사랑이 있는 줄은 모르고 지나가게 된 집이러라.

밤은 이경이 될락말락하였는데 웬 사람 5,6인이 최본평 집 사립문을 두드리며 문 열어 달라 소리를 지르나 앞에서 부는 바람이라, 사람의 목소리가 떨어지는 대로 바람에 싸여서 덜미 뒤로만 간다. 주인은 듣지 못한 고로 대답이 없건마는 문밖에서는 문 열어 달라하는 사람은 골이 어찌 대단히 났던지 악을 써서 주인을 부르는데 악쓰는 아가리 속으로 눈 섞인 바람이 한 입 가득 들어가며 기침이 절반이라. 사립문이나 부술 듯이 발길로 걸어차니 사립문 위에 얹혔던 눈과 문틈에 잔뜩 끼었던 눈이 푹 쏟아지며 사람의 덜미 위로 눈사태가 내려온다. 행랑방에서 기침소리가 쿨룩쿨룩 나며 개를 꾸짖더니 무엇이라고 두덜두덜하며 나오는 것은, 최본평 집에서 두 내외 머슴 들어 있는 자이라. 바지춤 움켜쥐고 버선 벗은 발에 나막신 신고 나가서 사립문을 여니 문밖에 섰던 사람이 골이 잔뜩 나서 누구든지 닥치는 대로 분풀이를 하려던 판이라. 와락 들어오며, 머슴놈을 훔쳐 때리며 발길로 걷어차며 무슨 토죄를 하는데, 머슴이 눈 위에 가로 떨어져서 살려 달라고 빈다.

머슴의 계집은 웬 영문인지도 모르고 겁에 질려서 행랑방 뒷문을 열고 버선발로 뛰어나서서 눈이 정강이까지 푹푹 빠지는 마당으로 엎드러지며 곱드러지며 안으로 들어가니 그때 안중문은 걸려 있는 지라. 안뒤꼍으로 들어가서 안방 뒷문을 두드리며,

"본평 아씨, 본평 아씨, 불한당이 들어와서 천쇠를 때려서 죽게 되었습니다."

하는 소리에 본평 부인이 베틀 위에서 베틀 짜다가 북을 탁 던지고 벌떡 일어나려 하나, 허리에 찬 베틀 끈이 걸려서 빨리 내려오지 못하고 겁결에 잠든 딸을 부른다.

"옥순아, 옥순아! 어서 일어나거라. 불한당이 들어온다!"

하며 일변으로 허리에 매인 베틀 끈을 끄르더니 방문을 열고 나가니, 자다가 깨인 옥순이는 어머니를 부르며 우나 부인이 대답도 아니하고 버선 바닥으로 뛰어나가서 사랑문을 두드리며 남편을 부르는데, 본평 부인이 어렸을 때에 그 친정에서 듣고 보고 자라나던 말투이라.

"옥순 아버지, 옥순 아버지, 불한당이 들어온다 하니, 이를 어찌 한단 말이오?"

하며 벌벌 떠는 소리로 감히 크게 못 하더라. 원래 그 집 사랑방에서 안으로 들어오는 문이 있는데 그 문은 앞뒤로 종이를 어찌 두껍게 발랐던지, 문밖에서 가만히 하는 소리는 방 안에서 자세히 들리지 아니하는지라 그 남편이 대답을 아니하고 부인이 그 말을 거푸거푸한다. 그때 최본평은 덧문을 척척 닫고 자리 펴놓고 들기름 등잔에서 그을음이 꺼멓게 오르도록 돋우어놓고 앉아

서 집뼘 한 뼘씩이나 되는 숫가지 늘어 놓고 한 짐 두 뭇이니 두
짐 닷 뭇이니 하며 구실돈 셈을 놓다가 문 두드리는 소리를 듣고
정신없이 아니 놓을 수 한 가지를 덜컥 더 놓으며 고개를 번쩍
드는데 부인의 말소리가 최본평의 귓구멍으로 쏙 들어갔다.

(최)“응, 불한당이라니, 불한당이 어디로 들어와?”

하며 벌떡 일어나서 안으로 난 문을 와락 여는데, 부인은 문에
얼굴을 대고 섰다가, 문이 얼굴에 부딪쳐서 부인이 애코 소리를
하며 푹 고꾸라지나, 최씨가 문설주를 붙들고 내다보며 당황히,
어, 어 소리만 하고 섰는데, 그때 마침 행랑 앞에서 머슴을 치던
사람들이 사랑 앞으로 와서 마루 위로 올라서던 차이라. 안으로
난 문 여는 소리를 듣고 주인이 도망하려는 줄로 알고,

“듣거라!”

소리를 하며 마루를 쾅쾅 구르고 들어오며 사랑문을 열어젖히
더니, 제비같이 날쌘 놈이 번개같이 달려들어 오니 본래 최본평
은 도망하려는 생각이 아니라 불한당이 들어오는 줄로만 알고 안
으로 들어가서 집안 사람들이 놀라지 아니하게 안심시키려던 차
에, 부인이 얼굴을 다치고 넘어진 것을 보고 나가서 일으키려 하
다가 사랑방에 그 광경 나는 것을 보고 도로 사랑으로 들어서며,

“웬 사람들이냐?”

묻는데 그 사람들은 대답도 없고 최씨를 잡아묶어 놓으며 사람
의 정신을 빼는데, 최부인은 그 남편이 곤경당하는 소리를 듣고
얼굴 아픈 생각도 없고 내외할 경황도 없이 사랑방을 들여다보며
벌벌 떨고 섰는데, 나이 이십 칠, 팔 세쯤 된 어여쁜 부인이라.

그날 밤에, 최본평 집에 들어와서 야단 치던 사람들은 강원 감
영 장차(將差)인데 영문 비관(秘關)을 가지고 강릉 경금 사는 최
병도(崔秉陶)를 잡으러 온 것이라. 최병도의 자는 주삼(朱三)이
니 강릉서 수 대 사는 양반이라. 시골 풍속에 동네 백성들이 벼

슬 못한 양반의 집은 그 양반의 장가든 곳으로 택호(宅號)를 삼는 고로, 최본평 댁이라 하니 본평은 최병도 부인의 친정 동네이라. 그때 강원 감사의 성은 정씨인데, 강원 감사로 내려오던 날부터 강원 일도 백성의 재물을 긁어들이느라고 눈이 벌게서 날뛰는 판에 영문 장차들이 각 읍의 밥술이나 먹는 백성을 잡으러 다니느라고 26군 방방 곡곡에 늘어섰는데, 그런 출사 한 번만 나가면 우선 장차들이 수나는 자리라.

장차가 최병도를 잡아 놓고 차사례(差使例)를 추어내는데 염라국 사자 같은 영문 장차의 눈에 여간 최병도 같은 양반은 개 팔아 두냥 반만치도 못하게 보고 마구 다루는 판이라 두 손목에 고랑을 잔뜩 채우고 차사례를 달라 하는데, 최씨가 차사례를 아니 주려는 것이 아니라, 여간 돈을 주마 하는 말은 장차의 귀에 들어가지도 아니하고, 제 욕심을 다 채우려 든다.

대체 영문 비관을 가지고, 사람 잡으러 다니는 놈의 욕심은, 남의 묘를 파서 해골 감추고 돈 달라는 도적놈보다 몇 층 더 극악한 사람들이라. 가령 남의 묘를 파러 다니는 도적놈은 겁이 많지마는 영문 장차들은 겁 없는 불한당이라. 더구나 그때 강원 감영 장차들은 불한당 괴수 같은 감사를 만나서 장교와 차사들은 좋은 세월을 만나 신이 나는 판이라. 말끝마다 순사또(巡使道)를 내세우고 말끝마다 죄인 잡으러 온 자세를 하며 장차의 신발값을 달라고 하는데, 말이 신발값이지 남의 재산을 있는 대로 다 빼앗아 먹으러 드는 욕심이라. 열 냥을 주마 하여도 코웃음이요, 백 냥을 주마 하여도 코 웃음이요, 200냥, 300냥을 주마 하여도 코웃음인데, 그때는 엽전 시절이라, 새끼 밴 암소 한 필을 팔아도 70냥을 받기가 어렵고 좋은 붓돌논 한 마지기를 팔아도 3,40냥에 넘지 아니할 때이라.

최씨가 악이 버썩 나서 장차에게 돈 한푼 아니 주고 배기려만

든다. 장차는 죄인에게 전례돈 뺏어 먹기에 졸업한 놈들이라. 장교가 최씨의 그 눈치를 채고 사령을 건너다보며,

"이애 김달쇠야, 네가 명색이 사령이냐 무엇이냐? 우리가 비관을 메고 올 때에 순사또 분부에 무엇이라 하시더냐? 막중 죄인을 잡으러 가서 실포(失捕)할 지경이면 너희들은 목숨을 바치리라 하셨는데, 지금 죄인을 잡아서 저렇게 헐후(歇后)히 하다가 죄인을 잃으면, 우리들은 순사또께 목숨을 바치잔 말이냐? 우리들이 이런 장설(壯雪)을 맞고 이 밤중에 잠든 후에 죄인이 도망할 지경이면, 우리들은 죽는 놈이다. 잘 알아차려라."

그 말이 뚝 떨어지며 사령이 맞넉수가 되어 신이 나서 그 말대답을 하며 달려들더니, 역적 죄인이나 잡은 듯이 최병도를 꼼짝 못하게 결박을 하는데 장차의 어미나 아비나 쳐죽인 원수같이 최씨의 입에서 쥐 소리가 나도록, 두 눈이 툭 솟도록, 은근히 골병이 들도록 동여매느라고 사랑방에서 새로이 살풍경이 일어나는데 안마당에서 본평 부인의 울음소리가 난다.

(부인)"애고! 이것이 웬일이고! 이를 어찌하잔 말이고? 애고 애고, 평생에 남에게 싫은 소리 한 번 아니하고 사는 사람이 무슨 죄가 있어서 이 지경을 당하노? 애고, 애고, 하나님, 죄 없는 사람을 살게 하여줍시사! 애고, 애고, 여보 옥순 아버지, 돈이 다 무엇이란 말이오, 영문 장차가 달라는 대로 주고 몸이나 성하게 잡혀가시오."

하며 우는데 옥순이는 어머니를 부르며 악마구리같이 따라 운다. 최병도가 제 몸 고생하는 것보다 그 부인과 어린 딸의 마음을 위로하기 위하여 장차에게 돈 700냥을 주기로 작정이 되었는데, 장차들의 욕심이 흠쭉하게 찼던지 결박하였던 것도 끌러놓을 뿐만 아니라, 맹세 지거리를 더럭더럭 하며 말을 함부로 하던 입에서 말이 너무 공손히 나온다.

(장교)"최 서방님, 아무 염려 말으시오. 우리가 영문에 가서 순사또께 말씀만 잘 아뢰면 아무 탈 없이 될 터이니 걱정 마시오. 들어앉으신 순사또께서 무엇을 알으시겠습니까? 염문(廉問)하여 바친 놈들이 몹쓸 놈이지요. 우리가 들어가거든 호방 비장(裨將) 나리께도 말씀을 잘 여쭙고 수청 기생 계화더러도 말을 잘하여서 서방님이 무사히 곧 놓여오시게 할 터이니 우리만 믿으시오. 압다, 일만 잘 되게 만들 터이니 호방 비장 나리께 약이나 좀 쓰고 계화란 년은 옷하여 입으라고 100냥이나 주시구려. 압다, 요새 그년이 뽐내는 서슬에 호사 한번 잘 시키고 그 김에 계화란 년 상관이나 한번 하시구려. 촌에 사는 양반이 그런 때 호강을 좀 해보고 언제 하시겠소? 그러나 딴 구멍으로 청할 생각 말으시오. 원주 감영 놈들이란 것은 남의 것을 막 떼어먹으러 드는 놈들이오. 누가 무엇이라 하던지 당초에 상관을 마시오. 서방님 같은 양반이 영문에 가시면 못된 놈들이 공연히 와서 지분지분할 터이니 부디 속지 마시오."

하더니 다시 사령을 건나다보며,

"이애, 사령들아! 너희들도 영문에 들어가거든 꼭 내가 시키는 대로 이렇게만 말하여라. 강릉 경금 사는 최본평이란 양반은 아까운 재물을 결단냈더라. 그 어림없는 양반이 서울 가서 누구 꾀임에 빠졌던지? 지금 세상에 쩡쩡거리는 공사청(公事廳) 내시들의 노름하는 축에 가서 무엇을 얻어먹겠다고 그런 살얼음판에 들어앉아서 노름을 하였던지, 부자 득명하고 살던 재물을 죄 잃어버리고 아무 것도 없다네. 대체 노름빚이 얼마나 되었던지 내시 집에서 노름빚을 받으려고 최본평이라는 그 양반 집으로 사람을 내려 보내서 전장문서(田莊文書)를 전부 뺏어가고 남은 것은 한 20간 되는 초가집 하나와 황소 한 필 뿐이라 하니, 아무리 시골 양반이 만만하기로 남의 재물을 그렇게 뺏어 먹는 법이 있느냐?

하면서 풍을 치고 다니어라. 그러면 나는 호방 비장 나리께 들어가서 어떻게 말씀을 여쭙던지 열기(熱氣) 없이 속여 넘길 터이다. 이애, 우리끼리 말이지 우리 영문 사또 귀에 최 서방님이 패가하셨다는 소문이 연방 들어갈 지경이면 당장에 백방(白放)하실 터이다. 또 요사이는 죄인이 어찌 많던지, 옥이 툭 터지게 되었으니 쓸 데 없는 죄인은 곧잘 놓아 주신다. 이애, 일전에도 울진 사는 부자 하나 잡혀왔을 때 너희들도 보았지? 그때 옥이 좁아서 가둘 데가 없다고 아뢰었더니 사또 분부에 허물한 죄인은 더러 내놓으라고 하시더니, 죄는 있고 없고 간에 거지 같은 놈은 다 내놓았더라. 이애들, 별말 말고 우리가 최 서방님 일만 잘 보아드리자. 우리들이 서방님 일을 이렇게 잘 보아드리는데 서방님께서 무슨 처분이 계시지, 설마 그저 계시겠느냐?"

그렇게 제게 당길심 있는 말을 하면서 최씨를 위하여 줄 듯이 말을 하나, 최씨가 도망 못 가도록 잡아두라 하는 것은, 처음과 조금도 다를 것이 없는지라.

그날 밤에는 그런 소요로 그럭저럭 밤을 세우고, 그 이튿날 장차의 전례돈을 다 구처(區處)하여 원주 감영으로 환전(換錢)을 부친 후에, 최씨를 앞세우고 곧 떠나려 하는데, 본래 최병도는 경금 동네에서 득인심(得人心)한 사람이라, 양반·상인 없이 최씨의 소문을 듣고 최씨를 보러 온 사람이 많으나, 장차들이 최씨를 수직하고 앉아서, 누구든지 그 방에 사람이 들어가지 못하게 하는 터이라. 본평 부인이 그 남편 떠나는 것을 좀 보고자 하여 그 종 복녜를 사랑으로 내보내서 장차에게 전갈로 청을 하는데 촌 양반의 집 종이 영문 장차를 어찌 무서워하던지 사랑 뜰에 우두커니 서서 말을 못한다. 그때 마침 동네 사람들이 최씨를 보러 왔다가 보지 못하고 떠나갈 때에, 길에서 얼굴이나 본다 하고 최씨 집 사립문 밖에서 서성거리고 있는 사람도 많은 터이라.

그 중에 웬 젊은 양반 하나가 정자관(程子冠) 쓰고 시골 촌에서는 물표 다를 만한 가죽신 신고 서양목(西洋木) 옥색 두루마기에 명주로 안을 받쳐 입고, 얼굴은 회오리밤 벗듯 하고, 눈은 샛별 같고, 나이는 30이 막 넘은 듯한 사람이 담뱃대 물고 마당에 섰다가, 복녜의 모양을 보고 복녜를 불러 묻는다.

"이애 복녜야, 너 왜 거기 우두커니 서서 주저주저 하느냐?"

(복녜)"아씨께서 서방님께 좀 뵈옵겠다고 사랑에 나가서 그 말씀 좀 하라셔요."

관 쓴 양반이 그 말을 듣더니 사랑 마루 위로 썩 올라서면서 기침 한 번을 점잖게 하며 사랑방 지게문을 뚝뚝 두드리며, 영문 장교더러 할 말이 있으니 잠깐 좀 내다보라 하니, 본래 영문 장차가 감사의 비관을 가지고 촌 양반을 잡으러 나가면, 암행어사 출도나 한 듯이 기승스럽게 날뛰는 것들이라 장교가 불미한 소리로,

"웬 사람이 어디를 와서 함부로 그리하느냐?"

하며 내다보기는 고사하고 사령더러 잡인들을 다 내쫓으라 하니 사령 하나가 문을 열어젖뜨리며 와락 나오더니, 관 쓴·양반의 가슴을 내밀며 갈범같이 소리를 지르는데 관 쓴 양반이 눈에서 불이 뚝뚝 떨어지도록 부릅뜨고 호령 한마디를 하더니, 다시 마당에 섰는 웬 사람을 내려다보며,

"이애 천쇠야, 너 지금내로 이 동네 백성들을 몇이 되든지 빨리 모아 데리고 오너라."

하는데, 천쇠는 어젯밤에 장차들에게 얻어맞던 원수를 갚는다 싶은 마음에 신이 나서 목청이 떨어지도록 소리를 지른다.

"아랫말 김진사 댁 서방님께서 동네 백성들을 모으라신다. 빨리 모여들어라."

하면서 사립문 밖으로 나가는데, 그때는 눈이 길길이 쌓인 때

라. 일없는 농군들이 최본평 집에 영문 장차가 나와서 야단을 친다 하는 소리를 듣고 구경을 하러 왔다가 장차가 못 들어오게 하는 서슬에 겁이 나서 못 들어오고 이웃 농군의 집에 들어앉아서 까마귀떼같이 지껄이고 있는 터이라.

"본평 댁 서방님이 영문에 잡혀가신다지?"

"그 양반이 무슨 죄가 있어서 잡아가누?"

"죄는 무슨 죄, 돈이 있는 것이 죄이지."

"요새 세상에 양반도 돈만 있으면 저렇게 잡혀가니 우리 같은 상놈들이야 논마지기나 있으면 편히 먹고 살 수 있나?"

"이런 놈의 세상은 얼른 망하기나 했으면…… 우리 같은 만만한 백성만 죽지 말고 원이나 감사나 하여 내려오는 서울 양반까지 다같이 죽는 꼴 좀 보게."

"원도 원이요, 감사도 감사어니와 저런 장차들부터 누가 때려 죽여 없애버렸으면."

하면서 남의 일에 분이 잔뜩 나서 지껄이고 앉았던 차에, 천쇠의 소리를 듣고 우우 몰려나오면서 천쇠더러 무슨 일이 있느냐 묻는 데, 천쇠는 본래 호들갑스럽기로 유명한 놈이라, 영문 장차가 김진사댁 서방님을 죽이는 듯이 호들갑을 부리며 어서 본평 댁으로 들어 가자 소리를 어찌 황당하게 하던지, 농군들이,

"자아, 들거라!"

소리를 지르고 최본평 집 사랑 마당에 들어오는데, 제 목소리에 제가 정신을 못 차릴 지경이라.

경금 동네가 별안간에 발끈 뒤집으며, 최본평 집에 무슨 야단났다 소문이 퍼지며, 양반·상인·아이·어른 없이 달음질을 하여 최본평 집에 몰려 오는데, 마당이 좁아서 나중에 오는 사람은 들어오지 못하고 사립문 밖에 서서 궁금증이 나서 서로 말 묻느라고 야단이라.

그때 최본평 집 사랑 마당에서는 참 야단이 난 터이라. 김씨의 일호령에 원주 감영 장차들은 마당에 꿇려 앉혔는데, 김씨의 호령이 서리 같다.

(김)"너희들이 명색이 영문 장차라는 거냐? 영문 기세만 믿고 행악을 할 대로 하던 놈들은 내 손에 좀 죽어보아라. 민요(民擾)가 나면 원과 감사가 민요에 죽는 일도 있고, 군요(軍擾)가 나면 세도재상이 군요에 죽는 일이 있는 줄을 너희들이 아느냐? 내가 너희들에게 실례하기는 하였다. 너희들에게 할말이 있으면 내 집 사랑에서 너희들을 불러서 이를 일이나, 지금 당장에 이 댁 최서방님이 영문으로 잡혀가시는 터에, 급히 너희들더러 청할 말이 있는 고로, 내가 여기 서서 방에 있는 너더러 좀 나오라 하였다가 내가 너희들에게 욕을 보았다. 오냐, 여러 말 할 것 없다. 너희들 같은 놈은 어디 가서 기승을 부리다가 남에게 맞아 죽는 일이 더러 있어야, 이후에 다른 장차들이 촌에 나가서 조심하는 일이 생길 터이니, 오늘 너희들은 살려 보낼 수 없다."

하더니 다시 백성들을 내려다 보며,

(김)"이애, 이 동네 백성들 들어보아라. 나는 오늘 민요 장두로 나서서 원주 감영 장차 몇 놈을 때려 죽일 터이니, 너희들이 내 말을 들을 터이냐?"

경금 백성들이 신이 나서 대답을 하는데 마당이 와글와글한다.

(백성)"녜에, 소인들이 내일 감영에 다 잡혀가서 죽더라도 서방님 분부 한마디만 있으면 무슨 일이든지 하라시는 대로 거행하겠습니다."

(김)"응, 민요를 꾸미는 놈이 살 생각을 하여서는 못쓰는 법이라. 누구든지 죽기를 겁내는 사람이 있거든 여기 있지 말고 나가고, 나와 같이 강원 감영에 잡혀가서 죽을 작정하는 사람만 나서서 몽둥이 하나씩 가지고 장차들을 막 패죽여라."

그 소리 뚝 떨어지며 동네 백성들이 몽둥이는 들었든지 야니 들었는지 아우성 소리를 지르며 장차에게로 달려드는데, 장차의 목숨은 뭇 발길에 떨어질 모양이라.

사랑방에 앉았던 최병도는 발바닥으로 뛰어내려오고, 안중문 안에서 중문을 지치고 서서 내려다보던 본평 부인은 내외가 다 무엇인지 불고염치하고 뛰어나와서 장차들은 가리고 서고 최씨는 동네 백성을 호령하여 나가라 하나, 호령은 한 사람 목소리요, 아우성소리는 여러 사람의 말소리라. 앞에 선 백성은 멈추고 섰으나, 뒤에서는 물밀듯 밀고 들어 오는데 장차들은 어찌 위급하던지 본평 부인의 뒤에 가 서서 벌벌 떨며 살려 달라 소리만 한다. 최병도가 동네 백성이 손에 들고 있는 지게 작대기를 쑥 뺏아 들고 백성을 후려 때리려는 시늉을 하나 백성들이 피할 생각은 아니하고 섰으니, 그때 마루 위에 섰던 김씨가 동네 백성들을 내려다 보며,

(김)"이애, 그리하여서는 못쓰겠다. 장차들은 이 댁 사랑 마당에서 때려죽일 것 아니라, 내 집 사랑 마당으로 잡아다가 죽이든지 살리든지 하자."

마당에 섰던 백성들이 일변 대답을 하며 그 대답 소리에 이어서 소리를 지른다.

"저놈들을 잡아가지고 김 진사 댁 마당으로 가자!"

하더니 장차를 붙들러 우우 달려드니, 장차가 최본평 집 안중문으로 뛰어들어가는데, 본평 부인이 뒤에 따라 들어가며 중문을 닫아 건다. 최씨가 사랑 마루 위로 올라가며 김씨의 손목을 턱 붙들고 웃으면서,

(최)"여보게 치일이, 자네가 무슨 해거(駭擧)를 이렇게 하나? 동네 백성들을 내보내고 방으로 들어가세."

하더니 최씨가 일변 동네 사람들더러 다 나가라고 다시 천쇠를

불러서 사립문을 안으로 걸라 하고, 장차들은 행랑방에 들여앉히라 하고 최씨는 김씨와 같이 사랑방으로 들어가는데, 장차들은 목숨 산 것만 다행히 여겨서 최씨의 하라는 대로만 하는 터이라. 천쇠를 따라 행랑방으로 나가 앉아서, 감히 사립문 밖으로 나갈 생각을 못하고 천쇠에게 첨을 하느라고 죽을 애를 쓴다. 그때 김씨는 최씨의 사랑방에 앉아서 단둘이 공론이 부산하다.

(김)"여보게 주삼이, 자네나 나나 여기 있다가는 며칠이 못 되어 큰일이 날 터이니 우리들이 서울이나 가서 있다가 이 감사 갈린 후에 내려오세."

(최)"자네는 이번에 일을 장만한 사람이니 불가불 좀 피하여야 쓰려니와, 나는 어디 갈 생각은 조금도 없으니 자네만 어디로 피하게."

(김)"자네가 아니 피할 까닭이 무엇인가?"

(최)"응, 자네는 이번에 이 일을 석 삭 동안만 피하면 그만이라, 자네같이 논 한 마지가 없이 가난으로 패호(牌號)한 사람을 감영에서 무엇을 얻어먹겠다고 두고두고 찾겠나? 나는 돈냥이나 있다고 이름 듣는 사람이라, 이 감사가 갈려 가더라도 또 감사가 내려오고, 내가 타도에 가서 살더라도 그 도에도 감사가 있는 터이라, 돈푼이나 있는 백성은 죄가 있든지 없든지 다 망하는 이 세상에 내가 가면 어디로 가며, 피하면 어느 때까지 피하겠나, 응? 뺏으면 뺏기고, 죽이면 죽고, 당하는 대로 앉아 당하지. 말이 났으니 말이지, 백성이 이렇게 살 수 없이 된 나라가 아니 망할 수 있나, 응? 말을 하자 하면 하루 이틀 한 달 두 달에 다 못할 일이라. 그 말은 그만두고 우리들의 일 조처할 말이나 하세. 자네는 돈 한푼 변통하기 어려운 사람인데, 이번에 망나니 같은 감사에게 미움받을 짓을 하고 여기 있을 수야 있나? 그러나 어디로 가든지 돈 한푼 없이 어찌 나서겠나? 내가 표 하나를 써서 줄 터

이니 내 마음을 불러서 이 돈을 찾아가지고 어디든지 잘 가 있게. 나는 이 길로 장차를 따라서 영문으로 잡혀갈 터일세.”

하면서 엽전 1000냥 표를 써서 김씨를 주고 벌떡 일어나며,

“응, 친구도 작별하려니와 우리 마누라도 좀 작별하여야 하겠네.”

하더니 안으로 들어가는데, 김씨는 앞에 놓인 돈표를 거들떠보지도 아니하고 고개를 푹 수그리고 한참 동안을 앉았다가 고개를 번쩍들며,

(김)“응, 그럴 일이야. 주삼이 떠나는 꼴은 보아 무엇하게?”

하더니 돈표를 집어서 부시 쌈지 속에 넣고 안으로 향하여 소리 한마디를 꽥 지른다.

(김)“여보게 주삼이, 나는 먼저 가네. 죽는 놈은 죽거니와 사는 놈은 살아야 하느니, 세상이 망할 듯하거든 흥할 도리 하는 사람이 있어야 쓰는 법이라. 다 각각 제 생각, 도는 대로 하여보세.”

하면서 나가는데, 최씨는 안에서 목소리를 크게 하여 외마디 대답이라.

(최)“어어, 알아들었네. 잘 가게그려!”

하는 말은 최씨와 김씨 두 사람만 서로 알아들을 뿐이라. 김씨는 어디든지 멀리 달아날 작정이요, 최씨는 감영으로 잡혀갈 마음으로 작별하는데, 부인이 울며,

(부인)“여보 옥순 아버지, 무슨 죄가 있어서 원주 감영에서 잡으러 내려 왔소?”

(최)“응, 죄는 많이 지었지.”

부인이 깜짝 놀라면서,

(부인)“여보, 그것이 무슨 말씀이오? 무슨 죄를 그렇게 많이 지으셨단 말이오? 열 길 물 속은 알아도 한 길 사람의 속은 모른

다더니 나는 내외간이라도 그러실 줄은 몰랐소그려. 삼순구식(三旬九食)을 못 얻어먹는 사람이라도, 제 마음만 옳게 가지고 그른 일만 아니하고 있으면, 어느 때든지 한 때가 있을 것이요, 만일 그른 마음 먹고 남에게 적악을 하든지 나라에 죄 될 일을 할 지경이면 하늘이 미워하고 조물이 시기하여, 필경 그 죄를 받을 것이니 사람이 죄를 짓고 죄받는 것을 어찌 한탄한단 말이오? 말으시오, 말으시오. 무슨 죄를 짓고 저 지경을 당하시오?"

　(최)"응, 죄를 나 혼자 지었다구? 두 내외 같이 지었지."

　(부인)"여보, 나의 애매한 말 말으시오. 나는 철난 후로 죄 될 일을 한 것 없소. 손톱·발톱이 닳도록 내 배를 덜 채우고 한술밥이라도 먹여 보내고 동지섣달에 살을 가리지 못하고 얼어 죽게 된 사람을 보면 내가 입던 옷 한 가지라도 입혀 보내고 손톱만치도 사람을 속여본 일도 없고 털끝만치도 남을 해치려는 마음을 먹은 일이 없소. 죄 될 일은 아무 것도 한 것 없소. 여보시오, 여편네라고 업신여기지 말으시고 내 말좀 들어보시오. 죄 될 일을 하실 때에는 하나님 버력도 무섭지 아니하고 귀신의 앙화도 겁나지 아니하더라도 처자가 부끄러워서 죄 될 일을 어찌하셨단 말이오? 영문에서까지 알고 잡으러 온 터인데 나 하나만 기이면 무엇하오?"

　(최)"응, 마누라는 죄를 지어도 알뜰하게 잘 지었지. 우리 죄는 두 가지 죄라. 한 가지는 재물 모은 죄요, 한 가지는 세력 없는 죄."

　(부인)"여보, 그것이 무슨 죄란 말이오?"

　(최)"응, 우리 나라에서는 녹피에 가로왈자같이 법을 써서 죽이고 싶은 사람이 있으면 없는 죄를 만들어 뒤집어 씌우고, 살리고 싶은 사람이 있으면 있는 죄도 벗겨 주는 세상이라. 이러한 세상에 재물을 가진 백성이 있으면, 그 백성 다스리는 관원이 그

재물을 뺏어 먹으려고 없는 죄를 만들어서 남을 망해놓고 재물을 뺏어 먹는 세상이니 그런 줄이나 알고 지내오. 그러나 마누라가 지금 태중이라지? 언제가 산월이오?"

(부인)"……."

(최)"아들이나 낳거든 공부나 잘 시켜야 할 터인데……."

(부인)"여보, 그런 말씀은 지금 할말이 아니오. 몇달 후에 낳을 어린아이의 말과 몇해 후에 그 아이 공부시킬 일을 왜 지금 말씀하신단 말이오? 옥순 아버지가 영문에 잡혀가시더라도 죄 없는 사람이라, 가시는 길로 놓여나오실 터이니 왕환(往還)하는 동안이 불과 며칠이 되겠소? 집의 일은 걱정 말으시고 부디 몸조심하여 속히 다녀오시오."

(최)"응, 그도 그러하지. 그러나 내가 객기(客氣)가 많고 이상한 사람이야. 요새 세상에 돈만 많이 쓰면 쉽게 놓여나오는 줄은 알지마는 나라를 망하려고 기를 버럭버럭 쓰는 놈의 턱밑에 돈표를 써서 들이밀고 살려 달라, 놓아 달라, 그 따위 청을 하고 싶은 마음은 없는 걸. 죽이거나 살리거나 제 할 대로 하라지."

(부인)"여보시오, 그것이 무슨 말씀이오? 쉽게 놓여나올 도리만 있으면 영문에 잡혀가던 그날 그시로 놓일 도리를 하실 일이지, 딴 생각을 하실 까닭이 있소? 재물이 다 무엇이란 말이오? 우리 재물을 있는 대로 다 떨어주더라도 무사히 놓여나올 도리만 하시오. 여보, 재물은 없더라도 부지런히 벌기만 하면 굶어 죽지는 아니할 터이니 재물을 아끼지 말고 몸조심만 잘 하시오. 만일 우리 세간을 다 떨릴 지경이던 사랑에서는 거적도 매고 짚신도 삼으시고, 나는 베도 짜고 방아 품도 팔았으면 호구(糊口)하기는 염려 없을 터이니, 먹고살 걱정을 말으시고 영문에서 횡액만 아니 당할 도리만 하시오."

(최)"허허허, 좋은 말이로구. 마누라는 마음을 그렇게 먹어야

쓰지. 내 마음은 어떻게 들어가든지 되어 가는 대로 두고 봅시다. 자, 두말 말고 잘 지내오, 나는 원주 감영으로 가오."

하면서 벌떡 일어나서 나가더니 영문 장차들을 불러서 당장에 길을 떠나자 하니 장차들은 혼이 떴던 끝이라, 최씨 덕에 살아난 듯하여 별안간에 소인(小人)을 개 올리며 말을 한다.

(장차)"소인들은 이번에 서방님 덕택에 살았습니다. 소인들이 서방님을 못 잡아가고 소인들이 영문 사또 장하에 죽는 수가 있더라도 소인들만 들어갈 터이오니 이 동네에서 무사히 잘 나가도록만 하여 주십시오."

(최)"너희 말도 고이치 아니한 말 이다마는 그렇게 못 될 일이 있다. 너희들이 나를 잡아가지 아니할 지경이면 너희들의 발뺌을 하느라고 경금 동네 백성들이 소요부리던 말을 다 할 터이니 너의 영문 사또께서 그 말을 들으시면 경금 동네는 뿌리가 빠질 터이라. 차라리 나 한 몸이 잡혀가서 죽든지 살든지 당할 대로 당하고 동네 백성들이나 부지하게 하는 일이 옳은 일이라. 너희들이 나를 고맙게 여길진대 이 동네 백성들을 부지하게 하여다고. 또 실상으로 말할 진대 경금 동네 백성들이야 무슨 죄가 있느냐? 김 진사 댁 서방님이 시키신 일인데, 그 양반은 벌써 어디로 도망하였을는지 이 동네에 있을 리가 만무한 터이라. 죄 지은 사람은 어디로 도망하였는데 무죄한 여러 사람에게 그 죄가 미쳐서야 쓰느냐? 그러나 관속이라는 것은 믿을 수가 없는 것이라. 너희들이 이 동네 있을 때는 좋은 말로 내 앞에서 대답을 하였더라도 영문에 들어가면 필경 만만한 경금 동네 백성들을 결단내러 들 줄을 내가 짐작한다. 만일 너희들이 내말대로 아니할 지경이면 나는 너희들이 내 집에와서 작폐(作弊)하던 말을 낱낱이 하고, 내가 너희들에게 차사례 뺏기던 일도 낱낱이 하여 너희들을 순사의 눈 밖에 나도록 말할 터이니 너희들은 너희 몸의 이해를 생각

하여 나 하나만 잡아가고 경금 동네 백성에게는 일 없도록만 하여다고. 그러나 너희들이 하룻밤이라도 이 동네있는 것이 부끄러운 일이니, 날이 저물었더라도 지금으로 떠나자."

하더니 장차는 앞에 서고 최씨는 뒤에 서서 사랑 마당으로 나가는데 안중문간에서 부인과 옥순의 울음소리가 난다. 부인이 한참 동안을 정신 없이 울다가 옥순이를 데리고 사립문 밖으로 나가더니, 그 남편 간 곳을 우두커니 바라보고 섰는데 남편은 간 곳 없고 대관령만 높았더라.

원주 감영에 동요가 생겼는데, 그 동요가 너무 괴악한 고로, 아이들이 그 노래를 할 때마다 나 많은 사람들이 꾸짖어서 그런 노래를 못 하게 하나 철모르는 아이들이 종종 그 노래를 한다.

내려왔네, 내려왔네, 불가사리가 내려왔네
무엇하러 내려왔나, 쇠 잡아먹으러 내려왔네

그런 노래 하는 아이들은 무슨 의미인지 모르고 하는 노래이나, 듣는 사람들은 불가사리라 하는 것이 감사를 지목한 말이라 한다.

그것은 무슨 곡절인고? 거짓말일지라도 옛날에 불가사리라 하는 물건 하나가 생겨나더니 어디든지 뛰어다니면서 쇠란 쇠는 다 집어먹은 일이 있었다 하는데, 감사가 내려와서 강원도 돈을 싹싹 핥아먹으러 드는 고로 그 동요가 생겼다 하는 지라. 이때 동요는 고사하고 진남문 밖에서 익명서가 한 달에 몇번씩 걸려도 감사는 모르는 체하고 저 할 일만 한다.

그 하는 일은 무슨 일이고? 긁어서 바치는 일이라. 긁기는 무엇을 긁으며 바치기는 어디로 바치는고? 강원 일도에 먹고사는 재물을 뺏어다가 서울 있는 상전들에게 바치는 일이라. 상전이라 하면 강원 감사가 남의 집에 문서 있는 종이 아니라 무서워하기를 상전같이 알고 믿기를 상전같이 믿고 섬기기를 상전같이 섬기는데 그 상전에게 등을 대고 만만한 사람을 죽여내는 판이라.

대체 그런 상전 섬기기는 어렵고도 쉬운 터이라. 어려운 것은 무엇인고? 만일 백성을 위하여 청백리 노릇만 하고 상전에게 바치는 것이 없을 지경이면 가지고 있는 인(印) 꼭지를 며칠 쥐어보지도 못하고 떨어지는 터이요, 또 전정이 막혀서 다시 벼슬이라도 얻어하여 볼 수가 없는 터이라. 그런고로 그 상전 섬기기가 어렵다 하는 것이라. 쉬운 것은 무엇인고? 우물고누 첫수로 백성의 피를 긁어 바치기만 잘하면 그만이라. 이때 강원 감사가 그 일을 썩 쉽게 잘 하는 사람인데 또 믿을 만한 상전도 많은지라. 많은 상전을 누구누구하고 열명을 할진대 종 문서같이 상전 문서장이나 있어야 그 상전을 다 기억할지라. 세도 재상도 상전이요, 별입시(別入試)도 상전이요, 간한 내시도 상전이요, 그 외에도 상전낱이나 있는데, 그중에 믿을 만한 상전 하나가 있다.

상전 부모라 하니 어머니 어머니 불렀으면 좋으련마는 원수의 나이 어머니라기는 남이 부끄러울 만한 터인 고로, 누님 누님 하는 여상전(女上典)이라. 그 상전의 힘으로 감사도 얻어 하고 그 상전의 힘을 믿고 백성의 돈을 불한당질 하는데, 그 불한당 밑에 졸개 도적은 졸남생이 따르듯하였더라.

강원 감영 아전은 본래 사람의 별명 잘 짓기로 유명한 사람들이라. 감사의 식구를 별명 지은 것이 있었는데 골고루 잘 모인 모양이라.

　　순사또는 쇠귀신
　　호방 비장은 구렁이
　　예방 비장은 노랑 수건

병방 비장은 소경 불한당
공방 비장은 초라니
회계 비장은 갈강쇠
별실마마는 계집 망나니
수청 기생은 불여우

별명은 다 다르나, 심장은 똑같은 위인이라. 무슨 심장이 같으냐 할 지경이면 괴수나 졸개나 불한당질 할 마음은 일반이라. 대체 잔치하는 집에 떡 부스러기, 국수 갈구랑이, 실과낱 헤어지듯이 감사가 돈 먹는 서슬에 여간청 거간(居間)이나 한 두 번 얻어하면 큰 돈 머리는 감사가 다 집어먹고 거간꾼은 중비만 얻어먹더라도 수가 문청문청 난 사람이 몇인지 모르는 판이라. 감사도 눈이 벌겋고 조방(助幇)군이도 눈이 벌개 날뛰는데, 강원도 백성들은 세간이 뿌리가 쑥쑥 빠질 지경이라. 강원 감영 선화당 마당에는 형장 소리가 끊어지지 아니하고 선화당 위에서 풍류 소리가 끊어질 때가 없다. 꽃 같은 기생들이 꾀고리 같은 목청으로 약산동대(藥山東臺) 야지러진 바위를 부르면서 옥 같은 손으로 술잔을 드리는데, 수염이 희끗희끗한 늙은이가 웬 계집을 그렇게 좋아하던지 침을 꽤어 흘리며 기생의 얼굴만 쳐다보며, 술잔을 받아 먹는 감사의 얼굴도 구경 삼아 한 번 쳐다볼 만하다.

거문고는 두덩실, 양금(洋琴)은 증지당, 피리는 닐리리, 장구는 꿍하는데, 꽃밭에 흩날리는 나비같이 너울너푼 너울너푼 춤추는 것은 장번(長番) 수청기생 계화이라. 때때로 여러 기생들이 지화자 부르는 소리는 꾀꼬리 세계에 야단이 난 것 같다.

감사는 놀이에 흥이 날 대로 나고 기생에게 정신 빠질 대로 빠지고 그 중에 술이 얼근하여 산동(山東)이 대란(大亂)하더라도 심상한 판이라. 산동은 남의 나라 땅이어니와 우리 나라 영동이 대란하더라도 심상하여 그 놀음놀이만 하고 있을 터이라. 그런 때는 영문에 무슨 일이 있든지 아전들이 그 일을 감사에게 거래(去來)를 아니하고 그 노래 끝나기를 기다리든지 그 이튿날 조사 끝에 품든지 하지마는, 만일 감사에게 제일 긴한 일이 있으면 불류시각(不留時刻)하고 품하는 터이라.

목청 좋은 급창(及唱)이가 섬돌 위에 올라서서 웅장한 소리를 쌍으로 어울러서,

"강릉 출사 갔던 장차 현신 아뢰오."

하는 소리에 감사의 귀가 번쩍 띄어서 내다본다. 풍류 소리가 별안간에 뚝 그치고 급창의 청령(聽令) 소리가 연하여 높았더라.

"형방 영리 불러라. 강릉 경금 사는 최병도 잡아 들여라. 빨리 거행하여라."

영이 뚝 떨어지며 사령들은 일변 긴 대답을 하며 풍우같이 몰려 들어오고, 최병도는 난전(亂廛) 몰려 들어오듯 잡혀 들어가는데, 영문이 발끈 뒤집는다. 죄는 있고 없고간에 최병도의 간은 콩만하게 졸아지고 감사의 간(肝) 잎은 자라 몸뚱이같이 널브러진다. 콩만하게 졸아드는 간은 겁이 나서 그러하거니와, 자라 몸뚱이같이 널브러지는 간은 무슨 곡절인고? 흥이 날 대로 나서 조개 입술 넘늘듯이 너울거리고 있다.

감사의 마음은 범이 노루나 사슴이나 잡아놓은 듯이 한 밥 잘 먹겠다 싶은 생각에 흥이 나고, 최병도의 마음은 우렁이가 황새나 왜가리나 만나서 이제는 저 놈에게 찍히겠다 싶은 생각에 겁이 잔뜩 난다.

사령(辭令) 좋은 형방 영리는 감사의 말을 받아서 내리는데 최병도의 죄목이라.

"여보아라, 최병도, 분부 듣거라. 너는 소위 대민 명색으로 부모에게 불효하고 형제에게 불목하니 천지간에 용납치 못할 죄라,

풍화소관(風化所管)에 법을 알리겠다."

하는 선고(宣告)라 좌우에 늘어선 사령들은 분부 듣거라 소리를 영문이 떠나가도록 지르는데, 여간 당돌한 사람이 아니면 정신을 차릴 수 없는지라. 최병도가 그 말을 듣고 기가 막혀서 땅을 두드리며 대답을 하는데 본래 글 잘하는 사람이라, 말을 냅뜰 때마다 문자이요, 문자마다 새겨서 말을 한다.

(최) "옛말에 하였으되, (父兮生我 母兮鞠我 欲報之德 昊天罔極) 아버지가 나를 낳으시고 어머니가 나를 기르셨으니, 은혜를 갚고자 할진대 호천망극이라 하였으니, 부모의 은혜를 갚지 못한 사람은 천지간 죄인이라. 그러한즉 생은 부모의 은혜를 갚지 못하였으니 그런 죄가 어디 있겠습니까? 생의 모친이 초산에 생을 낳고 해산 후더침으로 생의 삼칠일 안에 죽었는데, 생의 부친이 생을 기르느라고 앞뒷집으로 안고 다니며 젖을 얻어먹이다가 생의 자라는 것을 못 보고 생의 돌 전에 죽고, 생은 이모의 손에 길렀사온즉, 생이 장성한 후에 생의 손으로 죽 한 모금 밥 한 술을 부모께 봉양치 못하였으니 그런 불효가 천지간에 또 어디 있겠습니까(五刑之蜀三千而罪莫大於不孝)? 다섯 가지 형법에 죄가 불효보다 더 큰 것이 없다 하였으니 생이 부모의 은혜를 갚지 못한 그런 큰 죄를 이미 화합하여야 화락하고 또 맑다 하였는데, 생은 본래 삼대 독자로, 자매도 없는 사람이라 단독 일신이 혈혈고고(孑孑孤孤)하여 평생에 우애라고는 모르고 지냈으니 그런 부제(不悌)가 또 어디 있겠습니까? 생이 효도 못하여 보고 우애도 못하여 보았으니 불효·부제의 죄목이 생에게 원통치 아니하나 그런 죄는 생이 짐짓 지은 것이 아니요 하늘이 지어주신 죄오니 순사또께서 생의 죄를 어떻게 다스리시고 법을 어떻게 알리시려는지 모르거니와(罪疑惟輕) 죄가 있는지 없는지 의심 나는 것은 오직 가벼웁게 다스린다는 말이 있사오니 순사또께서는 밝은 법으로

다스려주시기를 바랍니다.”

　그렇게 하는 말이 폭포수 떨어지듯 쉴 새 없이 나오는데 듣고 보는 사람들이,

　“최병도가 죄 없는 사람이라.”

　“애매히 잡혀온 사람이라.”

　“그 정경이 참 불쌍한 사람이라.”

　하며 수군거리는 소리는 사람마다 있는 측은한 마음에서 나오는 말이라. 그러나 그 중에 측은한 마음이 조금도 없는 사람은 감사 하나뿐이라. 부끄러운 생각이 있던지 얼굴이 벌개지며 두 볼이 축쳐지도록 율기(律己)를 잔뜩 뽑고 앉아서 불호령을 하는데, 최병도의 죄목은 새 죄목이라. 무슨 죄가 삽시간에 생겼는고? 최씨는 순리로 말을 하였으나 감사는 그 말을 듣고 관정발악(官庭發惡) 한다 하면서, 형틀을 들여라, 발형장(別刑杖)을 들여라, 겁장 사령을 골라 세라 하는 영이 떨어지며, 물 끓듯 하는 사령들이 이리 몰려 가고 저리 몰려가고 갈팡질팡하더니, 일변 형틀을 들여놓으며 일변 산장(散杖)을 끼웠더니, 최병도를 형틀 위에 동그랗게 올려매고 형문(刑門)을 친다. 형방 영리는 목청을 돋워서 첫 매부터 피를 묻혀 올리라 하는 영을 전하는데 형문 맞는 사람은 고사하고 집장 사령이 죽을 지경이라. 사령은 젖 먹던 힘을 다 들여 치건마는 감사는 헐장(歇杖)한다고 벼락령이 내린다. 집장 사령의 죽지를 떼어라, 오금을 끊어라 하는 서슬에 집장 사령이 매질을 어떻게 몹시 하였던지 형문 한 치에 최병도가 정신이 있으락 없으락 할 지경인데, 그러한 최병도를 큰 칼을 씌워서 옥중에 내려가두니 그 옥은 사람 하나씩 가두는 별옥이라. 별옥이라 하면 최씨를 대접하여 특별히 편히 있을 곳에 가둔 것이 아니라 부자를 잡아오면 가두는 곳이 따로 있는 터이라.

　무슨 까닭으로 별옥을 지었으며 무슨 까닭으로 부자를 잡아오

면 따로 가두는고? 대체 그 감사가 백성의 돈 뺏어 먹는 일에는 썩 솜씨 있는 사람이라. 별옥이 몇 칸이나 되는 옥인지 부민(富民)을 잡아오면 한 칸에 사람 하나씩 따로따로 가두고 뒤로 사람을 보내서 으르고 달래고 꾀이고 별 농락을 다하여 돈을 우려낼 대로 우려내는 터이라. 최병도가 그런 옥중에 여러 달 동안을 갇혀 있는데 장처(杖處)가 아물 만하면 잡혀 들어가서 형문 한 치씩 맞고 갇히나, 그러나 최씨는 종시 감사에게 돈 바치고 놓여 나갈 생각이 없고 밤낮으로 장독 나서 앓는 소리와 감사가 미워서 이 가는 소리뿐이라. 옥중에서 그렇게 세월을 보내는데 엄동설한에 잡혀갔던 사람이 그 이듬해가 되었더라.

하지머리에 비가 뚝뚝 떨어지며 시골농가에서는 눈코 뜰 새 없이 바쁜 터이라. 밀·보리 타작을 못다하고 모심기 시작이 되었는데, 강릉 대관령 밑 경금 동네 앞 논에서 농부가가 높았더라. 보리 곱살미 댓되밥을 먹은 후에 곁두리로 보리 탁주를 사발로 퍼먹은 농부들이 북통 같은 배를 질질 끌고 기역자로 꾸부리고 서서 왼손에 모춤을 들고 오른손으로 모포기를 찢어 심으며 뒷걸음을 슬슬하여 나가는데 힘들고 괴로운 줄은 조금도 모르고 흥이 나서 소리를 한다. 그 소리는 선소리꾼이 당장 지어 하는 소리인데 워낙 입심이 썩 좋은 사람이라, 서슴지 아니하고 소리를 먹이는데 썩 듣기 좋게 잘하는 소리러라.

서어 마지기 방석배미 산골 논으로 제법 크다. 여어허 여어허 어혀라 상사디이야. 한일자로 늘어서서 입구자로 심어가세. 여어허 여어허 어여라 상사디이야.

불볕을 등에 지고 진흙 물에 들어서서 이 농사를 지어서 누구하고 먹자 하노? 여어허 여어허 어여라 상사디이야.

늙은 부모 봉양하고 젊은 아이 배 채우고 어린 자식 길러내서 우리도 늦게 뉘움보세. 여어허 여어허 어여라 상사디이야.

하나님이 사람 내고 땅님이 먹을 것 내서 우리 생명 보호하니 부모 같은 덕택이라. 여어허 여어허 어여라 상사디이야.

신농씨 교육 받아 논밭 풀어 농사하고 수인씨(燧人氏) 불을 받아 화식한 이후에는 사람 생애 넉넉하여 퍼지느니 인종일세. 여어허 여어허 어여라 상사디이야.

쟁반 같은 논배미에 지뻠 한뻠 물을 싣고 어레 써레발로 목침 같은 흙덩이를 파고 물같이 풀어 놓았네. 여어허 여어허 어여라 상사디이야.

흙 한 덩이에 손이 가고 베 한 포기에 공이 드니 이 공덕을 생각하면 쌀 한 톨을 누구를 주며 밥 한 술을 누구를 줄까? 여어허 여어허 어여라 상사디이야.

바특바특 들어가서 촘촘히 잘 심어라. 이 논이 토박(土薄)하고 논 임자는 가난하여 봄 양식 떨어지고 굶기에 골몰하여 대관령 흔한 풀에 거름조차 못 하였다. 여어허 여어허 어여라 상사디이야.

우리 동네 박 첨지, 올해 농사 또 잘되겠네. 한 섬지기 농사, 사흘갈이 밭농사에 백짐 풀을 베어 넣고 그것도 부족하여 쇠두엄을 덮었다네. 여어허 여어허 어여라 상사디이야.

염려되네 염려되네 박 첨지 집 염려되네. 지붕 처마 두둑하고 볏섬이나 쌓였다고 앞뒤 동네 소문났네. 관가 영문에 들어가면 없는 죄에 걸려들어 톡톡 털고 거지 되리. 여어허 여어허 어여라 상사디이야.

우리 동네 최서방님 굳기는 하지마는 그른 일은 없더니라. 벼천이나 하는 죄로 영문에 잡혀가서 형문 맞고 큰 칼 쓰고 옥중에 갇혀 있어 반년을 못 나오네. 여어허 여어허 어여라 상사디이야.

삼대 독자 최 서방님 조실부모하였으니 불효·부제 죄목 듣기 그 아니 원통한가? 순사또 그 양반이 정씨 성을 가지고 돈 소리에만 귀가 길고 원망 소리에는 귀먹었네. 여어허 여어허 어여라 상사디이야.

우리 동무 내 말 듣게. 이 농사를 지어서 먹고 입고 남거든 돈모을 생각 말고 술 먹고 노름하고 놀 대로 놀아보세. 마구 뺏는 이 세상에 부자 되면 경치느니. 여어허 여어허 어여라 상사디이야.

한참 그렇게 흥이 나서 소리를 하다가 저녁 곁두리 술 한 참을 또 먹는데, 술동이 앞에 삥 돌아 앉아서 양대로 막 퍼먹고 모심기를 시작한다. 그때는 선소리꾼이 자진가락으로 소리를 먹이는데 얼근한 김에 흥이 한층 더 나서 되고 말고 한 소리를 함부로 주워대는데, 나중에는 최병도의 노래뿐이라.

일락 서산 해 떨어진다. 모춤을 들어라, 모포기를 찢어라, 얼른 얼른 쥐어 쳐서 저 논 한 배미 더 심어보자. 여어허 여어허 어여라 상사디이야.

저기 선 저 아주머니 치마 뒤에 흙 묻었소. 동그마니 치켜 걷고 다부지게 심어보오. 먹고 사는 생애 일에 넓적다리 남 뵈기로 무엇이 그리 부끄럽소 여어허 여어허 어여라 상사디이야.

고수머리 저 총각 음침하기는 다시 없네. 낮전부터 보아도 개똥 어머니 뒤만 따른다. 개똥 아버지가 살았던들 날라리뼈 분질러 퉁숫대를 팠을라. 여어허 여어허 어여라 상사디이야.

최풍헌 집 머슴 녀석 이리 와서 내 말 좀 들어라. 물갈이 논에 건갈이하기, 찬물받이에 못자리하기, 물방아 찧다가 낮잠자기, 보릿단 훔쳐다가 술 사먹기, 제반 악증은 다 가진 놈이 최풍헌이 잔소리하고, 주인 마누라 죽 자주 쑨다고 무슨 염치에 흥을 보아. 여어허 여어허 어여라 상사디이야.

　모춤 나르는 강 생원 얼굴 좀 들어서 나를 쳐다보오. 그따위로 행세를 하다가, 체뿔관 쓰고 몽둥이 맞으리. 코훌쩍이 술장사년 무엇이 탐나서 미쳤소. 밀 한 섬 팔아서 치마 해주고, 아씨 강샘을 만나서 노랑 수염을 다 뽑히고 동경 강 생원이 되었네. 여어허 여어허 어여라 상사디이야.

　이 논 임자 배춘보, 인심 좋기는 다시 없네. 저 먹을 것은 없어도 일꾼 대접은 썩 잘하네. 보리 탁주 곁두리 실컷 먹고 또 남았네. 배춘보야, 들어보아라. 네가 참 알아챘다. 다 막 먹고 막 써서 부모 세덕(世德) 다 없애고 가난뱅이 되었으니 네 신상에는 편하니라. 볏백이나 하던 재물 지금까지 지녔던들 걸렸을라 걸렸을라, 영문 고밀개에 걸렸을라. 강원 감사 정등내(政等內) 곰배정자는 아니지마는 고밀개는 가지고 왔대. 앞으로 끌고 뒤로 끌고, 이리 끌고 저리 끌고, 자나 굵으나 굵으나 자나, 득득 긁어들이는 판에, 너조차 걸려들어 사령에게 고랑맛, 사또 앞에 태장맛, 이 세상에 따가운 맛 볼 대로 다 본 후에 네 재물 있는 대로 툭툭 떨어 다 바치고 거지 되어 나왔을라. 여어허 여어허 어여라 상사디이야.

　못 볼러라 못볼러라, 불쌍하며 못 볼러라. 우리 동네 최 서방님, 불쌍하여 못 볼러라. 옥 부비(浮費) 보낼 때에 내가 갔다 어제 왔다. 옥사장에게 인정 쓰고 겨우 들어가 보았다. 여어허 여어허 어여라 상사디이야.

　거적 자리 북데기는 개국 원년에 깐 것인지 더럽기도 하려니와 밑에서는 썩어나대. 사람 자는 아랫목은 보리알 같은 이 천지요, 똥누는 윗목에는 꽁지벌레 천지라, 설설 기어다니다가 사람에게로 기어오네. 여어허 여어허 어여라 상사디이야.

　그 속에서 잠자고 그 속에서 밥 먹는 최 서방님을 볼진대 눈물나서 못 보겠대. 우리 눈이 무디지마는 오지랖이 다 젖었다. 여어허 여어허 어여라 상사디이야.

누렇게 뜬 얼굴 눈두덩이 수북한데 살이 찐 줄 알았더니 부기가 나서 그러하대. 여어허 여어허 어여라 상사디이야.

빗지 못한 헙수머리 갈기머리가 되어서 눈을 덮고 귀를 덮어, 귀신같이 된 모양 꿈에 볼까 겁나대. 여어허 여어허 어여라 상사디이야.

형문 맞은 앞정강이 살이 푹푹 썩어나고 하얀 뼈가 드러나서 못 볼러라 못 볼러라, 고름 끼쳐 못 볼러라. 여어허 여어허 어여라 상사디이야.

독하더라 독하더라, 순사또가 독하더라. 아비 쳐죽인 원수라도 그렇게는 못 할네. 목을 베면 베었지, 사람을 어디 썩여 죽이나. 여어허 여어허 어여라 상사디이야.

글 잘하는 양반이 말을 하여도 남과 다르대. 최 서방님이 나를 보고 순사또를 욕을 하는대, 나라 망할 놈이라고 이를 북북 갈고 피를 벅벅 토하면서, 우리 나라 백성들이 불쌍하다고 말을 하니, 그 매를 그렇게 맞고 그 고생을 그리하면서 내 몸 생각은 조금도 없고 나라 망할 근심이대. 여어허 여어허 어여라 상사디이야.

못 살러라 못 살러라, 최 서방님 못 살러라. 장독 나서 못 살러라, 먹지 못해 못 살러라. 최 서방님 살거들랑 내 손톱에 장지져라. 여어허 여어허 어여라 상사디이야.

최본평 댁 아씨께는 이런 말도 못 했다. 남이 들어도 눈물을 내니 그 아씨가 들으시면 오죽 대단하시겠나. 여어허 여어허 어여라 상사디이야.

그 서방님이 돌아가면 그 댁 일도 말 못되네. 아들 없고 딸뿐인데 과부 아씨가 불쌍하다. 여어허 여어허 어여라 상사디이야.

최 서방님 죽었다고, 통부(通訃) 오는 그날로 동네 백성 우리들이 송장 찾으러 여럿이 가서 기구 있게 메고 오세. 여어허 여어허 어여라 상사디이야.

장사를 지낼 때도 우리들이 상여꾼이 되어 소방상(小方牀) 대
틀에 기구 있게 메고 가며 상두 소리나 잘해보세. 여어허 여어허
어여라 상사디이야.

무덤을 지을 때도 우리들이 달굿대 들고 달구질이나 잘해보세.
여어허 여어허 어여라 상사디이야.

죄 없는 최 서방님, 원주 감영 옥중에서 원통히 죽은 넋두리는
입담 좋고 넉살 좋은 김헐렁이 내가 하마. 여어허 여어허 어여라
상사디이야.

그 농부가 소리가 최병도 집 안방에서 낱낱이 들리는 터이라.
해는 뚝 떨어져서 땅거미가 되고 저녁 연기는 슬슬 몰려서 대관
령 산밑에 한일자로 비꼈는데 농부가는 뚝 그치고 최병도 집 안
방에서 울음소리가 쌍으로 일어난다. 하나는 최병도 부인의 울음
소리요, 또 하나는 그 딸 옥순이가 그 어머니를 따라 우는 소리
라. 최병도의 부인이 목을 놓아 울며 원통한 사정을 말한다.

"이애 옥순아, 저 농부의 노랫소리를 너도 알아들었느냐? 너의
아버지께서 원주 감영 옥중에서 돌아가시게 되었다는구나. 너의
아버지께서 일평생에 그른 일 하시는 것은 내 눈으로는 못 보고,
내 귀로는 못 들었다. 무슨 죄가 있다고 강원 감사가 잡아다가
땅땅 때려 죽인단 말이냐? 에그, 이를 어찌하잔 말이냐? 너의 아
버지께서 귀신 모르는 죽음을 하신단 말이냐? 감사도 사람이지
남의 돈을 뺏아 먹으려고 무죄한 사람을 잡아다가, 돈이 나오도
록 제반 악형을 모두 하고 옥중에 가두었다가 돈을 아니 준다고
필경 목숨까지 없애버린단 말이냐? 이애 옥순아 옥순아, 너의아
버지께서 병이 들어 돌아가시더라도 청춘 과부 되는 내 평생에
설움이 한량없을 터인데, 생떼같이 성한 너의 아버지가 남의 손

에 몹시 돌아가시면 내 평생에 한 되는 마음이 어떠하겠느냐? 옥순아 옥순아, 너의 아버지가 참 돌아가시면 나는 너의 아버지를 따라 죽겠다."

하며 기가 막혀 우는데, 옥순이가 그 말을 듣더니 그 어머니 무릎 위에 올라앉아서 어머니를 얼싸안고 울며,

"어머니 어머니, 어머니가 죽으면 나 혼자 어찌 사노? 어머니가 죽으려거든 나 먼저 죽여주오."

하며 모녀가 마주 붙들고 우는 소리에 그 동네 사람들은 그 울음 소리를 듣더니, 최병도가 죽었다는 기별을 듣고 우는 줄 알고, 최병도가 죽었다고 영걸스럽게 하는 말이 한 입 건너 두 입, 두 입 건너 세 입, 그렇게 온 동네로 퍼지면서 말이 점점 보태고 점점 와전이 되어, 회오리바람 불 듯 뺑뺑 돌아들고 돌아들어서 한 사람의 귀에 세 번 네 번을 거푸 들리며, 사람마다 그 말이 진적(眞的)한 소문인 줄로 여겼더라. 이웃에 사는 늙은 할미 하나가 두어 달 전에 외아들 참척(慘慽)을 보고, 제 설움이 썩 많은 사람이라, 최병도 집에 와서 안방 문을 열고 와락 들어오며,

(할미)"에그, 이런 변이 있나? 이 댁 서방님이 돌아가셨다네."

하더니 청승 주머니가 툭 터지며 목을 놓고 우니, 그때 부인이 울고 앉았다가 그 소리에 깜짝 놀라서 고개를 번쩍 들며,

(부인)"응, 그것이 무슨 말인가? 그 말을 뉘게 들었나? 이 사람, 이 사람, 울지 말고 말 좀 자세히 하게."

하면서 정작 설워할 본평 부인은 정신을 차려서 말을 하나, 그 할미는 대답할 경황도 없이 우는지라, 동네 농군의 계집들이 할미 대신 대답을 하는데, 나도 그 말을 들었소. 나도, 나도 하는 소리에 부인이 그 말을 더 물을 경황도 없이 기가 막혀 울기만 한다. 본래 그 동네에서 최병도가 무죄히 잡혀간 것은 사람마다 불쌍히 여기는 터이라. 최병도가 인심을 그렇게 얻은 것은 아니

나, 강원 감사에게 학정(虐政)을 받고 사는 백성들의 마음이라, 초록은 한 빛이 되어 감사를 원망하고 최병도의 일을 원통히 여기던 차에 최병도 죽었다는 말을 듣고, 남의 일 같지 아니하여 동네사람들이 남녀노소 없이 최병도 집에 와서 화톳불을 질러 놓고 밤을 새우면서 공론이 부산하다.

최병도 집은 외무주장(外無主張)하게 된 집이라. 동네 사람들이 제 일같이 일을 보는 것이 도리어 옳다 하여 일변으로 송장 찾으러 갈 사람들을 정하고, 일변으로 초상 치를 의논하는 중에 박 좌수라하는 노인이 오더니 그 일 주장하는 사람이 되었더라.

본래 박 좌수는 십년 전에 좌수를 지내고 일도 아는 사람이라, 최병도 죽었다는 기별이 왔느냐 물으며, 그 말 들은 곳을 캐는데, 필경은 풍설인 줄을 알고 일변으로 계집 사람을 안으로 들여보내서, 최 부인에게 헛소문이라는 말을 자세히 하고, 일변으로 원주 감영에 전인하여 알아 보라 하니, 헛소문이라는 말을 듣고, 어떻게 기쁘던지 눈에는 눈물이 떨어지며 얼굴에는 웃음빛이 띄었더라.

그때는 밤중이라 감영에로 급주(急走)를 띄워보내더라도 대관령 같은 장산(長山)을 사람 하나나 둘이나 보내기는 염려된다 하여 장정 4,5인을 뽑아 보내려 하는데, 최 부인이 그 남편 생전에 얼굴 한 번을 만나보겠다 하여 교군을 얻어 달라 하거늘, 몸 수고 아끼지 아니하는 농부들이 자원하여 교군꾼으로 나서니 비록 서투른 교군이나 장정 여덟 명이 번갈아가며 교군을 메고 들장대질을 하는데 주마(走馬)같이 빠른 교군을 타고 가면서 날개 돋쳐 날아가지 못함을 한탄하는 사람은 그 교군 속에 앉은 최 부인의 모녀이라.

유문(留門) 주막에서 서(西)로 마주보이는 먼 산 밑에 푸른 연기나고, 나무 우둑우둑 선 틈으로 사람의 집이 즐비하게 보이는 것은 원주 감영이라. 교군꾼이 교군을 내려놓고 쉬면서 최 부인더러 들어보라는 말로, 저희끼리 원주 감영을 가리키며 십리쯤 남았느니, 거진 다 왔느니, 여기 앉아서 땀이나 들여 가지고, 한참에 원주 감영을 가드니 하면서 늑장을 붙이고 앉았는데, 최 부인이 교군 틈으로 원주 감영을 바라보다가 그 남편의 일이 새로이 염려가 되어서 가슴이 두근두근하고, 몸이 벌벌 떨리면서 눈물이 떨어지니, 옥순이가 그 어머니 낙루하는 것을 보고 마주 눈물을 흘린다.

치악산 비탈로 향하여 가는 나무꾼 아이들이 지게 목발을 두드리며 노래를 하는데 근심 있는 최 부인의 귀에 유심히 들린다.

낭이라대 낭이라대 강원 감영이 낭이라대. 두리 기둥, 검은 대문 걸려들면 낭이라대. 애에고 날 살려라.

도둑질을 하더라도 사모 바람에 거드럭거리고, 망나니짓을 하여도 금관자(金貫子) 서슬에 큰 기침한다. 애에고 날 살려라.

강원도 두멧골에 살찐 백성을 다 잡아먹어도 피똥도 아니 누고 뱃병도 없다네. 애에고 날 살려라.

아귀 귀신 내려왔네, 아귀 귀신 내려 왔네, 원주 감영에 동토(動土)가 나서 아귀 귀신 내려왔네. 애에고 날 살려라.

고사떡을 잘해 놓으면 귀신 동토는 없지마는 먹을 양식을 다없애고 굶어 죽기가 원통하다. 애에고 날 살려라.

아귀 귀신 환생을 하여 당나귀가 되었네. 강원 감영이 망패(亡卦)가 들어서 선화당(宣化堂) 마루가 마판(馬板)이 되었네. 애에고 날 살려라.

귀웅을 득득 뜯고, 굽통을 탕탕 치다가 먹을 것만 주며는 코를 확확 내분다. 애에고 날 살려라.

물고 차는 그 행실에 사람도 많이 상했지마는 남의 집 삼대독자 죽이는 것은 악착한대. 애에고 날 살려라.

명년 3월 치악산에 나무하러 오지 마세. 강릉 사람이 못 돌아가고 불여귀새가 되면 밤낮 슬퍼 울 터이라. 불여귀 불여귀 불여귀 구슬픈 그 새소리를 누가 듣기 좋을손가. 애에고 날 살려라.

그러한 노랫소리가 최 부인의 귀에 들어가며 부인의 오장이 살살 녹는 듯하여 남편을 보고 싶던 마음이 없어지고, 앉은 자리에서 눈녹듯이 녹아지고 스러져, 이 세상을 몰랐으면 좋겠다 싶은 생각뿐이라.

교군꾼들은 저희들끼리 잔소리를 하느라고 나무꾼 아이들이 무슨 노래를 하는지 모르고 있던 터이라. 담뱃대를 탁탁 떨고 교군을 메고, 원주 감영으로 살 가듯 들이모는데, 젖은 담배 한 대 탈 동안이 될락말락하여 원주 감영으로 들어가더라.

최병도는 강릉 바닥에서 재사로 유명하던 사람이라. 갑신년 변란 나던 해에 나이 스물두 살이 되었는데 그해 봄에 서울로 올라가서 개화당의 유명한 김옥균을 찾아보니, 본래 김옥균은 어떠한 사람을 보든지, 옛날 육국 시절에 신릉군이 손 대접 하듯이 너그러운 풍도(風道)가 있는 사람이라. 최병도가 김씨를 보고 심복이 되어서 김씨를 대단히 사모하는 모양이 있거늘, 김씨가 또한 최병도를 사랑하고 기이하게 여겨서 천하 형세도 말한 일이 있고 우리 나라 정치 득실(得失)도 말한 일이 많이 있으나 우리 나라를 개혁할 경륜은 최병도에게 말하지 아니하였더라. 갑신년 10월에 변란이 나고 김씨가 일본으로 도망한 후에 최씨가 시골로 내려 가서 재물 모으기를 시작하였는데, 그 경영인즉 재물을 모아 가지고 그 부인과 옥순이를 데리고 문명한 나라에 가서 공부를 하여 지식이 넉넉한 후에 우리 나라를 붙들고 백성을 건지려는 경륜이라. 최병도가 동네 사람들에게 재물에는 대단히 굳은 사람

이라는 말을 들었으나 최병도의 마음인즉, 한 두 사람을 구제하
자는 일이 아니요, 팔도 백성들이 도탄에 든 것을 건지려는 경륜
이 있었더라.

그러나 최병도가 큰 병통이 있으니 그 병통은 죽어도 고치지
못하는 병통이라. 만만한 사람을 보면 숨도 크게 쉬지 아니하는
지체좋은 사람이 양반 자세 하는 것을 보든지, 세력 있는 사람이
세력으로 누르려든지 하는 것을 당할 지경이면 몸을 육포(肉脯)
를 켠다하더라도 지고 싶은 마음은 조금도 없는 위인이라.

원주 감영으로 잡혀갈 때에 장차에게는 무슨 마음으로 돈을 주
었던지, 감영에 잡혀간 후에 감사에게 형문을 그리 몹시 맞으면
서도 하고 싶은 말을 낱낱이 하고 반년이나 갇혀 있어도 감사에
게 돈 한푼 줄 마음이 없는지라. 동네 사람이 혹 문옥하러 와서
그 모양을 보고 최병도를 불쌍히 여겨서 권하는 말이, 돈을 아끼
지 말고 감사에게 돈을 쓰고 놓여 나갈 도리를 하라 하는 사람도
있으나, 최병도가 종시 듣지 아니한 터이라.

찍으려는 황새나 찍히지 아니하려는 우렁이나 똑같다 하는 말
이 정 감사와 최병도에게 절당(切當)한 말이라. 감사는 기어이
최씨의 돈을 먹은 후에 내놓으려 들다가, 최씨가 돈을 아니 쓰려
는 줄을 알고 기가 나서 날뛰는데, 대체 최병도의 마음에는 찬밥
한술이 아까운 것이 아니라, 고양이 버릇이 괘심하다는 말과 같
이, 돈이 아까운 것이 아니라 백성을 못살게 구는 놈은 나라에도
적이요, 백성의 원수라, 그런 몹쓸 놈을 칼로 모가지를 썩 도리고
싶은 마음뿐이요 돈 한푼이라도 먹이고 싶은 마음이 없었더라.
최씨가 마음이 그렇게 들어갈수록 입에서 독한 말만 나오는데,
그 소문이 감사의 귀로 낱낱이 들어가는지라. 감사가 욕먹고 분
한 마음과 돈을 못 얻어 먹어서 분한 마음과, 두 가지로 분한 생
각이 한번에 나더니, 졸라매인 망건 편자가 탁 끊어지며 벼락령

이 내리는데, 영문이 발끈 뒤집는다.

"대좌기를 차려라. 강릉 최반(崔班)을 잡아들여라. 불연목을 들어라."

하더니 기를 버럭버럭 쓰며 최병도를 당장 물고(物故)를 시키려드니, 최병도가 감사를 쳐다보며 소리소리 지른다.

"무죄한 백성을 무슨 까닭으로 잡아왔으며, 형문을 쳐서 반년이나 가두어 두는 것은 무슨 일이며, 상처가 아물만 하면 잡아들여서 중장하는 것은 웬일이며, 오늘 물고를 시키려는 일은 무슨 죄이오니까?(殺一不辜刑一不辜) 죄 없는 사람 하나를 죽이며 죄 없는 사람 하나를 형벌하는 것은 만승 천자라도 삼가서 아니하는 일이요, 또 못하는 일이올시다. 강원도 백성이 순사또의 백성이 아니라, 나라 백성이올시다. 만일 생이 나라에 죄를 짓고 죽을진대 나라 법에 죽는 것이요, 순사또의 손에는 죽는 것은 아니올시다마는, 지금 순사또께서 생을 죽이시는 것은 생이 사험에 죽는 것이요, 법에 죽는 것은 아니오니, 순사또가 무죄한 사람을 죽이시면 나라에 죄를 지으시는 것이올시다. 맙시사 맙시사, 그리를 맙시사. 생의 한 몸이 죽는 것은 조금도 아까울 것이 없으나, 생의 몸 밖에 아까운 것이 많습니다. 순사또께서 어진 정사로 백성을 다스리지 아니하시고, 옳은 법으로 죄를 다스리지 아니하시면, 강원도 백성들이 누구를 믿고 살겠습니까? 백성이 살 수가 없이 되면 나라가 부지할 수가 없을 터이오니 널리 생각하시고 깊이 생각해서 이 백성을 위하여 줍시사. 옛말에 하였으되 백성은 나라의 근본이라, 근본이 굳어야 나라가 편안하다 하니, 그 말을 생각혀서 이 백성들을 천히 여기지 말으시고, 희생같이 알지 말으시고, 원수같이 대접을 맙시사. 순사또께서 이 백성들을 수족같이 알으시고, 동생같이 여기시고, 어린 자식같이 사랑하시면 이 백성들이 무궁한 행복을 누리고, 이 나라가 태산과 반석같이 편안할 터이오나, 만일 그렇지 아니하여 백성이 도탄에 들을 지경이면 천하의 백성 잘 다스리는 문명한 나라에서 인종(人種)을 구한다는 옳은 소리를 창시하여 그 나라를 뺏는 법이니, 지금 세계에 백성 잘못 다스리던 나라는 망하지 아니한 나라가 없습니다. 애급이라는 나라도 망하였고, 파란이라는 나라도 망하였고, 인도라는 나라도 망하였으니, 우리 나라도 백성에게 포학한 정사를 행할 지경이면 나라가 망하는 것은 순사또는 못보시더라도 순사또 자제는 볼 터이올시다."

그렇게 하는 말이 폭포수 떨어지듯 쉬지 않고 나오는데, 감사는 최병도 죽일 마음만 골똘하여 무슨 말이든지 트집 잡을 말만 나오기를 기다리던 판에, 나라가 망한다는 말을 듣고 낚시에 고기나 물린 듯이 재미가 나서 날뛰는데, 다시는 최병도의 입에서 말 한마디 못 나오게 하며 물고령이 내린다.

"응? 나라가 망한다니! 네 그놈의 아가리를 짓찧고 당장에 물고를 내어라!"

하는 영이 뚝 떨어지며, 좌우 옆에서 사령들이 벌떼같이 달려들며 주장(朱杖)대로 최병도의 입을 콱콱 짓찧으니, 바싹 마른 볼에서 웬 피가 그리 많이 나던지 입에서 선지피가 쏟아지며 이는 부러지고 잇몸은 깨어지고 아래턱은 어그러지면서 최병도가 다시는 아무 소리도 못 하고, 매가 떨어지는 대로 고개만 끄덕거린다.

그때 마침 최 부인이 원주 감영으로 들어가는데 교군꾼은 뙤약볕에 비지땀을 뚝뚝 떨어뜨리면서, 유문 주막집에서 먹은 막걸리가 원주 감영에 들어올 무렵에 얼근하게 취하여 오는데, 그 무거운 교군을 메고 무슨 흥이 그렇게 나던지 엉덩춤을 으슬으슬 추며, 오그랑 벙거지 밑으로 고갯짓을 슬슬 하며, 앞의 교군꾼은 엮음시조 하듯이 잔소리가 연하여 나온다.

"채암돌이 촘촘하다. 건너서라 개천이다. 조심하여라 외나무다
리다. 발 잘 맞추어라 교군 잘 모셔라."

그렇게 지껄이며 유문 주막에서 단참에 원주 읍내로 들어가는
데, 원주 감영에 무슨 일이 있는지 없는지 모르고 쏜살같이 들어
가며 사처는 진람문 밖 주막집으로 정할 작정이라. 진람문 밖에
다다르니 사람이 어찌 많이 모였던지 헤치고 들어갈 수 없는지
라, 교군꾼이 교군을 메고 서서 좀 비켜 달라 하나, 모여선 사람
들이 비켜서기는 고사하고 사람끼리 기름을 짜고 서서, 뒤에 선
사람은 앞에 선 사람을 밀고, 앞에 선 사람은 더 나갈 수가 없으
니 밀지 말라하며 와글와글하는 중이라. 대체 무슨 좋은 구경이
있어서 그렇게 모였는지 뒤에 선 사람들은 송곳눈을 가졌더라도
뚫고 볼 수가 없는 구경을 하고 섰는데, 그 구경인즉 진람문 앞
에서 죄인 때려죽이는 구경이라. 그날은 원주 읍내 장날인데 장
꾼들이 장은 아니 보고 송장 구경을 하러 왔던지 진람문 밖에 새
로 장이 섰다. 교군꾼이 길가에 교군을 내려놓고 구경꾼더러 무
슨 구경을 하느냐 묻다가 깜짝 놀라서 교군 앞으로 와락 달려들
며,

"본평 아씨, 진람문 밑에서 본평 서방님을 때려 죽인답니다."

하는 소리에 부인이 기가 막혀서 교군 속에서 목을 놓아 우는
데, 큰길가인지 인해(人海)중인지 모르고 자기 안방에서 울듯 운
다. 섧고 원통하고 악이 나는 판이라, 감사는 고사하고 하늘에서
뚝 떨어져 내려온 사람일지라도 겁나는 마음이 조금도 없이 원망
과 악담을 하며 운다.

진람문 근처의 사람은 최병도 매 맞는 경상을 구경하고, 최 부
인의 교군 근처에 섰던 사람은 최 부인 울음소리를 듣고 섰다.
최병도 매 맞는 구경하는 사람들은 끔찍끔찍한 마음에 소름이 죽
죽 끼치고, 최 부인의 울음소리 듣는 사람들은 남의 일에 콧날이

시큰시큰하며 눈물이 슬슬 돈다. 남의 일에 눈물 잘 나는 사람이 따로 있다 하지마는 최 부인이 울며 하는 소리 듣는 사람은 목석 같은 오장을 타고 났더라도, 그 소리에 오장이 다 녹을 듯하겠더라. 최 부인의 우는 소리는 모기소리같이 가늘더니, 설운 사정 하는 소리는 청청하게 구름 속으로 뚫고 올라가는 것 같다.

"맙시사 맙시사, 그리를 맙시사. 감사도 사람이지, 남의 돈을 뺏어 먹으려고 무죄한 사람을 잡아다가 갖은 악형을 다 하더니 돈을 아니준다고 어찌 죽인단 말이냐? 지금내로 날까지 잡아다가 진람문 밑에서 때려 죽여다고, 아비 쳐죽인 원수라더냐? 어미 쳐 죽인 원수라더냐? 저렇게 죽일 죄가 무엇이란 말이냐? 애고 애고. 애고, 이 몹쓸 도적놈아, 내 재물 있는 대로 가져가고 우리 남편만 살려다고 네가 남의 재물을 그렇게 잘 뺏어 먹고 천 년이나 만 년이나 살 듯이 극성을 부리지마는 너도 초로 같은 인생이라. 꿈결 같은 이 세상을 다 지내고 죽는 날은 몹쓸 귀신 되어 지옥으로 들어가서, 저 죄를 다 받느라면 만겁 천겁(萬劫千劫)을 지내더라도 네 죄는 남을 것이요, 네 고생은 못다 할 것이니, 우리 내외는 원귀되어 지옥 맡은 옥사장이나 되겠다. 애고 애고, 이 설운 사정을 누구더러 하며 이 원정(原情)을 어디 가서 하나? 형조에 가서 정(呈)하더라도 쓸 데 없는 세상이요, 격증을 하더라도 나만 속는 세상이라 이 원수를 어찌하면 갚는단 말이냐? 옥순아 옥순아, 나와 같이 죽어서 하나님께 원정이나 가자. 사람을 이렇게 지원절통(至冤切痛)하게 죽이는 세상에 너는 살아 무엇하겠느냐? 가자 가자, 하나님께 원정을 가자. 우리 나라 백성들은 다 죽게 된 세상인가보다. 하루바삐, 한시바삐 한시바삐 어서 가서 하나님께 이런 원정이나 하여보자. 애고 설운지고, 사람이 저 살 나를 다 살고 병들어 죽더라도 처자 된 마음에는 설다 하거든, 생목숨이 남의 손에 맞아 죽느라고 아프고 쓰린 경상을 당하는 사람의 마음은 어떠할고? 하나님 하나님, 굽어보고 살펴봅시사.”

하며 우는데, 읍내 바닥의 중늙은이 여편네가 교군 앞뒤로 늘어서서 그 일을 제가 당한 듯 눈물을 흘리며, 감사가 몹쓸 양반이란 말을 하고 섰는데, 별안간 사람들이 우우 몰려 헤지며, 영문 군로 사령이 들끓어 나와서 강릉 경금서 온 교군꾼을 찾더니, 당장에 교군을 메고 원주 지경을 넘어가라 하며, 교군꾼들을 후려 때리며 재촉하거늘, 교군꾼들이 겁이 나서 교군을 메고 유문 주막을 향하고 달아나는데 북막 밖 너른 들로 최 부인의 모녀 울음 소리가 유문 주막을 향하고 나간다.

탐장(貪贓)하는 감사의 옆에는 웬 조방(助幇)꾼과 염문꾼의 속살거리는 놈이 그리 많던지 청 한 가지 못 얻어 하여 먹는 위인들일지라도 아무쪼록 긴한 체하느라고 못된 소문은 곧잘 들어 갔다가 까바치는 관속과 아객(衙客)이 허다한 터이라. 최 부인이 울며 감사에게 악담과 욕하던 소문이 감사의 귀에 들어갔는데, 만일 남자가 그런 짓을 하였을 지경이면 무슨 큰 거조(擧措)가 또 있었을는지 모를 터이나 대민(大民)의 부녀이라 어찌할 도리가 없는 고로 축출경외(逐出境外)하라는 영이 나서 최 부인의 교군이 쫓겨나갔더라.

그때 날은 한나절이 될락말락하고 최병도의 명은 떨어질락말락 한데 호방 비장이 무슨 착한 마음이 들었던지 감사의 앞으로 썩 들어서더니 최병도의 공송(公誦)을 한다.

(호방)“최병도를 죽일 터이면 중영(中營)으로 넘겨서 죽이는 일이 옳지, 감영에서 죽일 일이 아니올시다. 또 최병도가 죽은 후에 누가 듣든지, 아무 죄 없는 사람이 죽었다 할 터이니 사또께서 일시의 분을 참으셔서 물고령을 거두시면 좋겠습니다.”

(감사)“그래, 그놈을 살려보내자는 말인가?”

(호방)“지금 백방을 하더라도 살 수 없는 터이니, 최가가 숨

떨어지기 전에 빨리 놓아 보내시면, 사또께서는 무죄한 백성을 죽이셨다는 말도 아니 들으실 터이요, 최가는 말이 놓여 나간다 하나 미구에 숨이 떨어질 모양이라 합니다. 지금 최병도의 처가 어린 딸을 데리고 큰길가에서 그러 효상(爻象)을 부리다가 쫓겨 나가고, 최병도는 오늘 영문에서 장폐(杖斃)하면 제일 소문이 좋지 못할 터이니, 물고령을 거두시는 것이 좋을 일이올시다."

감사가 그 말을 듣더니 호방의 얼굴을 물끄러미 쳐다보다가 무슨 생각을 하는 모양이라. 호방의 얼굴은 왜 쳐다보며, 생각은 무슨 생각을 하는지, 감사가 말은 아니하나 구렁이 다 된 호방이 최가의 돈을 먹고 청을 하나 의심이 나서 보는 것이요, 무슨 생각하는 것은 호방이 돈을 먹었든지 아니 먹었든지 방장(方將) 숨이 넘어가게 된 최병도를 죽여도 아무 유익(有益)은 없는 터이라 어찌하면 좋을까 하는 그런 생각이라. 호방이 무슨 말을 다시 하려는데 감사가 기침 한 번을 하더니, 최병도 물고령을 거두고 밖으로 내놓으라 하는 영이 내리더라.

치악산 높은 봉을 안고 넘어가는 저녁볕에 울고 가는 까마귀 한마리가 휘휘 돌아 내려오더니 원주 유문 주막문 앞에 휘어진 버들가지에 앉으며 꽁지는 서천에 걸린 서양을 가리키고 너울너울 흔들며 주웅이는 동으로 향하여 운다.

"까막 까막 깍깍, 까옥 까옥 깍깍."

가지각색으로 지저귀는데 그 버들 그림자는 어떤 주막집 사처방 서창에 드렸고, 그 까마귀 소리는 그 방에 하룻밤 숙소 참으로 든 최 부인 귀에 유심히 들린다. 귀가 쏘는 듯, 뼈가 죄는 듯, 오장이 녹는 듯하여 눈물이 비오듯 하나 주막집에서 울음소리 냅뜰 수는 없는 지라 다만 흑흑 느끼기만 하며 철없는 옥순이를 데리고 설운 한탄을 한다.

"옥순아 옥순아, 까마귀는 군자 같은 새라더니 옛말이 옳은 말이로구나. 너의 아버지께서 산도 설고 물도 설고 이전에 아는 사람 하나 없는 원주 감영에 와서 원통히도 돌아가시는데 어느 때 운명을 하셨는지? 통부(通訃) 전하여 줄 사람 하나 없지마는, 영물의 까마귀가 너의 아버지 통부를 전하여 주느라고 저렇게 짖는구나. 우리는 영문 사령에게 축출 경외를 당하고 여기까지 쫓겨오느라고 정신없이 왔으나 사람이나 좀 보내보자."

하더니 정신 없는 중에 정신을 차려서 배행(陪行) 하인으로 데리고 온 천쇠를 불러서 원주 감영에 새로이 전인(專人)을 한다.

천쇠가 이태, 삼년 머슴들었던 더부살이라 주인에게 무슨 정성이 그렇게 대단할 것은 없으나, 주인의 사정을 어찌 불쌍히 여겼던지, 먼길에 삐쳐 와서 되짚어 유문 주막 10리를 나온 사람이 곤한 것을 잊어버리고 달음박질을 하여 원주 감영으로 향하고 들어가며 노래를 하는데 무식한 농군의 입에서 유식한 소리가 나온다.

"치악산 상상봉에 넘어가는 저 햇빛, 너 갈 길도 바쁘지마는 본평 아씨 사정을 보아서 한참 동안만 가지 말고 그 산에 걸렸거라. 본평 서방님 소식 알려 김천쇠가 급주(急走)를 간다. 오늘밤 내로 못 다녀오면 본평 아씨가 잠 못 자고 옥순 아기를 데리고 울음으로 만밤을 새운다. 우산낙조(牛山落照) 제경공(齊景公)도 햇빛을 멈추고 삼사를 갔다."

하며 몸에서 바람이 나도록 달아나는데 너른 들 풀밭 속에 석양은 묘묘(杳杳)하고 노래는 청청하다. 웬 교군 한 채가 동으로 향하여 폭풍우같이 몰려오는데, 교군은 몇 푼짜리 못 되는 세보교(貰步轎)이나 기구는 썩 대단한 모양이라. 오그랑 벙거지 쓴 교군꾼 십여명이 들장대를 들고 두 발자국, 세 발자국 만에 들장대질을 한 번씩 하며, 주마같이 달려오는 교군을 보고 천쇠가 길가로 비켜서며, 앞장든 교군 속을 기웃기웃 건너다보다가, 천쇠가 소리를 버럭 질러서 본평 서방님을 불렀더라.

그 교군은 최병도의 교군이라. 최병도가 그날 백방이 되어 주막집으로 나왔는데 전신이 핏덩어리라, 누가 보든지 살지는 못하겠다하고, 최씨의 마음에도 살아날 수는 없으나, 그러나 정신은 말갛게 성한지라 목숨이 혹 2, 3일만 부지하여 있을 지경이면 집에 가서 처자나 만나보고 죽겠다 하고, 교군 삯은 달라는 대로 주마 하고 원주 읍내서 교군 잘하는 놈으로 뽑아 세우니, 세상에 돈이 참 장사이요, 돈이 제갈량이라. 330리를 온 이틀이 다 못되어 들어가겠다 장담하고 나서는 교군꾼이 십여 명이라. 해질 때에 떠났으나, 가다가 횃불을 잡히더라도 3, 40리는 갈 작정이라. 천쇠가 무슨 소리를 지르는지 아니 지르는지 교군꾼들은 들은 체도 아니하고 달아난다. 천쇠가 교군 뒤로 따라오며 소리소리 질러서 교군를 멈추라 하니, 최씨가 그 소리를 알아듣고 교군을 멈추고 천쇠를 불러 말을 묻다가 그 부인과 딸이 유문 주막에 있다는 말을 듣고 대장부 눈에서 눈물이 떨어지며 피 묻은 옷깃이 다시 눈물에 젖었더라.

유문 주막은 최씨의 내외 상봉하고, 부녀 상봉하는 곳이라. 슬프던 끝에 기쁜 마음 나고, 기쁘던 끝에 다시 슬픈 마음이 나는데, 누가 더하고 누가 덜하다 할 수가 없는 터이나, 최병도는 기운이 탈진(脫盡)하여 통성(痛聲)도 없이 누워 있고, 옥순이는 어린 아이라 울다가 그 어머니 무릎에 기대고 잠이 들었는데, 부인은 잠 못 이루어 등잔을 돋우고 그 남편 앞에 앉아서 밤을 지세운다. 하지머리 짜른 밤도 근심으로 밤을 새우려면 그 밤이 별로이 긴 것 같은 법이라. 그 남편이 운명을 하는가 의심이 나서 불러보고 불러보다가, 그 남편이 대답을 한 번 하려면 힘이 드는 모양같이 보이는 고로 불러보지도 못하고 앉아서 속만 탄다. 이 몸이 의원이나 되었더면 맥이나 짚어보고 이 몸이 불사약이나 되었으면 남편의 목숨이나 살려보고 싶고, 이 몸이 저승에 갈 수가 있으면 내가 대신 죽고 남편을 살려 달라고 축원을 하여보고 싶고, 이 몸이 구름이나 되었으면 남편을 곱게 싸가지고 밤내로 우리 집에 가서 안방 아랫목에 뉘어넣고 피 묻고 땀 배인 저 옷도 갈아입히고 병구원이나 마음대로 하여보련마는, 그 재주 다 없고, 주막집 단칸 사처방에서 꼼짝을 못하고, 물 한그릇을 떠오라 하더라도 어린 옥순이를 심부름 시키는터이라. 남편이 숨이 넘어가는 지경에 무엇을 가릴 것이 있으리오마는, 팔도 모산지배가 다 모여 자는 주막이라, 사람을 겁내고 사람을 부끄러워하며 30년을 규중(閨中)에서 자라난 여자의 몸이라 아무렇든지 요 방구석에 들어 앉아서 저 지경 된 남편의 병도 구원하기 어려운 터이라, 날이나 밝으면 그 남편을 교군에 싣고 강릉으로 갈 마음뿐이라. 먼동 트기를 기다리느라고 문을 열고 동편 하늘을 바라보니 샛별은 소식도 없고, 머리 위 처마 밑에서 홰를 탁탁 치고 꼬끼요 우는 첫닭 우는 소리라.

산도 자고 물도 자고 바람도 자고 사람도 자는 밤중이라. 적적 요요한 이 밤중에 설움 없고 눈물 없이 우는 것은 꼬끼요 소리하는 저 닭이요, 오장이 녹는 듯 눈물이 비오듯 하며 소리 없이 우는 것은 최 부인이라. 그 밤을 그렇게 새다가, 새벽녘에 다 죽어가는 남편을 교군에 싣고 길을 떠나가는데, 그날부터는 교군삯 외에 중상을 주마 하고 밤낮없이 몰아가는 터이라. 옛말에 향기나는 미끼 아래 반드시 죽는 고기가 있고, 중상 아래 반드시 날랜 사람이 있다 하더니, 과연 그 말과 같이 장장하일(長長夏日) 하루 해에 160리를 가서 자고, 그 이튿날 저녁때에 대관령을 넘어간다.

해는 서산에 기울어졌는데, 대관령 고개 마루턱 서낭당 밑에 교군 두 채를 나란히 놓고 쉬면서 교군꾼들이 갈모봉을 가리키며, 저 산 밑이 경금 동네이라, 빨리 가면 횃불 아니 잡히고 일찍 들어가겠다 하니, 그 소리가 최 부인의 귀에 반갑게 들리련마는 반가운 마음은 조금도 없고 새로이 기막히고 끔직한 마음이 생긴다. 최병도가 종일을 정신 없이 교군에 실려오더니, 저녁때 새로이 정신이 나서 그 부인과 옥순이를 불러서 몇 마디 유언을 하고 대관령 고개 위에서 숨이 떨어지는데, 소쇄(瀟灑)·황량한 서낭당 밑에서 부인과 옥순의 울음소리가 처량하고, 깊은 산 푸른 수풀 속에서는 불여귀(不如歸) 우는 소리가 슬펐더라. 최병도의 산지(山地)는 지관(地官)이 잡아준 것이 아니라 최병도가 운명 할 때 손을 들어, 대관령에서 보이는 제일 높은 봉을 가리키며, 저기 저 꼭대기에 묻어 달라 한 묏 자리라.

무슨 까닭으로 그 꼭대기에 묻어 달라 하였는고? 죽은 후에 높은 봉에 묻혀 있어서 이 세상이 어떻게 되는 것을 좀 내려다보겠다 한 유언이 있었더라. 그 유언에 소문내기 어려운 말이 몇 마디가 있으나 최 부인이 섧고 기막힌 중에 함부로 말을 하였더라.

죽은 지 7일 만에 장사를 지내는데, 인근동 사람들까지 남의 일같지 아니하고 사람마다 제가 당한 일 같다 하여 회장(會葬) 아니 오는 친구가 없고 부역 아니 오는 백성이 없으니(兎死狐悲) 토끼 죽은데 여우가 슬퍼했다는 말과 같은 것이라. 상여꾼들이 연포(軟泡)국과 막걸리를 실컷 먹고, 술김에 흥이 나는 것이 아니라 처량한 마음이 나서 상여를 메고 가며 상두 소리가 높았더라.

워어허 워어허
이 길이 무슨 길고 북망가는 길이로다.
워어허 워어허
이 죽음이 무슨 죽음인고 학정(虐政) 밑에 생죽음일세

워어허 워어허

생때 같은 젊은 목숨, 불연목에 맞아 죽었네

워어허 워어허

이 양반이 죽을 때에 눈을 감고 죽었을까

워어허 워어허

처자의 손목 쥐고 유언할 제 어떨손가

워어허 워어허

고향을 바라보고 낙루가 마지막일네

워어허 워어허

한을 품고 죽은 사람 썩지도 못한다대

워어허 워어허

대관령에서 운명할 때 불여귀가 슬피 울대

워어허 워어허

가이인이 불여조(可以人而不如鳥)아, 우리도 일곡하세

워어허 워어허

애고 불쌍하다 죽은 사람 불쌍하다

워어허 워어허

공산야월(空山夜月) 거친 무덤 그대 얼굴 못 보겠네

워어허 워어허

단장천이한천(斷腸天離恨天)에 그대 집은 공규(空閨)로다

워어허 워어허

함원귀천 그대일을 누가 아니슬퍼할까

워어허 워어허

하며 나가는 것은 새벽 발인에 메고 나서는 상여꾼의 소리라. 그 소리를 들으면서 들은 체도 않고 저 갈 데로 가는 것은 최병도라. 명정(銘旌)은 앞에 서고 상여는 뒤에 서서 대관령을 향하

고 올라 가는데, 상여 소리는 끊어지고 발등거리 불빛만 먼산에서 반짝거린다.

　깊은 산 높은 봉에 사람의 자취 없는 곳으로 속절없이 가는 것도 그 처자 된 사람은 무정하다 할는지 야속하다 할는지 섧고 기막힌 생각뿐일 터인데, 그 산중에 들어가서 더 깊이 들어가는 곳은 땅속이라 최병도 신체가 땅속으로 쑥 들어가며 달고 소리가 나는데,

　　어어여라 달고

　　처자 권속 다 버리고 혼자 가는 저 신세, 이제 가면 언제 오리, 한정 없는 길이로다

　　어어여라 달고

　　북망산이 멀다더니 지척에도 북망산이로구나, 황천이 멀다더니 뗏장 밑이 황천이로구나

　　어어여라 달고

　　인간 만사 묻지 마라, 초목만도 못하구나, 춘초(春草)는 연년록(年年綠)이요, 왕손은 귀불귀(歸不歸)라

　　어어여라 달고

　　인생이 이러한데 천명을 못다 살고 악형 받아 횡사하니 그대 신명 가긍토다

　　어어여라 달고

　　살일불고(殺一不辜) 아니하고 형일불고(刑一不辜) 아니할 때 그 시대의 백성들은 희호세계(熙皞世界) 그 아닌가

　　어어여라 달고

　　희생 같은 우리 동포 살아도 고생이나 그대같이 죽는 것은 원통하기 특별나네

　　어어여라 달고

　　관 위 횡대 덮고 횡대 위에 회판일세, 풍채 좋은 그대 얼굴

다시 얻어 못 보겠네

어어여라 달고

보고지고 보고지고 그대 얼굴 보고지고, 공산(空山) 낙월(落月)의 달빛을 보고 고인 안색으로 비겨볼까

어어여라 달고

철천한 한을 품고 유언이 남았거든 죽지사(竹枝詞) 전하듯이 꿈에나 전해주게

어어여라 달고

그 달고질 소리가 마치매 둥그런 뫼가 이루어졌더라. 그 뫼는 산봉우리 위에 섰는데 형상은 전기선(電氣線) 위에 새가 올라앉은 것같이 되었더라. 뫼 쓸 때에 최씨의 유언을 들어서 관머리는 한양을 향하고 발은 고향으로 뻗었으니 그 뜻인즉, 한양은 우리 나라 500년 국도(國都)이라 나라를 근심하여 일하장안(日下長安)을 바라보려는 마음이요, 고향은 조상의 분묘도 있고, 불쌍한 처자도 있고, 나라를 같이 근심하던 지기(知己)하는 친구도 있는 터이라, 사정은 처자에게 간절하나 나라를 붙들기 바라는 마음은 그 친구에게 있으니, 그 친구는 김정수이라. 최병도가 죽은 영혼이 발을 제겨 디디고 김씨가 나라 붙들기를 기다리고 바라보려는 마음에서 나온 일이러라. 그러나 사람은 죽으면 그만이라, 최병도는 인간을 하직하고 한량없이 먼 길을 가고, 본평 부인은 청산백수(青山白水)에 울음소리로 세월을 보내더라.

최 부인이 그 남편 죽던 날에 따라 죽을 듯하고, 그 남편 장사 지내던 때에 땅속으로 따라 들어갈 듯한 마음이 있으나, 참고 있는 것은 두 가지 거리끼는 일이 있어서 못 죽는 터이라.

한 가지는 여덟 살 된 딸자식을 버리고 죽을 수가 없고, 또 한 가지는 아홉 달 된 복중 아이라. 혹 아들이나 낳으면 최씨가 절

사(絶嗣)나 아니할까 바라는 마음으로 살아 있는지라.

그러나 부인은 밤낮으로 설운 생각뿐이라. 산을 보아도 설운 생각이 나고, 물을 보아도 설운 생각이 나고, 밥을 먹어도 눈물을 씻고 먹고, 잠을 자도 눈물을 흘리고 자는 터이라. 간은 녹는 듯, 염통은 서는 듯, 창자는 끊어지는 듯, 가슴은 칼로 에이는 듯한데 근심을 말자 말자 하고, 슬픔을 참자 참자 하면서도 솟아나는 마음을 임의로 못 하고, 새로이 근심 한 가지가 더 생긴다. 무슨 근심인고? 내 속이 이렇게 썩을 때에 뱃속에 있는 어린 것이 다 녹아 없어지려니 싶은 근심이라. 그러나 그 근심은 모르고 뱃속에서 무럭무럭 자라나는 어린아이는 열 달 만에 인간에 나오면서

"응아 응아"

우는데, 최 부인이 오래 지친 끝에 해산을 하고 기운 없고 정신 없는 중에도 아들인지 딸인지 어서 바삐 알고자 하여 해산 구원하는 사람더러

"여보게, 아들인가 딸인가?"

묻는다. 그때 해산 구원하는 사람은 누구런지, 본평 부인이 묻는 것을 불긴(不緊)히 여기는 말로,

"그것을 물어 무엇하셔요? 순산하였으니 다행이지요."

하는 소리가 본평 부인의 귀에 쑥 들어가며 부인이 깜짝 놀라서 낙심이 된다. 딸이 아니면 병신 자식이라 의심이 나고 겁이 나더니, 바라는 마음은 어디로 가고 설운 생각이 일어나며 베개에 눈물이 젖는다.

부인이 본래 약질로 그 남편이 감영에 잡혀가던 날부터 죽던 날까지, 죽던 날부터 부인이 해산하던 날까지 말을 하니 살아 있는 사람이요, 밥을 먹으니 살아 있는 사람이지 실상은 형해만 걸린 것이 불면 날아갈 듯 쥐면 꺼질 듯하게 된 중에 해산 구원하는 사람의 말을 듣고 놀라더니 산후 제반 악증이 생긴다. 펄펄

끓는 첫 국밥을 부인 앞에 놓고,

"아씨, 아씨, 국밥 좀 잡수시오."

권하는 것은 천쇠의 계집이라. 부인이 감았던 눈을 떠서 물끄러미 보다가 눈물이 돌며,

"먹고 싶지 아니하니 이따가 먹겠네."

하더니 다시 눈을 스르르 감고 돌아눕는데 얼굴에 핏기가 없고 찬기운이 돈다. 눈에는 헛것이 보이고, 입에는 군소리가 나오더니, 평생에 얌전하기로 유명하던 본평 부인이 실진(失眞)이 되어서 제명울이 같이 되었더라.

그 소생이란 아이는 옥동자 같은 아들이라. 그러한 아이를 무슨 까닭으로 해산 구원하던 사람이 부인의 귀에 말을 그렇게 놀랍게 하여드렸던고? 해산 구원하던 사람은 부인을 놀래려고 그러한 것이 아니라 어디서 그런 구기(口氣)를 얻어 배웠던지, 아들 낳은 것을 감추고 딸이라 소문을 내면 그 아이가 명이 길다 하는 말이 있어서 아들이라는 말을 아니하려고 그리한 것인데, 위하여 주려는 마음에서 병을 주는 말이 나온 것이라. 병이 들기는 쉬우나 낫기는 어려운 것이라. 당귀·천궁·숙지황·백작약·원지·백복신·석창포 등속으로 청심보혈만 하더라도 심경열도는 점점 성하고 병은 골수에 든다.

옥동자 같은 유복자는 그 어머니 젖꼭지를 물어도 못 보고 유모에게 길리는데, 혼돈세계(混沌世界)로 지내는 핏덩어리 아이는 아무것도 모르고 젖만 먹으면 잠들고 잠 깨면 젖 먹고 무럭무럭 자라지마는 불쌍한 것은 철 알고 꾀 아는 옥순이라. 그 어머니가 미친증이 날 때마다,

"어머니, 어머니, 어머니, 어머니가 이것이 웬일이오? 어머니, 날 좀 보오, 내가 옥순이오."

하며 울다가 어린 마음에 무서운 생각이 들어서 복녜를 부를

때가 종종 있다. 부인은 옥순이를 정 감사라고 식칼을 들고 원수 갚는다 하며 쫓아다니는 때가 있는 고로, 밤낮없이 안방에 상직(常直)으로 있는 사람들이 잠시도 부인의 옆을 떠날 수가 없는 터이라.

유복자의 이름은 누가 지어주었던지 옥 같은 남자라고 옥남이라 지었더라. 아비가 원통히 죽었든지 어미가 몹쓸 병이 들었든지, 가고 가는 세월에 자라는 것은 어린아이라. 옥남이가 일곱 살이 되도록 그 어미 얼굴을 모르고 자랐더라. 그 어미가 죽고 없어서 못 보았는가? 그 어미가 두 눈이 둥그렇게 살아 있는 터에 만나보지 못한다.

차라리 어미없이 자라는 아이 같으면 어미까지 잊어버리고 모를 터이나 옥남의 귀에 옥남 어머니는 살아 있다 하는데 옥남이가 그 어머니를 못 보았더라. 그것은 무슨 곡절인고? 본래 본평 부인이 실진이 되었을 때에 옥남의 집의 일동일절을 다 보아주던 사람은 김정수이라. 옥남의 유모는 또한 그 동네 백성의 계집이나, 본평 부인의 병이 얼른 낫지 아니하는 고로 김씨의 말이, 옥남이가 그 어미 있는 줄을 모르고 자라는 것이 좋다 하고, 옥남의 유모에게 먹고살 것을 넉넉히 주어서 멀리 이사를 시켜주었더라.

김씨는 이전에 최병도가 감영에 잡혀갈 때에 영문 장차들을 죽이느니 살리느니 하며 야단치던 사람이라. 그때 잠시간 몸을 피하였다가 최병도 죽었다는 말을 듣고 김씨가 악이 나서 영문에 잡혀갈 작정하고 경금 동네로 돌아와서 최씨의 초상 치르는 것까지 보고 있으나, 본래 피천 대푼 없는 난봉이라. 가령 영문에서 잡으러 오더라도 장차가 300여 리나 온 수고값도 못 얻어먹을 터이요, 돈이 있어도 줄 위인도 아니라. 또 김씨가 영문 장차에게 야단치던 일은 벌써 묵장된 일이라. 그런고로 영문에서 잡으러 나오는 일도 없고, 제 집에 있었더라.

　제 자식보다 남의 자식을 더 귀애하고 소중히 여긴다는 말은 거짓말 같으나 김씨는 자기 아들보다 옥남이를 더 귀애하고 더 소중히 여기는 터이라. 옛날 정영(程嬰)이가 조무(趙武)를 구하려고 그 아들을 버리더니, 김씨가 옥남이를 보호하려는 마음이 정영이가 조무를 위하는 마음만 못지 아니한지라. 옥남이 있는 곳은 경금서 30리라. 김씨가 옥남이를 보러 30리를 문턱 드나들듯 왕래하는데, 옥남이가 김씨를 보면 저의 아버지를 본 듯이 반가워서 쫓아나오며,

　"아저씨, 아저씨!"

　하고 따른다.

　옥남이가 핏줄도 아니 켕기는 터에 그렇게 따르는 것은 김씨에게 귀염받는 곡절이요, 김씨가 옥남이를 그렇게 귀애하는 것은 최병도의 정분을 생각하여 그럴 뿐 아니라, 옥남의 영민한 것을 볼수록 귀애하는 마음이 깊어진다.

　율곡(栗谷)은 어렸을 때부터 이치를 통한 군자라는 말이 있었고, 매월당(梅月堂)은 어렸을 때부터 문장이라는 말이 있었으나, 옥남이를 그러한 명현에는 비할 수는 없으나 옥남이를 보는 사람의 말은,

　"일곱 살에 요렇게 영민한 아이는 고금에 다시 없지."

　하면서 칭찬을 한다.

　"아저씨, 나는 아저씨 보러 왔소."

　하며 김씨 집 마당으로 달음박질하여 들어오는 것은 옥남이라.

　"응, 거 누구냐, 네가 어찌 여기를 왔느냐?"

　하며 문을 열고 내다보는 것은 김씨라.

　옥남이는 앞에 서고 유모는 뒤에 서서 들어오는데, 김씨가 반가운 마음은 없던지 눈살을 찌푸리고 무슨 생각을 하는 모양이

라.

(유모)"애기가 어머니 보러 온다고 어찌 몹시 조르던지 견디다 못하여 데리고 왔습니다."

김씨가 아무 대답없이 옥남이를 물끄러미 보다가, 고개를 푹 숙인다.

(옥남)"아저씨, 내가 30리를 걸어왔소. 내가 장사지?"

(김)"어린 아이가 그렇게 먼 데를 어찌 걸어왔단 말이냐? 날더러 그런 말을 하였으면 교군을 보냈지."

(옥)"어머니를 보러 오느라고 마음이 어찌 좋던지 다리 아픈 줄도 몰랐소."

(옥)"아저씨, 아저씨! 내 소원을 풀어주오. 우리 어머니가 살아 있다는데 내가 어머니 얼굴을 못 보니 어머니를 보고 싶어 못 살겠소. 어머니가 나를 낳고 미친 병이 들었다 하니, 내가 아니 났더면 어머니가 아니 미쳤을 터이니……."

하더니 훌쩍훌쩍 우니, 유모가 그 모양을 보고 따라 운다. 김씨의 부인이 옥남의 머리를 쓰다듬으며,

"에그, 본평댁이 불쌍하지. 신세가 그렇게 되고 그런 몹쓸 병이 들어서……."

하더니 목이 멘 소리로 말끝을 마치지 못하고 눈물이 떨어진다. 김씨의 머리는 점점 수그러지더니, 염불하다가 앉아서 잠든 중의 고개같이 아주 푹 수그러졌다. 부인이 김씨를 건너다보며,

"여보, 여보! 옥남이가 처음부터 그 어머니가 살아 있는 줄을 몰랐으면 좋으려니와 알고 보려 하는 것을 아니 뵐 수 있소? 오늘 내가 데리고 가서 만나보게 하겠소. 이애 옥남아, 너의 어머니를 잠깐 보고, 너는 도로 유모의 집으로 가서 있거라. 네가 너의 어머니를 보고 어머니 앞을 떠나기가 어려워서 너의 집에 있으려 할 터이면 내가 아니 데리고 가겠다."

김씨가 고개를 번쩍 들며,

"웅, 마누라가 데리고 갔다 오시오."

그 말 한마디에 옥남이와 유모와 김씨 부인이 눈물이 가득한 눈으로 웃음빛을 띠었더라.

"앞뒤에 쌍창문 척척 닫쳐두고 문 뒤에는 긴 널빤지를 두이자 석삼자로 가로질러서 두 치 닷 푼씩이나 되는 못을 척척 박아서 말이 문이지 아주 절벽같이 만들어 놓고 안마루로 드나드는 지게문으로만 열고 닫게 남겨둔 것은 최본평의 집 안방이라. 그 방 속에는 세간 그릇 하나 없고 다만 있는 것은 귀신 같은 사람 하나 뿐이라.

머리가 까치집같이 헙수룩하고 얼굴은 몇 해 전에 씻어보았던지 때가 켜켜이 끼었는데, 저렇게 파리하고도 목숨이 붙어 있나 싶을 만하게 뼈만 남은 위인이 혼자 앉아서 중얼거리는 사람은 본평 부인이라.

무슨 곡절로 지게문만 남겨놓고 다른 문은 다 봉하였던고? 본평 부인이 광증이 심할 때에는 벌거벗고 문밖으로 뛰어나가려 하기도 하고, 옥순이도 몰라보고 방망이를 들고 때리려 하기도 하는 고로, 옥중에 죄인 가두듯이 안방에 가두어두고 수직(守直)하는 노파 2,3인이 옥사장같이 지켜 있고 다른 사람은 그 방에 드나들지 못하게 하는 터인데, 적적하고 캄캄한 방 속에 죄 없이 갇혀 있는 사람은 본평 부인이라. 그러한 그 방 지게문을 펄쩍 열고,

"어머니."

부르면서 들어오는 것은 옥남이요, 그 뒤에 따라 들어오는 사람은 김씨의 부인과 옥남의 유모이라. 건넌방에서 옥순이가 그것을 보고 한걸음에 뛰어나와 안방으로 따라 들어온다. 그때 본평 부인은 아랫목에 혼자 앉아서 베개에 식칼을 꽂아놓고, 무엇이라

고 중얼하는 소리가 그 남편 죽이던 놈의 원수 갚는다는 말이라.

옥남이가 그 어머니 모양을 보더니 울며 그 어머니 앞으로 달려 들어서 어머니를 부르며 울기만 하는데, 옥순이는 일곱 해 동안을 건넌방 구석에서 소리없는 눈물로 자란 계집이라 참았던 울음소리가 툭 터져나오면서 옥남이를 얼싸안고 자지러지게 우니, 김씨 부인과 유모가 옥남이를 왜 데리고 왔던고 싶은 마음뿐이라. 김씨의 부인이 눈물을 흘리고 본평 부인 앞으로 바싹 다가앉으며,

"여보 본평댁, 이 아이가 본평댁의 아들이오. 여보 여보, 정신 좀 차려서 이 아이 좀 보오. 어찌하여 저런 병이 들었단 말이오? 여보, 저 베개에 칼은 왜 꽂아 놓았소? 저런 쓸 데 없는 짓을 말고 어서 병이 나 나아서 옥순이를 잘 가르쳐 시집이나 보내고, 옥남이를 길러서 며느리나 보고, 마음을 붙여 살 도리를 하시오. 돌아가신 서방님은 하릴없거니와 불쌍한 유복자를 남의 손에 기르기가 애닯지 아니하오? 본평댁이 어서 본정신이 돌아와서 옥남이를 길러 재미를 보게하오. 에그 그 얌전하던 본평댁이 이렇게 될 줄 누가 알았단 말인고?"

하며 목이 메서 하던 말을 그친다. 본평 부인이 무슨 정신에 김씨의 부인을 알아보던지 비죽비죽 울며,

"여보 회오골댁, 이런 절통(切痛)한 일이 있소? 댁 서방님이 우리집에 오셔서 영문 장차를 다 때려죽이려 드시는 것을 내가 발바닥으로 뛰어나가서 말렸더니, 영문 장차 놈들이 그 공을 모르고 옥순 아버지를 잡아다 죽였군 그려. 내가 옥황상제께 원정을 하였소. 옥황상제께서 그 원정을 보시더니, 내 소원을 다 풀어주마 하십디다. 염라대왕을 부르시더니 정 감사를 잡아다가 천 근이나 되는 무쇠 두멍을 씌워서 지옥에 집어넣고 우리 집에 나왔던 장차들은 금사망(金絲網)을 씌워서 구렁이가 되게 하고 옥

황상제께서 날더러 하시는 말이 '너는 나가서 있으면 내가 인간에 죄 지은 사람들을 다 살펴서 벌을 주겠다'하십디다. 회오골댁, 내 말을 자세히 들어두시오. 몇 해만 되면 세상에 변이 자꾸 날 터이오. 극성을 부리던 사람들은 꼼짝을 못하게 되고, 백성들은 제재물을 제가 먹고살게 될 터이오. 두고 보오, 내말이 맞나 아니맞나……. 옥순 아버지가 대관령에서 운명할 때에 하던 말이 낱낱이 맞을 터이오.

　그렇게 실진한 말만 하다가 나중에는 그 소리 할 정신도 없이 눈을 감더니 부처님의 감중련(坎中連)하는 손과 같이 손가락을 짚고 가만히 앉았는데, 그 앞에는 옥순의 남매 울음소리뿐이라.

　태평양 너른 물에 크고 큰 화륜선이 살가듯 떠나는데 돛대 밖에 보이는 것은 파란 하늘뿐이요, 물밑에 보이는 것은 또한 파란 하늘 그림자뿐이라. 해는 어디서 떠서 어디로 지는지? 배는 어디서 와서 어디로 가는지? 오던 곳을 살펴보아도 하늘에서 온 것 같고 가는 곳을 살펴보아도 하늘로 향하여 가는 것만 같다. 바람은 괴괴하고 물결은 감감하고, 석양은 묘묘(杳杳)한데, 화륜선 상등실에서 갑판위로 웬 사람 셋이 나오는데 앞에 선 것은 옥남이요, 뒤에 선 것은 옥순이요, 그 뒤에는 김씨라. 옥남이가 갑판위로 뛰어다니면서,

　"누님 누님, 누님이 이런 좋은 구경을 마다고 집에서 떠날 때 오기 싫다 하였지? 집에 들어 앉았으면 이런 구경을 하였겠소?"

　하면서 흥이 나서 구경을 하는데, 옥순이는 아무 경황 없이 뱃머리에서 오던 길만 바라보고 섰다. 옥순이가 수심이 첩첩하여 남에게 형언하지 못하는 한탄이라.

　'어머니는 어떻게 되셨누? 내가 집에 있을 때도 어머니 병구원 하는 할미들이 어머니를 대하여 소리를 꽥꽥 지르며 욱지르는 것

을 보면 내 오장이 무너지는 듯하지마는, 그 할미들더러 애쓴다, 고맙다, 칭찬하는 것은 빈말이 아니라, 그렇게 되신 우리 어머니를 밤낮없이 그만치 보아드리기도 어려운 터이라. 그러나 나도 없으면 어떻게들 할는지……."

그런 생각을 하다가 구슬 같은 눈물이 쌍으로 뚝뚝 떨어지는데, 고개를 숙여보니 만경창파에 간 곳 없이 스러졌다. 근심에 근심이 이어나고, 생각에 생각이 이어난다.

'갈모봉이 어디로 가고, 대관령은 어디로 갔누? 아버지 돌아가실 때에 대관령을 넘는데 천하에는 산뿐이요, 이 산에 올라서면 온 천하가 다 보이는 줄 알았더니, 에그 그 산이 그 산이……."

그렇게 생각하고 섰는데, 대관령이 옥순의 눈에 선하게 보이는 듯하다. 산은 무정물(無情物)이라, 옥순이가 산에 무슨 정이 들어서 그리 간절히 생각하는고?

대관령 상상봉에는 눈 못 감고 돌아가신 아버지가 말없이 누우셨고, 대관령 밑 경금 동네에는 살아 있는 어머니가 돌아가신 아버지 신세만 못하게 되어 계시니, 그 어머니 형상은 잊을 때가 없는 지라. 잠들면 꿈에 보이고, 잠이 깨이면 눈에 어린다. 거지를 보더라도 본정신으로 다니는 사람을 보면 우리 어머니는 저 신세만 못하거니 싶은 생각이 나고, 병신을 보더라도 본정신만 가진 사람을 보면 우리 어머니가 차라리 눈이 멀었든지 귀가 먹든지, 팔이나 다리나 병신이 되었더라도 옥남이나 알아보고 세상을 지내시면 좋으련마는 하며 한탄하는 마음이 생기는 옥순이라. 옥순이가 사람을 보는 대로 그 어머니가 남과 같이 못한 생각이 나는 것은 오히려 예사이라. 날짐승 길벌레를 보더라도 처량한 생각이든다.

'저것은 짐승이지마는 기뻐하는 마음, 성내는 마음, 슬퍼하는 마음, 즐겨하는 마음, 사랑하는 마음, 미워하는 마음, 욕심나는 마음, 그런 마음을 잃으셨누? 아버지는 세상을 버리시고 어머니는 세상을 모르시는데, 의지 없는 우리 남매를 자식같이 사랑하고 불쌍히 여기는 사람은 회오골 사는 아저씨 내외이라. 헝겊붙이나 되어 그러하면 우리도 오히려 예사로울 터이나, 고갈지의(瓜葛之誼)도 없는 김가·최가이라. 우리 남매가 자라서 그 은혜를 어떻게 갚을는지……. 부모 같은 은혜가 있으나 아버지라 부를 수 없는고로 아저씨라 부르지마는, 우리 남매 마음에는 아버지 같이 알고 따르는 터이라. 그러나 눈치 보고 체면 차리는 것은 아무리 한들 친부모와 같을 수는 없는지라. 내 근심을 다 감추고 좋은 기색만 보이는 것이 내 도리에 옳을 터이라."

하고 옥순이가 그런 생각을 하면서 다시 아니 울 듯이 눈물을 썩썩 씻고, 고개를 들어서 오던 길을 다시 바라보니 망망한 바다 위에 화륜선 연기만 비꼈더라.

옥순이가 잠시간 화륜선 갑판 위에 나와 구경할 때라도 그런 근심 그런 생각을 하는 터이라. 고요한 밤 배개 위와 적적한 곳 혼자 있을 때에는 더구나 더구나 옥순의 근심거리랴.

김정수의 자는 치일이니 최병도와 지기(知己)하던 친구라. 내 몸을 가볍게 여기고 나라를 소중하게 아는 사람인데, 김씨가 천성이 그렇던 사람이 아니라 최씨에게서 천하 형세를 자세히 들어안 이후로 어지러운 꿈 깨듯이 완고의 마음을 버리고 세상을 자세히 살펴보는 사람이요, 최씨는 김옥균의 고담준론을 얻어들은 후에, 크게 깨달은 일이 있어서 나라를 붙들고 백성을 살릴 생각이 도저하나 일개 강릉 김서방이라. 지체가 좋지 못하면 사람 축에 들지 못하는 조선 사람 되어 아무리 경천위지(敬天緯地)하는 재주가 있기로 어찌할 수 없는 고로 고향에 돌아가서 재물모으기를 시작하였는데, 그 재물 모으려는 뜻은 호의호식하고 호강하려는 것이 아니라, 그 재물을 모을 만치 모은 후에 유지(有志)한

사람 몇이든지 데리고 외국에 가서 공부도 시키고, 최씨는 김옥
균과 같이 우리 나라 정치개혁하기를 경영하려 하던 최병도다.

김씨가 최병도 죽은 후에 백아(白牙)가 종자가 죽은 후에 거문
고줄을 끊듯이 세상일을 단망(斷望)하고 있는 중에, 본평 부인이
그 남편의 유언을 전하는 것을 듣더니, 김씨의 눈에서 강개(慷
慨)한 눈물이 떨어지고 최씨의 부탁을 저버릴 마음이 없었더라.

최씨가 세 가지 유언이 있었는데, 하나는 세상을 원망한 말이
요, 또 하나는 그 친구 김정수에게 전하여 달라는 말이요, 또 하
나는 그 부인에게 부탁한 말이라.

세상을 원망한 말은 최병도가 마지막 세상을 버리는 사람이 되
어 말을 가리지 아니하고 함부로 한 터이라. 인구전파(因口傳播)
하기가 어려운 마디가 많이 있었는데, 누가 듣든지 최씨와 김씨
의 교분(交分)을 부러워하고 칭찬한다. 김씨에게 전하라는 말도
또한 세상에 관계되는 일이 많은 고로 그 말을 얻어들은 사람들
이 수군수군하고 쉬이쉬이하다가, 그 말은 필경 경금 동네에서
스러지고 세상에 전하지 아니하였고, 다만 부인에게 부탁한 말만
전하였더라.

(최씨 유언)"나는 1000석 추수를 하는 사람이요, 치일이가 조
석을 굶는 사람이라. 내가 죽은 후에 내 재물을 치일이와 같이
먹고살게 하고, 내 세간을 늘이든지 줄이든지 치일의 지휘대로만
하고, 또 마누라가 산월(産月)이 머지 아니하니 자녀간에 무엇을
낳든지 자식 부탁을 치일이에게 하라."

하면서 마지막 눈물을 떨어뜨리고 운명을 하였는지라.

본평 부인이 실진하기 전부터 김씨가 최씨의 집 일을 제 집 일
보다 10배, 100배를 힘써서 보던 터인데, 본평 부인이 실진할 때
는 옥순이가 불과 여덟 살이라. 최씨의 집 일이 더욱 망창(茫蒼)
하게 된 고로, 김씨가 최씨의 집 논문서까지 자기의 집에 옮겨다

두고 최씨 집에서 쓰는 시량범절(柴糧凡節)까지라도 김씨가 차하하는 터이라. 형세가 늘면 어찌 그렇게 쉬 늘던지 최병도 죽은 지 일곱 해 만에 최병도 집 형세는 3, 4배가 더 늘었더라.

최씨는 죽고 그 부인은 그런 병이 들었으니 화패(禍敗)가 연첩한 집에 패가(敗家)하기가 쉬울 터인데 형세가 그렇게 느는 것은 이상한 일이나, 김씨가 최씨 집 재물을 가지고 세간살이하는 것을 보면 그 세간이 늘 수밖에 없는지라. 가령 1000석 추수를 하면 100석쯤 가지고 최씨와 김씨 두 집에서 먹고 살아도 남는 터이라, 900석은 팔아서 논을 사니 연년(年年)이 추수가 늘기 시작하여 그 형세가 불 일어나 듯 하였는데, 옥남이 일곱 살 되던 해에 그 어머니를 만나본 후로 옥순의 남매가 밤낮 울기만 하고 서로 떨어져 있지 아니하려는 고로, 김씨가 최병도 생전에 모은 재산만 남겨두고, 김씨의 손으로 늘인 전장(田莊)은 다 팔아서 그 돈으로 옥남의 남매를 미국에 유학시키러 가는 길이라. 화성돈(華城頓)에 데리고 가서 번화하고 경치 좋은 곳은 대강 구경시킨 후에 옥순의 남매 공부할 배치(配置)를 다 하여주었는데, 옥남이는 어린아이라 좋은 구경에 정신이 팔려서 집 생각을 아니하나, 옥순이는 꽃을 보아도 눈물을 머금고 보고, 달을 보아도 눈물을 머금고 보고, 박물관·동물원같이 번화한 구경을 할 때에도 경황 없이 다니면서 고국 생각만 한다.

김씨가 고향을 떠나서 오래 있기가 어려운 사정이나 기간사(期間事)는 전혀 생각지 아니하고, 옥순의 남매를 공부 성취시킬 마음과 자기도 연부력강(年富力强)한 터이나 아무쪼록 지식을 늘릴 도리에 힘을 쓰고 있는지라. 그렇게 다섯 해를 있는데, 물가 비싼 화성돈에서 세 사람의 학비가 적지 아니한지라. 또 옥순의 남매를 아무쪼록 고생 아니 되도록 할 작정으로 의외에 돈이 너무 많이 쓰인 고로 십여 년 예산이 불과 다섯 해에 돈이 거진 다 쓰이고 몇 달 후면 학비가 떨어질 모양이라. 본래 김씨가 경금서 떠날 때에 또 최씨 집 추수하는 것을 연년이 작전(作錢)하여 늘리도록 그 아들에게 지휘하고 온 일이 있는데, 김씨가 떠날 때에는 그 아들의 나이 스물한 살이라. 그 후에 다섯 해가 되었으니 그때 나이 26세이라. 김씨 생각에 내가 집에 있어서 그 일을 본 해만은 못하더라도, 그후에 우리 나라의 곡가가 점점 고등하였으니 내 지휘대로만 하였으면 돈이 많이 모였을 듯하여, 김씨가 학비를 구처(區處)할 마음으로 고국에 돌아오는데 왕환(往還) 동안은 속하면 반년이요, 더디더라도 8, 9삭에 지나지 아니한다 하고, 옥순의 남매를 작별하였더라. 김씨가 고국에 돌아와서 본즉 최씨 집에는 전과 같은 일도 있고, 전만 못한 일도 있다.

본평 부인의 실진한 병은 전과 같이 살아 있을 뿐이요, 그 집에 재물은 바싹 졸아서 전만 못하게 되었더라. 김씨가 다시 자기 집 일을 자세히 살펴보니, 뜻밖에 전보다 다른 두 가지라. 한가지는 그 아들의 난봉이 늘고, 또 한 가지는 그 아들의 거짓말이 썩 대단히 늘었더라.

부모 믿기를 태산같이 믿고 일가 친척이 칭찬하고 동네 사람들이 우러러보던 그 아들이 그다지 그렇게 될 줄은 꿈 밖이라. 제 마음으로 그렇게 되었던가, 남의 꾀임에 빠져서 그렇게 되었던가? 제 마음이 글러서 그렇게 된 것도 아니요, 남이 꾀어서 그렇게 된 것도 아니라. 그러면 어찌하여 그렇게 되었던가? 그때는 갑오(甲午)이후라, 관제가 변하여 각 읍의 군수가 되고, 팔도는 13도 관찰부가 된 때라. 어떤 부처님 같은 강릉 군수가 내려왔는데, 뒷줄이 튼튼치 못한 고로, 백성의 돈을 펼쳐놓고 뺏어 먹지는 못하나, 소문 없이 갉아 먹는 재주는 신통한 사람이라. 경금 사는 김정수의 아들이 남의 돈이라도 수중에 돈 천 돈 만이나 좋이 가지고 있다는 소문을 듣고 존문(存問)을 하여 불러들여 치켜세우고, 올려세우고, 대접을 썩 잘하면서 돈 천 냥만 꾸어 달라 하니, 김 소년의 생각에 그 시행을 아니하면 하늘 모르는 벼락을 맞을 듯하여 겁이 나서 강릉원에게 돈 몇 천 냥을 소문 없이 주고, 벙어리 냉가슴 앓듯 하고 있는 중에 강릉 군수보다 존장(尊長) 할아비 치게 세력 있는 관찰사가 불러다가 우스며 뺨치듯이 면새좋게 뺏어 먹는 통에 김 소년이 최씨집 추수 작전한 돈을 제 것같이 다 써 없애고 혼자 심려가 되어 별 궁리를 다하다가, 허욕이 버썩 나서 그 모친이 맡아가지고 있는 최씨 집 논문서를 꺼내다가 한 번 장사에 두 손 툭툭 떨고 돌아왔더라.

처음에 장사 나설 때는 이번 장사에 군수와 관찰사에게 취하여 준 돈을 어렵지 아니하게 벌충이 되리라 싶은 마음뿐이러니, 울진 가서 어살을 하다가 생선 비린내만 맡고 돈은 물 속에 다 풀어넣고, 장사라 하면 진저리치게 되었는데, 그렇게 낭패 본 것을 그 부친에게 알리지 아니하고 편지할 때마다 거짓말만 하였더라.

본래 착실하던 사람이 거짓말하기 시작하면 엉터리 없는 거짓말이 그렇게 잘 늘던지, 김 소년이 저의 부친에게만 그렇게 거짓말하는 것이 아니라 남에게까지 거짓말을 하고 빚을 상투고가 넘도록 졌는데, 최씨 집 재산을 결단내놓고 사람을 속여먹으려고 눈이 뒤집혀 다니는 모양이라.

김정수가 기가 막혀서 말이 아니 나오는데, 아들이 난봉된 것은 오히려 둘째가 되고, 옥남의 남매가 몇만 리 밖에서 굶어 죽게 된 일을 생각하면 잠이 아니 온다. 옥남의 남매를 데려올 작정으로 노자를 판출(辦出)하려는데, 본래 김씨는 가난하던 사람으로 최씨 집 재물을 맡은 후에 남에게 신용이 생겼더니 최씨집 재물이 없어진 후에 그 신용이 떨어질 뿐 아니라, 그 아들이 난봉 패호(牌號)한 후에 동네 사람의 물의가, 김치일의 부자(父子)는 최씨 집을 망하려는 사람이라고 소문이 떡 벌어졌는데, 누구더러 돈 한푼 꾸어 달라 할 수도 없이 되고, 섣불리 그런 말을 하면 남에게 욕만 더 얻어먹을 모양이라.

김씨가 며칠 밤을 잠을 못 자고 헛 경륜(經綸)만 하다가 화가 어찌 몹시 나던지 조석 밥은 본 체도 아니하고 날마다 먹는 건 술 뿐이라, 술이 깨면 별걱정이 다 생기다가 술을 잔뜩 먹고 혼몽 천지가 되면 아무 걱정 없이 팔자 좋게 세월을 보내는 터이라.

김씨가 집에 돌아온 지 몇 달 동안에 술 취하지 아니하는 날이 한 달 30일 동안에 몇 시가 못 되더니 필경에는 그 몇 시간 동안에 정신있던 것도 없어지고 세상을 아주 모르게 되었다.

술을 먹어 정신을 모르는 것도 아니요, 병이 들어 정신을 모르는 것도 아니라, 긴 잠이 길게 들어서 이 세상을 모르게 되었더라.

그 전날까지도 고래 물켜듯이 술을 먹던 터이요, 아무 병 없이 사지 백체가 무양(無恙)하던 터이라 병 없이 죽었으나 죽는 것이 병이라. 김씨가 죽던 전날 그 부인과 아들을 불러앉히고 옥순의 남매를 데려올 말을 하는데 순리의 말은 별로 없고 억지 말만 있었더라.

몇 푼짜리 되지도 아니하는 집을 팔면 옥순의 남매를 데려올 듯이, 집도 팔고 식구마다 남의 종으로 팔려서 그 돈으로 옥순 남매를 데려오겠다 하면서, 코를 칵칵 지지르는 독한 소주를 말 물켜듯 하는데, 그때가 여름 삼복중이라, 하루 종일 소주만 먹더니 날이 어슬하게 저물 때에 앞 뒷문을 활짝 열어놓고 자다가, 몸에 불이 일어날 듯이 번열증(煩熱症)이 나서 냉수를 찾는데, 미처 대답할 새가 없이 재촉하여 냉수를 떠오라 하더니 냉수 한 사발을 한숨에 다먹고 콧구멍에 새파란 불이 나면서 당장에 죽었더라.

김씨는 옛사람이 되었으나, 지금 이 세상을 밤낮으로 기다리고 있는 사람은 옥순이와 옥남이라. 김씨 집에서 김씨가 죽었다고 옥순에게로 즉시 전보나 하였으면 단념하고 기다리지 아니할 터이나, 김씨 아들이 시골서 생장한 사람이라 전보할 생각도 아니하고 있는 고로 김씨가 죽은 지 5, 6삭이 되도록 옥순이는 전혀 모르고 있었더라. 옥순의 남매는 학비가 떨어져서 사고무친(四顧無親)한 만리타국에서 굶어 죽을 지경이라 편지를 몇 번 부쳤으나 답장 한 장이 없더니, 하루는 옥남이가 우편으로 온 편지 한 장을 받아들고 들어 오면서 좋아서 펄펄 뛰며,

(옥남)"누님 누님, 조선서 편지 왔소, 어서 좀 뜯어보오."

하면서 옥순의 앞에 놓는데, 옥순이가 어찌 반갑고 좋던지 겉봉에 쓴 것도 자세 보지 아니하고 뚝 떼어보니 편지한 사람은 김씨의 아들이요, 편지 사연은 김씨가 죽었다는 통부(通訃)라.

그때 옥순이는 열아홉 살이요, 옥남이는 열두 살이라. 부모같이 알던 김씨의 통부를 듣고 효자·효녀가 상제 된 것 같이 설워하다가 그 설움은 잠깐이어니와 돈 한푼 없는 옥남의 남매가 제 설움이 생긴다.

정신병이 들어서 아무것도 모르는 그 어머니를 살아 있을 때에 헌번 다시 만나볼까 하였더니, 그 어머니 죽기 전에 옥순의 남매가 먼저 죽을 지경이라. 옥순이가 옥남이를 붙들고 울며,

"이애 옥남아, 세상에 우리 남매같이 기박한 팔자가 또 어디 있단 말이냐! 돌아가신 아버지 일을 생각하든지, 살아 계신 어머니 일을 생각하든지, 우리 남매는 일평생에 한(恨) 덩어리로 자라나서 아버지 산소에 한 번도 못 가보고 어머니 얼굴을 한 번 다시 못 보고 여기서 죽는단 말이냐? 어머니 생전에 우리가 먼저 죽으면 불효가 막심하나, 그러나 타국에 와서 먹을 것 없이 어찌 산단 말이냐?"

하면서 울다가, 옥순의 남매가 자결하여 죽을 작정으로 나섰더

라. 옥순의 남매는 본래 총명한 아이인데, 김씨가 어찌 잘 인도하였던지, 어린아이들의 마음일지라도 아무쪼록 남보다 공부를 잘하여 고국에 돌아간 후에 나라에 유익한 백성이 될 마음이 골똘하여 일심정력으로 공부를 하였는데, 옥순이는 옥남이보다 일곱 살이나 더하나, 고국에 있을 때에 아무 공부 없기는 일반이라. 미국가서 심상소학교에도 같이 들어갔고 심상과 졸업도 같이 하고, 그때 고등소학교 1년생으로 있는데, 공부 정도는 같으나 열두 살 된 아이와 열아홉 살 된 아이의 지각 범절은 현연(顯然)히 다른지라. 그 아버지를 생각하기도 옥순이가 더하고 그 어머니 정경(情景)을 생각하는 것도 옥순이가 더하는 터인데, 더구나 옥순이는 여자의 성정(性情)이라 어린 동생을 데리고 죽으려 할 때에 그 설워하는 마음은 옥순이더러 말하라 하더라도 형용하여 다 말하지 못할지라.

기숙(寄宿)하던 호텔은 다섯 해 동안에 주객지의(主客之誼)가 있었는데, 김씨가 옥순의 남매를 데리고 돈을 흔히 쓰고 있을 때는 그 호텔 주인은 형제같이 친하게 지내고 보이들은 수족같이 말을 잘 듣더니, 학비가 떨어지고 호텔 주인에게 요리값을 못 주게 된 후에는 형제 같던 주인이나, 수족 같던 보이나 별안간에 변하기로 그렇게 대단히 변하던지, 돈 없이는 하루라도 그 집에 있을 수가 없는 터이라. 그러나 호텔에서 두어 달 동안이나 외자로 먹고 있기는, 주인의 생각에 옥순의 집에서 돈을 정녕 보내주려고 여기고 있는 고로 옥순의 남매가 그날 그때까지 그 집에 있던 터이라.

대체 옥순의 남매가 그렇게 두어 달을 지낸 끝이라, 10리만 가려 하더라도 전차를 탈 돈도 없고, 다만 있는 것은 옥순의 몸의 금시계 하나와 금반지 하나 뿐이라. 옥순의 남매가 그 호텔 주인에게 어디로 간다는 말도 없이 가만히 나섰는데 그 길은 죽으러 가는 길이라.

지는 해는 서천에 걸렸는데 내왕하는 행인은 각 사회에서 일 마치고 돌아가는 사람들이라. 옥순의 남매가 해 지기를 기다려서 기차철로로 향하여 가는데, 사람의 자취 드문 곳으로만 찾아간다. 땅은 검으락 말락하고 열 간 동안에 사람은 보일락 말락한데, 옥순의 남매가 철도 옆 언덕 위에서 철도를 내려다 보며 기차 지나가기를 기다린다. 옥순이가 옥남의 손목을 붙들고 울며,

"이애 옥남아, 너는 남자라, 이렇게 죽지 말고 살았다가 남의 보이 노릇이라도 하고, 하루 몇 시간이든지 공부를 착실히 한 후에 우리 나라에 돌아가서 병든 어머니나 다시 뵙고 어머니 생전에 봉양이나 착실히 할 도리를 하여보아라. 나는 여자라 살아 있더라도 우리 최가의 집에 쓸 데없는 인생이니, 죽으나 사나 소중한 것 없는 사람이나, 너는 아무쪼록 살았다가 조상의 뫼나 묵지 말게 하여라."

(옥남)"여보 누님, 우리 나라 2000만 생명의 성쇠(盛衰)가 달린 나라가 결단나게 된 생각은 아니하고, 최가의 집 하나 망하는 것만 그리 대단히 아오? 내가 살았다가 우리 나라 일이나 잘하여 볼 도리가 있으면 보이 노릇은 고사하고 개 노릇이라도 하겠소마는 최가의 뫼가 묵는 것은 꿈 같소."

(옥순)"오냐, 기특한 말이다. 네 마음이 그러할수록 죽지 말고 살았다가 나라를 붙들 도리를 하여보아라."

(옥남)"여보 누님, 그 말 마오. 사람이 죽을 마음을 먹을 때에 오죽 답답하여 죽으려 하겠소? 김옥균은 동양의 영웅이라 하는 사람이 우리 나라 정치를 개혁하려다가 역적 감태기만 뒤집어쓰고 죽었는데, 나 같은 위인이야 무슨 국량(局量)이 있어서 나라를 붙들어볼 수 있소? 미국 와서 먹을 것 없어서 고생되는 김에 진작 죽는 것이 편하지. 누님이나 고생을 참고 남의 집에 가서

심부름이나 하고 밥이나 얻어 먹고 살아보오."

그 말이 맞지 못하여 기차 하나가 풍우같이 몰려 들어오는데, 옥남이가 언덕 위에 도사리고 섰다가 눈을 딱 감고 철도로 내려 뛰니, 옥순이가 따라서 철도에 떨어지는데, 웬 사람이 언덕 아래서 소리를 지르고 쫓아오나, 그 사람이 언덕에 올라올 동안에 살같이 빠른 기차는 벌써 그 언덕 앞을 지나간다. 그후 이틀 만에 화성돈 어느 신문에,

"조선 학생 결사 미수(朝鮮學生決死未遂). 재작일 오후 7시에 조선 학생 최옥남 연 13(年十三), 여학생 최옥순 연 19(年十九), 학비(學費)가 떨어짐을 고민(苦悶)히 여겨서 철도에 떨어져서 죽으려다가 순사 캘라베루 씨의 구한 바가 되었다. 그 학생이 언덕 위에서 수작할 때에 순사가 동정을 수상하게 여겨서 가만히 언덕 밑에 가서 들으나 말을 알아듣지 못하는 고로 먼저 동정을 살피던 차에 그 학생이 기차 지나가는 걸 보고 철도에 떨어졌는지라. 순사가 급히 쫓아가 보니 원래 그 언덕은 불과 반길쯤 되고 철로는 쌍선이라 언덕 밑 선로는 북행(北行)차의 선로요, 그 다음 선로는 남행(南行)차의 선로인데 그 학생이 남행차 지나가는 것을 보고 그 차가 언덕 밑 선로로 가는 줄만 알고 떨어졌다가 순사에게 구한 바 되었다더라."

그러한 신문이 돌아다니는데, 그 신문 잡보(雜報)를 유심히 보고 그 정경을 불쌍히 여기는 사람이 있다. 그 사람의 이름은 씨엑기 아니쓰인데, 하나님을 아버지 삼고 세계 인종을 형제 같이 사랑하고 야소교를 진심으로 믿는 사람이라. 신문을 보다가 옥순의 남매에게 자선심이 나서 그 길로 옥순의 남매를 찾아 데려다가 몇 해든지 공부할 동안에 학비를 대어주마 하니, 그때 옥순이와 옥남이의 마음은 공부할 생각보다 고국에나 돌아가도록 하여 주었으면 좋겠다 싶은 마음이 있으나, 씨엑기 아니쓰는 공부를

주장하여 말하는 고로 옥순의 남매가 고국에 가고 싶다는 말은 차마 하지 못하고, 미국에서 다시 공부를 한다.

본래 옥순이와 옥남이가 김씨 살았을 때 학과서(學科書)는 학교에 다니며 배웠으나, 마음 공부는 전혀 김씨의 교육을 받은 사람이라. 성은 각 성이나 김씨가 옥순의 남매에게는 부형 같은 사람이라, 옥순의 남매가 김씨의 교육받은 것을 가정교육이라 하여도 가한 말이라.

그 마음 교육이라 하는 것은 어떠한 마음인고?

본래 최병도와 김정수는 국가사상(國家思想)이 머리에 가득 찬 사람이라. 만일 최씨가 좀 오래 살았더면 김씨와 같이 나라 일에 죽었을 사람이라. 그러나 최씨가 죽은 후에 외손뼉이 울기 어려운 지라, 김씨가 강릉 구석 산 두메골에서 제 재물이라고는 돈 한푼없이 지내면서 꼼짝할 수도 없는 중에 저버릴 수 없는 최씨의 유언으로 최씨의 집을 보아주느라고 헤어나지를 못한 고로, 세상에서 김씨의 유지(有知)한 줄을 몰랐더라. 그러한 위인으로 일평생에 뜻을 얻지 못하여 말이 나오면 불평한 말뿐인데 그 불평한 말인즉, 국가를 위하는 말이라.

옥순이와 옥남이가 자라나는 새 정신에 날마다 듣느니 국가를 위하는 말뿐인 고로, 옥순이와 옥남이는 나라라 하는 말이 뇌(腦)에 막히고 정신을 젖었더라. 그후에는 다시 씨엑기 아니쓰의 교육을 받더니 마음이 한층 더 널러지고, 목적 범위가 한층 더 커져서, 천하를 한집같이 알고 사해(四海)를 형제같이 여겨서, 몸은 덕의상(德義上)에 두고 마음은 인애적(仁愛的)으로 가져서 구구한 생각이 없고 활발한 마음이 생기더니, 학문에 낙을 붙여서 고향 생각을 잊어버린다.

그러나 그것은 옥남의 마음이 그러하단 말이요, 옥순의 일은 아니라. 옥순이는 여자의 편성(偏性)으로 처음에 먹었던 마음이 조금도 변치 아니하였는데 그 처음에 먹었던 마음은 무슨 마음인고? 고국을 바라보고 오장이 살살 녹는 듯한 근심하는 마음이라.

아버지가 강원 감영에 잡혀가던 모양도 눈에 선하고, 어머니가 나를 붙들고 기가 막혀 울던 모양도 눈에 선하고, 아버지가 대관령 위에서 운명하던 모양도 눈에 선하고, 어머니가 옥남이를 낳고 실진하던 모양도 눈에 선하고, 김씨 부인이 옥남이를 데리고 왔을 때에 어머니가 그 옥남이를 몰라보고, 베개에 식칼을 꽂아 놓고 강원 감사의 이름을 부르면서 원수 갚는다 하던 모양도 눈에 선하다.

그렇게 하는 근심이 끊어지다가 이어나고, 스러지다가 생겨난다. 바라보는 것은 고국 산천이요. 생각하는 것은 그 어머니라. 공부도 그만두고 하루바삐 고국에 가고 싶으나 씨엑기 아니쓰에게 이런 발설을 하기 어려운 터이라. 근심으로 날을 보내고 근심으로 해를 보내는데, 그렇게 보내는 세월 가운데 옥순의 남매가 고등소학교를 마치고 졸업장을 타가지고 와서 졸업장을 펴놓고 마주 앉아서 옥순이가 옥남이를 돌아다보며,

"이애 옥남아, 사람이 무엇을 위하여 공부를 하느냐? 우리가 외국에 와서 오래 공부만 하고 있을 수도 없는 정세가 아니냐? 어머니가 본마음을 가지고 계시더라도 자식 된 도리에 여러 해를 슬하에 떠나 있으면 어머니 보고 싶은 마음이 간절할 터인데, 하물며 우리 어머니는 남다른 병환이 들어서 생활의 낙을 모르고 살아 계시니, 우리가 공부는 그만 하고 고국에 돌아가서 어머니 생전에 병구원이나 하여 드리자. 너는 어머니를 떠나서 유모의 집에서 일곱 살이 되도록 어머니 얼굴도 모르다가 일곱 살 되던 해에 어머니를 처음 뵈옵고 그 후에 즉시 미국에 와서 있으니 어머니 정경을 다 모르는 터이라. 이애 옥남아."

부르다가 목이 메어서 말을 못 하고 흑흑 느끼니 옥남이가 마

주 우는데 눈물이 비오듯 한다. 옥순이가 한참 진정하고 다시 말 시작을 하는데, 옥순이는 하던 말을 다 마칠 마음으로 느끼던 소리와 솟아나던 눈물을 억지로 참고 말을 하나 옥남이는 의구히 낙루한다.

(옥순)"이애 옥남아, 자세히 들어보아라. 사람이 귀로 듣는 일과 눈으로 보는 일이 다르니라. 너는 우리 집 일을 귀로 들어 알았거니와, 나는 내 눈으로 낱낱이 보고 아는 일이라. 아버지께서 그렇게 원통히 돌아가시고, 어머니께서는 그 원통한 일로 인연하여 그런 몹쓸 병환중에 지내시던 일은 원통히 돌아가신 아버지보다 몇 갑절이나 불쌍하신 신세이라. 이애 옥남아, 이야기 하나 들어보아라. 어머니 병드시던 이듬해에 우리 집에 조그마한 강아지가 있었는데, 그 강아지가 어디서 북어 대강이 하나를 물고 오더니 납죽이 엎드려서 앞발로 북어 대강이를 누르고 한참 재미있게 뜯어먹는데, 웬 청삽사리 개 한마리가 오더니 강아지를 노려보며 드뭇드뭇한 하얀 이빠리가 엉크렇게 드러나도록 아가리를 벌리고 응응 소리를 하다가 와락 달려들어 강아지를 물어 박지르고 북어 대강이를 뺏어가니 누가 보든지 그 큰 개가 밉살스럽기는 하지마는, 우리 어머니는 남다른 한을 품고 남다른 병이 들어서 무엇이 무엇인지 모르고 지내시던 터에, 개가 강아지를 물어 박지르는 것을 보고 별안간에 실진하셨던 병 증세가 더 복발이 되어서 하시는 말이, '저 놈이 강원 감사로구나! 남을 물어 박지르고 먹을 것을 뺏어가니, 그래 만만한 놈은 먹고살지도 말란 말이야? 이 몹쓸 놈아, 네가 강원 감사로 있어서 백성을 다 죽여내더니 강아지까지 못살게 구느냐? 이놈, 나도 네게 원수척을 지은 사람이라, 내가 오늘 네 원수를 갚겠다' 하시더니 소리를 버럭버럭 지르면서 개를 쫓아가시는데 그때는 깊은 겨울이라, 어머니 가신 곳을 알지 못하여 온 집안 사람들이 있는 대로 다 나서서 어머니를 찾

으러 다니느라고 하룻밤을 세웠다. 그러하던 그 어머니를 우리가 이렇게 떠나서 있는 것이 자식 된 도리가 아니라, 이애, 별 생각 말고 씨엑기 씨에게 좋게 말하고 고국으로 돌아갈 도리를 하자. 이애 옥남아, 나는 몸이 여기 있으나, 내 눈에는 어머니가 실진하여 하시던 모양만 눈에 선하다."

하면서 다시 느껴 운다. 옥남이가 한참 동안을 앉아 울다가 주먹으로 테이블 바닥이 쪼개지도록 내리치더니, 양복 포켓 속에서 착착 접은 하얀 수건을 내서 눈물을 썩썩 훔치고, 눈방울을 두리두리하게 굴리고 이를 악물고 앉았더니 다시 기운을 내어서 천연히 말한다.

"여보 누님, 누님이 문명한 나라에 와서 문명한 신학문을 배웠으니 문명한 생각으로 문명한 사업을 하지 아니하면 못씁니다. 누님, 누님이 내 말을 좀 자세히 들어보시오. 사람이 부모에게 효성을 하려면 부모 앞에서 부모 봉양만 하고 들어앉았는 것이 효성이 아니라, 부모의 은혜받은 이 몸이 나라의 국민의 의무를 지키고 국민의 직분을 다하는 것이 부모에게 효성이라. 우리 나라에는 세도 재상이니, 별입시니, 무엇이니, 무엇이니 하는 사람들이 성인 같으신 임금의 총명을 옹폐하고 국권을 농락하여 나라는 망하든지 흥하든지 제 욕(欲)만 채우고 제 살만 찌우려고 백성을 다 죽여내는 통에 우리 아버지가 그렇게 몹시 돌아가시고, 우리 어머니도 그 일을 인연하여 그런 몹쓸 병환이 들으셨으니 그 원인을 생각하면 나라의 정치가 그른 곡절이라. 여보, 우리 나라에서 원통한 일 당한 사람이 우리뿐 아니라, 드러나게 당한 사람도 몇천 명 몇 만 명이요, 무형상(無形狀)으로 녹아나서 삼천리 강산에 처량한 빛을 띄우고, 2000만 인민이 도탄에 들어서 나라는 쌓아 놓은 닭의 알같이 위태하고, 인종은 봄바람에 눈 녹듯이 스러져 없어지는 때라. 이 나라를 붙들고 이 백성을 살리려 하면 정치를 개혁하는 데 있는 것이니, 우리는 아무쪼록 공부를 많이 하고 지식을 넓혀서 아무 때든지 개혁당이 되어서 나라의 사업을 하는 것이 부모에게 효성하는 것이오. 여보 누님, 우리가 지금 고국에 돌아가서 어머니를 모시고 있더라도 어머니 병환이 나으실 리도 없고, 아버지 산소에 가도 아버지가 살아오실 리가 없으니, 아무리 우리 집에 박절한 사정이 있더라도 그 박절한 사정을 돌아보지 말고 국민 동포에게 공익(公益)을 위하여 공부를 더 하고 있습시다. 우리 나라의 일만 잘되면 눈을 못 감고 돌아가신 아버지께서 지하에서 눈을 감을 것이요, 철천지한을 품고 실진까지 되셨던 어머니께서도 한이 풀리시면 병환이 나으실는지도 모를 일이니, 어머니를 위할 생각을 그만하고 나라 위할 도리를 하시오. 누님이 만일 그런 생각이 작고 하루바삐 고국에 돌아가서 어머니나 뵙고 누님이 시집이나 가서 편히 잘 살려는 생각이 간절하거든 오늘일지라도 떠나가시오. 노잣돈은 아무 때든지 씨엑기씨에게 신세 짓기는 일반이니, 내가 말하여 얻어드리리다."

옥순이가 그 말을 듣고 가만히 앉아 생각을 하더니 옥남의 말을 옳게 여겨 근심을 참고 공부에 착심(着心)하여 해외 풍상에 몇 해를 더 지냈던지, 옥순이는 사범학교까지 졸업한 후에 근심을 잊어버리기 위하여 음악학교(音樂學校)에서 공부하고, 옥남이는 중학교를 마친 후에 경제학(經濟學)을 공부하면서 한편으로 사회철학(社會哲學)을 깊이 연구하더라. 백면서생의 책상머리는 반딧불 창과, 눈 쌓인 밤에 어느 때든지 맑고 고요치 아니한 때가 없지마는, 세계 풍운은 날로 변하는 때라. 더구나 우리 나라에서는 세상이 어찌 되어가는지 모르고 괴상 극악한 짓만 하다가, 세계 풍운의 변하는 서슬에 정신이 번쩍번쩍 나는 판이라. 일로(日露)전쟁 이후로 옥남이가 신문만 정신들여 날마다 보는데 신문을 볼 때마다 속만 터진다. 어찌하여 그렇게 속이 터지는고?

옥남의 마음에 우리 나라 일은 놀부의 박 타듯이 박은 타는 대로 경만 치게 된 판이라고 생각한다. 박을 타는 것 같다 하는 말은 웬 말인고? 옛날 놀부의 마음이 동포 형제는 다 빌어먹게 되더라도 남의 것을 뺏어서 내 재물만 삼으면 좋을 줄로 알던 사람이라. 일평생에 악한 기운이 두리두리 뭉쳐서 바람풍자 세 가지 쓰인 박씨 하나가 되었더라. 그 바람풍자 풀기를 올풍·졸풍·망풍이라 하였으나, 옥남이 같은 신학문 있는 사람의 마음에는 그 바람풍자가 북풍이 아니면 서풍이요, 서풍이 아니면 남풍이라. 대체에는 바람에 경은 치든지 큰 바람이 불고 말리라 싶은 생각이나, 그러나 바람 불기 전에는 어느 바람이 불든지 모르는 것이요, 박을 타기 전에는 무엇이 나올지 모르는 터이라.

대체 그 박씨가 어느 바람에 불려온 것인고? 한식 동풍에 어류가 비꼈는데, 왕사당 전에는 날아드는 제비들이 공량(空樑)에 높이 앉아 남남(喃喃)히 지저귀고 강남 소식을 전하면서 박씨를 떨어뜨린다.

주인이 그 박씨를 주워다가 심었는데 주인이 거름을 어찌 잘하였든지 넝쿨마다 마디 지고, 마디마다 꽃이 피고, 꽃마다 열매를 맺어 낱낱이 잘 굳으니 그 박이 박복한 박이라. 팔월단호(八月斷瓠) 8월에 박을 따서 놀부가 그 박을 타는데, 하여도 합질할 생각으로 박을 타더라.

한 통을 타면 초상 상제(初喪喪制)가 나오고, 또 한통을 타면 장비(張飛)가 나오고, 또 한통을 타면 상전이 나오니, 나머지 박은 겁이 나서 감히 탈 생의를 못 하나 기왕에 열려서 굳은 박이라, 놀부가 타지 아니하더라도 제가 저절로 터지더라도 박 속에 든 물건은 다 나오고 말 모양이라. 놀부가 필경 패가하고 신세까지 망쳤는데, 도덕 있고, 우애 있는 홍부의 덕으로 집을 보전한 일이 있었더라. 그러한 말은 허무한 옛말이라. 지금 같은 문명한 세상에 물리학으로 볼진대 박 속에서 장비도 나오고 상전도 나올 이치가 없으니, 옥남이가 그 말을 참말로 믿는 것이 아니라. 그러나 옥남의 마음에 옛날 우리 나라에 이학박사(理學博士)가 있어서 우리 나라 개국 500년 전후사를 추측(推測)하고 비유하여 지은 말인가보다, 그렇게 생각하여 의심 나고 두려운 마음이 주야 잊지 못하는 것이 옥남의 일편(一片) 충심이라.

옥남의 마음에 우리 나라에는 놀부의 천지라 세도 재상도 놀부의 심장(心腸)이요, 각 도 관찰사도 놀부의 심장이요, 각 읍 수령도 놀부의 심장이라. 하루바삐 개혁당이 나서서 일반 정치를 개혁하는 때에는 저 허다한 놀부떼가 일시에 박을 타고 들어앉았으려니 생각한다.

옥남이가 날마다 때마다 우리 나라에 개혁되기만 기다리는데, 그 기다리는 것은 놀부떼를 미워서 개혁되기를 기다리는 것도 아니요, 국가의 미래중흥(未來中興)을 바라고 인민의 목하도탄(目下塗炭)을 면하게 되는 것을 바라는 마음이라. 그러나 우리 나라 일은 깊은 잠 어지러운 꿈과 같아서 불러도 아니 깨이고 몽둥이로 때려서 아니 깨이는 터이라. 어느 때든지 하늘이 뒤집히도록 천변이 나고 벼락불이 뚝뚝 떨어지기 전에는 저 꿈 깨기가 어려우리라 싶은 것도 옥남의 생각이라.

서력 1907년은 우리 나라 개국 516년이라. 그해 여름이 되었는데 하늘에서는 불빛이 뚝뚝 떨어진다. 그 불빛이 미국 화성돈 어느 호텔 객실에 비추었는데, 그 객실은 동남향이라. 동남 유리창에 아침 볕이 들이쪼인다. 그 유리창 안에는 백포장을 드렸고 백포장 밑에는 침대(寢臺)가 놓였고, 침대 위에는 여학생이 누웠는데 그 여학생은 옥순이라. 옥 같은 얼굴이 더운 기운에 선 앵둣빛같이 익어서 도화색이 지고, 땀이 송송 나서 해당화에 이슬 맺힌 듯하였는데 어여쁘기는 일색이나, 자세 보면 얼굴에 나이 들어서 30이 가까운 모양이라. 그루잠(늦잠)을 곤히 자다가 기지 개를 켜고 눈을 떠서 벽상에 걸린 자명종을 쳐다보더니 바스스 일어나며,

"에그, 벌써 여덟시가 되었구나. 아무리 일요일이라도 너무 염 치없이 잤구나."

하면서 옷을 고쳐 입고 세수하고 식전에 절차를 다한 후에 거 울을 들여다보다가 탄식을 한다.

"세월도 쉽다. 내가 벌써 이렇게 되었단 말인가? 우리 아버지 돌아가시던 해에 어머니 나이, 지금 내 나이쯤 되셨고, 나는 그때 불과 여덟 살이러니, 내가 자라서 이렇게 되었으니 어머니께서 얼마나 늙으셨누? 사람이 세상에 생겨나려거든 좋은 때에 생겨날 것이지, 무슨 팔자가 그리 기박하여 이런 때에 생겨났던고? 희호 세계에 나서 밭 갈아 먹고 우물 파 마시고 재력(財力)을 모르던 백성들은 우리 아버지같이 원통히 죽은 사람도 없을 것이요, 우 리 어머니같이 포원(抱冤)하고 미친 사람도 없으렷다. 에그, 나 는……"

하다가 말끝을 마치지 아니하고 아무 소리 없이 앉았는데 기색 이 좋지 못한 모양이라. 문밖에서 문을 뚝뚝 두드리는 소리가 나 며 문을 열고 들어오는 사람은 옥남이라. 옥순이가 좋지 못하던 얼굴빛을 감추고 천연히 앉았으니, 옥남이가 옥순의 기색을 보고 근심하던 눈치를 알았던지 교의 위에 턱 걸터앉으며,

(옥남)"누님, 오늘 신문 보셨소?"

(옥순)"이애, 신문이 다 무엇이냐? 지금 일어나서 겨우 세수하 였다."

(옥남)"밤에 너무 늦게 주무시면 식전 잠이 많으시지요. 그러 나 요새는 밤 몇 시까지 공부를 하시오?"

(옥순)"공부하려고 밤을 샐 수야 있느냐? 어젯밤에는 열두시

까지 책을 보다가 새로 한시에 드러누웠더니, 어머니 생각이 나기 시작하여 잠이 덧들었다가 밤을 새웠다."

(옥남)"그러나 참, 오늘 신문 보셨소? 오늘 신문은 썩 재미있던 걸……."

(옥순)"무엇이 그렇게 재미있단 말이냐? 어느 신문에 무슨 말이 있단 말이냐?"

하며 테이블 위에 놓인 신문을 보려 하니, 옥남이가 신문지를 누르면서,

(옥남)"여보시오 누님, 여러 신문을 다 찾아보려 하면 시간이 더딜 터이니 내게 잠깐 들으시오. 자 자세 들어보시오. 신문 제목은 여학생의 아침 잠이라. 화성돈 셰맨쓰 호텔에 유(留)한 한국 여학생 최옥순이는 동방이 샐 때를 초저녁으로 알고 해가 삼장(三丈)이 높았을 때를 밤중우로 알고 자는 여학생이라 하였는데, 대체 그 아래 마디까지 다 외지는 못하오."

(옥순)"이애, 그것은 너의 거짓말이다. 내가 근심을 잊어버리고 밤에 잠을 잘 자도록 권하려고 네가 나를 조롱하는 말인가보다. 이애 옥남아, 낸들 근심을 하고 싶어서 일부러 하겠느냐? 어젯밤에도 열두시까지 책을 보다가, 침대에 드러누웠더니 우연히 고국생각이 나기 시작하여 동방에 계명성(啓明星)이 올라오도록 잠 못 이루어 애를 쓰다가 먼동이 틀 때에 겨우 잠이 들었다. 근심을 잊어버리자고 결심하고 있는 네 마음이나 잊어버리지 못하는 내 마음이나 다를 것이 없으니, 나는……."

하다가 말을 맺지 못하고 눈물이 옷깃에 떨어진다.

(옥남)"여보 누님, 다른 말씀 마시고 신문을 좀 보시오."

옥순이가 그 소리를 듣더니 참 제 말이 신문에 난 듯이 의심이 나서 급히 신문지를 접어서 앞에다 놓으니, 옥남이가 앞으로 다가앉으며 각 신문을 뒤적거리다가 옥남의 손가락이 신문지 위에

뚝 떨어지며,

　(옥남)"이것 좀 보시오."

　하는 소리에 옥순이의 눈이 둥그래지며 옥남의 손가락 가리키는 곳을 본다. 본래 옥순이는 고국 생각을 너무하고 밤낮 근심으로 보내는 고로, 옥남이가 옥순이를 볼 때마다 옥순이를 웃기고 위로하던 터이라. 그 신문의 기재한 제목은 한국 대개혁(韓國大改革)이라 하였는데, 대황제폐하 전위하시던 일이라. 옥순이는 그 신문을 다 본 후에 옥남이와 옥순이가 다시 의논이 부산하다.

　(옥순)"이애 옥남아, 세계 각국에 개혁 같은 큰일이 없고 개혁 같이 어려운 일은 없는 것이라. 우리 나라에서 수십 년래로 개혁에 착수(着手)하던 사람들이 나라에 충성을 극진히 다하였으나, 우리 나라 백성은 역적으로 알고 적극 백성은 반대하고 원수같이 미워한 고로 개혁당의 시조 되는 김옥균 같은 충신도 자객의 암살(暗殺)을 면치 못하였고, 그 후에 허다한 개혁당들도 낱낱이 역적 이름을 듣고 성공치 못하였는데 지금 이렇게 큰 개혁이 되었으니, 네 생각에 앞일이 어찌 될 듯하냐?"

　옥남이가 한참 동안을 말없이 가만히 앉았다가 우연 탄식이라.

　(옥남)"지금이라도 개혁만 잘되면 몇십 년후에 회복될 도리가 있지요. 내가 이때까지 누님께 듣기 좋은 말만 하고 조금도 걱정되는 일은 말하지 아니하였더니 오늘 처음으로 내 마음에 있는 말을 다 하리다. 만일 우리 나라가 70년 전에 개혁이 되어서 진보를 잘하였다면 우리 나라도 세계 일등 강국이 되어 해삼위(海蔘威)에 아라사 사람이 저러한 근거지를 잡기 전에 우리 나라가 먼저 착수(着手)하였을 것이오. 만일 40년전에 개혁이 되었으면 우리 나라 육해군의 확장이 아직 일본만 못하나, 또한 당당한 문명국이 되었을 것이오. 만일 30년 전에 개혁이 되었으면 30년 동안에 또한 중등(中等) 강국은 되었을지라. 남으로 일본국과 동맹

국이 되고 북으로 아라사 세력이 뻗어나오는 것을 틀어막고 서로 청국의 내버리는 유리(遺利)를 취하여 장차 대륙(大陸)에 전진 (前進)의 길을 열어서 불과 기년에 또한 일등 강국을 기약하였을 것이오. 만일 20년 전에 개혁이 되었으면 20년 동안에 나라 힘이 크게 떨치지는 못하였더라도 인민의 교육 정도와 생활의 길이 크게 열려서 국가의 독립하는 힘이 유여하였을 것이오. 만일 10년 전에 개혁이 되었을 지경이면 오호만의(嗚呼晩矣)라, 나라 일 하기가 대단히 어려운 때이라 비록 남의 힘을 빌리지 아니하고 내 힘으로 개혁을 하였더라도 백공천창(百孔千瘡)의 꿰매지 못할 일이 여러 가지라. 그러나 개혁한 지 10년만 되었더라도 족히 국가를 보존할 기초가 생겼을 터이라. 그러한즉 우리 나라의 개혁조만(改革早晩)이 그 이해(利害)가 이러하거늘, 정치개혁은 아니하고 도리어 나라 망할 짓만 하였으니 그런 원통한 일이 있소? 지금 우리 나라 형편이 어떠하냐 할진대, 말 한마디로 그 형편을 자세히 말하기 어려운지라, 가령 한 사람의 집으로 비유할진대, 세간은 다 판이 나고 자식들은 다 난봉이라, 누가 보든지 그 집은 꼭 망하게만 된 집이라. 비록 새 규모를 정하고 치산(治産)을 잘할 도리를 하더라도 어느 세월에 남의 빚을 다 청장(淸帳)하고, 어느 세월에 그 난봉된 자식들을 잘 가르쳐서 사람 치러 다니는 형제간에 싸움만 하고 밤낮으로 무슨 일만 저지르던 것들이 지각이 들어서 집안에 유익자식(有益子息)이 되도록 하기가 썩 어려울지라. 우리 나라의 지금 형편이 이러한 터이라. 황제폐하께서 등극하시면서 일반 정치를 개혁하시니 만고에 영걸하신 성군 (聖君)이시라. 우리도 하루바삐 우리 나라에 돌아가서 우리 배운 대로 나라에 유익한 사업을 하여봅시다."

하더니 옥순의 남매가 그 길로 씨엑기 아니쓰 집에가서 그 사정을 말한다. 그때 씨엑기 아니쓰는 나이많고 또 병중이라. 그 재물을 다 흩어서 고아원과 자선병원(慈善病院)에 기부하고 그 자손은 각기 학력(學力)으로 빌어먹으라 하고 옥남의 남매에게 미국 지화 5000류(五千留)를 주며 고국에 가라 하니, 옥순이와 옥남이가 그 돈을 고사하여 받지 아니하고, 다만 여비(旅費)로 500류만 달라 하여 가지고 미국을 떠나는데, 씨엑기 아니쓰는 그후 3삭 만에 세상을 버리고 먼 천당 길을 갔더라.

옥순이와 옥남이가 부산에 이르러서 경부 철도를 타고 서울로 향하여 오는데, 먼산을 바라보고 소리 없는 눈물이 비오듯 한다. 토피(土皮) 벗은 자산(赭山)에 사태가 길길이 난 것을 보면 저 산의 토피를 누구들이 저렇게 몹시 벗겨먹었누 하며 옛일 생각도 나고, 저 산이 언제나 수목이 울밀하게 될고 하며 앞일 생각도 한다. 산밑 들 가운데 길가에 게딱지같이 납작한 집을 보면 저것도 사람 사는 집인가 싶은 마음이 든다. 옥순의 남매가 어렸을 때 그런 것을 보고 자라났지마는 처음 보는 것 같이 기막히는 마음뿐이라.

그러나 한 가지 위로되는 마음은 융희 원년은 황제폐하께서 정치를 개혁하신 해라. 다시 마음을 활발히 먹고 서울로 올라와서 하루도 쉬지 아니하고 그 길로 강릉으로 내려간다. 강릉 경금 동네에 웬 양복 입은 남자와 양복 입은 부인이 교군을 타고 오다가 동네 가운데에서 교군을 내려 나오더니 최본평 집을 묻는데, 그 동네에서 양복 입은 부인을 처음 보던지, 구경꾼이 앞뒤로 모여들고 개 짖는 소리에 말소리가 자세히 들리지 아니한다. 그 양복 입은 부인은 옥순이요, 남자는 옥남이라. 동네 사람들이 옥순의 남매가 왔다는 말을 듣고 앞뒤로 따라 서서 본평 집으로 데리고 가는데 사람이 모여들고 모여든다.

김정수의 부인은 어디서 듣고 그렇게 빨리 쫓아오던 달음박질을 하다가 짚신짝이 앞으로 팽개를 치는 듯이 벗어져 나가다가 길 아래논에 뚝 떨어지는 것을 보고 건질 새도 없이 버선 바닥으로 쫓아 와서 옥순이와 옥남이를 붙들고 울며 본평 집으로 간다.

이때 가을이라, 서리 맞은 호박잎은 울타리에 달려 있어 바람에 버썩버썩하는 소리뿐이요, 마당에는 거친 풀이 좌우로 우거졌는데, 이 집에도 사람이 있나 싶은 그 집이 본평 집이라.

옥남이는 생각나는 일도 있고 잊어버린 일도 많지마는 옥순이는 눈에 보이는 물건이 차차 볼수록 어제 보던 물건 같고 옛일을 생각할수록 어제 지내던 일같이 생각이 난다.

옥순의 남매가 그 어머니 방으로 들어가는데, 그 어머니는 살아 있으나 뼈만 엉성하게 남고 그 중에 늙어서 머리털은 희뜩희뜩하고 귀신 같은 모양으로 미친 증세는 이전에 볼 때보다 조금도 다를 것이 없는지라. 옥순이가 그 어머니 앞으로 달려들며,

"어머니 어머니, 옥순이·옥남이가 어머니를 떠나서 만리타국에 공부하러 갔다가 오늘 집에 돌아왔소. 어머니 어머니, 어머니가 어찌하여 지금까지 병환이 낫지 못하셨단 말이오!"

하며 기가 막혀 우느라고 다시 말을 못 하는데, 옥남이가 그 어머니앞에 마주앉아 울며,

"어머니, 날 좀 자세히 보시오. 내가 어머니 아들이오. 아버지께서 원통히 돌아가신 후에 어머니가 철천지 한을 품고 계신 중에 유복자로 낳으시고 이런 병이 들으셨다 하니, 나 같은 불효자가 아니 났더면 어머니가 저런 병환이 아니 들으셨을 터인데……."

그 말끝을 마치지 못하여 본평 부인이 소리를 버럭 지른다.

"무엇이냐 응, 불효라니? 이놈 네가 뉘 돈을 뺏어 먹으려고 누구더러 불효부제라 하느냐? 이놈, 이때까지 아니 죽고 살아서 백성의 돈을 뺏어 먹으려 든단 말이냐?"

하며 미친 소리를 한다. 옥남이가 목이 메어 울며,

"어머니 어머니, 어머니가 저런 마음으로 병이 들으셨소구려. 지금은 백성의 재물 뺏어 먹을 사람도 없고 무죄한 백성을 죽일 사람도 없는 세상이오."

본평 부인이 이 말을 어찌 알아들었던지,

"응 무엇이냐? 그 강원 감사 같은 놈들이 다 어디 갔단 말이냐?"

(옥남)"어머니가 그 말을 알아들으셨소. 지금 세상은 이전과 다른 때요. 황제폐하께서 정치를 개혁하셨는데 지금은 권리 있는 재상도 벼슬 팔아 먹지도 못하오. 관찰사·군수들도 잔학생민(殘虐生民)하던 옛버릇을 다 버리고 관아돈 외에는 낯선 돈 한 푼 먹지 못하도록 나라법을 세워놓은 때올시다. 아버지께서 이런 때에 계셨으면 재물을 아무리 많이 가졌더라도 그런 화를 당할 리가 없으니 아버지께서도 지하에서 이런 줄 아실 지경이면 천추의 한이 풀리실 터이니, 어머니께서도 한 되던 마음을 잊어버리고 여년(餘年)을 지내시오, 나는 어머니 유복자 옥남이오?"

본평 부인이 정신이 번쩍 나서 옥남이와 옥순이를 붙들고 우는데, 첩첩한 구름 속에 묻혔던 밝은 달 나오듯이 본 정신이 돌아오는데 운권청천(雲捲晴天)이라. 옥남이를 붙들고 울며,

"이애, 네가, 네가 하늘에서 떨어졌느냐? 땅에서 솟았느냐? 내 속에서 나온 자식이 이렇게 자라도록 내가 모르고 지냈단 말이냐? 옥남아, 네 이름이 옥남이란 말이냐? 어디로 갔다가 이제야 왔느냐? 너의 아버지 돌아가실 때에 어린아이라, 어렸을 때 일을 자세히 생각할는지 모르겠다마는 너는 너의 아버지 얼굴을 못 생각하거든 옥남이를 보아라. 이애 옥순아, 네가 벌써 자라서 저렇게 되었단 말이냐? 내가 본 정신으로 너희들을 다시 만나보니, 오늘 죽어도 한을 잊어버리고 죽겠다. 그러나 너의 아버지께서 살았다가 저런 모양을 보셨으면 오죽 좋아하셨으며, 또 평생에

나라를 위하여 근심하시고, 우리 나라 백성을 위하여 근심하시더니, 탐관오리들이 다 쫓겨서 산 깊이 들어앉았는 이 세상을 보셨으면 오죽 좋아 하시겠느냐? 나와 같이 절에나 올라가서 너의 아버지가 연화세계(蓮花世界)로 가시도록 불공이나 하고 너희들은 너희 아버지 계신 연화세계로, 이 세상 태평세계 되었다고 축문이나 읽어라."

옥순의 남매가 뜻밖에 어머니 병이 나은 것을 보더니 마음에 어찌 좋던지, 그 이튿날 그 어머니를 모시고 절에 가서 불공을 한다.

극락전 부처님은 말없이 가만히 앉았는데, 만수향 연기는 맑은 바람에 살살 돌아 용트림하고 본평 부인이 축원하는 소리는 처량하다.

절 동구 밖에서 총소리가 한 번 탕 나면서, 웬 무뢰지배 수백 명이 들어오더니 옥남의 남매를 붙들어 내린다.

옥순이와 옥남이는 학문과 지식이 넉넉한 사람이라 조금도 겁나는 기색이 없고 천연히 붙들려 나가는데, 그 무뢰지배가 옥순의 남매를 잡아 놓고 재약한 총부리를 겨누면서,

(무뢰)"네가 웬 사람이며, 머리는 왜 깎았으며, 여기 내려오기는 무슨 정탐을 하러 왔느냐? 우리는 강원도 의병(義兵)이라. 너 같은 수상한 놈은 포살하겠다."하며 기세가 당당한지라. 옥남이가 천연히 나서더니, 일장 연설을 한다.

"여보시오 우리 동포, 들어보시오. 나는 동포를 위하여 공변되게 하는 말이니, 여러분이 평심 서기(平心舒氣)하고 자세히 들으시오. 의병도 우리 나라 백성이요. 나도 우리 나라 백성이라 피차에 나라 위하고 싶은 마음도 일반이나, 지식이 다르면 하는 일이 다른 법이라. 이제 여러분 동포께서 의병을 일으켜서 죽기를 헤아리지 아니하고 하시는 일이 나라에 이롭고자 하여 하시는 일이

오, 나라에 해를 끼치려는 일이오? 말씀을 하여주시오. 내가 동포를 위하여 그 이해(利害)를 자세히 말하면 여러분의 마음과 같지 못한 일이 있어서 나를 죽이실 터이나, 그러나 내가 그 이해를 알면서 말을 아니하면 여러분 동포가 화를 면치 못할 뿐 아니라 국가에 큰 해를 끼칠 터이니, 차라리 내 한 몸이 죽을지라도 여러분 동포가 목전의 화를 면하고, 국가 진보에 큰 방해가 없도록 충고하는 일이 옳을 터이라. 여러분이 나를 죽일지라도 내 말이나 다 들은 후에 죽이시오. 여러분 동포가 의리를 잘못 잡고 생각이 그릇 들어선 요순(堯舜) 같은 황제폐하 칙령을 거스리고 흉기(凶器)를 가지고 산야로 출몰하여 인민의 재산을 강탈하다가 수비대 일병 4, 50명만 만나면 수십 명 의병이 더 당치 못하고 패하여 달아나거나, 그렇지 않으면 사망 무수(無數)하니, 동포의 하는 일은 국민의 생명만 없애고 국가 행정상에 해만 끼치는 일이라. 무엇을 위하여 이런 일을 하시오? 또 동포의 마음에 국권을 잃은 것을 분하게 여긴다 하니, 진실로 분한 마음이 있을진대 먼저 국권 잃은 근본을 살펴보고 장차 국권이 회복될 일을 하는 것이 옳은 일이라. 우리 나라 수십 년래 학정(虐政)을 생각하면 이 백성의 생명이 이만치 남은 것이 뜻밖이요. 이 나라가 멸망의 화를 면하는 것이 그런 다행한 일이 있소. 우리 나라 수십 년래 학정은 여러분이 다같이 당한 일이니 모르실 리가 없으나 나는 내 집에서 당하던 일을 말씀하리다. 내 선인(先人)도 재물냥이나 있는 고로 강원 감영에 잡혀가서 불효부제로 몰려서 매 맞고 죽은 일도 있고, 그 일로 인연하여 집안 화패(禍敗)가 무수하였으니, 세상에 학정같이 무서운 건 없습니다. 여보, 그런 한심한 일이 있소? 이야기를 좀 들어보시오. 내가 미국 가서 십여년을 있었는데, 우리 나라 사람 하나를 만나서 말을 하다가 그 사람이 관찰사 지낸 사람이라 하는 고로, 내가 내 집안에서 강원 감사에게 학정당하던 생각이 나서 말하나니 탐장하는 관찰사는 죽일 놈이니 살릴 놈이니 하였더니, 그 사람이 하는 말이 '그런 어림없는 말 좀 마오. 관찰사를 공으로 얻어 하는 사람이 몇이나 되오? 처음에 할 때도 돈이 들려니와, 내려간 후에 쓰인 돈은 얼마나 되는지 알고 그런 소리를 하오? 일년에 몇 번 탄신에 쓰는 돈은 얼마나 되며 그 외에는 쓰는 돈이 없는 줄로 아오? 그래, 몇 푼 되지 못하는 월급만 가지고 되겠소? 백성의 돈을 아니 먹으면 그 돈 벌충을 무슨 수로 하오? 만일 관찰사로 있어서 돈 한푼 아니 쓰고 배기러 들다가 벼락은 누가 맞게? 하는 소리를 듣고 내가 기가 막혀서 말대답을 못 하였소. 대체 그런 사람들이 빙공영사(憑公營私)로 백성의 돈을 뺏으려는 말이요, 탐장을 예사로 알고 하는 말이라. 그러한 정치에 나라가 어찌 부지하며 백성이 어찌 부지하겠소? 그렇게 결단난 나라를 황제폐하께서 등극하시면서 덕을 헤아리시고 힘을 헤아리셔서 나라힘(國力)에 미쳐갈 만한 일은 일신 개혁하시니, 중앙 정부에는 매관 매직하던 악습이 없어지고, 지방에 잔학생령(殘虐生靈)하던 관리가 낱낱이 면관이 되니, 융희 원년 이후로 황제폐하께서 백성에게 학정하신 일이 무엇이오? 여보 동포들, 들어보시오 우리 나라 국권을 회복할 생각이 있거든 황제폐하 통치하(統治下)에서 부지런히 벌어먹고 자식이나 잘 가르쳐서 국민의 지식이 진보될 도리만 하시오. 지금 우리 나라에 국리민복(國利民福)될 일은 그만한 일이 다시 없소. 나는 오늘 개혁하신 황제폐하의 만세나 부르고 국민 동포의 만세나 부르고 죽겠소."

하더니 옥남이가 손을 높이 들어,

"대황제폐하 만세, 만세, 만세! 국민 동포 만세, 만세, 만세!"

그렇게 만세를 부르는데, 의병이라 하는 봉두돌빈(峰頭突彬)의 여러 사람들의 아우성을 지르며,

"저놈이 선유사(宣諭似)의 심부름으로 내려온 놈인가보다. 저
놈을 잡아가자."

하더니 풍우같이 달려들어서 옥남의 남매를 잡아가는데, 본평
부인은 극락전 부처님 앞에 엎드려서 옥남의 남매를 살게 하여줍
시사 하는 소리 뿐이라.

자유종(自由鍾)

이해조(李海朝)

등장 인물이 모두 여성이란 점이 특징이며, 형식면에서는 서두와 결말에 지문(地文)이 조금 나오고, 내용의 처음부터 끝까지가 대화로 되어 있다. 다분히 희곡적(戱曲的)인 요소를 띠고 있는 이 작품은 당시 큰 주목을 받았고, 또 신소설 중에서 정치의식이 가장 강한 소설이다.

(설헌) "천지간 만물 중에 동물 되기 희한(稀罕)하고, 천만 가지 동물 중에 사람 되기 극난(極難)하다. 그같이 희한하고 그같이 극난한 동물 중 사람이 되어 압제(壓制)를 받아 자유를 잃게 되면 하늘이 주신 사람의 직분(職分)을 지키지 못함이어늘, 하물며 사람사이에 여자 되어 남자의 압제를 받아 자유를 빼앗기면 어찌 희한코 극난한 동물 중 사람의 권리를 스스로 버림이 아니라 하리오.

여보, 여러분! 나는 옛날 태평 시대에 숙부인(淑夫人)까지 바쳤더니 지금은 가련한 민족 중의 한 몸이 된 신설헌이올시다.

오늘 이매경 씨 생신(生辰)에 청첩을 인하여 왔더니 마침 홍국란 씨와 강금운 씨와 그 외 여러 귀중하신 부인들이 만좌(滿座)

하셨으니 두어 말씀 하오리다.

이전 같으면 오늘 이러한 잔치에 취하고 배부르면 무슨 걱정 있으리까마는, 지금 시대가 어떠한 시대며 우리 민족은 어떠한 민족이오? 내 말이 연설체 격과 흡사하나 우리 규중(閨中)여자도 결코 모를 일이 아니올시다.

일본도 삼십년 전 형편이 우리 나라보다 우심(尤甚)하여 혹 천하세대라 혹 자국전도라 말하는 자는 미친 자라 괴악한 사람이라 지목하고 인류로 치지 않더니, 점점 연설이 크게 열리매 전도하는 교인같이 거리거리 떠드나니 국가 형편이요, 부르나니 민족사세라, 이삼 인 못거지라도 술잔을 대하기 전에 소회(所懷)를 말하고 마시니, 전국 남녀들이 십여 년을 한담도 끊고 잡담도 끊고 언필칭 국가라 민족이라 하더니, 지금 동양에 제일 제이 되는 일대 강국이 되었습니다.

오늘 우리 나라는 어떠한 비참지경(悲慘之境)이오? 세월은 물 같이 흘러가고 풍조는 날로 닥치는데, 우리 비록 아홉 폭 치마는 둘렀으나 오늘만도 더 못한 지경을 또 당하면 상전벽해(桑田碧海)가 눈결에 될지라. 하늘을 부르면 대답이 있나, 부모를 부르면 능력이 있나, 가장을 부르면 무슨 방책이 있나, 고대광실(高臺廣室) 뉘가 들며 금의옥식(錦衣玉食) 내 것인가. 이 지경이 이마에 당도했소. 우리 삼사 인이 모였든지 오륙 인이 모였든지 어찌 심상한 말로 좋은 음식을 먹으리까. 승평무사(昇坪無事)할 때에도 유의유식(遊衣遊食)은 금법(禁法)이어든 이 시대에 두 눈과 두 귀가 남과 같이 총명한 사람이 어찌 국가 의식만 축내리까. 우리 재미있게 학리상(學理上)으로 토론하여 이 날을 보냅시다."

(매경)"절당(切當) 절당하오이다. 오늘이 참 어떠한 시대요. 이같이 수참(愁慘)하고 통곡(痛哭)할 시대에 나같은 요마한 여자의 생일 잔치가 왜 있겠소마는 변변치 못한 술잔으로 여러분을

청하기는 심히 부끄럽고 죄송하나 본의인즉 첫째는 여러분 만나 뵈옵기를 위하고, 둘째는 좋은 말씀을 듣고자 함이올시다.

남자들은 자주 상종(相從)하여 지식을 교환하지마는 우리 여자는 한번 만나기 졸연(猝然)하오니까. 〈예기(禮記)〉에 가로되, 여자는 안에 있어 밖의 일을 말하지 말라고 하였고, 〈시전(詩傳)〉 가로되 오직 술과 밥을 마땅히 할 뿐이라 하였기에 층애절벽(層崖絶壁)같은 네기둥 안에서 나고 자라고 늙었으니, 비록 사마 자장(본명은 사마천)의 재주 있을지라도 보고 듣는 것이 있어야 아는 것이 있지요.

이러므로 신체 연약하고 지각이 몽매하여 쌀이 무슨 나무에 열리는지, 도미를 어느 산에서 잡는지 모르고, 다만 가장(家長)의 비위만 맞춰 앉으라면 앉고 서라면 서니, 진소위(眞所謂) 밥 먹는 안석(案席)이요, 옷 입은 퇴침(退枕)이라, 어찌 이류라 칭하리까.

그러나 그는 오히려 현철(賢哲)한 부인이라, 행검(行檢)있는 부인이라 하겠지마는, 성품이 괴악하고 행실이 불미하여 시앗(妾)에 투기(妬忌)하기, 친척에 이간(離間)하기, 무당 불러 굿하기, 절에 가서 불공하기, 제반악징(諸般惡徵)은 소위 대갓집 부인이 더합니다. 가도(家道)가 무너지고 수욕(羞辱)이 자심(滋甚)하니 이것이 제 한집안 일인 듯하나 그 영향이 실로 전국에 미치니 어찌 한심치 않으리까.

그런 부인이 생산(生産)도 잘 못하고 혹 생산하더라도 어찌 쓸 자식을 낳으리오. 태내(胎內) 교육부터 가정 교육까지 없으니 제가 생지(生知)의 바탕이 아닌 바에 맹모(孟母)의 삼천하시던 교육(三遷之敎)이 없이 무슨 사람이 되리오. 그러나 재상도 그 자제요, 관찰군수도 그 자제니 국가의 정치가 무엇인지, 법률이 무엇인지 어찌 알겠소. 우리 비록 여자나 무식(無識)을 면치 못함을 항상 한탄하더니, 다행히 오늘 여러분 고명하신 부인께서 왕림하여 좋은 말씀을 들려주시니 대단히 기꺼운 일이올시다."

(설헌) "변변치 못한 구변이나 내 먼저 말씀하오리다. 우리 대한의 정계가 부패함도 학문 없는 연고요, 민족의 부패함도 학문 없는 연고요, 우리 여자도 학문 없는 연고로 기천 년(幾千年) 금수 대우를 받았으니 우리 나라에도 제일 급한 것이 학문이요, 우리 여자 사회도 제일 급한 것이 학문인즉 학문 말씀을 먼저 하겠소. 우리 이천만 민족 중에 일천만 남자들은 응당 고명한 학교를 졸업하여 정치·법률·군제·농·상·공 등 만 가지 사업이 족하겠지마는, 우리 일천만 여자들은 학문이 무엇인지 도무지 모르고 유의유식으로 남자만 의뢰하여 먹고 입으려 하니 국세가 어찌 빈약하지 아니하겠소? 옛말에 백지장도 맞들어야 가볍다 하였으니 우리 일천만 여자도 일천만 남자의 사업을 백지장과 같이 거들었으면 백 년 할 일을 오십 년에 할 것이요, 십 년에 할 일을 다섯 해면 할 것이니 그 이익이 어떠하오, 나라의 독립도 거기 있고 인민의 자유도 거기 있소.

세계 문명국 사람들은 남녀의 학문과 기예가 차등이 없고, 여자가 남자보다 해산(解産)하는 재주 한 가지가 더하다 하며, 혹 전쟁이 있어 남자가 다 죽어도 겨우 반구비라 하니, 그 여자의 창법·검술까지 통투(通透)함을 가히 알겠도다.

사람마다 대성인(大聖人) 공부자(孔夫子) 아니어든 어찌 생이 지지하리오. 법과 파리 대학교에서 토론회를 열매 가(可)편은 사람을 가르치지 못하면 금수와 같다 하고, 부(否)편은 사람이 천생 한 성질이니 비록 가르치지 아니할지라도 어찌 금수와 같으리오 하여 경쟁이 대단하되 귀결치 못하였더니, 학도들이 실지를 시험코자 하여 무부모(無父母)한 아해들을 사다가 심산궁곡(深山窮谷)에 집둘을 짓되 네 벽을 다 막고 문 하나만 뚫어 음식과 대소변을 통하게 하고 그 아해를 각각 그 속에서 기를 새 7, 8년이 된 후 그 아해를 학교로 데려오니 제가 평생에 사람 많은 것을 보지 못하다가 6, 7층 양옥에 인산인해(人山人海)됨을 보고 크게 놀라 서로 돌아보며 하나는 꼭고댁꼭고댁 하고 하나는 끼익끼익 하니, 이는 다름아니라 제 집에 아무것도 없고 다만 닭과 돼지만 있는데, 닭이 놀라면 꼭고댁하고 돼지가 놀라면 끼익끼익 하는 고로 그 아해가 지금 놀라운 일을 보고, 그 소리가 각각 본대로 난 것이니 그것도 닭과 돼지의 교육을 받음이라. 학생들이 이것을 본 후에 사람을 가르치지 아니하면 금수와 다름없음을 깨달아 가 편이 득승(得勝)하였다 하니, 이로 보건대 우리 여자가 그와 다름이 무엇이오. 일용 범절에 여간 안다는 것이 저 아해의 꼭고댁·끼익보다 얼마나 낫소이까. 우리 여자가 기천 년을 암매(暗昧)하고 비참한 경우에 빠져 있었으니 이렇고야 자유권(自由權)이니 자강력(自强力)이니 세상에 있는 줄이나 알겠소.

일생에 생사고락(生死苦樂)이 다 남자 압제 아래 있어, 말하는 제용과 숨쉬는 송장을 면치 못하니 옛 성인의 법제가 어찌 이러하겠소. '예기'에도 여인 스승이 있고 유모를 택한다 하였고 '소학'에도 여자 교육이 첫 편이니 어찌 우리 나라 여자 같은 자고송(自枯松)이 있단 말이오.

우리 나라 남자들이 아무리 정치가 밝다 하나 여자에게는 대단히 적악(積惡)하였고, 법률이 밝다 하나 여자에게는 대단히 득죄(得罪)하였습니다. 우리는 기왕(旣往)이란 말할 것 없거니와 후생(後生)이나 불가불 교육을 잘하여야 할 터인데 권리 있는 남자들은 꿈도 깨지 못하니 답답하오. 남자들 마음에는 아들만 귀하고 딸은 귀치 아니한지 일 분자라도 귀한 생각이 있으면 '사지오관(四肢五官)'으로 제일등 교과서를 삼으니 자국 정신은 간 데 없고 중국혼(中國魂)만 길러서 언필칭 '좌전(左傳)'이라 '강목(綱

目)이라 하며 남의 나라 기천 년 흥망성쇠만 의논하고 내 나라 빈부강약은 꿈도 아니 꾸다가 오늘 이 지경을 당하였소.

이태리국 역비다 산에 올차학이라는 구멍이 있어 해수로 통하였더니 홀연 산이 무너져 구멍 어구가 막힌지라, 그 속이 칠야(漆夜)같이 캄캄한데 본래 있던 고기들이 나오지 못하고 수백 년을 생장하여 눈이 있으나 쓸 곳이 없더니, 어구의 막혔던 흙이 해마다 바닷물에 패어 가며 일조에 구멍이 도로 열리매, 밖의 고기가 들어와 수없이 잡아먹되, 그 안에 있던 고기는 눈을 멀뚱멀뚱 뜨고도 저해(沮害)하려는 것을 전연히 모르고 절로 밀려 어구 밖에 혹 나왔으나 못 보던 눈이 졸지에 태양을 당하매, 현기(眩氣)가 나며 정신이 없어 어릿어릿 하더라 하니, 그와 같이 대문·중문 꽉꽉 닫고 밖에 눈이 오는지 비가 오는지 도무지 알지 못하고 살던 우리 나라 이왕 교육은 올차학 교육이라 할 만하니 그 교육 받은 남자들이 무슨 정신으로 우리 정치를 생각하겠소. 우리 여자의 말이 쓸 데 없을 듯하나 자국의 정신으로 하는 말이니, 오히려 만국 공사의 헛 담판보다 낫습니다. 여러분 부인들은 대한 여자 교육계의 별 방침을 연구하시오."

(금운) "여보, 설헌 씨는 학문 설명을 자세히 하셨으나 그 성질과 형편이 그래도 미진한 곳이 있습니다. 우리 나라 지식을 보통케 하려면 그 소위 무슨 변에 무슨 자, 무슨 아래 무슨 자라는. 옛날 상전(上典)으로 알던 중국 글을 폐지하여야 필요하겠소. 대저 글이라 하는 것은 말과 소리와 같아서 그 나라의 범백정신(凡百精神)을 실어두나니, 우리 나라 소위 한문은 곧 지나(支那)의 말과 소리라. 다만 지나의 정신만 실었으니 우리 나라 사람이야 평생을 끌고 당긴들 무슨 이익이 있겠소. 그런 중에 그 말과 소리가 대단히 사나워 좀체 사람을 끌지 못하오.

그글은 졸업 기한이 없고 일평생을 읽을지라도 이태백·한퇴지는 못 되며, 혹 상등으로 총명한 자가 물 쥐어 먹고 십 년 이십 년을 읽어서 실재라, 거벽이라 하여 눈앞에 영웅이 없고, 세상이 돈짝만 하여 내가 내노라고 도리질치더라도 그 사람더러 정치를 물으면 모른다, 철학·화학·이학을 물으면 모르노라, 농학·상학·공학을 물으면 모르노라, 그러면 우리 대종교 공부자(孔夫子) 도학의 성질은 어떠하냐 묻게 되면, 그 신성하신 진리는 모르고 다만 아노라 하는 것은 공자님은 꿇어 앉으셨지, 공자님은 광수의(廣袖衣) 입으셨지 하여 가장 도통을 이은 듯이 여기니, 다만 광수의만 입고 꿇어만 앉았으면 사람마다 천만 년 종교 부자가 되오리까?

공자님은 춤도 추시고 노래도 하시고 풍류도 하시고 선비도 되시고 문장도 되시고 장수가 되셔도 가하고 정승이 되셔도 가하고 천자도 가히 되실 신성하신 우리 공부자님을, 어찌하여 속은 컴컴하고 외양만 번주그레한 위인들이 광수의만 입고 꿇어만 앉아 공자님 도학이 이뿐이라 하여 고담준론(高談峻論)을 하면서 이렇게 하여야 집을 보존하고 인군을 섬긴다 하여 자기 자손뿐 아니라 남의 자제까지 연골(軟骨)에 버려 골생원님이 되게 하니, 그런 자들은 종교에 난적(亂賊)이요, 교육에 공직(公職)이라 공자님께서 대단히 욕보셨소. 설사 공자님이 생존하셨을지라도 오히려 북을 울려 그자들을 벌하셨으리라.

그만도 못한, 승부꾼이라 일차꾼이라 하는 자는 천시도 모르고 지리도 모르고, 다만 의취(意趣) 없는 강남풍월(江南風月)한 다 년이라. 뜻도 모르는 것은 원코 형코라 하여 국가의 수용하는 인재노릇을 하였으니 그렇고야 어찌 나라가 이 지경이 아니 되겠소?

대체 글을 무엇에 쓰자고 읽소? 사리를 통하려고 읽는 것인데 내 나라 지지(地誌)와 역사(歷史)를 모르고서 '제갈량전'과 '비사맥전'을 천만 번이나 읽은들 현금 비참한 지경을 면하겠소? 일본 학교 교과서를 보시오. 소학교 교과하는 것은 당초에 대한이라 청국이라는 말도 없이 다만 자국 인물이 어떠하고 자국 지리가 어떠하다 하여 자국 정신이 굳은 후에 비로소 만국 역사와 만국 지지를 가르치니, 그런 고로 무론 남녀하고 자국의 보통 지식 없는 자가 없어 오늘날 저러한 큰 세력을 얻어 나라의 영광을 내었소.

우리 나라 남자들은 거룩하고 고명한 학문이 있는 듯하나 우리 여자사회에야 그 썩고 냄새 나는 천지현황(天地玄黃) 글자나 아는 사람이 몇이나 되오? 남자들도 응당 귀도 있고 눈도 있으리니, 타국 남자와 같이 학문을 힘쓰려니와 우리 여자도 타국 여자와 같이 지식이 있어야 우리 대한 삼천리 강토도 보전하고, 우리 여자 누백 년 금수도 면하리니, 지식을 넓히려면 하필 어렵고 어려운, 십 년 이십 년 배워도 천지를 면치 못할 학문이 쓸 데 있소? 불가불 자국 교과를 힘써야 되겠다 합니다."

(국란)"아니오, 우리 나라가 가뜩 무식한데 그나마 한문도 없어 지면 수모(水母) 세계를 만들려오? 수모란 것은 눈이 없이 새우를 따라다니면서 새우 눈을 제 눈같이 아나니 수모 세계가 되면 새우는 어디 있나, 아니 될 말이오. 졸지에 한문을 없이 하고 국문만 힘쓰면 무슨 별 지식이 나리까? 나도 한문을 좋다 하는 것은 아니나 형편으로 말하면 요순(堯舜) 이래 치국평천하(治國平天下)하는 법과 수신제가(修身齊家)하는 천사 만사가 모두 한문에 있으니 졸지에 한문을 없애고 국문만 쓰면, 비유컨대 유리창을 떼어 버리고 흙벽치는 셈이요, 국문은 우리 나라 세종 대왕께서 만드실 때 적공(積功)이 대단하셨소.

사신을 여러번 중국(中國)에 보내어 그 성음 이치(理致)를 알아다가 자모음(子母音)을 만드시니, 반절(反切)이 그것이오.

우리 세종 대왕 근로하신 성덕은 다 말씀할 수 없거니와 반절 몇줄에 나라 돈도 많이 들었소. 그렇건마는 백성들은 죽도록 한문자만 숭상하고 국문은 버려두어서 암클이라 지목하여 부인이나 천인이 배우되 반절만 깨치면 다시 읽을 것이 없으니 보는 것은 다만 '춘향전'·'심청전'·'홍길동전' 등 뿐이라. '춘향전'을 보면 정치(政治)를 알겠소, '심청전'을 보고 법률(法律)을 알겠소, '홍길동전'을 보아 도덕(道德)을 알겠소. 말할진대 '춘향전'은 음탕 교과서요, '심청전'은 처량 교과서요, '홍길동전'은 허황 교과서라 할 것이니, 국민을 음탕 교과서로 가르치면 어찌 풍속이 아름다우며, 처량 교과서로 가르치면 어찌 장진지망(長進之望)이 있으며, 허황 교과서로 가르치면 어찌 정대한 기상이 있으리까?

우리 나라 난봉 남자와 음탕한 여자의 제반 악징(惡徵)이 다 이에서 나니 그 영향이 어떠하오.

혹 발명하려면 '춘향전'을 누가 가르쳤나, '심청전'을 누가 배우라나, '홍길동전'을 누가 읽으라나, 비록 읽으라 할지라도 다 제게 달렸지 할 터이나, 이것이 가르친 것보다 더하지, 휘문의숙 같은 수층 양옥과 보성학교 같은 넓은 교정에 칠판·쾌종·책상·걸상을 벌여 놓고 고명한 교사를 월급 주어 가르치는 것보다 더 심하오. 그것은 구역과 시간이나 있거니와 이것은 구역도 없고 시간도 없이 전국 남녀들이 자유권으로 틈틈이 보고 곳곳이 읽으니 그 좋은 몇백만 청년을 음탕하고 처량하고 허황한 구멍에 쓸어 묻는단 말이오.

그나 그뿐이오, 혹 기도하면 아해를 낳는다, 혹 산신이 강림하여 복을 준다, 혹 면례를 잘하여 부귀를 얻는다, 혹 불공하여 재액을 막는다, 혹 돌구멍에서 용마가 났다, 혹 신선이 학을 타고 논다, 혹 최판관이 붓을 들고 앉았다 하는 제반 악징의 괴괴망측한 말을 다 국문으로 기록하여 출판한 판책도 많고 등출(藤出)한

세책(貰冊)도 많아 경향 각처에 불똥 튀어 박히듯 없는 집이 없으니 그것도 오거서(五車書)라 평생을 보아도 못 다 보오.

그 책을 나도 여간 보았거니와 좋은 종이에 주옥 같은 글씨로 세세성문하여 혹 2, 3권 혹 수십여 권 되는 것이 많고 백 권 내외 되는 것도 있으니, 그 자본은 적으며 그 세월은 얼마나 허비하였겠소. 백해무리(百害無理)한 그 책을 값을 주고 사며 세를 주고 얻어보니 그 돈은 헛돈이 아니오. 국문 폐단은 그러하지마는 지금 금운씨의 말과 같이 한문을 전폐하고 국문만 쓸진대 '춘향전'·'심청전'·'홍길동전'이 되겠소. 괴악망칙한 소설이 제자백가(諸子百家)가 되겠소. 그는 다 나의 분격한 말이라, 나도 항상 말하기를, 자국정신을 보존하려면 국문을 써야 되겠다 하지마는 그 방법은 졸지에 계획할 수 없습니다.

가령 남의 큰 집에 들었다가 그 집이 본래 남의 집이라 믿음성이 없다 하고 떠나려면, 한편으로 차차 재목을 준비하고 목수·석수를 불러 시역할 새, 먼저 배산임수(背山臨水) 좋은 곳에 터를 닦아 모월 모일 모시에 입주하고, 일대 문장에게 상량문(上樑文)을 받아 아랑위아랑위 하는 소리에 수십 척 들보를 높이 얹고 정당(正當) 몇 간, 침실 몇 간, 행랑 몇 간을 예산대로 세워 놓으니, 차방·다락 조밀(租密)하고 도배·장판 정쇄(精麗)한데, 우리나라 효자·열녀의 좋은 말씀을 문장·명필의 고명한 솜씨로 기록하여 부벽(付璧), 주련(柱聯)으로 여기저기 붙이고 나도 내 집 사랑한다는 대자 현판을 정당에 높이 단 연후에 그제야 세간 집물(什物)을 옮겨다가 쌓을 데 쌓고 놓을 데 놓아 질자배기, 부지깽이 한 개라도 서실이 없어야 이사한 해가 없나니, 만일 옛 집을 남의 집이라 하여 졸지에 몸만 나오든지 하고 그 집을 비워 주인을 맡기면 어디로 가자는 말이오.

우리 나라 국문은 좋은 글이나 닦달 아니 한 제목과 같으니 만일 한문을 버리고 국문만 쓰려면 한문에 있는 천만사와 천만법을 국문으로 번역하여 유루(遺漏)한 것이 없은 연후에 서서히 한문을 폐하여 지나 사람을 되주든지 우리가 휴지로 쓰든지 하고, 그제야 국문을 가위 글이라 할 것이니, 이 일을 예산한즉 오십 년 가량이라야 성공하겠소.

만일 졸지에 한문을 없이 하려면 남의 집이라고 몸만 나오는 것과 무엇이 다르오. 남의 집은 주인이 있어 혹 내어놓으라고 독촉도 하려니와 한문이야 누가 내어놓으라 하는 말 있소? 서서히 형편을 보아 폐지함이 가할 것이오. 국문만 쓸지라도 옛날 보던 〈춘향전〉이니 〈홍길동전〉이니 〈심청전〉이니 그외의 여러 가지 음담패설(淫談悖說)을 다 엄금하여야 국문에 영향이 정대하고 광명하지, 그렇지 못하면 수천 년 숭상하던 한문만 잃어버리니 정대한 국문만 쓸진대 누가 편리치 않다 하오리까.

가령 한문의 부자·군신이 국문의 부자·군신과 경중이 있소, 국문의 백 냥·천 냥이 한문의 백 냥·천 냥과 다소가 있소? 국문으로 패독산(敗毒散) 방문(方文)을 내어도 발산되기도 일반이요, 국문으로 삼해주(三亥酒) 방법을 빙거(憑據)하여도 취하기는 한 모양이오. 국문의 호랑이도 무섭고, 국문의 원앙새도 어여쁘리라.

국문과 한문이 다름없으나 어찌 우리 여자 권리로 연혁(沿革)을 확정하리오. 문부(文部) 관리들 참 딱한 것이 국문은 쓰든지 아니쓰든지 그 잡담 소설이나 금하였으면 좋겠소. 그것 발매(發賣)하는 자들이 투전 장사나 다름없나니 투전은 재물이나 상하려니와 음담소설은 정신조차 버리오. 문부 관리들 그 아니 답답하오? 청년 남녀의 정신 잃는 것을 어찌 차마 앉아 보기만 하오. 학무국은 무슨 일들 하며, 편집국은 무슨 일들 하는지 저러한 관리를 믿다가는 배꼽에 노송나무가 나겠소. 우리 여자 사회가 단체하여 문부 관리에게 질문 한 번 하여 보옵시다."

(매경)"여보, 사회 단체가 그리 용이하오? 우리 나라 백 년 이하 각항 단체를 내 대강 말하오리다. 관인 사회는 말할 것도 없거니와 종교 사회로 말할지라도 물론 어느 나라라고 종교 없이 어찌 사오. 야만 부락의 코끼리에게 절하는 것과, 태양에게 비는 것과, 불과 물을 위하는 것을 웃기는 웃거니와 그 진리를 연구하면 용혹무괴(容或無怪)요. 만일 다수한 국민이 겁내는 것도 없고 의귀할 곳도 없고 존칭할 것도 없으면 어찌 국민의 질서가 있겠소. 약육강식하는 금수 세계만도 못 하리다.

그런고로 태서(泰西) 정치가(政治街)에서 남의 나라의 강약 허실을 살피려면 먼저 그 나라 종교 성질을 본다 하니 그 말이 유리하오. 만일 종교에 의귀할 바이 없으면 비록 인물이 번성하고 토지가 강대한 나라로 군부에 대포가 가득하고 탁지(度地)에 금전이 가득하고 공부(工部)에 기계가 가득할지라도 수백 년 전 남미 인종과 다름없으리다.

동·서양 종교 수효와 범위를 말씀하건대 회회교·희랍교·토숙탄교·천주교·기독교·불교와 그 외의 여러 교가 각각 범위를 넓혀 세계에 세력을 확장하되 저 교는 그르다, 이 교는 옳다 하여 경쟁하는 세력이 대포 장창보다 맹렬하니, 그 중에 망하는 나라도 많고 흥하는 사람도 많소.

우리 동양 제일 종교는 세계의 독일무이(獨一無二)하신, 대성지성(大聖至聖)하신 공부가 아니시오. 그 말씀에 정대한 부자·군신·부부·형제·붕우에 일용상행(日用常行)하는 일을 의논하사 사람으로 하여금 사람 되는 도리를 가르치시니, 그 성덕이 거룩하시고 융성하시며 향념(向念)하시는 마음이 일광과 같으사 귀천 남녀 없이 다 비추이건마는 우리 나라는 범위를 좁혀서 남자만 종교를 알지 여자는 모를 게라, 귀인만 종교를 알지 천인은 모를 게라 하여 대성전(大成殿)에 제관 싸움이나 하고 시골 향교에 재임이나 팔아 먹고 소민들은 향교 추렴이나 물리니 공자님의 도하는 것이 무엇이오?

도포나 입고 쌍상투나 틀고 혁대와 중영이나 달고 꿇어앉아서 마음이 어떠한 것이라, 성품이 어떠한 것이라 하며 진리는 모르고 줏들은 풍월같이 지껄이면서 이만하면 수신제가도 자족하지, 치국평천하도 자족하지, 세상도 한심하지, 나같은 도학 군자를 아니 쓰기로 이렇다 하여 백 가지로 개탄하다가 혹 세도 재상에게 소개하여 좨주(祭酒), 찬선(贊善)으로 초선이나 되면 공자님이 당시의 자기로만 알고 도태(陶汰)를 뽑아 내며 괴팍한 위인에 야매한 언론으로 천하 대세도 모르고 척양(斥洋)합시다, 척왜(斥倭)합시다, 요명(要名)차로 눈치 보아 가며 상소나 한두 번 하여 시골 선비의 칭찬이나 듣는 것이 대욕소관(大慾所關)이지.

옛적 정자산의 외교 수단을 공자님도 칭찬하셨으니 공자님은 척화(斥和)를 모르시오. 척화도 형편대로 하는 것이지 붓끝으로만 척화, 척화하면 척화가 되오? 또 고상하다 자칭하는 자는 당초 사직(辭職)으로 장기(長技)를 삼아 나라가 내게 무슨 상관 있나, 백성이 내게 무슨 이해 있나, 독선기신(獨善其身)이 제일이지, 자질(子姪)도 이렇게 가르치고 문인도 이렇게 어거(거느려서 바른 길로 나가게 하다)하여 혹 총명재자(聰明才子)가 있어 각국 문명을 흠선(欽羨)하여 정치가 어떠하다, 법률이 어떠하다, 교육이 어떠하다, 언론을 하게되면 자세히 듣지는 아니하고 돌려 세우고 고담준론(高談峻論)으로 아무 집 자식도 버렸다, 그 조상도 불쌍하다 하여 문인 자제를 엄하게 신칙하되 아무개와 상종을 말라, 그 말을 듣다가는 너희가 내 눈앞에 보이지 말라 하니, 우리 이천만 인이 다 그사람의 제자 되면 나라꼴은 잘 되겠지요.

그만도 못한 시골고라리 사회는 더구나 장관이지. 공자님 성씨가 누구신지 휘(諱)자가 무엇인지 알지도 못하는 인류들이 향교와 서원(書院)은 자기들의 밥자리로 알고 사돈 여보게, 출표하려 가세 생질 너도 술 먹으러 오너라. 돼지나 잡았는지, 개장국도 꽤 먹겠네. 수복아, 추렴(出斂) 통문 놓아라. 고직아, 별하기 닦아라. 아무가 문필은 똑똑하지마는 지체가 나빠 봉향 가음 못 되어, 아무도 무식하지마는 세력을 생각하면 대축(大祝)이야 갈 데 있나. 명륜당(明倫堂)이 견고하여 술주정 좀 하여도 무너질 바 없지.

교궁(校宮)은 이렇게 위하여야 종교를 밝히지. 아무 골 향교(鄕校)에는 학교를 설시하였다 하고, 아무 골 향교 전답을 학교에 붙였다 하니, 그 골에는 사람의 새끼 같은 것이 하나 없어 그러한 변이 어디 또 있나. 아무 골 향족이 명륜당에 앉았다니 그 마룻장은 대패질을 하여라, 아무집 일명(逸名 ; 서얼)이 색장(色掌)을 붙였다니 그 재판(사랑방 안에 깔아 놓는 두꺼운 종이)을 쑤세미질이나 하여라 하여, 종교라는 종자는 무슨 종자며, 교자는 무슨 교자인지 착착 접어 먼지 속에 파묻고 싸우나니 양반이요, 다투나니 재물이라. 이것이 우리 신성하신 대종교라 하오. 한심하고 통곡할 만도 하오. 종교가 이렇듯 부패하니 국세가 어찌 강성하겠소.

향교와 서원 성질을 말하리다.

서원은 소학교 자격이요, 향교는 중학교 자격이요, 태학은 대학교 자격이라.

서원은 선현화상(先賢畫像)을 봉안하여 소학 동자로 하여금 자국 인물을 기념케 함이요, 향교에는 대성인 위패를 봉안하여 중학 학생으로 하여금 종교를 경앙케 함이요, 태학에는 예악 문물을 더 융성히 하여 태학 학생으로 하여금 종교 사상이 더욱 견고케 함이니, 어찌 다만 제사만 소중하다 하여 사당집과 일반으로 돌려 보내오. 교육을 주장하는 고로 향교와 서원을 당초에 설치하였고, 종교를 귀중히 하는 고로 대성인과 명현을 뫼셨고, 성현을 뫼신 고로 제례를 행하나니 교육과 종교는 주체가 되고 제사는 객체가 되거늘, 근래는 주체는 없어지고 객체만 숭상하니 어찌 열성조(列聖朝)의 설시하신 본의라 하리오.

제사만 위한다 할진대 태묘도 한 곳뿐이어늘 아무리 성인을 존봉할지라도 어찌 삼백육십여 군의 골골마다 향화를 받드리까.

저 무식한 자들이 교육과 종교는 버리고 제사만 위중한다한들 성현의 마음이 어찌 편안하시리까.

종교에야 어찌 귀천과 남녀가 다르겠소. 지금이라도 종교를 위하려면 성현경전(聖賢經典)을 알아보기 쉽도록 국문으로 번역하여 거리거리 연설하고, 성묘와 서원에 무애희 농용(農用)하며, 가령 제사로 말할지라도 귀인은 귀인 예복으로 참사(參祀)하고, 천인은 천인 의관으로 참사하고, 여자는 여자 의복으로 참사하여 너도 공자님 제자, 나도 공자님 제가 되기 일반이라 하면 종교 범위도 넓고, 사회 단체도 굳으리다.

또 사회의 폐습을 말할진대 확실한 단체는 못 보겠습니다. 상업사회에 에누리 사회요, 공장 사회는 날림 사회요, 농업 사회는 야매 사회라, 하나도 진실되고 기묘하여 외국 문명을 당할 것은 없으니 무슨 단체가 되겠소. 근래 신교육 사회는 구교육 사회보다는 낫다 하니 불심상원(不心相遠)이오.

관공립은 화욕 학교라 실상은 없고 문구뿐이요, 각처 사립은 단명(短命)학교라 기본이 없어 번차례로 폐지할 뿐 아니라, 무론 아무 학교든지 그중에 열심한다는 교장이니 찬성장이니 하는 임원더러 묻되, 이 학교에 제갈량과 이순신과 비사맥과 격란사돈 같은 인재를 교육하여 일후의 국가 대사를 경륜하려오 하면 열에 한둘도 없고 또 묻되 이 학교에 인재 성취는 이 다음 일이요, 교육 사회에 명예나 취하려오 하면 열에 칠팔이 더 되니 그 성의가 그러하고야 어찌 장구히 유지하겠소. 교원 강사도 한만(閑漫)한 출입을 아니하고 시간을 지키어 왕래한다니 그 열심은 거룩하오. 공익을 위함인지, 명예를 위함인지, 월급을 위함인지. 명예도 아니요, 월급도 아니요, 실로 공익만 위한다 하는 자 몇이나 되겠소.

무론 공·사·관립학교 여러 학생들에게 묻되, 학문을 힘써 일후에 사환(仕宦)을 하든지 일신 쾌락을 희망하느냐, 국가에 몸을 바치는 정신 얻기를 주의하느냐 하게 되면 대·중·소학교 몇 만 명 학도 중에 국가 정신이라고 대답하는 자 몇몇이나 되겠소.

또 여자 교육회니 여학교니 하는 것도 권리 없고 자본 없는 부인에게만 맡겨 두니 어찌 흥왕하리오. 무론 아무 사회하고 이익만 위하고 좀 낫다는 자는 명예만 위하고, 진실한 성심으로 나를 위하여 이것을 한다든지, 백성을 위하여 이것을 한다는 자 역시 몇이나 되겠소.

이렇게 교육, 교육 할지라도 십 년 이십 년에 영향을 알리니 그 중에도 몇 사람이야 열심 있고 성의 있어 시사(時事)를 통곡할 자가 있겠지요마는 단체 효력을 오히려 못 보거든 하물며 우리 여자에 무슨 단체가 조직되겠소. 아직 가정 여러 자녀를 잘 가르치고 정분있는 여자들에게 서로 권고하여 십 인이 모이고 이십 인이 모여 차차 단정히 설립하여야 사회든지 교육이든지 하여 보지, 졸지에 몇백 명 몇천 명을 모아도 실효가 없어 일상 남자 사회만 못 하리다."

(설헌)"그러하오마는 세상 일이 어찌 아무것도 아니하고 앉아서 기다리기만 하리까. 여보, 우리 여자 몇몇이 지껄이는 것이 풀 벌레 같을지라도 몇 사람이 주창하고 몇 사람이 권고하면 아니 될 일이 어디 있소. 석 달 장마에 한 점 볕은 개일 장본(張本)이요, 몇 달 가물에 한 조각 구름은 비 올 장본이니, 우리 몇 사람의 말로 천만인 사회가 되지 아니할 지 뉘 알겠소.

청국 명사 양계초 씨 말씀에 하였으되, 대저 사람이 일을 하려면 이기려다가 패함도 있거니와, 패할까 염려하여 당초에 하지 아니하면 이는 당초에 패한 사람이라 하니 오늘 시작하여 내일 성공할 일이 우리 팔자에 왜 있겠소. 그러나 우리가 우쭐거려야 우리 자식손자들이나 행복을 누리지, 일향 우리 나라 사람을 부패하다, 무식하다 조롱만 하면 똑똑하고 요요한 남의 나라 사람이 우리에게 소용있소.

우리 나라 삼백 년 이전이야 어떠한 정치며 어떠한 문물이오. 일본이 지금 아무리 문명하다 하여도 범백 제도를 우리 나라에서 많이 배워 갔소. 그 나라 국문도 우리 나라 왕인(王仁)씨가 지은 것이니, 근일 우리나라가 부패치 아니한 것은 아니나 단군(檀君), 기자(箕子) 이후로 수천 년 이래로 어떠한 민족이오.

철학가 말에, 편안한 것이 위태한 근본이라 하니, 우리 나라 사람이 기백 년 평안하였은즉 한 번 위태한 일이 어찌 없겠소. 또 말하였으되, 무식은 유식의 근원이라 하였으니, 우리 나라 사람이 오래 무식하였으니 한 번 유식하지 아니할 이유가 있겠소.

가령 남의 집에 가서 보고, 그 집 사람들은 음식도 잘하더라, 의복도 잘하더라, 내 집에는 의복·음식 솜씨가 저러하지 못하니 무엇에 쓸고 하고 가속을 박대하면 남의 좋은 의복·음식이 내게 무슨 상관 있소. 차라리 저 음식은 어떠하니 좋지 아니하다, 이 의복은 어떠하여 좋지 아니하다 하여 제도를 자세히 가르쳐서 남의 것과 같이 하는 것만 못하니, 부질없이 내 집안 사람만 불만히 여기면 가도(家道)가 바로잡힐 리가 있으리까?

소학에 가로되, 좋은 사람이 없다 함은 덕 있는 말이 아니라 하였으니, 내 나라 사람을 무식하다고 능멸(陵蔑)하여 권고 한 마디 없으면 유식하신 매경 씨만 홀로 살으시려오. 여보 여보, 열심을 잃지 말고 어서어서 잡지도 발간, 교과서도 지어서 우리 일천만 여자 동포에게 돌립시다.

우리 여자의 마음이 이러하면 남자도 응당 귀가 있겠지. 십 년 이십 년을 멀다 마오. 살림 어른이 연설꾼 아니 될지 뉘 알며, 향교 재임이 체조 교사 아니 될지 뉘 알겠소. 속담에 이른 말에 뜬 쇠가 달면 더 뜨겁다 하였소. 지금은 범백 권리가 다 남자에게 있다 하나 영원한 권리는 우리 여자가 차지하옵시다.

매경 씨 말씀에, 자녀를 교육하자 함이 진리를 알으시는 일이오. 우리 여자만 합심하고 자녀를 잘 교육하면 제2세의 문명은 우리 사업이라 할 수 있소.

자식 기르는 방법을 대강 말하오리다. 자식을 낳은 후에 가르칠 뿐 아니라 태 속에서부터 가르친다 하였으니, 그런 고로 〈예기〉에 태육법을 자세히 말하였으되, 부인이 잉태하매 돗자리가 바르지 아니하거든 앉지 아니하며, 밴 것이 바르지 아니하거든 먹지 말라 하였으니, 그 앉는 돗, 먹는 음식이 탯덩이에 무슨 상관이 있겠소마는 바른 도리로만 행하여 마음에 잊지 말라 함이오. 의원의 말에도 자식 밴 부인은 잡것을 먹지 말라 하고, 음식의 차고 더운 것을 평균케 하고 배를 항상 더웁게 하고, 당삭(當朔 ; 산월을 당함)하거든 약간 노동하여야 순산한다 하였소.

뱃속에서도 이렇게 조심하거든 나온 후에 어찌 번연히 양육하오리까.

제가 비록 지각이 없을 때라도 어찌 그 앞에서 터럭만치 그른 일을 행하겠소. 밥 먹는 법, 잠자는 법, 말하는 법, 걸음 걷는 법, 일동일정(一動一淨)을 가르치되, 속이지 아니함을 주장하여 정대한 성품을 양육한즉 대인군자(大人君子)가 어찌하여 되지 못하리까.

맹자님 모친께서 맹자님 기를 때에 마침 동편 이웃집에서 돼지를 잡거늘 맹자께서 물으시되, 저 돝은 어찌하여 잡나니까? 망모

희롱으로, 너를 먹이려고 잡는다 하셨는데 즉시 후회하시되, '어린아해를 속이는 법을 가르쳤다'하고 그 고기를 사다가 먹이신 일이 있고, 맹자 점점 자라실 새 장난이 심하사 산밑에서 살 때에 상두꾼(상여꾼) 흉내를 내시거늘, 맹모 가라사대, 이곳이 아해를 기를 곳이 못 된다 하시고, 저자(시장) 근처로 이사하였더니, 맹자께서 또 물건 매매(賣買)하는 형용을 지으시니, 맹모 또 집을 떠나 학궁(學宮)곁에 거하시매 그제야 맹자 예절 있는 희롱을 하시는지라. 맹모 말씀이, 이는 참 자식 기를 곳이라 하시고 가르쳐 만세 아성(亞聖)이 되셨소. 한 아들을 가르쳐 억조창생(億兆蒼生)에게 무궁한 도학이 맞게 하시니 교육이란 것이 어떠하오. 만일 맹자님 상두나 메시고 물건이나 팔러 다니셨다면 오늘날 맹자님을 누가 알겠소.

'비유요지'라 하는 책에 말하였으되, 서양에 한 부인이 그 아들을 잘 교육할 새 그 아들이 장성하여 장사치로 나가거늘 그 부인이 부탁하되 너는 어디 가든지 남 속이지 아니하기로 공부하라. 그 아들이 대답하고 지화 몇 백 원을 옷깃 속에 넣고 행하다가 종로에서 도적을 만나니 그 도적이 묻되, 너는 무슨 업을 하며 물건을 몸에 지녔느냐 하되, 그 아해 대답하되, 나는 장사하는 사람이니 지화몇백 원이 옷깃 속에 있노라 하니, 도적이 그 정직함을 괴이 여겨 뒤져본즉 과연 있는지라. 당초에 깊이 감추고 당장에 은휘(隱諱)치 아니하는 이유를 물은즉 그 사람이 대답하되, 내 모친이 남을 속이지 말라 경계하셨으니 어찌 재물을 위하여 친교(親敎)를 어기리오. 도적이 각각 탄복하여 말하되, 너는 효성 있는 사람이라. 우리 같은 자를 어찌 인류라 하리오. 그 지화를 다시 옷깃에 넣어 주고 그후로는 다시 도적질도 아니하였다 하였소.

그 부인이 자기 아들을 잘 교육하여 남의 자식까지도 도적의 행위를 끊게 하니 교육이라는 것이 어떠하오. 송나라 구양수(歐陽修)씨도 과부의 아들로 자라매, 집이 심히 간난(艱難)하여 서책과 필묵이 없거늘, 그 모친이 갈대로 땅을 그어 글을 가르쳐 만고 문장이 되었고 우리 나라 퇴계 이선생도 어릴 때 모친이 말씀하되, 내 일찍 과부 되어 너희 형제만 있으니 공부를 잘하라, 세상 사람이 과부의 자식은 사귀지 아니한다니 너희는 그 근심을 면하게 하라 하고, 평상시에 무슨 물건을 보면 이치를 가르치며 아무 일이고 당하면 사리를 분석하여 순수히 교훈하사 동방공자(東方孔子)가 되셨으니 교육이라는 것이 어떠하오.

예로부터 교육은 어머니께 받는 일이 많으니 우리도 자식을 그런 성력(誠力)과 그런 방법으로 교육하였으면 그 영향이 어떠하겠소. 우리 여자 사회에 큰 사업이 이에서 더한 일이 있겠소. 여러분 여자들, 지금 남자와 지금 여자를 조롱 말고 이 다음 남자와 이 다음 여자나 교육 좀 잘하여 봅시다."

(국란)"그 말씀 대단히 좋소. 자식 기르는 법과 가르치는 공효(功效)를 많이 말씀하셨으나 자식 사랑하는 이유가 미진한 고로 여러분 들이시기 위하여 그 진리를 말씀하오리다.

세상 사람들이 자식을 사랑한다 하나 실상은 자기 일신을 사랑함이니, 자식이 나매 좋아하고 기꺼하는 마음을 궁구하면, 필경은 저 자식이 있으니 내 몸이 의탁할 곳이 있으며, 내 자식이 자라니 내 몸 봉향할 자가 있도다 하고, 혹 자식이 병이 들면 근심하고, 혹 자식이 불행하면 설워하니, 근심하고 설워하는 마음을 궁구하면 필경은 내 자식이 병들었으니 누가 나를 봉양하며, 내 자식이 없었으니 내가 누구를 의탁하오 하나, 그 마음이 하나도 자식을 위한다는 자도 없고 국가를 위한다는 자도 없으니 사람마다 자식 자식하여도 진리는 실상 모릅디다. 자식의 효도를 받는 것이 어찌 내 몸만 잘 봉양하면 효도라 하리오. 증자 말씀에 인군을 섬겨도 효가 아니요, 전장에 용맹이 없어도 효가 아니라 하셨으니, 이 말씀을 생각하면 자식이라는 것이 내 몸만 위하여 난것이 아니요, 실로 나라를 위하여 생긴 것이니 자식을 공물(公物)이라 하여도 합당하오.

혹 모르는 사람은 이 말을 들으면 필경 대경소괴(大驚小怪)하여 말하되, 실로 그러할진대 누가 자식 있다고 좋아하며 자식 없다고 설워하리오. 청국 강남해 말에, 대동 세계에는 자식 못 낳은 여자는 벌이 있다 하더니, 과연 벌하기 전에야 생산하려는 자가 있겠소. 혹 생산하더라도 내 몸은 봉양하여 주지 아니하고 국가만 위하여 교육을 받으라 하겠소. 이러한 말이 널리 들리면 윤리상에 대단 불행하겠다 하여 중언부언(重言復言)할 터이지마는, 지금 내 말이 윤리상의 불행함이 아니라 매우 다행하오이다.

자식을 공물로 인정하더라도 그렇지 아니한 소이연(所以然)이 있으니, 가령 우마를 공물이라 하면 농업가와 상업가에서 우마를 부리지 아니하리까? 저 집에 우마가 있으면 내 집에 없어도 관계가 없다 하여 사람마다 마음이 그러하면 우마가 이미 절종되었을 터이나, 비록 공물이라도 우마가 있어야 농업과 상업에 낭패가 없은즉 자식은 공물이라고, 있는 것을 귀히 여기지 아니하리오. 기왕 자식이 있은 이상에는 공물이라고 교육 아니 하다가는 참말 윤리에 불행한 일이오. 가령 어부가 동무를 연합하여 고기를 잡되 남의 그물에 걸린 것이 내 그물에 걸린 것만 못하다 하니, 국가 대사업을 바라는 마음은 같으나 어찌 남의 자식 성취한 것이 내 자식 성취한 것만 하오리까. 그러한즉 불가불 자식을 교육할 것이요, 자식이 나서 나라의 사업을 성취하고 국민에 이익을 끼치면 그 부모는 어찌 영광이 없으리까.

옛날 사파달이라 하는 땅에 한 노파가 여덟 아들을 낳아서 교육을 잘하여 여덟이 다 전장에 갔다가 죽은지라, 그 살아 돌아오는 사람더러 묻되, 이번 전장에 승부가 어떠한고? 그 사람이 대답하되, 전쟁은 이기었으나, 노인의 여러 아들은 다 불행하였나이다 하거늘, 노구(老嫗) 즉시 일어나 춤을 추며 노래를 불러 가로되, 사파달아, 사파달아, 내 너를 위하여 아들 여덟을 낳도다 하고 슬퍼하는 빛이 없으니, 그 노구가 참 자식을 공물로 인정하는 사람이니, 그는 생산도 잘하고 교육도 잘하고 영광도 대단하오이다.

우리 나라 사람들이 자식의 진리를 몇이나 알겠소. 제일 가관의 일이, 정처(正妻)에 자식이 없으면 첩의 소생을 비록 여룡여호(如龍如虎)하여 문장은 이태백이요, 풍채는 두목지(杜牧之)요, 사업은 비사맥이라도 서자(庶子)라, 얼자(孽子)라 하여 버려 두고, 정도 없고 눈에도 서투른 남의 자식을 솔양(率養)하여 아들이라 하는 것이 무슨 일이오.

성인의 법제가 어찌 그같이 효박(淆薄)할 이유가 있으리까. 적서(嫡庶)라는 말씀은 있으나 근래 적서와는 대단히 다르오. 정처의 소생이라도 장자 다음에는 다 서자라 하거늘, 우리 나라는 남의 정처 소생을 서자라 하면 대단히 뛰겠소. 양자법으로 말할지라도 적서에 자녀가 하나도 없어야 양자를 하거늘 서자라 버리고 남의 자식을 솔양하니 하나도 성인의 법제는 아니오. 자식을 부모가 이같이 대우하니 어찌 세상에서 대우를 받겠소.

그 서자이니 얼자이니 하는 총중(叢中)에 영웅이 몇몇이며, 문장이 몇몇이며, 도덕 군자(道德君子)가 몇몇인지 누가 알겠소. 그 삶도 원통하거니와 나랏일이야 더구나 말할 것이 있소. 남의 나라 사람도 고문(顧問)이니, 보좌(補佐)니 쓰는 법도 있거든, 우리 나라 사람에 무엇을 그리 많이 고르는지, 이성호(李星湖)는 적서 등분을 혁파(革罷)하자, 서북 사람을 통용하자 하여 열심으로 의논하였고, 조은당의 부인 김씨는 자제를 경계하되, 너희가

서모를 경대(敬待)하지 아니하니 어찌 인사(人士)리오.

아비의 계집은 다 어미라 하셨나니 이 두 말씀이 몇백 년 전에 주창(主唱)하였으니 그 아니 고명하오.

또 남의 후취로 들어가서 전취 소생에게 험히 구는 자 있으니 그것은 무슨 지각이오. 아무리 나의 소생은 아니나 남편의 자식은 분명하니 양자보다는 매우 긴절(緊切)하오. 사람에 전조모와 후조모라 하여 자손의 마음에 후박(厚薄)이 있으리까. 그렇건마는 몰지각한 후취 부인들은 내 속으로 낳지 아니하였으니 내 자식이 아니라 하여 동네 아해만도 못하고 종의 자식만도 못하게 대우하니 어찌 그리 박정하고 무식하오. 아무리 원수 같은 자식이라도 내 몸이 늙어지면 소생 자식 열보다 나으며, 그 손자로 말할지라도 큰 자식의 손자가 소생 손자 열보다 낫지 아니하오.

원수같이 알고 도척(도적)같이 알던 그 자식, 그 손자가 일후에 만반진수(滿盤珍羞)를 차려 놓고, '유세차 효자모 효손모는 감소고우 현비 현조비 모봉모 씨'라 하면 아마 혼령이라도 무안하겠지. 또 자식을 기왕 공물로 인정할진대 내 소생만 공물이요 전취 소생은 공물이 아니겠소. 아무리 전취 자식이라도 잘 교육하여 국가의 대사업을 성취하면 그 영광이 아마 못생긴 소생 자식보다 얼마쯤이 유조(有助)하리니, 이 말씀을 우리 여자 사회에 공포하여 그 소위 서자이니, 전취 자식이니 하는 악습을 다 개량하여 윤리상 영원한 행복을 누리게 합시다."

(매경)"자식의 진리를 자세히 말씀하셨으나 그 범위는 대단히 넓다고는 못 하겠소. 기왕 자식을 공물이라 말씀하셨으면 공물이 많아야 좋겠소, 공물이 적어야 좋겠소? 공물이 많아야 좋다 할진대 어찌 서자이니 전취 소생이니 그것만 공물이라 하여도 역시 사정(私情)이올시다. 비록 종의 자식이나 거지의 자식이라도 우리 나라 공물은 일반이어늘, 소위 양반이니 중인이니 상한(常漢)

이니 서울이니 시골이니 하여 서로 보기를 타국 사람같이 하니 단체가 성립할 날이 어찌 있겠소. 또 서북으로 말할지라도 몇백 년을 나라 땅에 생장하기는 일반이어늘, 그 사람 중에 재상이 있겠소, 도학 군자가 있겠소. 천향이라 하여도 가하니 그 사람 중에 진개(眞開) 재상 재목과 도학 군자 자격이 없는 것이 아니라, 재상의 교육과 군자의 학문이 없음인지 몇백 년 좋은 공물을 다 버리고 쓰지 아니하였으니 어찌 나라가 왕성하오리까.

이성호 말씀에, 반상을 타파하자, 서북을 통용하자 하여 수천 마디 말을 반복 의논하였으나 인하여 무효하였으니 어찌 한심치 아니하겠소. 평안도의 심의 도사 오세양 씨는 그 학문이 우리 동방에 드문 군자라. 그 학설과 이설을 대단히 발표하였건마는 서원도 없고 문집도 없이 초목과 같이 썩어진 일이 그 아니 원통한가.

그 정책은 다름아니라 서북은 인재가 배출하니 기호(畿湖)와 같이 교육하면 사환(士宦) 권리를 다 빼앗긴다 하니 그러한 좁은 말이 어디 있겠소. 사환이라는 것은 백성을 대표한 자인즉 백성의 지식이 고등한 자이라야 참례하나니 아무쪼록 내 지식을 넓혀서 할 것이지, 남의 지식을 막고 나만 못하도록 하면 어찌 천도(天道)가 무심하오리까. 철학 박사의 말에 차라리 제 나라 민족의 노예가 세세로 될지언정 타국 정부의 보호는 아니 받는다 하였으되, 그 말을 생각하면 이왕 일이 대단히 잘못되었소.

또 반상으로 말할지라도 그렇게 심한 일이 어디 있겠소. 어찌하다가 한 번 상놈이라 패호(牌號)하면 영웅·열사가 있을지라도 자자손손이 상놈이라 하대하니 그 같은 악한 풍속이 어디 있으리까. 그러나 한번 사람 된 자는 도저히 인재 나기가 어려우니, 가령 서울 사람이라 해도 그 실상은 태반이나 시골 생장인즉 시골 풍속으로 잠깐 말하리다.

그 부모 된 자들이 자식의 나이 칠팔 세만 되면 나무를 하여라, 꼴을 베어라 하여, 초등 교과가 꼬부랑 호미와 낫이요, 중등 교과가 가래와 쇠스랑이요, 대학 교과가 밭갈기·논갈기요, 외교 수단이 소장사·등짐꾼이니, 그 총중에 비록 금옥 같은 바탕이 있을지라도 어찌 저절로 영웅이 되겠소. 결단코 그 중에 주정꾼과 노름꾼의 무수한 협잡배(挾雜輩)들이 당초에 교육을 받았으면 영웅도 되고 호걸도 되었으리라 하오.

혹 그 부모가 소견이 바늘 구멍만치 뚫려 자식을 동네 생원님 학구(學究)방에 보내면 그 선생이 처지를 따라 가르치되 너는 큰 글하여 무엇하느냐, 계통문(系統文)이나 보고 취대(取貸)하기나 하면 족하지. 너는 시(詩)·부(賦)·표(表)·책(策)하여 무엇하느냐, 〈전등신화〉나 읽어서 아전(衙前)질이나 하여라 하니, 그런 참혹한 일이 어디 있겠소. 입학하던 날부터 장래 목적이 이뿐이요, 선생의 교수가 이러하니 제갈량, 비사맥 같은 바탕이 몇백만 명이라도 속절없이 전진할 여망이 없겠으니, 이는 소위 양반의 죄뿐 아니라 자기가 공부를 우습게 보아서 그 지경에 빠진 것이요, 옛날 유명한 송귀봉과 서고정은 남의 집 종의 아들로 일대 도학자가 되었고, 정금남은 광주 관비의 아들로 크게 사업을 이루었은즉, 남의 집 종과 외읍 관비보다 더 천한 상놈이 어디 있겠소마는 이 어른들을 누가 감히 존중치 아니하겠소.

그러나 무식한 자들이야 어찌 그러한 사적을 알겠소. 도무지 선지(先知)라 선각(先覺)이라 하는 양반이 교육 아니한 죄가 대단하오. 물론 아무 나라하고 상·중·하등 사회가 없는 것은 아니나 그러나 국가 질서를 유지하려면 불가불 등급(等級)이 있어야 문란한 일이 없거늘, 우리 나라 경장대신(更張大臣)들이 양반의 폐(幣)만 생각하고 양반의 공효는 생각지 못하여 졸지에 반상 등급을 벽파(劈破)하라 하니 누가 상쾌치 아니하겠소마는, 국가 질서의 문란은 양반보다 더 심한 자 많으니 어찌 정치가(政治家)의 수단이라고 인정하겠소.

지금 형편으로 보면 양반들은 명분 없는 세상에 무슨 일을 조심하리오.

그 행세가 전일 양반만도 못하고 상인들은 요사이 양반이 어디 있어, 비록 문장이 된들 무엇하며 도학이 있은들 무엇하나 하여, 혹 목불식정(目不識丁)하고 준준무식(蠢蠢無識)한 금수 같은 류들이 제 집에서 제 형을 욕하며, 제 부모에게 불효한대도 동네 양반들이 말하면 팔뚝을 뽐내며 하는 말이, 시방 무슨 양반이 따로 있나, 내 자유권을 왜 상관이 있나, 내 자유권을 무슨 걱정이야, 그러다가는 뺨을 칠라, 복장을 지를라 하면서 무수(無數) 질욕(叱辱)하나 누가 감히 옳다 그르다 말하겠소. 속담에 상두꾼에도 수번이 있고, 초라니 탈에도 차례가 있다 하니, 하물며 전국 사회가 이렇게 문란하여 무슨 질서가 있겠소.

갑오년 경장대신의 정책이 웬 까닭이오. 양반은 양반대로 두고, 학교하는 임원도 양반이며, 학도의 부형도 양반이며, 학도도 양반이라고 울긋불긋한 고추장 빛으로 학부인이라, 내부인이라 반포하면 전국이 다 양반이 될 일이 어찌하여 양반 없이 한다 하니, 사천년 전래하던 습관이 졸지에 잘 변하겠소. 지금 형편은 어떠하냐 하면 어기어차 슬슬 다리어라, 네가 못 다리면 내가 다리겠다. 어기어차 슬슬 다리어라 하는 이 지경에 한 번 큰 승부가 달렸은즉, 노인도 다리고 소년도 다리고 새아기씨도 다리어도 이기는지 말는지 할 일이오.

나도 양반으로 말하면 친정이나 시집이나 삼한갑족(三韓甲族)이로되, 그것이 다 쓸 데 있소. 우리도 자식을 공물이라 하면 그 소위 서북이니 반상이니 썩고 썩은 말은 다 그만두고 내 나라 청년이면 아무쪼록 교육하여 우리 어렵고 섦은 일을 그 어깨에 맡

깁시다."

(금운)"작일(昨日)은 융희(隆熙) 이년 제일 상원(上元)이니, 달도 그 전과 같이 밝고, 오곡밥도 그 전과 같이 달고, 각색 채소도 그 전과 같이 맛나건마는 우리 심사는 왜 이리 불평하오.

어젯밤이 참 유명한 밤이오.

우리 나라 풍속에 상원일 밤에 꿈을 잘 꾸면 그해 일 년에, 벼슬하는 이는 벼슬을 잘하고 농사하는 이는 농사를 잘하고 장사하는 이는 장사를 잘한다 하니, 꿈이라는 것은 제 욕심대로 꾸어서 혹 일 년, 혹 십 년, 혹 수십 년이라도 필경은 아니 맞는 이유가 없소. 우리 한 노래로 긴 밤 새우지 말고, 대한 융희 이년 상원일에 크나 작으나 꿈꾼 것을 하나 유루없이 이야기합시다."

(설헌)"그 말씀이 매우 좋소. 나는 어젯밤에 대한 제국 자주 독립할 꿈을 꾸었소. 활멸사라 하는 사회가 있는데 그 사회 중에 두 당파가 있으니, 하나는 '자활당(自活黨)'이라 하여 그 주의인즉, 교육을 확장하고 상공(商工)을 연구하여 신공기를 흡수하여 부패(腐敗) 사상을 타파하여 대포도 무섭지 아니하고 장창도 두렵지 아니하여 국가에 몸을 바치는 사업을 이루고자 할 새, 그 말에 외국 의뢰(依賴)도 쓸 데 없고, 한두 개 영웅이 혹 국권을 만회(挽回)하여도 쓸 데 없고, 오직 전국 남녀 청년이 보통 지식이 있어서 자주권을 회복하여야 확실히 완전하다 하여 학교도 설시하며 신서적도 발간하여 남이 미쳤다 하든지 못생겼다 하든지 자주권 회복하기에 골몰무가(汨沒無暇)하나, 그 당파의 수효는 전 사회의 십분지 삼이오.

하나는 '자멸당(自滅黨)'이라 하니 그 주의인즉, 우리 나라가 이왕 이 지경에 빠졌으니 제갈공명이 있으면 어찌하며, 격란사돈이가 있으면 무엇하나. 십승지지(十勝之地) 어디 있노, 피난이나 갈까보다, 필경 세상이 바로 잡히면 그때에야 한림직각(翰林職

閣)을 나내놓고 누가 하나. 학교는 무엇이야, 우리 마음에는 십대 생원님으로 죽는대도 자식을 학교에야 보내고 싶지 않다. 소위 신학문이라는 것은 모두 천주학(天主學)인데 우리네 자식이야 혈마('설마'의 옛말) 그것이야 배우겠나.

또 물리학이니 화학이니 정치학이니 법률학이니, 다 무엇에 쓰는 것인가. 그것을 모를 때에는 세상이 태평하였네. 요사이 같은 세상일수록 어디 좋은 명당 자리나 얻어서 부모의 백골을 잘 면례하였으면 자손에 발음(發蔭)이나 내릴는지, 우선 기도나 잘하여야 망하기 전에 집안이나 평안하지, 전곡(錢穀)이 썩어지더라도 학교에 보조는 아니 할 터이야. 바로 도적놈을 주면 매나 아니 맞지, 아무개는 제 집이 어렵다 하면서 학교에 명예 교사를 다닌다지. 남의 자식 가르치기에 어찌 그리 미쳤을까. 글을 읽어라, 수를 놓아라 하는 소리 참 가소롭네, 유식하면 검정 콩알(총알)이 아니 들어가나, 운수를 어찌하여. 아무것도 없지. 요대로 앉았다가 죽으면 죽고 살면 사는 것이 제일이라 하니, 그 당파의 수효는 십분지 칠이요, 그 회장은 국참정이라는 사람이니, 아무 학회 회장과 흡사하여 얼굴이 풍후(豊厚)하고 수염이 많고 성품이 순실하여 이 당파도 좋아, 저 당파도 좋아 하여 반박(反駁)이 없어 가부취결(可不取決)만 물어서 흥하자 하면 흥하고, 망하자 하면 망하여 회원의 다수만 점검하는데, 그 소수한 자활당이 자멸당을 이기지 못하여 혹 권고도 하며, 혹 질욕도 하며, 혹 통곡도 하면서 분주 왕래하되, 몇 번 통산 회의니 특별 회의니 번번이 동의하다가 부결을 당한지라, 또 국회장에게 무수 애걸하여 마지막 가부회를 독립관에 개설하고 수만 명이 몰려가더니 소위 자멸당도 목석(木石)과 금수(禽獸)는 아니라, 자활당의 정대한 언론과 비창한 형요를 보고 서로 기뻐하며 자활주의로 전수 가결되매, 그 여러 회원들이 독립가를 부르고 춤을 추며 돌아오는 거동을 보았소."

매경 깔깔 웃으며,

"나는 어젯밤에 대한 제국의 개명할 꿈을 꾸었소. 전국 사람들이 모두 병이 들었다는데, 혹 반신불수(半身不隨)도 있고 혹 수중다리도 있고 혹 내종(內腫)병도 들고 혹 정충증도 있고 혹 체증 횟배와 귀먹고 눈멀고 벙어리까지 되어 여러 가지 병으로 집집이 앓는 소리요, 곳곳이 넘어지는 빛이라, 남녀노소를 막론하고 성한 사람은 하나도 없더니 마침 명의가 하는 말이, 이 병들을 급히 고치지 아니하면 우리 삼천리 강산이 빈 터만 남으리니 그 아니 통곡할 일이오.

내 화제(和劑) 한 장을 낼 것이니 제발 믿으시오 하더니 방문을 써서 돌리니, 그 방문 이름은 청심환 골산이니 성경으로 위군하고   정치·법률·경제·산술·물리·화학·농학·공학·상학·지지·역사, 각 등분하여 극히 정묘(精妙)하게 국문으로 법제하여 병세 쾌차하도록 무시복(無時服)하되, 병자의 증세를 보아 임시 가감도하며 대기(大忌)하기는 주색(酒色)·잡기(雜技)·경박(輕薄)·퇴보(退步)·태타(怠惰) 등이다.

이 방문을 사람마다 베껴다가 시험할 새 그 약을 방문대로 잘 먹고 나면 병 낫기는 더할 말이 없고 또 마음이 청상(淸爽)해 지며 환골탈태(換骨奪胎)가 되는데 매미와 뱀과 같이 묵은 허물을 일제히 벗어 버립디다.

오륙 세 전 아해들은 당초에 벗을 것이 없으나 팔 세 이상 아해들은 가뭇가뭇한 종잇장 두께만 하고, 십오 세 이상 사람들은 검고 푸르러서 장판 두께만 하고, 삼십·사십씩 된 사람들은 각색 빛이 어룩어룩하여 멍석 두께만 하고, 오십·육십 된 사람들은 어룩어룩, 두틀두틀하며 또 각색 악취가 촉비(觸鼻)하여 보료 두께만 하여, 노소 남녀가 각각 벗을 때 참 대단히 장관입니다. 아해들과 젊은이와, 당초에 무식한 사람들은 벗기가 오히려 쉽고, 조금 유식하다는 사람들과 늙은이들은 벗기가 극히 어려워서, 혹 남이 붙잡아도 주고 혹 가르쳐도 주되, 반쯤 벗다가 기진한 사람도 있고 인하여 아니 벗으려고 앙탈하다가 그대로 죽는 사람도 왕왕 있습데다.

필경은 그 허물을 다 벗어 옥골선풍(玉骨仙風)이 된 후에 그 허물을 주체할 데가 없어 공론이 불일(不一)한데, 혹은 이것을 집에 두면 그 냄새에 병이 복발(復發)하기 쉽다 하며, 혹은 그 냄새는 고사하고 그것을 집에 두면 철모르는 아해들이 장난으로 다시 입어 보면 이것이 큰 탈이라 하며, 혹은 이것을 모두 한곳에 몰아 쌓고 그 근처에 사람 다니는 것을 금하면 다시 물들 염려도 없을 터이나 그것을 한 곳에 모아 쌓은즉 백두산보다도 클 것이니 이러한 조그마한 나라에 백두산이 둘이면 집은 어디 짓고 농사는 어디서 하나. 그것도 못 될 말이지 하며 혹은 매미 허물은 선퇴(蟬退)라는 것이니, 혹 인후증(咽喉症)에도 쓰거니와 이 허물은 말하려면 인퇴(人退)라 하겠으나 백 가지에 한 군데 쓸 데가 없으며 그 성질이 육기(肉氣)가 많고 와사(瓦斯) 냄새가 많아서 동해 바다의 멸치썩은 것과 방불(彷彿)한즉, 우리나라의 척박(瘠薄)한 천지에 거름으로 썼으면 각각 주체하기도 경편하고 또 농사에도 심히 유익하겠다 하니, 그제야 여러 사람들이 그 말을 시행하여, 혹 지게에도 져내고 혹 구루마에 실어 내어 낙역부절(絡繹不絶)하는 것을 보았소."

(금운)"나는 어젯밤에 대한제국의 독립할 꿈을 꾸었소. 오뚝이라는 것은 조그마하게 아해를 만들어 집어 던지면 드러눕지 아니하고 오뚝오뚝 일어서는 고로 이름을 오뚝이라 지었으니, 한문으로 쓰려면 나 오자, 홀로 독자, 설 립자 세 글자를 모아 놓으면 오독립(吾獨立)이니, 내가 독립하겠다는 의미가 있고 또 오뚝이

의 사적(事跡)을 들으니, 옛날 조그마한 동자로 정신이 돌올(突
兀)하여 일찍 일어선 아해라. 그런 고로 후세 사람들이 아해를
낳아서 혹 더디 일어설까 염려하여 오똑이 모양을 만들어 회롱감
으로 아해들을 주니 그 정신이 오똑이와 같이 오똑오똑 일어서라
는 의사라. 우리 나라 사람들이 오똑이 정신이 있는 이는 하나도
없은즉, 아해들뿐 아니라 장정 어른들도 오똑이 정신을 길러서
오똑이와 같이 오똑오똑 일어서기를 배워야 하겠다 하여, 우리
영감 평양서윤(平壤庶尹)으로 있을 때에 장만한 수백 석지기 좋
은 땅에 방매(放賣)하여 오똑이 상점을 설시하고 각 신문에 영업
광고를 발포하였더니 과연 오똑이를 몇 달이 못 되어 다 팔고 큰
이익을 얻어 보았소."

(국란) "나는 어젯밤에 대한 제국이 천만 년 영구히 안녕할 꿈
을 꾸었소. 석가여래(釋迦如來)라 하는 양반이 전신이 황금과 같
이 윤택하고 양미간에 큰 점이 박히고 한 손은 감중련(坎中蓮)하
고 한 손에는 석장(錫杖)을 들고 빛나는 옥탁자 위에 앉았거늘,
내가 합장 배례하고 황공복지(惶恐伏地)하여 내두의 발원(發願)
을 묻는데, 어떠한 신수 좋은 부인 한 분이 곁에 섰다가 책망하
기를, 적선(積善)한 집에는 경사가 있고, 불선(不善)한 집에는
앙화(殃禍)가 있음은 소소(昭昭)한 이치어늘, 어찌 구구히 부처
에게 비나뇨. 그대는 적악한 일 없고 이생에도 부모에 효도하며
형제에 우애하며 투기를 아니하며 무당과 소경을 멀리하여 음사
기도(陰祠期圖)를 아니하며 전곡을 인색히 아니하여 어려운 사람
을 잘 구제하고 학교에나 사회에나 공익상으로 보조를 많이 하였
으니 너는 가위 선녀라 할지니, 그 행복을 누리려면 너의 일생뿐
아니라 천만 년이라도 자손을 끊이지 아니하고 부귀공명(富貴功
名)과 충신 효자를 많이 점지하리라 하시니, 이 말씀을 미루어
본즉 내 자손이 천만 년 부귀를 누릴 지경이며 대한 제국도 천만

년을 안녕하심을 짐작할 일이 아니겠소."

　여러 부인 중에 한 부인이 일어나서 말하되,

　"나는 지식이 없어 연(然)하여 담화는 잘 못하거니와 사상이야 어찌 다르며 꿈이야 못 꾸었겠소. 나도 어젯밤에 좋은 몽사(夢事)가 있으나 벌써 닭이 울어 밤이 들었으니 이 다음에 이야기하오리다."

・이해조(李海朝, 1869～1927)　신문학 운동의 선구자로서 일생동안 신소설 창작에 힘썼다. 언론에 관계하는 한편 30편에 가까운 작품을 발표했다. 쥘 베른(Jules Verne)의 '철세계(鐵世界)', '화성돈전(華盛頓傳)' 등을 번안하고 고대소설을 신소설로 개작했다. '화(花)의 혈(血)' 서문을 통해 소설이론이라 할 수 있는 문학적 주장을 최초로 내세웠다.

화(花)의 혈(血)

이해조(李海朝)

매일신보에 연재되었던 신소설이다. 불우한 기생의 효성과
정절을 주제로 하여 동학란 전후의 사회환경과 부패한 관리
의 이면상을 서술했다. 첫머리와 끝머리에 작품과 관계없는
단편적인 주관이 기록되어 있다.

서 언

무릇 소설은 제재가 여러 가지라. 한 가지 전례를 들어 말할
수 없으니, 혹 정치를 언론한 자도 있고 혹 정탐을 기록한 자도
있고 혹 사회를 비평한 자도 있고 혹 가정을 경계한 자도 있으며
기타 윤리, 과학, 교재 등 인성의 천사만사 중 관계 아니 되는 자
가 없나니, 상쾌하고 악착하고 슬프고 즐겁고 위태하고 우스운
것이 모두다 좋은 자료가 되어 기자의 붓끝을 따라 재미가 진진
한 소설이 되나 그러나 그 재료가 매양 옛 사람의 지나간 자취거
나 가탁의 형질없는 것이 열이면 팔구는 되되, 근일에 저술한 박
정화, 화세계, 월하가인 등 수삼 종 소설은 모두 현금의 있는 사
람의 실지 사적이라.

독자 제군의 신기히 여기는 고평을 이미 많이 얻었거니와, 이제 또 그와 같은 현금 사람의 실적으로 〈화의 혈(花의 血)〉이라 하는 소설을 새로 저술할 새 허언 낭설은 한 구절도 기록치 아니하고 정녕히 있는 일동 일정을 일호차착(一毫差錯) 없이 편집하노니, 기자의 재주가 민첩치 못함으로 문장의 광채는 황홀치 못할지언정 사실은 정확하여 눈으로 그 사람을 보고 귀로 그 사정을 듣는 듯하여 선악 간 족히 밝은 거울이 될 만한가 하노라.

제 1 회

천하에 보고 볼수록 어여쁜 것은 향기로운 꽃이라. 꽃이 한 번 피면 십 년, 백 년, 천 년, 만 년을 이울지도 않고 떨어지지도 않고 고운 색채를 한결같이 띄우고 있는 것이 아니라. 일년 일도에 춘삼월이 돌아오면, 낮이면은 볕을 쏘이고 밤이면은 이슬을 받아 몇 밤 몇 날 만에 간신히 피운 그 꽃이라서 저 있을 기한을 온전히 있다가 이울고 떨어짐도 섭섭하고 원통하거든, 뜻밖의 사나운 바람과 모진 비에 못견딘 바 되어 열흘 있을 것을 이레나 여드레에 흔적이 없어지면 그 섭섭하고 원통함이 더구나 어떠하며, 바람과 비는 천지 자연한 이치로 되는 것이라 누구를 원망할 수 없지마는, 여기서 마침 경박한 아이가 와서 사납고 독한 손으로 아쉬운 줄을 모르고 제욕심을 채우기만 위하여 한번 뚝 꺾어 놓으니 슬프다, 그 꽃이 경각에 빛이 변하며 향기가 적막하여 지는도다.

이 세상 사람 중 춘색을 아낄 줄 모르는 범상한 무리는 그 꽃이 피어도 피었나 보다, 이울고 떨어져도 이울고 떨어졌나 보다, 누가 꺾어도 꺾나 보다 하여 심상히 보고 심상히 지나는데, 어떠한 여자 한 아이 꺾어진 그 꽃가지를 다정히 집어 들고 한없이

가엾이 여기며,

"에그 가여워라. 어느 몹쓸 아이가 이런 못 할 노릇을 했을까. 겨우 내 풍설 중에 천신만고를 다 겪다가 봄철을 인제 만나 간신히 피인 너를 사정없이 뚝 꺾었구나."

하며 연한 눈에 조금만 더 하면 눈물이 나올 듯하다가,

"속절없다."

소리를 구슬프게 하고 우두커니 앉았으니, 그 여자는 전라남도 장성군 최호방이 나이 사십이 되도록 자녀간 한낱 혈육이 없어 매양 설워하더니, 그 고을 퇴기 춘홍을 작첩하여 천행으로 딸 형제를 낳았으니, 큰 딸의 이름은 선초요 작은 딸의 이름은 모란이라.

모란이는 유치에 어린아이라 족히 의론할 바―없거니와, 선초는 십 세가 넘어 점점 장성하여 오니 꽃 같은 얼굴과 달 같은 태도가 한 곳도 범연한 데가 없는 일색이러라. 자래로 전해 오는 말이 조선 십삼 도중 전라도 물색이 제일이요, 전라남북도 중 장성군 물색이 또 제일인데 그 고을 배판 이후로 명기가 나고, 명기가 나도 둘도 못되고 꼭꼭 한 아이씩이 연해 계속해서 나서 훤자(喧藉)하던 터이라. 최호방이 선초의 인물을 속절없이 버리기가 아까워서 그곳 풍속 대로 십삼 세에 기안에 다녔었는데, 선초는 짝이 없이 총명 영리한 여자라. 한 번 듣고 한 번 본 것을 능동치 못하는 것이 없어 가무 음률이 교방 분대 중 제일 으뜸이 되니 그 이름이 원근에 전파하여, 어느 남자가 선초 한번 보기를 원하지 않는 자―없고 한번 보기만 하면 꽃다운 인연을 생각치 않는자―없더라. 선초가 하나라도 적어서는, 동무를 따라 이런지 저런지 모르고 어느 배반(杯盤)이나 어느 노름에서 부르는 대로 좋아서 가더니, 어언간 십오 세가 됨에 거울같이 맑은 천성으로 온갖 물정을 모두 짐작하는 터이라.

한번은 어떠한 연회에를 갔다가 호탕한 무리가 설만히 구는 양을 보고 슬며시 분원한 생각이 들어서 한탄하기를,

"나도 사람인데 부모의 혈육을 타고 나서, 어찌 타옥같이 천한 구덩이에 몸이 떨어졌노. 그냥 이곳 풍속이 괴악해서 자식 나서 기생에 박는 것을 전례로 여기는 터이니, 부모를 원망할 것도 없고 내가 한 눈 한 팔 병신으로 생기지 못한 것만 절통하지. 그러나 털중에도 쟁쟁이라고 아무리 기생이라고 저 행실 제 가질 탓이지 기생이라고 다 개 짐승의 행실을 할까. 광대 타령의 말마따나 옛날 춘향이는 남원 기생으로 허탄히 몸을 버리지 아니하고 용기와 재질이 적당한 이도령을 만나 일부 종사를 하였으므로 그 아름다운 이름이 몇 백 년을 썩지 아니하였는데, 나 역시 팔자가 기박하여 천한 몸은 비록 되었으나 절행이야 남만 못할 것이 있나."

하고 그날부터 속에는 남복을 입고 겉에는 여복을 하여 불의의 창피한 일을 방비하고 관찰 군수 이하로 아무리 흠모하여 수청을 들이고자 해도 죽기로써 맹세하고 청종치 아니하니. 그 관찰 군수가 적이 지각이 있는 자들 같으면 제 뜻이 가상해서라도 아무쪼록 찬성을 하여 지조를 온전히 지키게 할 터이어늘, 한 달이 멀다 하고 펄쩍 갈아 오는 그 관찰 그 군사가 한마당이라.

선초의 인무를 보고 제각기 침이 없이 욕설을 내어 만단개유(萬端改諭)도 하고 백방 위협도 하나, 선초의 작정은 나이도 자기와 같고 인물도 자기와 같고 총명도 자기와 같은 남자와 꽃다운 인연을 한번 맺어 검은 머리 파뿌리 되도록 난봉의 깃들임같이 금슬지락(琴瑟之樂)을 누리리라 하여 아무리 관직이 높은 자이나 기구가 좋은 자이나 의복을 사치한 자라도 일체로 거절하노라니, 제간에 당한 단련이야 이루 어찌 다 측량하리오.

어떤 자는,

"이애 선초야, 말 들어라. 네가 바로 기안에 이름 없고 규중에 깊이 감추어 있는 터 같으면 모르겠다마는 기왕 화류장에 발을 적신 이상에 수의 사또가 그처럼 하시고 본관 사또가 그처럼 하시는데 왜 말을 아니 듣고 고집을 하니? 너 같은 자격에 눈 끔쩍하고 한번만 응락을 하였으면 이 도나 이 고을 일판을 쥐었다 폈다 할 터이니 그 아니 좋으냐."

어떤 자는,

"여보게 선초 씨, 자네 생각이 어떻게 들어 이렇게 고집을 하나. 왕후장상(王侯將相)이 씨가 있다던가. 자네가 사또 수청만 들게 되면, 오늘 기생이 내일 마마님이 되어 호강도 한번 늘어지게 하려니와 자네 속에서 아들을 쑥쑥 낳으면 그 아들이 판서는 못 하겠나, 정승은 못 하겠나, 관찰사, 군수 무엇은 못 하겠나. 그때 가서는 정경부인이 되어 언제 기생 노릇을 하였더냐 할 터인데 그것을 싫다고 말을 아니 듣는단 말인가."

그중에 선초가 관찰 군수의 수청 아니 드는 것을 해롭지 않게 여겨 슬며시 제욕심을 채우고자 하는 자는,

"허―자네 잘 생각했네, 관찰 군수 그네들은 뜬구름에 흰 매아지(망아지의 방언) 일처럼 휙 지나가면 그만인데, 당장에 자기 눈앞에 자네가 보이겠는가. 아직 소일이나 해보려고 어쩌니 어쩌니 별별 소리를 다 해가며 수청을 들이려고 하는 것이지 벼슬만 갈려서 훌쩍 가보게, 꿈에나 자네 생각을 할 터인가. 두말 말게. 내가 자네 구실을 떼어 줄 것이니 우리 둘이 같이 한번 살아 보세."

하루도 몇 사람이 문턱이 닳도록 드나들며 감언이설로 꿀을 들어 붓는데, 선초는 그리할수록 마음을 더 굳건히 가져 혹 정색을 하여 거절도 하고 혹 좋은 말로 반대도 하니, 선초가 여염가 규수로 춘색을 두설치 아니한 터 같으면 무리한 말로 권할 사람도

없을 것이요 권해서 말을 아니듣더라도 말하던 저나 이상히 여길 바—아니로되, 제가 교방 출신으로 사람마다 가히 꺾을 만한 노류장화가 되어 그 모양으로 말살스럽게 구니 듣고 보는 자—모두 큰 변괴나 싶어 한 입 걸려 두 입 걸러 그 소문이 사면 각처에 아니 퍼진 데가 없는데, 말은 갈수록 보탠다고 전하는 자의 성미를 따라 점점 한마디씩 보태어 나중에는 서울까지 전파되기를,

"전라남도 장성군에 선초라는 천하 일색 기생 한 아이가 났는데, 인물은 양귀비 색시가 명함을 못 들이겠고 재질은 반첩여 소소매가 현신도 못하겠는데 어찌 마음이 도도한지 바로 찬 물에 돌 같아서 관찰 군수 이하로 그 경내 부자의 자식들이 어느 누가 침을 아니 삼킬 사람이 없으되 차례로 퇴박을 맞았다는 걸. 그런데 말을 들은 즉 아무 때든지 두질방 사이에 모가지 넣은 막벌이 꾼이라도 제 눈에 드는 자만 만나면 백 년을 같이 살 작정으로 제 집 들창문에 발을 들이고 매일 몇백 명씩 지나가는 남자를 낱낱이 선보기로 종사를 한다는 걸. 아무라도 이목구비나 똑똑이 쓰고 났거든 자두지족을 훨씬 매만지고 일부러 한번 내려가 선을 뵈어 볼 만하더라."

이 소문이 부인 사회를 돌아다니는 것이 아니라 으레히 둘이 모이나 셋이 모이나 남자 총중에서 이 얘기가 나는데, 어떤 남자 총 중이고 이야기만 나면,

"허어, 그것 무던하고. 기생에도 그런 자격이 있더란 말인가. 그래야 하지, 사람이 되어 개 돼지 모양으로 난잡히 행동을 하다가 남의 소년 자제를 수없이 버려주고 저까지 악한 병이나 얻어 신세를 미칠까. 허어 그것 기특하고."

난봉으로 막된 위인들은,

"실없는 년. 제가 아니꼽게 절행이라는 것이 다 무엇인고, 그럴 터이면 기생 노릇은 왜 해. 우리는 보지는 못했지마는 제 얼굴이

응당 반주 그레하기에 이 사람 저 사람이 회가 동하여 날치는 것
이니, 이놈도 좋다 저놈도 좋다 하여 세상 보내는 것이 상책이지
되지 못하게 제가 그러면 무엇을 해. 무정 세월에 덧없이 늙어만
지면 어떤 시러베 아들놈이 찾아갈 터인가.”

그 중에 우악한 자는,

“주제넘은 년. 제 어미도 기생으로 매인열지 하던 것이라는데,
가장 제가 젠체하고 그러면 제 집 대문에 정문(旌門)을 세워 볼
줄아나. 그런 년이 욕심은 더 앙큼하게 있어서 외양으로 가장 고
결한 체하고 은근히 별별 일이 다 많은 법이지. 관찰 군수로 있
는 분네들이 모두 다 똥물에 튄 인물들이기에 그렇지, 적이 손아
귀가 딱딱하고 보면 제까짓 년이 어디 가서 그런 버르장이를 할
고. 당장 혼찌검을 하면 다시 그런 버르장이를 못하게 하였으면
다른 기생에게까지 본보기가 되지.”

그런 말을 아무라도 한때 웃음거리로 듣고 말 터인데, 그중에
나이 사십이나 되고 얼굴이 검푸르고 수염이 많도 적도 않고 키
는 중길은 되는 사람 하나가 눈을 깜짝깜짝하고 가커니 부커니
아무말 없이 가만히 앉아 들으며 손에 든 합죽선을 폈다 접었다
하다가 가장 범연스러운 체하고,

“에 이 사람들, 상스러운 소리 그만두게. 점잖은 사랑에서 외하
방 기생년의 이야기는 응, 창피스러워. 제가 잘 나면 얼마나 잘
났겠으며, 설혹 잘 났기로 무엇을 그리 떠든단 말인가.”

좌석에 마침 전라남도 친구가 앉았다가,

“노형 말씀이 당연하기는 하오마는 나도 금년 이월에 장성읍에
를 갔다가 선초를 얼핏 보니까 과연 생기기는 썩 도도하게 생겼
어요. 처음에야 선초의 소문만 들었지 자세히 알았소마는, 제 집
이 바로 삼문 앞인고로 하루도 몇 번씩 드나드는 것을 보고 짐작
하였지요.”

대범한 체하던 자는 이도사라 하는 자인데 평일 역사를 대강 말하자면, 속담에 만석 중이 일반이라. 선조 때부터의 양반은 자기 하나뿐인 체 언변도 자기 하나뿐인 체 지혜도 자기 하나뿐인 체. 그중에 엉큼한 욕심은 들어 앉아서 어느 산림에게 집지를 하여 학행도 자기 하나뿐인 체 부모 덕에 글자는 배워서 문장도 자기 하나뿐인 체하다가, 서울로 쑥 올라와서 은근히 세력이 있는 재상의 집에를 출입하여 처음에 재랑초사로 나중에 도사 출육을 한 분네인데 선천 품부를 순양덩이로 타고 나서 호색은 한 바리에 실은 사람이 없음으로 남모르게는 별별 기괴 망칙한 행동을 모두 하면서, 외식으로는 세상에 정남은 역시 자기 하나뿐인 체하여 노상에서 지나가는 여인을 보면 거짓말 보태어 십 리씩은 피해가고 좌상에서 계집의 언론이 나면 능청스럽게 거리 책지를 일수 잘하더니, 급기 선초의 선성을 들은 후도 며칠 밤을 잠을 잘 못 자며 스스로 궁리하기를

"선초가 참 일색인 모양인데 어떻게 하면 한번 볼고. 보기야 내일이라도 장성에 내려갔으면 어렵지 아니하지마는 행식을 그 모양으로 초솔하게 내려가면 관찰 군수의 수청도 아니 든다는 계집이 내 말 들을리가 정녕 없을 뿐더러, 평일에 내 행세를 그렇게 낮게한 터가 아닌데 남들이 비소하기가 첩경 쉬울 터이니 무슨 방법을 하였으면 내 행세도 손상치 아니하고 한번 처결을 하여 볼고. 응 못생긴 자식들, 그곳 관찰 군수로 있어서야 당장 기생으로 있는 것을 일호령에 수청을 못 들이고 무료히 물러앉아. 응 못생긴 것, 내가 그 처지로 있게 되면 시각을 넘치지 않고 제가 자원하여 수청 들게 못 할까. 그러나 그냥 다 쓸데 없는 말이고 어떻게 하면 묘리있게 내 소원 성취를 하여 볼고."

이처럼 전전반측하다가 한 가지 무슨 생각을 하고 혼잣말로,

"꼭 그렇게 했으면 영락없이 되겠구먼. 무슨 빙자할 말이 있어

야지.”

그러자 어떠한 손님이 문밖에 와 찾으니까 분주히 나가보더니 반가히 인사를 하며.

“자네 언제 올라왔나. 대소댁네가 다 일안들 하신가.”

그 손이 한숨을 휘—쉬며,

(손)“시생의 집은 이동안 아주 결단을 당했습니다.”

(이도사)“그게 무슨 말인가. 어찌하다가, 응?”

(손)“근일에 충청남북도는 동학으로 해서 아주 말 아닌 중, 목천은 더욱 우심하여 시생의 대소가가 모두 폭화를 당했습니다.”

(이)“대소가라니? 자네 삼종 씨 댁도 그 풍파를 당하셨단 말인가?”

(손)“풍파를 당한 여부가 있습니까. 시생은 이렇게 도망이나 하여 서울로나 왔습니다마는 삼종 씨께서는 그 자들에게 잡혀가셨는데, 어찌되었는지 하회를 알 수 없습니다.”

(이)“허허, 그것이 말이 되는가. 자네 삼종 씨는 장정이니까 잡혀갔더라도 여간 고생은 좀 하겠지마는 설마 무슨 일이 있겠냐마는, 자네 재종 숙모께서 팔십 당년에 오죽 놀라셨겠나.”

이도사가 그 사람을 작별하여 보내고, 남은 난리를 만나 대소가가 결단이 나서 황황망조히 지내는데 자기는 무엇이 그리 좋은 일이 생겼는지 얼굴에 희색을 가득이 띠고 혼자 빙글빙글 웃으며 분분히 윗옷을 내어 입고 남문 안 창골 근처로 쏜살같이 가더니 몇 시간 후에 다시 낙동 등지로 분분히 가더라.

그날부터 창골, 낙동을 풀방구리에 쥐 드나들듯 활동을 하더니 삼남 시찰사 하나가 새로 났는데 그 관보가 돌아다니니까 이 사랑 저 사랑에서 공론들이 분분하다.

“어—시찰이 새로 났네, 으응 시찰이났어. 누가 했단 말인가?”

“오늘 관보를 도사가 하였습니다.”

"허허 그야말로 만장공도(萬丈公道)로구면. 그 사람이 학행이 있고 무식하지 아니한 터이니까 시찰을 매우 잘 할걸. 그는 필경 평일 명예로 공천이 되었겠지. 아무렴 그렇지, 점잖은 터에 그가 자구야 했겠소. 고지식하니까 가기나 할는지 알 수도 없소."

한 사람이 그 곁에 드러누워 잠을 자다가 벌떡 일어나 앉으며,

"이 사람들, 자지도 않으며 잠꼬대를 하고 앉았나. 그 사람이 시찰을 왜 아니가. 아니 갈 사람이 목에 침이 말라 돌아다니며 벌었을까."

먼저 말하던 사람들이 일시에,

"이 사람. 남을 그렇게 할경하여 말을 말게. 그 사람이 열 번 죽기로 벼슬 벌러 다녔겠나."

자다가 일어난 사람이 화를 버럭 내며,

"이 사람들. 내가 억하 심정으로 남의 없는 말을 할까. 자네네 알다시피 나는 가빈친로(家貧親老)하여 구사를 하는 터이기로 매일 남북 촌 모모 재상의 집을 한 차례씩은 으레히 돌아다니는데, 그가 신씨와는 계분이 대단하더군. 신대신, 신장신 두 집에서는 어느 날도 못 볼 날이 없는데, 이번 시찰 운동 하느라고 애를 무진 쓰던데 그래."

그 사람의 말이 일호도 허언이 아니라. 이도사의 좋은 구변으로 신대신, 신장신을 북나들듯 가 보고 기회를 보아가며 시찰을 굿치는데 썩 의사도 스럽고, 간교도 하더라.

신대신을 가 보고,

(이시찰)"대감께옵서 묘당에 계신 터에 어련하시겠습니까마는 요사이 지방 소문을 들으니까 하루바삐 진정 아니 하오면 인민이 무고하게 어육이 되겠습니다."

(신대신)"글쎄, 삼남에는 소위 동학당의 횡행이 대단하다는 걸. 그렇지마는 그까짓 오합지중을 무슨 심려할 것이 있나. 진위

대 몇초만 풀어 보내면 며칠 아니 가서 다 소멸할 것일세.”

이도사가 꿩 채려는 보라매 모양으로 어깨를 바싹 모고 신대신 앞으로 가까이 다가앉으며,

(이)“대감, 이게 무슨 망녕의 말씀이오니까. 그 백성이 무슨 죄가 있길래 병정을 풀어 무찌르려 드십니까.”

(신)“그 백성이 죄가 없다니, 총귀에서 물이 나나니 도사리고 앉아 공중에를 올라가나니 하는, 많은 현탄한 말을 추출하여 사면 돌아다니며 늑도도 시키고, 빚받이 굴총하기, 심지어 부녀 재산을 함부로 탈취한다는데 어찌해서 무죄하다고 하오.”

(이)“허허, 대감께서 그렇게 통촉하시기가 용혹무괴(容或無怪) 올시다마는, 그 백성 그 지경 된 원인을 말씀하고 보면 저이들은 아무 죄가 없다고 해도 과한 말씀이 아니올시다.”

(신)“어찌해서 그렇단 말이오?”

(이)“자고이래로 백성은 물과 일반이라. 동으로 터 놓으면 동으로 흐르고, 서로 터 놓으면 서로 흐르고, 막히면 격동하고, 순하면 내려가는 것이온데, 근일에 각 도 지방관을 택차를 못한 탓으로 적자같은 백성을 사랑할 줄은 모르고 기름과 피를 긁음에, 일반 인민이 억울하고 원통함을 참다 못하여 악이 나서 이리 해도 죽고 저리 해도 죽기는 일반이라 하고 범죄를 한 것이오니, 그 아니 불쌍한 무리오니까.”

(신)“그 폐단도 없지는 아니하겠지마는 설마 지방관들이 모두 불치야 되리까.”

(이)“아무렴 그렇지요. 닭의 무리에도 학이 있다 하옵는데 불치들 한중에도 이따금 선치가 있기는 하겠지오마는, 큰 집 쓰러지는데 한나무로 버티지 못함(大廈將非－木可支)은 확연한 이치가 아니오니까.”

(신)“그러면 어떻게 했으면 좋겠소?”

　(이)"시생의 천견에는 공직하고 무식치 않고 민정을 알 만한 자격을 택차하여 삼남도 시찰을 내어 암행으로 각 군에를 순회하며 지방관의 치적의 선부를 낱낱이 시찰한 후, 선치자는 포장을 하고 불치자는 징계를 하며 일변으로 백성을 안무하여 귀순 안도케 하오면 불과 얼마 아니되어 삼남 각 처에 격양가가 일어날 줄로 꼭 믿습니다."

　신대신이 그 말을 듣고 한참 연구하더니 이도사의 말을 십분 유리하게 듣고,

　(신)"노형은 가위 경세지재(經世之才)시오. 그 말이 꼭 그러하겠소. 내일이라도 시찰 보낼 일을 탑전에 아뢰면 처분을 물을 듯하오마는 그 소임을 감당할 만한 자격이 얼풋 어디 있어야 아니하오.

　(이)"만사구비에　지흠동남풍(萬事具備只欠東南風)으로　제일 사람이 없으니 그 일이 어려울 듯합니다."

　신대신이 이 도사를 물끄러미 건너다 보더니,

　(신)"불필타구—요그려. 노형이 그 사무를 담당하여 보면 어떠하겠소?"

　(이)"천만의외 말씀이올시다. 시생은 자격도 부족하옵고 여러 가지 충절이 있어 못 되겠습니다."

　(신)"자격은 족부족 간에 나의 짐작이 다 있으니까 다시 겸사할 것도 없소마는 충절은 무엇이 그리 여러 가지가 있단 말이오. 여보, 노형이 독선기신(獨善其身)만 하면 소용이 무엇이오. 이런 때를 당해 나랏일을 한번 해봅시다그려."

　(이)"대감께서 이처럼 누누히 말씀하시는데 제 몸이 무엇이 그리 대단하다고 종래 고집을 하오리까마는, 물러가 저 역시 형편을 생각하여 보옵고 차일 다시 나아와 좌우간 말씀을 여쭙겠습니다."

(신)"그리 하시오. 아무쪼록 나랏일을 한번 해봅시다."

이도사가 그 길로 신장신을 가 보고 신대신과 하던 말과 일반으로 수작을 한참하여 자기를 천거하여 내세우려고 하도록 한후, 여전히 재삼 사양하다가 내일 또와 고하마 하고 자기 집으로 돌아왔다가, 그 이튿날 다시 신대신, 신장신을 차례로 가 보고 청산유수같이 좋은 구변으로 자기 일을 칠월의 굳은 박 모양으로 단단히 굳힌다.

(신)"그래, 밤 동안에 연구를 많이 해 보았소?"

(이)"아무리 생각하여 보아도 도저히 될 수가 없습니다."

신대신이 좌우 손이나 잃은 듯이

(신)"그게 무슨 말이오? 되지 못할 말을 하시오. 내가 그 이유를 들어 보아서 웬만만하면 변통을 해서 되도록 해 보겠소."

(이)"대감께서 시생으로 시찰을 임명하시려기는 지방 행정의 선악을 포장하며 혹 징집하여 인민의 마음을 편안하도록 하시는 일이 아니오니까?"

(신)"아무렴 그렇지."

(이)"그러하오면 시생에게 대감의 위엄을 빌려 주시고 권한을 어디까지 허락해 주시겠습니까?"

(신)"모두 다 상의에 있는 바인즉 내가 미리 말하기는 어렵소마는 중대한 사무를 쓸어 맡기는 이상에 권한을 주지 아니하며 나 역시 모르는 체하리까. 그러나 권한이라는 것은 한량이 없은즉, 어떻게 하였으면 넉넉히 사무를 진행할까요?"

(이)"권한이 별것 이오니까. 단순하게 시차만 보내오면 너무 초솔할 뿐 아니오라 시생의 혼자 힘으로 위엄이 서지 못할 터이오니, 대감께서는 안염사가 되시고 낙동 대감은 순무사가 되시고 시생은 시찰을 시키시면 두 대감의 명령을 받들어 힘껏 일을 하여 보오리다."

(신)"허허, 낙동 대감은 순무사 자격이 되시지마는 나야 안염사 자격이 되나. 그것은 어찌 되었든지 그 외에는 다른 말씀할 것은 없소? 생각한 바 있거든 아주 지금 설명을 하오."

(이)"그 외에 말씀하올 것은 이왕 암행어사 일반으로 마패를 내리셔 선참후계하는 권한을 사용케 하여 주셔야, 치적이 있는 수령은 당장 포계를 하고 탐관오리는 모조리 봉고를 하여 일반 민심이 상쾌하도록 하여야 적잖게 쌓여 오던 원기가 풀어질 터이올시다."

(신)"글쎄…… 일은 그러하오마는 용이할 듯싶지 아니하오. 그러나 모사는 재인(謀事在人)이라니 운동을 하여 보기나 합시다.

제 2 회

두 신씨의 굉장한 운동으로 이도사 욕심껏 성사가 되어 관보에 성명이 게재되니, 즉시 치행을 하여 삼남으로 내려가는데 그 행색을 언론하면 중도 아니요 속하 이도 아니러라. 마패를 가졌으니 옛날 어사 일반이라. 아무쪼록 폐포파립(幣袍破笠)으로 여항에 암행하여 민정 감고를 탐문하여야 할 터인데, 신교 바탕도 못 타 보던 위인이 별안간에 그다지 귀해졌는지 좋은 사인교에 두세 패를 지르고 건장한 구종을 앞뒤에 다 느런히 세웠으며 자릿보, 요강, 퇴침 타구와 모든 기구를 썩 굉장케 차려 가지고,

"시찰 내려간다."

노문을 놓다시피 뒤떠들며 내려가니 이 고을 저 고을 수령들이 각기 이시찰의 선성을 듣고 다투어 영접하여 칙사 대접이나 다름 없더라.

이 시찰이 마음 내키는 대로 하면 바로 전라남도로 나갈 터이요, 전라남도로 내려가도 바로 장성읍으로 갈 터이지마는 가만히

생각을 하여 본즉,

"이번 시찰을 벌어 내려가기는 소관이 하사(所關何事)리오마는 아무일도 한 것 없이 기생 작첩부터 했다면 청문이 사나워 명예에 관계가 되겠고 또는 세상일이 내 실속부터 하는 것이 가한즉 돈부터 넉넉히 벌어 놓고 보겠다."

하고 먼저 충청도로 내려 섰는데, 각 읍 선치 수령은 자기를 냉대하여 당장 결단내고 싶으나 무엇이라 트집을 잡을 거리가 없고, 불치 수령은 다투어 은근히 무릎을 괴어 주며 가진 첨을 다 하니까 사세 부득이 눈을 감아 도처마다 포계를 하여 주니 그 시찰 보낸 것이 효험만 없을 뿐 아니라, 도리어 민심이 더욱 불운하여 폭도가 사면에서 불 일어나듯 하는지라.

이 시찰이 요량에,

"내가 신대신, 신장신 앞에서는 폭도의 치성하는 것이 전혀 지방의 죄라 하고 시찰을 시켜 주도록 하였지마는, 군수들은 염치 소재에 하나 파직 장계할 사람이 없고 폭도는 저 모양으로 점점 더 치성하니 이 일을 어찌하면 좋은가. 아무 성적 없는 소문이 서울에 올라가기만 하면 오죽 나를 마타히 여길라구. 모로 가나 바로 가나 서울만 갔으면 그만이라고, 아무렇게 하든지 폭도만 없앴으면 그만이지 다른 일이야 누구알 시러베아들놈 있느냐."

하고 신대신 내려오기를 기다려 비밀히 의견 진술하는 말이

"하관이 이번 길에 우으로 성상 홍덕과 그 다음 두 분 대감 위엄을 받들어 도처마다 진심껏 설유하온즉 일체 수령들이 모두 정신을 가다듬어 정치를 쇄신하올 뿐 아니라, 본래 양민으로 위협을 못이기어 폭도에 참여하였던 무리는 차례로 귀순하는 중이올시다."

(신)"허허, 나라에 만행한 일이오. 아무려나 노형이 큰 훈로를 세우셨소."

(이)"망령의 말씀도 하십니다. 하관도 신민 한 분자가 되어서 저할 도리 저 하옵는 것이지 훈로가 다 무엇이오니까. 그러하오나 풀을 베면 뿌리를 없애라는 일처럼 협종 등은 귀화케 하옵기가 여반장이오나 한 가지 큰 화근이 있습니다."

신대신의 둥그런 눈이 더 둥그래지며

(신)"화근이라니 무슨 화근이 있단 말이오?"

(이)"화근이 별것이 아니오라 하관이 서울서 요량하옵기는 아무든지 모조리 귀화케 하여 한 명도 참혹히 죽임이 없도록 하리라 하였삽더니, 급히 내려와 목격하온즉 본래 부랑 패류로 업을 잃고 도당을 소취하여 여항에 돌아다니며 생활하던 무리가 동학 일어난 것을 좋은 기회로 이용을 하여 폭행이 더욱 심하와, 불러도 오지 않고 쫓아도 헤어지지를 아니하오니 그 무리는 가위 화외의 물건이라. 설혹 오늘 간정되어 지방이 안온할지라도 몇 날이 못 가서 그 무리가 필경 또 양민을 선동하여 지방을 여전히 소란케 할 터이온 즉, 시생의 소견에는 악착하기는 하오나 지방대 몇 초를 풀어 그 무리를 일망 타진하여 종처에 추농을 베어 버려 성한 사람에 전염치 못하게 하듯 하였사오면 깊은 후려가 없을 듯 하오이다."

(신)"그는 노형이 형편을 보아가며 자단하여 할 일이지 나더러 물어 볼 것이 무엇 있단 말이오."

신대신의 말이 그 모양으로 떨어지니, 이시찰이 즉시 각 진위대에 통첩하여 병정을 다수히 풀어 원범 협종은 물론하고 동학에 관련만 있다하면 다시 조사할 여부없이 모조리 잡아 죽이는데 열이면 아홉이나 여덟은 애매히 참혹한 지경을 당하니 그 원억한 기운이 구소에 사무치는 중 제일 악착하고 말살스럽기는 목천 임씨의 집 일이라.

임씨라 하는 사람은 본래 이시찰과 한동리에서 죽마고교(竹馬

故交)로 자라나서 여형약제(如兄若弟)하게 정의가 두터울 뿐 아니라, 임씨의 집은 적이 소수족을 할 만하고 이시찰의 집은 극히 빈한한 탓으로 임씨의 어머니가 이시찰을 자기 소생 아들이나 다름없이 배가 고파하면 음식도 거둬 먹이고 헐벗어 추워하면 의복도 주워입히니 어린아이는 괴이는 곳으로 간다고, 이시찰이 자기 집은 남의 집 보듯 하여도 임씨의 집은 자기 집보다 더 여겨 머리도 종종 임씨 어머니 손에 빗고 잠도 임씨 어머니 품에서 자며 자라난 터이라. 철모를 때에는 순연한 천진이라 조금도 식사 없이 임씨 어머니에게 대하여 매양 하는 말이,

"제가 자라서 이다음에 잘되게 되면 아무 걱정 없이 잘 살게 해 드릴 터예요."

임씨 어머니가 어린아이 말이나마 기특하여,

"오냐, 여북 좋으랴. 나야 잘 살게 하든지 말든지, 너나 아무쪼록 귀히만 되어라."

그때에는 그 말을 일시 웃음거리로 지내고 말하였더니 이시찰이 서울 올라가 벼슬을 한다 하니까 임씨 어머니는 자기 자질이 공명하는 이에서 조금도 못지 않게 기껍게 여겨서 그 아들더러,

"이애, 아무가 벼슬 했다는구나. 너무나 고맙다. 우리가 점점 이렇게 못 살게 되니 아니 나는 생각이 없구나. 아무가 어릴 때에 항상 말하기를 제가 잘 되면 우리를 도와주겠다 하였으니 설마 아주 모르는 체 할 리가 있겠느냐."

이 모양으로 이시찰 잘되는 것을 주야 옹망하던 터인데 그리하자 동학이 각처에서 불 일어나듯 하여 무죄 양민을 모조리 잡아다가 늑도를 시키는 통에 임씨도 불행히 잡혀가 위협을 못 이기어 입도 하였는데, 진위대가 각 방면으로 습격하는 통에 임씨가 오행으로 도망하였다가 풍편에 소문을 들은즉, 자기와 같이 자라던 이 아무가 이번에 시찰로 내려왔다 하는지라. 혼자 생각에,

"아무가 설마 나야 놓아 주지 죽일 리가 있으랴. 진작 내가 자현하여 죄를 떼어 버리고 말겠다."

하고 즉시 시찰 있는 처소로 가서 자현하였더니 이시찰이 아는지 모르는지 포박된 여러 죄인과 한곳에 엄가뢰수하는지라.

임씨가 그 중에 생각하기를,

"죄인은 일반인데 중인소시에 유표하게 나 하나만 백방할 수 없으니까 이렇게 가두어 두었다가, 밤중 아무도 모르는 승시해서 슬며시 나를 내어 놓으려나 보다. 아니 그러고 보면 내가 도주한 모양이 되어 죄를 종시 못 벗어지겠으니까 아마 며칠 후에 대동발락(결정하여 냄)하게 무죄함을 발포한 후 방송하여 다시 후환이 없도록 하려나 보다."

이 모양으로 태산같이 믿고 있더니, 하루는 호령이 천둥같이 나며 죄인을 모조리 청어 두름 엮듯 하여 벌판에다 내어 앉히고 첫머리에서부터 차례로 포살하는데 그중에 같이 여겨 미구에 그 총을 맞을 지경이러라.

임씨 어머니 팔십 노인이 그 소문을 듣고 어찌나 놀랐던지 기색을 수없이 하며 대성통곡을 하니 동리 늙은 노인네들이 그 경상이 불쌍하여 하나 둘 모여 와서 임씨 어머니께 권하는 말이라,

"여보시오, 이러지 마시고 정신을 차리셔서 일 주선을 하여 보십시오. 이시찰이 필경 노인 자제를 몰라보았기에 그렇지 알고서야 이왕 자기 자랄 때에 노인께서 귀히 여기시던 은공을 생각하기로 자제를 살려 주지 아니할 리가 있습니까. 두말 말으시고 근력을 차리셔서 이시찰 앞에 가 원정을 해보십시오."

임씨 어머니가 그 말이 근리하여 경황없이 지팡이를 잡고 엎어지며 자빠지며 울며 불며 읍내를 들어가 이시찰 좌기하고 있는 앞으로 한달음에 이르러 땅가에 엎드려 두 손으로 빌며,

"살려 주옵소서. 이 늙은이의 자식을 살려 주옵소서. 제 죄가

천번 만 번 죽이고도 남사와도 이 늙은이를 보아서 제발 덕분에 살려 주옵시오. 저는 기실 죄도 없습니다. 그 몹쓸 놈들이 잡아다가 위협을 하니 죽지 못하여 따라다닌 일밖에 없습니다. 살려 줍시오. 그것 하나만 죽으면 이 늙은이, 고부도 속절없이 죽어 세 식구가 함몰할 지경이올시다. 영감 통촉하시다시피 그 자식이 삼 대 독자올시다. 살려 주시면 하해 같은 덕을 입어지이다."

이시찰이 소리 한 번을 버럭 지르며,

"어-요망스러운지고. 웬 계집이 겁이 없이 횡설수설, 어-괴악한지고. 이리 오너라, 역졸 게 있느냐. 네 이 계집이 실성한 것인가 보다. 멀찍이 끌어내 물리고 이 근처에 현행을 못하게 하여라. 만일 이놈들, 사정 보고 지체하였다가는 너희 놈부터 죽고 남지 못하렸다."

무지하고 우악한 역졸들이 벌의 살같이 몰려들어 팔십 넘어 구십이 불원한 임씨 어머니의 손목을 와락 끌어 사정없이 몰아내는 통에 정신을 잃고 어느 길 밑에 가 쓰러졌는데, 얼마만에 누가 붙들어 일으키며,

"일어나셔서 댁으로 가십시오."

노인이 그제야 눈을 뜨고 한구히 쳐다보며 비죽비죽 울며,

"에구, 예가 어디오? 우리 아들이 죽었나요, 놓여 나갔나요?"

그 사람이 그 경상을 보고 눈물을 금치 못하며,

"예, 자제가 백성되어 댁으로 갔습니다. 어서 댁으로 가십시오."

임씨 어머니가 그 말을 참말로만 여기고 반갑고도 좋아서 더듬더듬 기엄기엄 자기 집으로 가더라.

그때 이시찰이 임씨 어머니를 불호령을 하여 물리친 후에 몇 사람 다음에 처치할 임씨를 억하심정이던지 그중 먼저 포살을 하였는데, 그 총소리가 땅하고 한 번 나자 임씨 원통한 귀신이 반

공중으로 불끈 솟아 이시찰의 머리 위로 빙빙 돌아다니는데, 이시찰이 고요한 밤에 홀로 자노라면 마음에 공연히 그 귀신이 우는 소리가 두 귀에 들리는 듯 들리는 듯하기를,

"이놈 이시찰, 말 들어라. 은인이 원수 된다더니 네게 두고 이른 말이로구나. 네가 내 집 단것 쓴것이 아니면 잔뼈가 굵지를 못 하였을 터인데, 그 은공을 생각하기는 고사하고 무죄한 나를 왜 죽였느냐? 이놈 이시찰아, 나 하나 죽는 날 우리집 식구가 함몰을 하였다. 우리집 세식구가 어디까지든지 너를 쫓아다니면서 그 앙화받는 것을 보고 말겠다."

그후로는 밤마다 공연히 마음이 수란하여 낮같이 등촉을 밝히고 상직하는 사람을 몇십 명씩 모아 경야를 하여 가며 대강대강 사무를 처리하고 그 지경을 떠나 타도로 가더라.

임씨 어머니가 집으로 아들을 반가히 보려고 허둥지둥 돌아오니 그 며느리가 땅을 두드리며 우는 양을 보고 그제야 자기 아들이 죽은 줄을 알고서 그 자리에서 몇 번 몸부림에 인해 세상을 버리니 그 며느리도 그날밤에 간수를 파먹고 그 남편의 영혼을 따라갔는데, 그 동리 사람으로부터 일경 어느 누가 임씨의 집 일을 참혹히 여겨 말 한 마디라도 이시찰을 욕하지 아니하는 자가 없더라.

"에―제 기른 개가 발뒤꿈치를 문다는 말이 꼭 옳더라. 세상사람이 모두 이시찰 같아서야 남의 자식 구제해 줄 사람이 어디 있을까. 아니 되지, 아니 되어. 남의 은공을 그렇게 모르고 그 앙화받을 날이 없을까. 아직은 조각 세력을 얻어 시찰인지 몽둥인지 다니며 못된 짓을 함부로 하고 돌아다니지마는, 열흘 붉은 꽃이 없고 십 년 가는 세도가 없다고 그 시찰을 며칠이나 다닐고. 시찰만 못다니고 아무 일만 없으면 이번 길에 날불한당질을 하여 그러간 돈만 가져도 처자를 데리고 족히 평생을 할 터이지마는,

그러고 보면 복선화음(福善禍淫)의 이치가 아주 없게. 이시찰의 후분을 우리 눈으로 보면 다 알 것일세."

이시찰이 경상남북도로 돌아다니며 동학을 박멸한다 빙자하고 인명을 파리 죽이듯 하여 가며 재물을 어떻게 긁어 들였든지, 백척간두(百尺竿頭)의 형세로 여지없이 지내던 터이러니 졸연히 부자가 되어 일용범절에 아무것도 구차한 바가 없으니까 슬며시 흉칙한 생각이 나던지 즉시 전라남도로 노문을 놓고 가다가 갈재 고개를 올라서 남으로 장성군을 내려다보니 반갑고도 기꺼운 마음이 부지중에 나서 한걸음에 갔으면 좋을 듯이 연해 길을 재촉하며 혼자하는 말이라.

"저기 보이는 산 밑이 장성읍이로구나. 이제야 나의 소원을 성취하겠다. 그러나 어서 가서 외양부터 보아 듣던 말과 같은지, 만일 내 눈에 벗어나면 모르거니와 그렇지 않으면 아무짓을 하기로 저하나야 내 마음대로 못 처치할까."

장성군에를 도착하여 여간 사무를 대강대강 처리한 후에 불현듯이 선초를 불러 보고 싶지마는 체면 소재에 그리하는 수는 없고 은근히 심복 지인을 시켜 본관에게 어떻게 귀를 울렸든지 본관이 이튿날 연회를 떡 벌이지게 열고 이시찰을 대접하는데 이름이 시찰이지 직권은 암행어사이라 수령의 치적 선불선을 정탐하는 터에 본관이 차린 연회를 아무리 청한대도 갈 필요도 없겠고, 기왕 갔으면 약간 다과나 먹은 후에 정치에 관계있는 문답이나 하다 올 것이거늘, 이시찰은 그 연회를 자기가 극력 운동하기는 따로 목적 한가지가 있는 터이라. 오라는 시간을 칠 년 대한에 비 기다리듯 하여 허둥지둥 가서 겨우 인사 몇 마디 후에 다만 기생의 가무만 정신이 빠지게 보는 모양이거늘, 눈치 빠른 본관이 이시찰의 호색하는 양을 벌써 짐작하고 나중 사는 어찌 되었든지 제일 일색 기생을 구경시키어 그 인정을 얼마쯤 사고보리라 하고 그 길로 관노를 최호방집에 보내어 선초를 성화같이 불러왔더라. 선초가 차마 귀찮지마는 기생의 몸으로 관령을 거역하기 어려워서 마지못하여 관노를 따라 연회에는 갔더라.

이시찰이 선초의 자두지족과 행동 범절을 보니 자연 정신이 취하여 지고 사지에 맥이 없이 중인소시(衆人所視)만 아니면 한아름에 덥썩 안아 가지고 자기 침소로 가고 싶지마는 차마 그리할 수는 없고, 가장 체면을 차려서 본체만체 앉았는데 눈초리는 간좌곤향(艮坐坤向)이 되었고, 가슴에는 천병만마(千兵萬馬)가 뛰놀아서 도저히 진정키가 어렵던 지 펴 들었던 부채를 주루룩 접어 거꾸로 들고 선초 앉은 편을 가리키며,

"저 기생, 이리 오너라."

선초가 천연한 태도로 이시찰 앞에 공손히 앉으니,

(이)"허허 그것 절묘하구나. 네 이름이 무엇이며 나이는 몇 살이냐?"

(선)"이름은 선초옵고 나이는 열일곱이올시다."

(이)"기생은 몇 살부터 되었으며 가무는 무엇무엇을 배웠나?"

선초가 미처 대답하기 전에 본관이 입에 침이 없어 선초의 칭찬을 늘어 놓는다.

"그애가 외양도 저렇게 기묘하거니와 재주가 비상하여 춤도 못 출 춤이 없고, 노래도 못 부를 노래가 없는 중 문필로 말한대도 제앞가림은 할 만하고, 음률로 말한대도 매우 도도합니다. 그뿐 아니라 제 절행이 이상한 아이라. 아무도 상종한 사람이 이때까지 없습니다."

이시찰이 바른손으로 수염을 쓰다듬으며 고개를 끄떡끄떡하며 너털웃음을 내어 놓는다.

"허허 허허허. 그것 참 기특하다. 사람이 그리해야 쓰지. 허허, 저 자격, 저 재화에 교방에 몸이 매어 있기는 아까운 걸. 허ー이

곳 풍속은 어찌해서 자식을 저만치 절묘히 낳거든 아무쪼록 그 재주를 채워서 공부를 잘 시켜 여자 사회에 공명한 인물이 되게 할 것이지 응. 응 지금도 관계치 아니한다. 자고이래로 창기 출신에도 충, 효, 열 세가지 행실로 유방백세(遺芳百世)한 인물이 하나 둘뿐이 아닌즉 너는 그네만 못 할 것이 있느냐. 오─네가 문필이 똑똑하다니 나와 글 이야기나 좀 해보려느냐? 연회 파한 뒤에 내 처소로 오너라, 응응."

"선초야, 오늘이야 수의 사또 전에 좋은 학문을 배우겠다. 이애, 너네 집으로 나갈 것도 없다. 바로 예서 수의 사또를 뫼시고 가거라."

선초가 이시찰의 용모를 보건대 점잖은 학자 같고, 언론을 듣건대 유리한 격언이라. 속마음으로 생각하기를,

'저 양반이 저만치 유식한 터에 나를 자기 딸이나 손녀 일반으로 귀해서 저리 하는 것이지, 설마 경박하고 음흉한 자들 모양으로 괴악한 뜻을 두고야 부를라고. 세상일이 연비 없이는 아니 되는데 저양반이 나의 집심한 바를 알고 상당한 일로 인도해 줄는지 알 수 있나.'

하고 한 마디 사양없이 이시찰 뒤를 따라 그 처소로 갔더라.

이시찰이 선초를 앞에 앉히고 창해에 늙은 용이 여의주나 얻은 듯이 어루다가,

"이애 선초야. 너 부르기는 다른 일이 아닌즉 너 내 청을 들어라."

하겠지마는 지조 있는 선초를 보통 다른 기생 다루듯 할 수 없어 얼풋 바로 말을 못 하고 가장 선초를 위로하는 듯이 수작을 에둘러 한다.

"허허 참, 다시 보아도 절등하거든. 이애, 편히 앉아라. 어─게가 차겠다. 이 요 위로 올라오너라."

선초가 두 무릎을 접어 붙인 듯이 한편 구석에 가 쪼그리고 앉 아서,

"예도 관계치 아니합니다."

이시찰이 선초의 손목을 잡아 자기 앞으로 끌어다 앉히려다가 생각한즉, 그리하다 노색을 먹으면 공연히 일도 못 되고 덧들이 기만 할까 염려하여 내밀었던 손을 도로 움츠러뜨리며

(이)"오냐. 너 편할 대로 아무데나 앉거라. 그래 기생 노릇 한 지가 몇 해냐?"

(선)"열 세 살부터 시사를 하였사오니까 열셋 열넷 열다섯 열 여섯 열일곱. 햇수로는 다섯 해나 되었습니다."

(이)"기생 노릇을 할 만치도 하였구나. 이애, 아까 본 군수에 게 들으니까 네 고을 군수로 내려오는 사람마다 너를 으레히 수 청 들이려 한다는데 일체로 거절을 한다 하니 그게 무슨 고집이 냐. 기왕 기생이 되었으니 송구영신(送舊迎新)하는 것이 본색이 오. 아무 양반에게든지 진작 몸을 허락하여 전정을 도모할 것이 어늘, 차일피일 금년 명년 하다가 무정한 세월에 어느덧 손을 넘 기면 그 아니 딱하냐."

(선)"……"

(이)"오—내가 네 말을 들어 보자는 것인데, 네가 옳게 생각을 하였다. 사람이면 다 사람이냐. 소위 근일 지방에 다니는 사람들 외양으로 보면 군수니 관찰사니 지위도 높아 뵈고 기구도 있어 뵈지마는, 그 속을 파보게 되면 모두 다 청보에 개똥 싼 모양이 라. 가령 공도로 왔다는 자는 대가 후예로 부형의 덕이나 인아의 연비로 그 벼슬을 얻었겠지. 자격은 누구누구 할 것 없이 무식하 거나 못생긴 것들이요, 납뢰를 하고 온 무리는 더구나 자격을 의 론할 여지가 없이 깡그리 도적놈들이오. 그나마 서울 사네하고 수중에 푼돈냥을 가지고 요량없이 덤벙이는 것들은 부랑 탕자에

지나지 못하니, 바로 지각없이 남의 등골이나 빼라면 모르거니와 그렇지 아니하고 마음을 단정히 먹어 백 년을 의탁할 사람을 구하려면 대단히 어려우니라."

(선)"……"

(이)"선초야, 나는 힘들여 말을 하는데 너는 왜 한 마디도 아니 하느냐? 이애, 연분이라 하는 것은 인력으로 못 할 것인가 보더라. 그러기에 노인에 소첩이 있지 아니하냐. 그 계집들이 열이면 열 다, 스물이면 스물 다 꽃다운 연기가 서로 알맞은 남편을 만나 백 년을 하루같이 즐기고 싶지마는, 벌써 거적자리에 뚝뚝 떨어질 때에 월로(月姥)의 붉은 실로 발목을 매어 인연을 맺어 놓은 이상에 다시 변통하는 도리가 없는 까닭으로 신랑, 신부가 피차에 마음에 있고도 무슨 탈이 나던지 그 혼인이 기어이 못 되기도 하고, 연치가 비록 상덕지 못하고 간혼이 빗발같이 들어온대도 어떻게 하든지 그 혼인이 기어이 되고 마는 법인즉, 이애 너도 너무 고집 말고 웬만하거든 몸을 허락하여라. 세상에 별 사람이 있는 줄 아느냐. 내가 옛날 이야기 하나를 할 것이니 너 좀 들어보아라. 옛날에도 너같이 어여쁘게 잘 생긴 처녀 한 아이 있었던가 보더라. 연기가 당혼하여 신랑하나를 고르고 골랐구나. 그때 그 처녀 심중에는 저 신랑과 재미있게 살아 자녀를 층층히 기르며 백년을 해로하리라 하였더니, 급기 성례날 신랑이 정안청에 당도하여 졸지에 낭기마가 놀라 뛰며 신랑이 여러 길 되는 언덕에 가 떨어져 목이 부러져 세상을 버리니, 신부의 아버지가 생각하기를 성례도 아니한 터에 자기 딸을 청상 과부로 늙힐 이유가 없는지라. 그 딸더러 사리를 타이르니 그 처녀 역시 그렇게 여겨 저의 아버지 주장하는 언론을 순종하는지라. 신부의 아버지가 사랑으로 나아가 여러 손을 향하여 공포하기를 '여러분 중에 누구시든지 상처하신 양반이 있거든 내 딸과 성례를 하십시다.' 그때

에 만좌가 다 황당이 앉았는데, 그중 목생원이라 하는 자가 나이 칠십여 세인데 자기가 속현(아내를 여읜 뒤 다시 장가를 드는 일)을 하겠노라 자처하는지라. 신부의 아버지가 그 늙은 양을 얼른 응답 아니하였구나. 그래서 안으로 들어가 자기 마누라를 향하여 의론을 하는데 신부가 곁에 앉았다가 부끄럼이 조금 없이 '이 일이 벌써 천생 연분이오니 늙었기로 관계할 것이 있습니까.' 하거늘 하릴없이 그 신부를 목생원에게로 시집보냈는데, 그 신부가 시집가던 해부터 태기가 있어 한삼줄에 여룡여호한 아들 삼형제를 나아서 며느리, 손자를 차례로 보고 오십이 되도록 해로하다가 목생원 일백오 세 되던 해에 내외 구몰한 일이 있으니, 그 일 한 가지로만 미뤄 보아도 혼인이라는 것은 꼭 연분이 있는 줄 안다. 네가 어떻게 들을는지 모르겠다마는 너의 연기가 당혼을 하여 외양과 재질이 뛰어난 까닭으로 그 여러 사람이 모두 욕심을 내되 차례로 거절하였은즉, 필경은 나같은 늙은이와 천생 연분이 있어 마음이 그렇게 들었던 것인지 역시 알 수 있느냐?

(선)"……"

(이)"허허 허허허. 내 수염이 희뜩희뜩 세기는 하였다마는 근력이든지 마음은 여간 젊은놈들이 못 당할 만하다. 이애, 이리 좀 가까이 앉아라."

선초가 마음대로 하면 잡아당기는 손을 뿌리치고 거리책지(據理責之)라도 하고 싶으나 몸이 창가에 있으니 아무리 적당한 말로 거절하여도 듣지 아니할 터이요, 연회에서 바로 집으로 갔더라면 좋을 것을 이시찰 흉중을 곧 성인 군자로만 여기고 따라온 이상에 독불 장군으로 아무래도 아니 되겠는지라. 마지못해. 그 곁에 가 조금 앉았다가 원산 아미를 부채살 접은 듯이 찌푸리고 바른 손으로 아랫배를 움켜 잡고

"에구 배야. 아까 국수 조금 먹은 것이 체했나. 왜 이렇게 배가

아픈가.”

　이 시찰이 자기 친환에 그렇게 놀랐으면 대문에다 붉은 문을 세웠으련마는, 내간 외간을 당할 제는 남의 말을 과히 할 것 없지마는, 동리 늙은이 초상 난 데에서 조금도 다를 것이 없이 시들스럽게 여기던 위인이라서 선초의 배야 소리 한 마디를 듣더니 경풍한 아이 모양으로 두 눈을 둥그렇게 뜨면서,

　“응? 배가 아파 저를 어찌한단 말이냐.”

　부스럭부스럭 엽낭을 끄르고 소합원 서너 개를 내어 주며,

　“이애 이것을 먹어라.”

　선초가 소합원을 받아 한입에 툭 들어붓고 질겅질겅 씹어 먹으며,

　“에그, 저를 집으로 가게 하여 줍시오.”

　이시찰이 선초의 간다는 소리에 기가 막혀서

　(이)“너의 집에를 가면 별 수 있느냐. 아무데서나 약치료를 하여 보자구나.”

　(선)“아니에요. 예서 아무리 좋은 약을 먹어도 갑자기 낫지를 못합니다. 제가 본래 속병이 있어 조금만 무엇이 체하기만 하면 속병이 치밀며 쥐어뜯어 며칠씩은 으레히 고생을 하더니, 이 근래에는 발작을 아니하기에 아마 그 병이 없어졌나 보다 하였는데 에그, 오늘 가만 있다가 또 이러합니다그려. 제가 나가서 수일 조리를 하여 적이 낫거든 다시 들어와 뵙겠습니다.”

　(이)“응 옹이의 마디로다. 불선 불후에 하필 오늘 병이 났더란 말이냐. 오냐 그리해라, 보내주마.”

　선초가 그 방을 나서니 상말로 시황이나 난 듯이 시원 상쾌하여 집으로 온 뒤에, 이시찰이 조석 문병을 하며 다시 한번 보려고 애를 무진히 쓰나 선초는 줄곧 거절을 해서 탁탁 난합이 된지라.

이시찰 생각에 처음에는 제 몸이 편치 못하니까 수청하기가 귀찮아 저리하거니 하였다가 여러 날이 되도록 일향 한 모양으로 아니보니 그제는 의심이 없지 못하여 슬며시 사람을 놓아 선초의 병세 유무를 탐지해 보니, 그동안 어떻게 앓았니, 어디가 아프니 하던 것이 모두 다 딴소리라. 그제는 분심이 탱중하여 당장 역졸을 풀어 최호방의 집 식구를 모조리 잡아다가 물벗김으로 치도곤을 퍽퍽 때리고 선초를 반짝 들어오고 싶으나, 그는 명예 관계에 하는 수없고 그대로 두고 제 마음만 기다리자 하니 쇠불알 절로 떨어지면 구워 먹기라 곰곰 궁리를 하다가

(춘홍)"이애, 신문고도 소용없다. 이 일이 본관이나 관찰사가 관계하는 바가 아니요, 이시찰이 우리를 미워서 너의 아버지에게 죄를 씌우는 일인데 아무 짓을 하기로 효험이 있겠느냐."

(선초)"에그, 그러면 어떻게 하나요? 소문을 들으니까 동학 죄인을 잡는 대로 포살을 한다는데, 아버지를 동학 관련으로 몬다 하니 뒤끝이 어떻게 되는지 알 수가 있나요."

(춘)"이시찰이 너 까닭에 함혐을 하고 그러는 모양인가 보다마는 아무렇든지 무죄한 사람을 생으로 죽이겠느냐."

하더니 그 말이 점점 극도로 달하여 확확 함부로 물 퍼붓듯 나온다.

"오냐, 열 치가 한 치가 되더라도 너의 아버지만 옥구멍에서 살아만 나오래라. 이 복보수 할 날이 설마 있지 사람이 죽으면 아주 죽으랴. 수염이 희뜩희뜩한 것이 제 막내딸 같은 네게다 흉칙한 마음을 두고 그 같은 행실을 해―그래도 아니꼽게 제가 가장 점잖은 체하고 의젓을 빼내더라지. 에그, 조정에는 사람도 귀하지, 그런 음흉한 것을 시찰사로 내려보냈으니 제가 그 꼴에 무슨 일을 시찰할 터인고. 내가 남의 악담이 아니라 남의 못 할 노릇을 하고 제게 앉히지 아니하는 법이 없느니라."

(선)"에그 어머니 아무 말씀 마시오. 공연히 이런 소문이 나면 아버지 몸에만 해롭게 됩니다."

(춘)"이 계집애, 듣기 싫다. 오늘날 네 아버지 저 고생하는 것이 모두 다 뉘 탓이냐? 기왕 팔자가 사나워 기생인지 비생인지 되었으면 유난스럽게 굴지 말고, 남과 같이 추월춘풍(秋月春風)으로 지내거나 또 한마음 한뜻을 먹었거든 연회 파한 뒤에 진작 집으로 나올 것이지 무엇을 하러 어슬렁어슬렁 따라갔다가 집안이 이 지경으로 되게 하였느냐."

한참 이 모양으로 모녀가 말을 하는데 다년 자기 집 하인이나 다름없이 다니는 관비가 분주히 들어오더니,

"아씨, 안녕하십쇼? 에그 작은 아씨께서 어디가 편치 않으십니까? 왜 얼굴이 저렇게 못하였어요?"

선초는 아무 말 없이 자기 처소로 들어가고 선초 어머니는,

(춘)"응 자네 왔나. 왜 여러 날을 아니 왔던가."

(관비)"자연 그리되었습니다. 에그 댁에서야 여북 걱정이 되시겠습니까, 나으리께서 저 지경이 되셔서."

(춘)"……"

(관)"제가 댁을 상전댁같이 바라보고 다니는데, 나으리 소문을 듣삽고 어찌 놀라온지 한달음에 뛰어가 김선달을 보았습니다."

(춘)"김선달이라니 누구 말인가?"

(관)"압다, 수의 사또 중방으로 따라 온 김선달 말씀이올시다."

(춘)"김선달은 어찌해서 찾아갔던가?"

(관)"그가 제 아우의 집에 주인을 정하고 있삽는데 아우의 말씀을 들은즉, 김선달이 수의 사또께 아주 단벌로 긴하다고 하옵길래 댁 나으리께서 무슨 죄로 잡히셨는지, 큰 형벌이나 아니 당하시고 쉬이 놓이실는지 제 아우더러 김선달께 슬몃슬몃 물어보

아 달라고 하였습니다.”

　(춘)“김선달이 아무리 자네 아우 집에 주인은 정하고 있기로 그런 말을 함부로 이야기할라구 그리했나.”

　(관)“제 아우가 묻는데 김선달이 아는 일까지는 이야기 아니하지 못할 만한 눈치를 알았습니다. 제 아우가 좀 똑똑히 생겼습니까. 아마 김선달이 주인 정하고 있은 후로 무슨 관계가 착실히 있는 것이에요.”

　(춘)“그래, 김선달이 무엇이라고 하더라던가?”

　(관)“에그 어찌하나, 이런 말씀을 여쭈면 너무 놀라실 터인데 그렇다고 아니 여쭐 수는 없고.”

　하더니 무슨 소리를 두어 마디쯤 하니까 선초 어머니가 주먹으로 땅바닥을 땅땅 치며,

　“에구, 하나님 마옵소서. 생사람을 이렇게 죽여도 관계치 않은가. 왜 죽여 왜 죽여. 무슨 죄를 범했길래 죽이려 들어.”

　하며 방성대곡을 하니 선초가 먼저 울며,

　“어머니 그만 진정하십시오. 저 어멈이 무슨 말을 여쭈었길래 이러십니까? 여보게 어멈. 무엇이라고 말씀을 여쭈었나?”

　이 모양으로 성화같이 묻는데 관비는 머뭇머뭇 하고 대답을 못하는 데 선초 어머니가 버럭 소리를 질러,

　“너희 아버지를 내일 모레 죽인단다. 시원히 알았느냐.”

　선초가 처음에는 무슨 영문인지 몰랐다가, 저의 어머니의 하는 말을 들으니 어떻게 기가 막힌지 얼굴빛이 노래지고 두 눈이 꼿꼿하여 아무말도 못하고 앉았다가 자기 어머니 앞에 가 떡 엎드려지며,

　“에그 어머니, 저부터 죽어요.”

　선초 어머니가 그 딸 죽겠다는 말을 귓결에 들었던지 치맛자락을 집어 이리 씻고 저리 씻으며,

"오냐, 아니 우마. 걱정 마라, 죽기는 왜 죽으려느냐. 우리 모녀가 아무쪼록 기를 쓰고 살아서 너희 아버지 원수를 갚아야 할 터인데 그렇게 어림없이 죽어?"

이때 관비는 열없이 말 한 마디를 불쑥 해 놓고 도리어 무료히 있다가,

"아씨, 진정합시오. 말이 그렇지 설마 어떠 하오리까. 제가 댁에를 별로 가까이 아니 다니는 체하고 김선달에게 다시 물어보아, 만약 풍설이게 되면 다시 말씀할 것 없이 좋삽고 그렇지 못하옵거든 즉시 와 여쭐 것이니, 힘자라는 대로 주선하여 보십시오."

(춘)"에그, 이 지경에 누가 이렇게 와서 고맙게 하겠나. 어렵지마는 어서 좀 알아다 주게."

그 관비가 돌아간 지 두어 식경이나 지나 분분히 다시 오거늘, 선초 어머니도 궁금하려니와 제일 선초가 갑갑해서 마루 끝으로 마주 나오며,

"간난 어멈. 그래, 댁 나으리 마님 일을 자세히 알아보고 왔나?"

관비가 선초더러는,

"예 예, 다 알아보았습니다. 아씨께 자세히 여쭐 것이니 천천히 들으십시오."

하며 다시는 다른 말이 없이 자기 어머니 처소로 들어가더니, 가만 가만히 무엇이라고 말을 하니까 자기 어머니가 눈물만 뚝뚝 떨어 뜨리고 듣다가 입맛을 쩍쩍 다시며,

"아무리 내 속에서 난 자식이기로 이런 일이야 억지로 권할 수가 있나."

이때 선초가 관비 들어오는 양을 보고 일껏 간난 어멈을 부르며 말을 물어 보았더니, 천천히 들으라고 말 없이 대답하며 자기

어머니에게 무슨 말을 은근히 전하는 양을 보고 심중에 이상히 여겨 미닫이 틈으로 엿보며 듣다가 급기 자기 어머니가 울며 하는 말을 들으니 심히 이상스러워서 방문을 가만히 열고 곁에 가 날아갈 듯이 앉으며,

(선)"어머니, 지금 그게 무슨 말씀이에요? 왜? 아버지께서 참말 놓여 나시지 못하게 되셨나요?"

(춘)"놓여 나오는 것이 다 무엇이냐. 닷새 후면은 홍문 밖 삼거리에 다 내어다 앉히고 총으로 놓아 죽인단다. 에그, 남은 열 자식을 두어도 아무 탈 없더구먼 우리는 변변치 못한 딸 형제를 두었는데, 딸의 효도 보기는 바라지도 아니하지마는 너로 하여 생때같은 아비가 폭도의 죄명을 쓰고 총에 맞아 죽게 되었지.

(선)"그게 웬 말씀이에요? 이시찰이 저를 미워서 아버지를 죽이는 것이올시다그려. 정 그리할 터이면 그만두십시오. 제가 지금 떠나 주야 배도하여 서울로 올라가 남산에 봉화를 들어 이시찰의 죄상을 드러내고 아버지 무죄함을 발명하겠습니다."

관비가 대경질색을 하여 선초의 입을 틀어막으며,

"작은아씨, 남의 말은 채 들으시도 않고 왜 이리 떠드십니다만, 큰일나겠네. 수의 사또가 언제 펼쳐 내놓고 작은아씨 때문에 그러합니까? 공연히 이렇게 와자지껄하시면 화만 더 재촉하시는 일이 올시다. 설령 작은아씨가 서울을 가시기로 어느 겨를에 일 주선을 하실 터이오니까? 분하다고 이러시면 나으리께 조금도 이롭지 못합니다."

선초가 냅뜨던 기운을 억지로 참고,

(선)"그러면 어디 자세히 들어 보세. 말을 다 하게."

(관)"지금 가서 제 아우를 시켜 김선달에게 다시 알아봐도 며칠 후면 댁 나으리 일이 차마 입으로 옮기지 못할 지경이라 하기에 제말로 '하늘이 무너져도 솟아나올 구멍이 있다는데 어떻게

일폐일 도리가 없겠느냐?' 물은즉, 김선달도 아무리 수의 사또의 심복일지라도 나으리 무죄히 그 지경되는 것이 마음에 딱하든지 한없이 한탄을 하다가 말하기를 '지금이라도 무사 타협하자면 딱 한 가지 일이 있는데 만일 의향만 있고 보면 그 주선은 내가 다 하겠다'하는데 그 말이 별 말이 아니라 작은아씨 말씀입디다."

(선)"……내 말을 무엇이라고 하더란 말인가?"

(관)"'수의 사또가 아씨를 한없이 사모하시는 터에 눈 끔적하고 그 말을 들었으면 베개 위 공사가 없다고 분명히 백방이 될 듯하지마는, 원래 그의 지조가 견확하니까 누가 무안이나 보자고 권해보겠나. 속절없이 최호방만 죽을 터이지' 하는 말을 듣고 저어 되어서 댁에 와 여쭙지 아니할 가망이 있습니까."

선초가 그 다음 말은 듣지도 아니하고 자기 방으로 들어가 뒷문을 열어 놓고 문지방에다 한편 팔꿈치를 세우고 비스듬히 기대 앉아서 무엇을 유심히 내다 보며 한숨만 들이쉬고 내쉬더라.

천지 권능을 홀로 차지한 듯 한 것은 춘삼월 동풍이라. 그 바람 지나는 곳마다 마르고 쇠한 가지에 잎이 나고 꽃이 피며 일년 일도에 영화로운 기상을 그려내는 중 최호방의 집 후원 화초가 당시에 제일인 듯싶게 난만한데, 몸은 약하고 날개는 부드러운 옥색 나비하나가 바람을 못 이기어 간신히 날아다니다가 심술궂고 욕심 많은 거미가 요해처마다 꼭꼭 질러 팔만 금사 진치듯한 줄에 가서 불행히 턱 걸려 오도 가도 못하고 무한 신고를 하다가 근력이 탈진하여 두 날개를 접어 붙이고 다시 꼼짝도 못 하는지라. 선초가,

"에그, 저 나비 보게. 나와 같이 불쌍히도 되었지."

하고 방 구석에 세워져 있는 전반을 얼풋 집어들고 버선발로 가만 가만히 내려가, 거미줄 한복판을 탁 걸어 잡아 당겨 나비 전신에 휘휘 칭칭 감긴 거미줄을 차례차례 뜯어주며 혼자 한탄하

는 말이,

"에그, 이 나비는 천행으로 나를 만나 몹쓸 거미의 핍박함을 면하고 저렇게 마음대로 훨훨 날아가는구먼. 나는 어느 누가 구제를 하여 우리 아버지를 옥중에서 뫼셔 내 오고 아무 침책 없이 시원한 세상을 보고 살아볼까. 휘―여, 저 까마귀가 왜 저렇게 야단스럽게 와서 우나. 까마귀는 영물이라 사람이 죽으려면 미리 알고 저렇게 운다는데, 아마 내가 분에 못 이기어 정녕 죽으려나 보다. 죽는 것은 슬프지 아니 하지마는 아버지 놓여 나오시는 것을 보지 못하는 일이 뼈에 사무치지 아니한가. 에그, 까마귀는 미물이라도 제 에미에게 효성이 있는 고로 효조(孝鳥)라는 아름다운 이름을 얻었는데, 사람이 되고 부모에게 불효가 되면 미물만도 못하지……"

하며 끌로 파고 박은 듯이 한곳에 가 우두커니 서서 곰곰 생각을 하다가,

"에라, 하릴없다. 부모 없는 자식이 어디 있겠나. 내 몸 하나 버려 아버지만 살아나셨으면 오늘 죽어도 내 도리는 다 차렸지―"

하고 낯빛을 화평히 해가지고 다시 안방으로 들어가 관비를 대하고

"여보게, 댁 나으리 백방되고 못 되는 것은 간난 어멈 주선만 믿으니 아무쪼록 힘을 잘 써보게."

간난 어미는 최호방 집을 위하여 입에 침이 없이 애를 쓰는 일이 순전 아니라. 기실은 이시찰의 돈 천이나 준다는 천후 농락에 춤을 추고 다니는 것이라. 처음에 선초가 냉락히 구는 양을 보고 얼마쯤 마음에 낭패로 여겼더니, 선초가 좋은 낯으로 다시 와서 말하는 양을 보니 한 없이 기꺼워서

(관)"작은아씨, 그냥 아무 걱정 마시고 한 마디 말씀만 쾌히

하시면 내일이라도 댁 나으리께서 나오시도록 힘을 써 보오리
다.”

(선)“아무려나 고마운 사람일세. 나더러는 더 말할 것 없이 수
의 사또의 말씀을 들어 보아서 내게 향하여 일시 풍정으로 그리
한다 하면 간난 어멈도 내게 다시 올 것이 없고, 아무리 그가 내
게 연기가 상적치 아니하나 백년을 기약하겠다 하거든 즉시 와서
알게만 하게.”

관비가 그 길로 김선달을 가 보고 선초의 말을 일일이 전하니
김선달이 큰 성공이나 한 듯이 이시찰에게 고하였더니, 이시찰의
입이 귀밑까지 떡 벌어지며,

(이)“그러면 그렇지, 제가 될 말인가. 어려울 것 없지. 제 소원
대로 다 하여 줄 것이니 오늘밤이라도 들어오라고 말하여라.”

(김)“예, 그리 하겠습니다.”

하고 서너 걸음쯤 나가는데 이시찰이 무슨 생각을 하였는지 김
선달을 급히 부른다.

“이애, 가만히 있거라. 이리 좀 오너라. 일이 그렇치 아니하다.
아무일 없을 때 같으면 내가 기생년 좀 불러 상관하기가 불시이
사(不時異事)지마는, 지금 최가를 내일 죽이리 모레 죽이리 하면
서 그 딸을 불러다 가까이 했다 하면 남 듣기에 대단히 모양이
사나우니, 너만 알고 저만 알게 쥐도 새도 모르게 밤들기를 기다
려 은근히 다녀 오너라.”

김선달이 연해 대답을 하고 제 주인으로 와서 관비에게 그 사
연을 전하여 선초에게 통지케 하였더라.

선초가 관비의 하는 말을 듣고 한참 생각을 하다가,

(선)”여보게, 간난 어멈. 그렇치 아니한 일이 한 가지가 있으
니 어려워도 또 한번 걸음을 하여 주게.”

(관)“왜요? 작은 아씨 심부름이야 열 번 백 번인들 못 해드리

오리까. 말씀만 하십시오."

　(선)"일이 되는 이상에 은근하나 왁자하나 아무 관계 없거니와, 만일 댁 나으리께서 어느 때든지 놓여 나오신 뒤라야 내가 가든지 그 양반이 오시든지 하는 것이 그 양반 정체에도 손상이 되지 아니하고 내 도리도 당연하려니와, 싸고 싼 향내도 난다고 아무리 비밀 해도 소문이 절로 날 터인데 실범이 있든지 없든지 옥중에 갇혀 있는 죄인의 딸을 가까이 했다 하면 그 양반은 무슨 모양이며 부모는 내일 죽게 되네 모레 죽게 되네 하는데 소위 자식이라고 수의 사또와 어쩌니 저쩌니 했다 하면 나는 무슨 꼴이겠나? 두말 말고 수의 사또에게 오늘이라도 댁 나으리만 무죄 백방하시라게. 내가 한번 허락한 이상에 위반할 리가 만무하고 또는 그 양반과 서로 만날 지경이면 어제도 말하였거니와 그 양반의 분명한 약조를 내 귀로 들어야 하겠네."

　(관)"들으실 약조는 다 무엇이옵니까? 아주 지금 다 시원하게 일러주십시오. 좌우간 이번에 가서 수의 사또의 의향을 알고 오겠습니다. 에구, 댁 일이 아니면 옷이 납니까 밥이 납니까, 이 애를 쓰고 다니게요."

　(선)"아무렴 그렇지. 약조는 별 것이 아니라 어제 말과 같이, 나를 한번 가까이 하는 이상에 노류장화로 여기지 아니하고 백년해로 하겠다는 말을 분명히 듣기 전에는 내 몸을 천 조각 만 조각 낸대도 청종치 못하겠다 하더라고 그 양반께 말을 하여 주게."

　(관)"이 말씀은 왜 또 하십니까? 어제도 아씨 말씀 대로 다 고하였는데, 아무 반대의 대답도 없으실 제는 모를 것 무엇 있습니까? 그대로 하겠다는 말 일반인데 아무려나 시키시는 대로 하오리다."

　선초가 관비를 대하여 이처럼 말하기는 이시찰의 신의를 암만 해도 알 수 없는즉 자기 몸을 경선히 허락하였다가 첫째는 자기 부친을 백방할는지 꼭 알 수 없고, 둘째는 자기를 일시 색정으로 그리 하였다가 나중에는 어떻게 괄시를 할는지 알 길이 없어서, 다 심함을 돌아보지 아니하고 지재지삼 신용 없는 자에게 어음 다지듯 한 것이러라.

이시찰이 선초의 하는 말을 관비와 김선달의 소개로 다 듣더니, 당장 욕심이 불같이 치밀어 이 다음일은 반푼어치도 생각치 아니하고,

"그리 하지. 어려울 것 없다."

하더니, 일변 최호방을 잡아 올려 어름어름 신문을 하는 체 한 후 가장 체통이 정대한 듯이 일장 설유를 한다.

"너, 말 듣거라. 네 죄상으로 말하면 열 번 죽어 싸다마는 십분 생각하는 바가 있어 특별히 용서하는 것이니 지금 이후로는 개과천선하여 아무쪼록 다시 죄를 범치 말지어다. 만일 이 다음 또 무슨 일이 있고 보면 그때 가서는 죽기를 면치 못하렷다."

최호방이 잡혀 올 때도 꿈밖이요 놓여 나기도 꿈밖이라. 잡기는 무슨 마음이요 놓기는 무슨 마음이냐고 한번 질문을 하고 싶지마는, 벌써 보아도 위인이 족히 데리고 옳으니 그르니 수작할 거리가 못되든지 다만,

"예, 지당하십니다. 어디가 다시 죄를 지을 가망이 있습니까."

하고 집으로 돌아와 그동안 관비가 왕래하며 수작된 일을 듣고서 반자가 얕다고 열 길 스무 길은 뛰면서,

"그게 무슨 소리냐? 자식을 팔아 내목숨을 이어! 어―망칙한지고. 내가 죄를 범하였으면 열 번이라도 죽이는 것을 당할 것이요, 죄만 아니 범하였으면 당당히 놓여 나올 터인데 그게 무슨 소리니? 어―망칙한지고. 이년, 관비년부터 버르장이를 단단히 가르쳐야 하겠다!"

하고 두 눈께가 쭉 찢어질 듯이 부릅뜨고 벌떡 일어서 나가니, 선초가 와락 달려들어 자기 아버지 소맷자락을 거머붙잡으며,

(선)"아버지, 왜 이러십니까. 좀 참으십시오. 이래도 제 팔자요, 저래도 제 팔자올시다. 어떡하든지 아버지께서 살아나신 것만 좋지, 남의 탓 하시면 무엇 합니까."

(최)"에라 왜 이리 방정을 떠느냐. 나 살자고 자식을 팔아 먹어."

하며 선초를 뿌리치는데 선초 어머니가 우두커니 앉아 보다가,

"여보, 그게 웬 망녕이시오. 업은 애기 말도 귀 넘어 들으랬다고 저도 다 생각하는 일이 있어 그리하는 것을 공연히 분만 내어 이러시오."

하며 달려들어 자기 남편의 허리춤을 안아 안방으로 들이끌더니, 아무쪼록 분심이 풀리도록 좋은 말로만 해석을 하는데 아무리 지금은 마음을 잡고 들어 앉아 여염 살림을 할지언정 본래 대인 수접하던 말솜씨야 어디 갔으리오. 어떻게 이승스럽게 첩첩이 구로 명기 불연한 말을 하여 놓았던지 그 고지식하고 결단력 있는 최호방이 슬며시 드러누웠더라.

당장 이 광경을 보면 속 모르는 사람은 아무라도,

"저게 무슨 소릴까? 자식을 팔아 목숨을 잇다니 아마 그 딸 선초를 뉘게다 팔아서 그 돈을 이시찰에게 바치고 백방으로 놓여 나왔나 보다."

할 터이오. 그리함을 대강 짐작할 만한 사람은,

"저럴 만도 하지, 그 딸을 어떻게 알던 딸인가. 비록 제 팔자 탓으로 기생 노릇은 시킬지라도 원래 씨가 있는 자식이라. 제 지조가 아홉 방 유부녀보다 더 하던 터인데, 제 아버지를 살려내느라고 필경 몸을 버린 모양이니 아무라도 저렇게 할 터이야."

이런 말은 그때 근경의 이야기거니와, 비위가 노래기를 생으로

회쳐 먹을 만한 이시찰은 최호방을 그 모양으로 백방하고 해지기를 기다려 김선달을 조용히 부르며,

"이애, 너 최호방 집 소식을 들었느냐? 필경 온 집안이 좋아들 하겠지?"

김선달이 두 손을 마주 잡고 허리를 굽실하며,

"좋아할 뿐이오니까. 저의 집에서는 큰 경사가 난 듯이 기뻐하며 사또 송덕을 만세불망(萬世不忘)으로 한다 합니다."

이시찰이 껄껄 웃으며,

(이)"실없는 것들이로고, 송덕은 무슨 송덕. 제가 실범이 없으니 그렇지 실범이 있어도 놓였을까. 이애, 그러나 선초가 정녕히 오기는 오겠지?"

(김선달)"그렇다 뿐이오니까. 제가 어느 존전이라고 거짓 말씀을 여쭙겠습니까?"

(이시찰)"이애, 저런 소리로 긴밤 새겠느냐? 밤 들기 전에 어서 오라고 가 일러라."

(김선달)"예, 그리하오리다."

하고 제 주인으로 나와 간난 어미를 족불리지(足不履地)로 최호방 집에를 곧 보내었더라.

간난 어미가 무슨 상급이나 탈 듯이 최호방의 집으로 가서 먼저 최호방을 보고 공손히,

"나으리 마님, 문안 어떠하십니까? 그동안 경과하옵신 일은 하정에 무어라고 여쭐 말씀이 없습니다."

최호방이 관비를 보니 분이 도로 왈칵나서 당장,

"이년, 괘씸한 년. 무엇이 어쩌고 어째? 저런 년을 없애버려야지 그대로 두었다가는 무슨 일을 할는지 모르겠다."

하고 본보기를 확실히 내보이려다가 다시 돌려 생각하기를,

'에―견문발검(見聞拔劍)이지. 저까짓 것을 가리어서 무엇하며

—역시 내 집 운수로다."

"오—너 왔느냐. 근래에는 네가 중매를 잘 한다는구나."

간난 어미가 최호방의 말 나오는 것을 듣고 가슴이 울렁울렁하여 얼풋 대답을 못하고 섰으니, 이는 다름아니라 최호방이 평일에 성품이 어찌 경경한지 말 한 마디, 일 한 가지 자기 소료에 벗어나면 조금도 용서성 없이 당장 마른 벼락을 내리는 터라. 그동안 자기가 왕래하며 소개하던 일을 미안하게 여겨 무슨 거조를 하려고 저렇게 문제를 내거니함이러니, 생각 밖에 최호방이 껄껄 한 번 웃으며,

"왜 대답을 아니 하느냐, 응?"

간난 어미가 그제서야 숨이 휘—이 나가서

(관)"소인네가 무슨 재주로 남의 중매를 합니까. 요사이 댁에 몇 차례 오옵기는, 소인네 소견에는 댁네 일이 하도 가이없어 심부름은 더러 다녔습니다."

(최)"허허 내가 우스개 소리다. 내가 대강 들었다마는 네 말을 좀 자세히 듣자."

(관)"……저야 무엇을 압니까. 수의 사또 따라온 김선달이 시키는 대로 심부름만을 할 따름이올시다."

(최)"김선달의 말이 곧 수의 사또의 말인즉 김선달 제가 허전 관령을 하겠느냐. 그래, 김선달이 무엇이라고 하더냐? 한 마디도 빼지 말고 자세히 이야기를 하여라."

(관)"이왕 물으시는데 죄를 주시나 상을 주시나 어찌 거짓말을 하겠습니까. 김선달의 말이 수의 사또께서 댁 작은 아씨의 한 마디 허락만 들으시면 댁 일을 극력 두호해 주실 의향이시라고 하옵기에 소인네는 댁을 위하여 마음에 좋아서, 와서 여쭈어 본즉 천행으로 작은 아씨께서 허락을 하옵시기에 그대로 김선달에게 회답하였더니, 지금 김선달이 소인네를 또 불러서 수의 사또께서

기다리실 터이니 오늘밤으로 작은 아씨를 뫼시고 오라 하옵기 나으리 문안도 하올 겸 작은 아씨께 이런 말씀도 여쭐 겸 왔습니다.”

(최)“그러면 작은 아씨께 같이 가자고? 아니 될 말이지. 바로 수의 사또가 내 집으로 오시면 모르거니와 작은 아씨가 갈 수는 없지.”

(관)“에그, 그러면 그대로 가서 말씀을 하옵지요.”

선초가 창을 격하여 그 말을 듣다가 저희 아버지 곁에 와 서며,

(선)“그렇지 아니한 일이 한 가지 있습니다.”

(최)“무엇이란 말이냐?”

(선)“제가 가는 일이 불가함은 더 말할 것 없삽거니와 그 양반에게 경솔히 오라고 할 수도 없습니다.”

(최)“네가 잘잘못 간에 이미 허락을 한 이상에 가지도 아니하고 오지도 말라 하면, 점잖은 대접도 아니요 네 모양은 무엇이냐.

(선)“아니올시다. 저는 세상 없어도 갈 수도 없삽고 그 양반에게 오시라 할 터이면 그 양반 친필로 단단히 약조서를 받은 후라야 오시라고 청할 터이어요.”

최호방이 벌떡 일어나 사랑으로 나아가며,

“오냐. 네 생각대로 하여라. 나는 이것 저것 도무지 모르겠다.”

제 4 회

선초가 저의 아버지 나간 뒤에 간난 어멈을 대하여,

(선)“여보게 그렇지 아니한가. 이 일이 남 보기에는 시들하여도 내게는 평생 큰 관계가 여간이 아닐세. 여보게, 자네 말이 그 양반께서 이미 내 말에 대해서 허락까지 하셨다 하니 어련할 바는 아니로되, 내가 그리하더라고 김선달을 가 보고 말씀을 여쭈

어 보라고 하게."

(관)"무어라고 말씀을 여쭈라 하와요?"

(선)"별 말이 있겠나. 아까 나 하는 말을 자네도 들었거니와, 육례 갖추는 혼인 아닌 바에 혼서지 여부는 없지마는, 다만 글 한 자라도 이 다음 증거가 될 만한 것을 하여 보내시기를 바란다고 여쭈어 무엇이라 하든지 내게 곧 와서 알려 주게."

간난 어미가 그리 하겠다 대답하고 즉시 가더니 거미구에 도로 와서,

"작은 아씨, 김선달이 그 말씀을 여쭈니까 수의 사또께서 웃으시며 도리어 작은 아씨가 너무 심하게 말씀을 하신다고 하시며 어렵지 아니한즉, 귀찮게 사람을 간접으로 무엇을 써서 주고 말고 할 것 없이 서로 대면하여 앉아서 어디까지 마음에 충분하도록 의론하여 증거물을 써줄 것이니 걱정 말라 하시더래요."

선초가 한참 무슨 생각을 하여 보다가,

"에그, 점잖은 처지에 설마 거짓 말씀 하시겠나. 그러면 오늘밤에 내 집으로 행차하시라고 여쭈라게."

간난 어멈을 보내고 자기 어머니에게 당부하여 일변 주안을 먹을 만하게 정결히 차려 놓고 이시찰 오기를 기다리는데, 얼풋 말하면 과년한 여자가 첫날 신방을 당하였으니 남보기에 한없이 부끄럽기도 할 터이요 내심으로 은근히 기쁘기도 할 터이지마는 이는 여염가 보통 여자를 두고 하는 말이지. 일찍이 교방에 몸이 매여 날마다 시마다 남자의 노리개로 파겁(破怯)을 여지없이 한 선초로 말하면 부끄러운 것은 으레 없으려니와 반점도 기쁘지 아니하니 이는 다름아니라, 자기의 일정한 뜻이 연기라든지 인물이라든지 운치가 이시찰 같은 자를 꿈에도 원하고 기다리던 터이 아니어늘 사세에 박부득이(迫不得已)하여 그 지경이 되었으니 어찌 심사가 편안하리오. 섬섬옥수로 손을 나지막이 괴고 시름없이

홀로 앉아 긴 한숨 짧은 한숨 쉴새 없이 쉬는데 윗목에 놓인 등잔불은 등화가 절로 앉아 끔벅끔벅할 따름이러라.

그러자 문밖에서 사람의 소리가 두런두런 나며 뜰 앞에서 자던 삽살 동경개가 컹컹 짖고 마주 나가니, 선초의 가슴이 무단히 덜컥 내려 앉으며 사지에 맥이 하나도 없어 검다 쓰다 말을 못 하고 그대로 앉아 혼자하는 생각이라.

'에구, 내 팔자야. 어찌하면 좋은가. 이 일이 부모를 위하여 이렇게 된 것이지 내 마음 글러서 그런 것은 아니지마는…… 그의 희뜩희뜩한 모발을 보건데 우리 아버지보다도 나이 더 많은 모양이던데 차마 부끄럽고 무서워서 어떻게 남편이라고 얼굴을 마주 대하나. 에라. 기왕 이렇게 된 일을 다시 말하면 쓸데 있느냐. 그가 들어오거든 계약이나 단단히 받아 내 신세 결단이나 아니 나도록 하는 것이 옳지…… 그의 하는 거조는 비록 족히 의논할 여지가 없지마는 그도 사람이지, 나이 그만치 지긋하니까 한번 약조만 하여 놓으면 남의 적악이야 설마 할라구……'

굿 들은 무당과 재 들은 중과 일반인 이시찰은 선초가 오라 하는 기별을 듣고 어찌 좋은지 어깨춤이 저절로 나서, 그 시각을 머물지 아니하고 춘향이 찾아가는 이도령과 같이 선초의 집을 찾아가는데 뒤에 따라오는 김선달에게,

(이)"이애, 내가 가기는 한다마는 창피스럽지 아니하냐?"

(김)"그러하올시다. 저는 기생으로서 사또께서 부르시는데 으레히 등대를 하여야 도리에 가할 터이온데, 방자스럽게 제집에 까딱 아니 하고 앉아서 어느 존전이라고 오시라고 한단 말씀이오니까? 소인의 미련한 생각에는 이렇게 행차하실 것이 없이 도로 들어가셔서 냉큼 대령하라고 엄분부를 내리셨으면 좋을 듯하오이다."

(이)"허허, 네 말이 그럴 듯하다마는 내가 점잖으니 철모르는

저를 가리어 무엇하겠느냐. 또 이왕 나선 길에 도로 들어가면 더구나 모양이 되겠느냐. 그리고 기생이면 다 기생이냐. 제가 이때까지 지조를 지키고 있는 것이 가상해서 내가 한 번 질 수밖에 없고, 또는 제 아비가 그 고초를 겪다가 방장 놓여 나왔는데 자식된 도리에 모르는 체하고 나올 수가 있느냐. 내가 저를 가까이 아니 하려면 모르거니와 그렇지 아닌 바에 내가 가서 저도 볼 겸 제 아비 일을 위문하는 것도 관계치 아니할 듯하구나."

남의 덕으로 제 생계를 삼는 무리는 예나 지금이나 매사에 자유는 반점도 없고 가위 이현령 비현령(耳懸鈴鼻懸鈴)으로 비위 맞추기만 주장을 하는 법이라. 김선달이 이시찰의 말을 들으니 지남석 만난 바늘 모양으로 전신이 모두 선초의 집으로 끌려가며 외면 치레만 어쩌니 어쩌니 하는 모양이라. 그 입맛이 썩 나도록 대답을 연해한다.

(김)"예, 지당합소이다. 점잖으신 좌지로 저와 각승을 하오실 수가 있사오며, 과연 말씀이지 죽을 제 아비가 사또 덕택에 살아 나왔으니 하정에 감사한 품으로 한달음에 뛰어라도 와서 사또 앞에 백배 사례를 하겠지요마는, 지금 분부하신 말씀과 같이 고생 겪던 제아비를 만나 차마 곁을 떠날 수가 있습니까. 그렇지마는 저의 일편단심은 사또를 향하여 감격한 뜻이 필경 어디까지 간절한 터이올시다."

그 다음에는 이시찰이 다시 말이 없이 윗논에 물 실어 놓은 듯이 든든한 마음으로 한 걸음 두 걸음 선초의 집에를 거진 당도하였는데, 간난 어미가 마주 나와 기다리다가 쪼르르 먼저 들어가는 양을 보고 속마음으로,

'저 계집이 저렇게 들어가 통기를 하면 아마 최호방이라도 마중을 나오렷다. 최호방이라는 자가 우민한 사람이 아니라 경위 조리가 매우 똑똑한 모양이던데 초면 수작을 무엇이라고 해야 내

모양이 창피하지 아니할까? 응—응, 지금 세상은 아무리 실수한 일이 있더라도 내 기운을 축지지 말고 언론이 씩씩해야 좀체 놈이 넘보지 못하느니라.'

이렇듯 마음을 도사려 먹고 그 집 문전까지 이르러도 어리친 개새끼도 내다보지를 아니하는지라. 슬며시 가통한 생각이 들어 자기의 평소 객기 대로 하면 불호령이 천둥같이 나오지마는 꿀꺽 꿀꺽 억지로 참기는 선초 한 아이의 관계라. 스스로 돌려 생각하기를,

'소경된 내 탓이지, 개천가 나무라서 무엇 하리. 내가 오늘 여기오기는 소관이 하사라고 좀 참으면 될 것을 공연히 행실을 했다가 다 쑨죽에 코를 빠뜨려 무엇하리. 그러나 놈의 소위가 괘씸키는 아닌 바가 아닌즉 이 다음에 어느 모퉁이에서든지 만날 날이 있을 터이지.'

하고 문 앞에서 왔다갔다 하며 동정을 기다리는 데, 안에서 등불빛이 번듯 비치며 신발 소리가 들리더니 오매불망하던 선초가 간난 어미를 앞세우고 마중 나오며,

"사또, 안녕히 행차하셨습니까?"

이시찰이 그 인사 한 마디를 듣자 분한 마음이 봄눈 스러지듯 하며 웃음이 걷잡을 수 없이 절로 나온다.

"허허허, 허허허. 너 잘 있었더냐?"

선초가 앞서 인사를 하여 후원 별당으로 들어가, 이내 목비단 보료 위에다 앉히더니 그 앞에 가 날아갈 듯이 쪼그리고 앉아서 머리를 다소곳하고 공손한 말로.

"황공하올시다. 사또께서 이렇게 행차를 하옵시는데 인사로 하옵던지 도리로 하옵던지 제 아비가 진작 나아와 문안을 하였으련마는…… 어쩐 일인지 요사이 우연히 신병이 나서 꼼짝을 못하고 누워 있습니다."

　　이시찰이 자기의 한 짓이 부끄러워서 그렇던지 얼굴이 술 취한 것같이 취해지며,

　　(이)"내 어쩐지 너희 어른의 동정을 못 보겠더라. 그것 안되었구나. 증세가 중하시냐 아니 하냐? 약이나 진작 써보지."

　　(선)"약도 약간 썼답니다마는 동정이 없습니다."

　　(이)"오냐, 사람이 병 나기도 혹 예사이지 설마 어떠하겠느냐. 이리 가까이 오너라, 밤낮 보고 싶던 얼굴을 자세히 좀 보게."

　　(선)"……"

　　그러자 방문이 열리며 주안상이 들어오는데 썩 성대하지는 아니하였으되 아담하고 정결하기는 다시 할 말 없더라. 아무리 술 못먹는 자라도 반가운 일이 있거나, 생각던 사람을 만나면 한 잔 두잔 취하는 줄 모르고 먹는 법인데, 이날 이시찰로 말하면 주량이 썩크든 못 해도 순배 차례에는 빠지지 아니할 만한 중 반가운 일, 생각하던 사람을 만난 좌석이라. 어깨가 절로 으쓱으쓱 흥취가 어찌나던지 부어라 먹자, 먹겠다 부어라 얼큰하게 취한 판에 선초의 손목을 잡아 앞으로 끌려 하니 선초가 정색을 하며 뒤로 물러앉더니,

　　"이게 웬 망녕이오니까, 점잖은 처지에."

　　이시찰이 지재지삼 선초를 치근덕대다가 골이 버럭 나서 술상을 드륵 밀어 놓으며,

　　(이)"이애 선초야, 네가 이리할 터이면 나더러 오라기는 무슨 버르장인고. 이 술 한 잔 주려고 불렀던고. 내가 술에 팔려 다닐 터가 아니어늘. 어참, 맹랑하다."

　　(선)"잠시 진정을 하옵시고 제 말씀을 들어 봅시오."

　　(이)"말이 무슨 말이냐. 길다랗게 장황 수작할 것이 없다. 먼젓 번에도 어림없이 네 꾀병하는데 속은 것이 지금까지 가통하거든, 또 무슨 얕은 꾀로 속여 넘기려고."

　(선)"왕사는 말씀하실 것 없는 것이 그때에는 제가 아무쪼록 사또의 말씀을 아니 들으려니까 부득이 하여 꾀병을 하였삽거니와, 오늘이야 어디가 일호하기로 기정(欺情)을 하여 말씀하올 리가 있습니까."

　이시찰이 선초의 냉락함을 보고 열화를 불끈 내다가 기정 아니 하겠노라는 소리에 금방 풀어져서,

　"허허 허허, 못생긴 자식이로고. 할 말이 있으면 얼풋 할 것이지 무엇을 그리 벼르고만 있단 말이냐."

　선초가 얼굴빛을 정대히 가지고 치맛자락을 바싹바싹 여미며,

　(선)"이번에 제 아비를 살려주신 은덕은 태산이 가벼웁고 하해가 얕사오니 자식된 도리에 사또 분부하시는 데 대하여 도탕부화(蹈湯赴火)라도 감히 사양하오리까마는 급기 내외되는 일에 당하여 인륜의 웃음되는 바인온즉, 확실히 믿사올 만한 증거가 없이는 당장 장하에 죽사와도 봉행할 길이 만무하옵고, 그 지경에 당하여도 하늘같은 사또 은덕은 이 몸이 죽어서라도 풀을 맺어 갚을 터이올시다."

　(이)"허허허. 그 대단한 일을 가지고 말하기를 어려워하였느냐? 그리하여라, 어떻게 하였으면 증거가 확실히 되겠느냐?"

　(선)"사또께옵서는 경성 존귀하옵신 양반이시지요, 저는 하방 일개 천기가 아니오니까. 소일 삼아 그러시든가 장난 삼아 그러시든가 담 위에 꽃가지같이 실없이 꺾어 보시려는 것이 불시이사올시다마는, 제가 비록 팔자가 기구하여 기안에 이름은 있사오나 일편단심이 시속 천한 무리와 일반으로 행실을 천하게 가지지 아니하고 물론 누구에게든지 한 번 허신을 하는 지경이면 백년을 의탁하자는 작정이온즉, 오늘밤이라도 사또께옵서 제 몸을 누추히 여기지 아니하옵실 터이오면 사또 필적으로 백년 맹세를 써주옵시면 즉시 명령대로 복종하오리다."

(이)“이애, 그럼 혼서지일 터로구나. 어렵지 않지. 지필 가져오너라, 네 소원대로 써줄 것이니.”

선초가 머리맡에 있는 연상을 갖다 놓고 섬섬옥수로 먹을 쓱쓱 갈더니 주지와 붓을 이시찰 앞에 놓으니, 이시찰이 종이를 접어 두어 뼘은 둘둘 펴서 서판 한편에다 걸쳐 접어 쥐고 쓱 잡아당기더니 다시 서판에다 받쳐들고 붓에 먹을 흠뻑 묻혀 이리저리 재면서,

“이애, 한문으로 쓰랴, 언문으로 쓰랴?”

(선)“한문이고 언문이고 처분대로 하십시오.”

(이)“이애, 사연은?”

(선)“사연도 처분대로 쓰십시오.”

이시찰이 그날 밤에는 웃음이 보로 터졌는지 검푸른 입술이 귀밑까지 찢어지며 붓에 먹을 다시 묻혀 순식간에 써 놓는데 문필이라는 것은 부정을 아니 타는 법이라. 그 자격에 글 솜씨는 무식치 아니하여 별로 생각치 아니한 사연과 힘도 아니 들인 자획이 능란 휘황하더라.

“이애, 이것 보아라. 이만하면 증거가 되겠느냐.”

선초가 받아들고 두세 차례를 보더니 척척 접어 싸고 싸서, 의장 속에다 깊이 간수를 한 후 이시찰의 소원을 성취케 하였더라.

촌 닭이 새벽을 재촉하느라고 쉴 새 없이 자지러지게 우는데 뜰 앞에서 자던 개가 인적에 놀라 깨어 지붕이 울리도록 우는 통에, 이시찰이 일어나 두 손으로 두 눈을 쓱쓱 부비며 의복을 부스럭부스럭 입더니 선초를 흔들흔들하며,

“이애 자느냐, 응?”

이시찰은 평생 목적을 달하였으니 마음이 푸근하여 잤거니와, 선초야 처음 뜻을 지키지 못한 일이 통분도 하고 이 다음 일 행해 갈 것이 심려도 되어 눈가가 반반해 지며 잠이 천 리 만 리

달아났으니, 짐짓 눈을 감고 자는 체하여 경선히 굴지 아니하다
가 이시찰이 깨우는 바람에 살풋이 일어나 앉으며,

(선)"왜 이렇게 일찌거니 기침을 하십니까. 더 주무시고 있다
가 해나 홀쩍 퍼지거든 천천히 일어나셔서 변변치 못하나마 조반
이나 잡수시고 가시지요."

(이)"구태여 남이 알게 늦게 갈 것 무엇 있니. 일찌거니 슬며
시 가는 것이 옳지."

(선)"이 지경 된 이상에 남이 알기로 무슨 관계 있사와 슬며시
가신다고 하셔요?"

(이)"네가 그런 이유를 어찌 다 알겠느냐."

하고 옷을 다 입고 일어나며,

(이)"섭섭히 여기지 말고 잘 있거라. 내가 공사로 인하여 오늘
다른 고을로 가면 아마 사오 일 지체가 될 모양이다. 그때 오면
다시 만나 우리 장차 지낼 살림할 배포도 의논을 하자."

선초 마음에 섭섭한 대로 하면 며칠 만류라도 하고 싶지마는
공사로 어디를 간다 하니까 사세 부득이 전송을 하며 계약한 일
을 다시 제출하여 단단히 뒤를 다져 놓으려고 말을 하려는데, 이
시찰이 무엇을 잊었다 깨달은 모양으로

(이)"아차, 하마터면 그대로 갈 뻔하였군. 이애, 그 계약서를
이리 꺼내오너라."

(서)"그것은 왜 내오라고 하셔요?"

(이)"약증서를 아니 하였으면 모르거니와 기왕 한 이상에 도장
을 쳐야 확실증거가 될 터인데 마침 도장을 아니 넣고 왔구나.
그것을 내가 가지고 가서 도장을 쳐서 곧 보내주마."

선초가 아무리 총명하고 지각이 있는 터이라도 종시 경험 없는
여자라. 이시찰의 말을 순연한 천진으로 나오는 것으로만 믿고
일호 의심없이 꺼내어 주며 인사에 당연하게 말 한 마디를 한다.

(선)"영감, 이제는 제가 댁사람이 되었사오니 제 모가 엊저녁에라도 나와서 뵈었으련마는 늙은 바탕에 무엇이 그리 부끄러운지 못와 뵈옵고, 제 어른은 신병으로 하여 호정 출입을 못하는 탓으로 역시 나와서 뵙지를 못하오니, 영감 좌지로 하나, 딸 자식에 관계로 하나 못 와 뵈옵는 제 부모의 정황이 어떻다 하오리까마는 저 되어서는 영감 얼굴 뵐 낯이 없사오니 이런 사정을 용서하십시오."

(이)"별 말을 다 하는구나. 지금은 총총하다. 이 다음에 서로 설파하기로 늦을 것 있느냐. 자―나 간다. 잘 있거라. 얼마 아니 되면 다시 볼 것이니 내 생각을 너무 과도히나 말아라. 무얼, 내 생각이야 꿈에나 할라구?"

(선)"왜 그렇게 말씀을 하세요."

하며 이시찰을 대문 밖까지 전송하는데 이시찰은 왜 그리 급한지 뒤도 돌아보지 아니하고 황황히 가더라.

최호방은 자기의 사랑하는 딸이 그날 밤에 시집가는 날 밤인즉 마음에 경사스러워서라도 전후 범백 거행을 연해 신칙해서 힘 자라는 대로 기구를 붙여 볼 것이요 사위 되는 자가 사랑스러워서라도 방문이 닳도록 나들며 정답게 수접을 하였을 것인데, 늙은 위인이 음침한 뜻을 두고 자기 딸을 겁탈하려다가 제 마음대로 아니 되니까 자기에게 불칙한 죄명을 억지로 씌워 죽이려 하던 일로 마음에 얼마쯤 통탄하거든, 하물며 자기를 무죄 방면하는 것으로 어린 것의 마음을 유인하여 기어이 충욕하는 일이 절치부심(切齒腐心)이 되어서 자기 마누라까지 단속하여 저의 자락대로 내버려 두고 오거니 가거니 도무지 내다보지도 아니하였더라.

이때 이시찰은 자기 사처로 돌아오며 심중에 스스로 하는 말이라.

'흥, 유지면 사경성(有志事竟成)이란 말이 꼭 옳다. 제가 가장 결심이나 있는 체하고 어쩌니 어쩌니 하더니 인제도 그따위 수작을 남을 대하여 지껄일까. 어─시러베딸년. 내가 서울서부터 저를 한번 결연하자고 마음 둔 일이 있던 터이요, 또는 제 인물과 재주가 하룻밤 소일 거리가 착실하기에 장난을 실없이 한 일이지, 저하고 살기는 내가 계집이 없어서? 시골 집에는 마누라가 눈이 시퍼렇게 있고, 서울 집에는 꽃같이 젊은 첩이 있는데 무에 나빠서 저를 또 두어. 그나마 자식이 없는 터이면 일점 혈육이라도 보려고 어린 계집을 얻는 것이 혹 예사지마는, 내야 아들, 딸이 삼 남매나 되고 손자가 그득한데 무엇을 하자고 저를 얻어. 어─우스운 일 다 보겠군. 제 아비놈으로 말하면 당장 내 수중에 죽는 놈인즉 무죄 백방으로 하여 준 은덕으로 한대도 내가 왔다하면 유공불급하여 나와볼 터이어늘, 엄연히 제 방에 떡 자빠져 있고 제 어미년으로 말하면 불과시 퇴기로 뭇놈들을 다 보던 것이 아니꼽게. 나와야 옳지, 제 딸 하나 내놓는 것이 큰 배부른 흥정이나 하는 것처럼, 응! 제 딸이 무엇인데? 내가 마음에 없었으면 모르거니와 이 고을 기생년 하나 임의로 처치하지 못할까. 너희 연놈의 소위가 괘씸해서도 선초는 아니 데리고 살 것이다. 오냐, 계약서에 도장 찍어 보내기를 잘 기다려 보아라. 하늘에 있는 별따기보다 좀 더 어려울라.'

하고 이튿날 이렇다 저렇다 한마디 기별 없이 전라북도로 향해 갔더라.

제 5 회

순전한 천진으로 사람을 자기 마음 믿듯 하는 선초는 이시찰 돌아간 뒤로 이때나 계약서를 보낼까 눈이 감도록 기다리는데, 어언간 해가 지도록 소식이 없으니 심중에 심히 의아하던지 저희

부모를 향하여 소경력 사정을 고하며,

(선)"이 양반이 어찌해서 아무 기별이 없을까요? 그 양반이 연
부역 강치 아니하신 터애 밤에 잠을 편히 못 주무시고 아마 신병
이 나셨나 보오. 그렇지 않으면 즉시 하인을 보내마고 금석같이
말씀을 하였는데 어찌 어째서 이때까지 기별이 없으니, 갑갑한데
간난 어멈을 불러 알아 보았으면 좋겠어요."

(최호방)"믿기를 꼭 잘 믿는다. 그가 사람인 줄로 믿었더냐?
그 흉계를 몰랐지. 잠깐 너를 속이느라고 능청스럽게 무엇을 써
주고 급히 갈 때에 도로 빼앗을 흉계로 도장인지 막걸린지 찍어
주마고 가져간 것인데, 네 생각에는 도로 보낼 줄로 알고 기다리
는 모양이냐. 이번에 너 욕 당한 일만 생각하면 이에 신물이 절
로 난다. 이애, 기왕 당한 일은 팔자 탓으로 여기고 그 따위 인물
을 생각도 말아라. 설혹 그 위인이 약속을 지키기로 소용이 무엇
이냐.

선초가 자기 부친 말에 대하여 무엇이라 명기 불연하여 대답을
하려다가 다시 생각하기를,

'에그, 아무 말도 하지 말아야 하겠다. 아버지께서 분정지도에
하시는 말씀이지. 그렇지 않으면 아직 앞일을 지내보시지도 아니
하시고 나의 가장 된 분을 저다지 단처를 들어 말씀하실라구. 그
래도 그렇지 아니하다. 만일 분김에 말씀을 더 심하게 하시면 낮
말은 새가 듣고 밤 말은 쥐가 듣는다는데 영감 귀에 혹 들어가면
열흘 길을 하루도 못 가서 내게 향하는 영감의 마음도 섭섭하여
질 터이지.'

하고 자기 부친의 입을 손바닥으로 막으며

"글쎄 왜 이렇게 말씀을 하십니까. 기왕 일은 어찌 되었든지
인제는 그 양반이 아버지 사위가 아니오니까. 사위의 말을 장인
되시는 아버지께서 심하게 하시면 딸의 꼬락서니는 무엇이 됩니

까. 분하셔도 참으시고 간난 어미에게 좀 알아나 보아 주십시오."

(최)"저 자식이 약고 똑똑한 줄 알았더니 지금 보니까 아주 용렬하구나. 영감은 난장맞을 무슨 영감이고, 알아보기는 무엇을 알아보아. 아비의 말이 꼭 옳으니 가당치 않게 생각을 말고 진작 잊어버려라. 한 일 미뤄 열 일을 아는 법인즉 두고 볼 것 없이 네게도 결단코 못할 노릇 할 위인이니라."

(선)"에그 아버지, 그렇게 하실 말씀이 아니올시다. 그가 어떠한 자격이든지 기왕 한 번 몸을 허락하였사온즉 제가 죽어도 이씨 댁 사람이온데, 어찌 달면 삼키고 쓰면 뱉어 금수의 행위를 한단 말씀이오니까."

최호방이 이시찰 위인은 명약관화(明若觀火)로 알고 선초에게 아무쪼록 다시 뜻을 두지 말고 진작 달리 변통하라고 정색하여 얼마쯤 꾸짖다가 제가 결심을 하도 단단히 하고 일향 듣지 아니하는 양을 본즉 아무래도 할 수 없는지라 부득이하여,

"응, 자식도 한 번 죄면 다시 펼 줄을 모르지. 할 수 없다. 네 팔자 소관이다."

하더니 하인을 간난 어미에게로 보내어 이시찰의 동정을 탐지하여 본즉, 이시찰이 조반을 재촉하여 먹고 즉시 떠나서 전라북도로 갔다 하는 지라. 최호방이 혀를 툭툭 치며,

(최)"자ー보아라. 내가 무엇이라더냐. 벌써 전라북도로 달아났단다. 그렇게 계약서에 도장을 잘 찍어 보내었느냐?"

(선)"아마 총망중에 잊고 그대로 가신 게지요. 소양배양한 젊은 사람아니고 설마 배약하오리까. 하회를 기다려 보면 알 것이오니 너무 과도히 말씀을 마십시오."

(최)"나인들 너만치 생각을 못하겠느냐. 그가 늙었으나 젊었으나 사위 되기는 일반인즉 너를 위하여 아무쪼록 그 허물을 뒤덮어 가겠지마는, 관기모자면 인언수재(觀其眸子 人焉瘦載)라고 그

목자가 천하에 간교하기 짝이 없고 음성이 괴상해서 후분(後分) 신세는 말이 못 될라. 내가 상서 공부는 못하였다마는 다년 관부 출입을 하며 열인을 많이 한 탓으로 여합부절(如合符節)을 맞추 듯 알겠더라. 그런즉 내 생각에는 열에 아홉은 그가 너를 당장 속여넘긴 것 같고, 또는 설혹 속이지를 아니하고 신의를 지킨대 도 나중에 필경 좋지 못할 것이니 아까 말한 대로 진작 단념하는 편이 가하니라."

(선)"에그 아버지, 저는 죽사와도 그리할 수 없습니다. 그 양 반께서 금석 같은 언약을 저버리는 지경이면 저는……또 후분 좋 지 못한 것이야 어찌 앞을 내다보는 수도 없고 설사 그럴 줄 알 기로 몸을 허락한 이상에 후회하면 쓸 데가 있습니까."

최호방은 선초의 고집하는 양을 보고 화가 더럭 나서,

"애ー누가 아느냐? 네 자락대로 하여라. 잘 되어도 네 팔자 못 되어도 네 팔자니라."

하며 바깥으로 나간 뒤에 선초 어머니가 쥐 죽은 듯이 있어 동 정만 보다가 곰곰 생각하기를, 자기 남편 말대로 이시찰의 자격 이 깊이 믿지 못할 위인 같으면 자기 딸의 집심은 맺고 끊은 듯 해서 다시 변통을 못할 모양이라.

'딸 자식일지언정 제 자격이 남의 밑에 아니 들만하니까 아무 쪼록 저와 같은 짝을 얻어 한이 없이 재미를 보겠더니, 꿈결인지 잠결인지 천만 뜻밖에 굽도 접도 못할 경우를 당하였으니 이 일 을 어찌하면 좋단 말인가.'

담뱃대를 툭툭 털어 한 대를 피워 물고 후정 화원으로 넋이 없 이 한 걸음 두 걸음 돌아가는데 머리가 더북하고 키가 조그마한 계집 아이가 각색 풀잎을 뜯어 치마 앞에다 싸들고 강동강동 뛰 어오며,

"어머니, 저기 언니가 뒷마루에 혼자 앉아서 자꾸 울기만 하며,

내가 가니까 저리 가라고 핀잔만 주어요. 나 미워하는 그놈의 언니, 진작 죽기나 했으면 좋겠지.”

선초 어머니가 가뜩이나 심란한데 아무리 철모르는 어린 것이라도, 제 형에게 향하여 막 마침 가는 말로 죽었으면 좋겠다고 하는 것을 듣고 분이 와락 나서

“이년, 무엇이야. 형더러 죽었으면 좋겠다는 법이 어디 있더냐? 그렇지 아니해도 심사가 좋지 못하여 울기만 하는 형에게. 이년, 보기 싫다. 저리 가거라.”

그 아이는 저의 어머니가 그리할수록 팔에 가 매달려 응석을 하며,

“어머니, 그리고 언니가 나를 자꾸 쫓기에 무엇을 혼자 쳐먹으려나 하고 가만 가만히 가 숨어 보니까, 언니가 왜 그러는지 의장을 열고 의복을 차례로 내어 이것도 입어 보고 저것도 입어 보고 한숨을 쉬어요.”

선초 어머니가 그 아이 머리를 툭툭 쥐어 박으며,

“에라 이년, 저리 가거라. 듣기 싫다.”

하여 쫓아 보낸 뒤에 선초의 처소로 슬슬 돌아가니, 선초가 자기 어머니 오는 양을 보고 흘리던 눈물을 얼풋 씻어 버리고 천연한 모양으로 내려 맞으며,

(선)“어머니, 왜 무슨 일에 역정이 나셨습니까. 기색이 좋지 못하시니.”

(모)“에그, 역정인지 무엇인지 나는 모르겠다. 내가 너를 어떻게 기른 딸이냐. 남보다 뛰어나게 잘되지는 못한들 천하에 몹쓸 양반을 만나서 네가 저 모양으로 속을 상하고 울기만 하니 내 마음이 어찌 좋겠느냐. 이애, 어미가 애쓰고 공들여 길러서 태산같이 믿고 바라는 뜻을 생각해서라도 어제 아버지 하시던 말씀과 같이 팔자 탓으로 보쌈 겪은 셈치고 그 양반을 잊어 버려라. 네

말마따나 그 양반이 총망중에 잊었다 할지라도 벌써 그 양반 떠나간 지 며칠이냐. 처음에 너를 만나지 못하여 서둘던 품으로 하면 잊어버릴 리도 만무하고 이때까지 이렇다 아무 기별이 없단 말이냐?"

(선)"어머니, 아무 걱정을 마십시오. 이시찰 영감이 저더러 말씀하시기를 공사로 그 이튿날 급히 떠나시면 오륙일 후에 다시 오셔서 범백사를 구처하시마 하셨으니, 하회를 기다려 보아 어떻게 하든지 좌우간 귀정을 할 터이오니 아무 염려 마십시오. 제가 울기는 언제 울었다고 이리 하시어요."

(모)"네 얼굴을 보나 운 것을 모르며, 모란이가 보고 와서 이르는데 아니 울었다고 말을 해. 오냐, 울지 말아라. 너 그러는 양을 보면 내 속이 푹푹 상한다. 너의 아버지 말씀이 야속해서 그리 했니?"

(선)"아니에요. 공연히 마음이 수란해서 그리 했어요. 다시는 울지 아니할 터이니 그런 걱정 마십시오."

선초가 자기 어머니 앞에 좋은 말로 대답은 하였으나 은근히 삼촌 간장이 바싹바싹 죄여, 낮이면 해가 지도록 밤이면 동이 트도록 이시찰의 소식을 고대하는데 사오 일이 훌쩍 지나 육칠 일이 지나도록 아무 동정이 없는지라. 궁금하고 기막힌 사정을 발표하여 말하자니 부모의 책망이 두렵고 다만 자기 속으로 치밀어 오르는 화를 억지로 참으며 신음하는 말이라.

"에그 세상에 이런 일도 있나. 내가 벌써 몇 차례를 자처하여 이 세상을 버리고 싶지마는, 그 양반도 사람인즉 조만간 무슨 기별이 있을 터이지. 설마 모발이 희뜩희뜩한 좌지로 나 같은 어린 사람을 속일리가 없을 듯도 하고, 또 내가 죽기만 하면 부모 가슴에 못을 박아드리는 것인데 하회도 아직 모르고 경선히 죽었다가는 불효만 될 터이라 하여 오늘까지 실낱 같은 목숨 부지하였더니…… 에구, 인제 난 내가 이 목숨을 끊을 때가 되었나 보다.
내가 처음 작정한 대로 못 하고 이시찰에게 몸을 허락하기는 부
모를 위하여 사세 부득이 한 일이어늘 더구나 종래 신의를 저버
려 이렇다 말이 없으니, 사람의 탈을 쓰고 그 대우를 받고서 잠
시간인들 어찌 살아 있을고."

하며 눈물이 하염없이 비 오듯 하는데, 간난 어멈이 불러댄 듯
이 들어오더니 긴 봉한 편지 한 장을 허리춤에서 내어주며,

"작은아씨, 얼마나 궁금하시게 지내셨습니까. 수의 사또께서
인제야 편지를 보내셨습니다. 어서 떼어 보십시오. 작은아씨를 위
하여 어찌 답답하든지 하루에 몇 차례씩을 길청에 가서 수의 사
또 문안을 물어도 어디 가 계신지 도무지 모른다고 하기에 이제
말씀이지 수의 사또를 향하여 '에그, 양반님네는 이렇게 경우가
없나. 이럴 줄 알았으면 나를 육포를 떠도 심부름을 아니 하였을
걸. 설마 점잖은 터에 한입으로 두말 할 리가 있으리 하였더니,
상말로 똥 누러 갈 때 다르고 올 때 다르다는 일처럼 한 번 가시
더니 이 모양으로 아무 기별을 아니하시는 경우도 있나'하는 황
송한 말씀도 한 두 번 아니 하였습니다. 그러면 그렇지. 그 사또
께서 그리하실 리가 있습니까. 어서 편지를 떼어 보십시오. 인제
는 작은아씨가 좋으시겠습니다."

선초가 그 편지를 얼른 받아 피봉을 떼어 들고 차차 내리보는
데 편지 속에서 지폐 몇 장이 우루루 쏟아지는지라.

"에그, 이것이 웬 것이냐"

간난 어미가 주섬주섬 주워 세어보더니 선초 무릎 위에다 놓으
며,

"에그 양반도 찬찬도 하시지. 아마 아씨더러 요용소치로 우선
아쉬운 데 쓰시라고 아는 듯 모르는 듯 이것을 편지 속에 넣어
보내신 것인가 보오이다."

　선초가 그 말은 들은 체도 아니하고 보던 편지를 마저 보다가 얼굴빛이 붉으락 푸르락 하다가 점점 노래지며, 손에 들었던 편지가 서리맞은 나뭇잎이 바람을 좇아 떨어지듯 힘이 반점도 없이 슬며시 무릎 위에 가 떨어지는데 뒤미쳐 선초의 입에서,

　"에구―"

　한숨 한 마디가 나오더니, 그 편지는 박박 찢어버리고 지폐 십 원은 백지로 싸서 간난 어미를 주며,

　"여보게. 이것 그 양반에게로 도로 전하여 주게."

　간난 어미는 선초의 광경을 보고 무식한 것이 가장 의심스럽게 내심으로 추측하기를,

　'에그, 저 아씨 보게. 그런 줄 몰랐더니 보장이 어지간치 않게 큰 걸. 돈 십 원이면 우리는 한 밑천을 삼을 것인데, 저렇게 도로 보낼 제는 소들하다고 투정하는 것이 아닌가. 어디 나중 끝이나 구경할 겸 도로 갖다가 보내 보겠다.'

　하고 돈 넣은 봉지를 받으며,

　(간)"이것은 왜 도로 보내십니까? 사또께서 일껏 아씨더러 쓰시라고 보내신 것인데요."

　(선)"여러 말 말고 갖다 주게."

　간난 어미가 다시 말을 못 하고 그 돈을 도로 갖다가 김선달을 주었더라.

　사람이 매운 뜻을 한번 먹으면 세상 만사가 원통한 것도 없고 고기(古奇)할 것, 아까울 것이 모두 없는 법이라. 만리전정(萬里前程)에 꽃같은 연기도 아깝지 아니하고 양친 부모의 슬하를 떠나는 것도 고기치 아니하고 밝은 세상을 영결하는 것도 원통치 아니하여, 평탄한 낯빛으로 부모의 침소에를 다녀서 자기 방으로 돌아와 앞뒷문을 촘촘히 닫고 시험하여 입어 보던 새 의복을 내어 정결하게 입은 후에 아편은 어느 틈에 준비하여 두었던지 밤

톨만한 것을 한입에 툭 들어뜨리고 물을 마셨더라.

천륜이 심상치 않은 것이라 그렇든지 최호방 내외가 모란이를 앞에 다 누이고 한잠을 들락말락 하여 공연히 마음이 수란하여 선초우는 소리가 들리는 듯 한지라.

(춘)"영감, 잠 드셨소? 내 마음이 무단히 어수선 산란하며 잠이 아니 오는구려."

(최)"글쎄, 내 말이야. 나도 잠을 벗어놓았는 걸."

(춘)"글쎄, 내 마음도 그렇기는 하지만 그만두지. 그애가 웬 망할자로 해서 요사이 시시로 울기만 하고 잠을 못 자더니, 오늘은 아마 곤하던지 초저녁부터 문을 닫고 아무 소리 없는 것을 공연히 깨웠다가 찔끔찔끔 울기나 하면 성가스러운데 그만 내버려 두지."

최호방 내외가 그 모양으로 수작을 하고 그 딸의 일로 한걱정을 하는 데 앞에서 자던 모란이가 별안간에 벌떡 일어나서, 주먹으로 땅을 치고 대성통곡하며,

"에구 아버지, 에구 어머니, 나는 속절없이 세상을 버렸소. 내가 이 원수를 갚지 못하면 어느 때까지든지 살이 썩지 못할 터이오. 생전에 아버지, 어머니 두 분께 효성을 다하여 봉양하려던 마음과 문필, 가무 등 각종 재질은 모두 모란이에게 전해 주었사오니, 저의 죽은 것을 슬퍼 마시고 모란이에게 재미를 보옵소서."

최호방 내외가 대경소괴하여 달려들어 모란의 손발을 꼭 붙잡고 흔들흔들 하며,

(최호방)"이년, 모란아. 정신 차려라. 이게 무슨 소리냐."

(춘홍)"모란아, 모란아. 나 좀 보아라. 그게 무슨 소리냐."

그리할수록 모란이는 더 울며,

"아버지, 저는 이 길로 저에게 못할 노릇한 이시찰의 원수를 갚으러 가오니 소문을 들어서 이시찰에게 무슨 일이 있다고 하거

든 제 소위인 줄로 여기십시오. 이시찰 제가 남에게 그 모양으로 적악(積惡)을 하고 아무려면 무사할라구요. 자기가 내려올 제는 기구를 한껏 차리고 어깻바람으로 왔지마는 올라갈 때에는 아마 복장을 쾅쾅 짓찔 터이올시다."

최호방이 우두커니 듣다가 어이없어서 마누라에게

"여보게, 이애가 웬 곡절인가. 자다가 말고 실성을 했으니 문갑을 열고 청심환을 내어 오게. 어서 먹여 보세."

선초 어머니가 청심환을 황망히 꺼내다가 백비탕에 풀어 모란의 입에 퍼넣으며 애를 무한 쓰는데, 모란은 여전히 그 모양으로 횡설 수설하더니 날이 점점 밝아오니까 정신을 모르고 혼곤히 늘어지는 지라. 최호방 내외가 그제야 마음을 놓고 역시 잠이 혼곤히 들었다가 해가 한나절은 되어 깨어보니 모란이는 여상(如常)이 뛰어다니며 장난을 하는데 선초의 동정이 없는지라. 심중에 심히 의심이 나서 내외 서로 의논하기를,

(최)"여보게. 선초가 그저 아니 일어났나?"

(춘)"글쎄요, 어쩐 일인지 이때까지 볼 수가 없소그려."

(최)"제 방으로 좀 가보지, 필경 또 울고 있나 보구먼. 그렇지 아니하면 효성이 유명히 있는 것이 해가 낮이 되도록 어미, 아비를 아니 와 볼 리가 있나."

(춘)"내가 가 보고 오리다. 저것이 또 울고 있으면 보기 싫어 어떻게 한단 말이오."

하며 선초의 처소로 가보니 방문이 그저 첩첩히 닫혀 있는지라. 선초 어머니가 손가락을 구부려 젖혀들고 문설주를 툭툭 울리며,

"아가, 아가. 그저 자니? 해가 한나절이 지났다. 그만 일어나 아침 밥을 먹어라. 에그, 이애가 이렇게 곤히 잠이 들었나. 이애, 아가 그만 일어나거라."

이같이 처음에는 나직나직이 깨우다가 나중에는 문을 와락와락 잡아 당기며 소리를 높히어 크게 불러도 종래 아무 동정이 없는 지라.

(춘)"에구, 영감. 이게 웬일이오. 잠귀 밝기로 유명한 아이가 이렇게 까지도 대답이 없으니 그 안이 심상치 아니하오."

(최)"글쎄 웬 곡절이란 말인고."

하며 역시 음성을 크게 하여,

"선초야! 선초야!"

선초 어머니가 손가락에다 침을 칠하여 문 바른 종이를 배비작 배비작 뚫더니 한편 눈을 들이대고 한참 보다가 뒤로 펄쩍 주저 앉으며,

"에구머니, 저게 웬일인가!"

최호방이 눈이 둥그래져서,

(최)"응? 왜 그러나? 무슨 일이 있나?"

(춘)"필경 저것이 죽었나 보오."

하며 두 발길로 문을 박차는데 그 문을 예사 날림으로 짠 것이 아닌즉 평시 같으면 여간 여편네 발길 한두 번에는 끄떡도 아니 할 터이지마는, 무릇 급한 지경을 당하면 딴 기운이 한층 더 나 는 법이라. 문짝이 선초의 어머니 발길을 따라 우루루 덜컥 자빠 지며 완자 미닫이가 그 바람에 겉묻어 열파가 되는지라. 두 내외 가 한달음에 뛰어 들어가니 선초가 벌써 어느 때 그 지경이 되었 는지 사지가 뻣뻣하게 굳고 전신이 백지장에 물을 축이어 싸놓은 듯한지라. 어떻게 기가 막히던지 피차에 말 한 마디 못 하고 물 끄러미 들여다 보기만 하다가 한편에서 울음 주머니가 툭 터지며 마주 몸부림을 땅땅하고 방성대곡을 하는데, 그 집안 상하 노소 와 이웃집 남녀 친지가 모두 모여 와서 그 광경을 보고 흑흑 느 껴가며 눈물 아니 내는 사람이 없는 중, 그중 친근한 사람들은

최호방 내외를 붙들어 만류한다.

"여보십시오, 그만 두시오. 암만 울면 쓸 데 있습니까. 기왕 이 지경을 당하신 터에 정신을 차리어 제 몸 감장이나 유한 없이 하여 주시는 일이 옳습니다. 에그 기막힌 일도 있지. 꽃 같은 나이에 병이 들어 천명으로 이 지경이 되었어도 부모 되신 터에 기가 막히실 터인데, 제일 인물과 재질이 아깝지. 여보십시오. 어서 그치시고 초상 치를 일이나 생각해 보십시오."

최호방이 한숨을 휘—이 쉬고 일어나 가만히 생각한즉 자기 딸이 자처하기는 이시찰로 인연한 것인 줄은 분명 알겠으나 자세한 것은 알 수 없는지라. 제 손그릇 등속과 방구석 사면을 두루 살펴 보노라니 아무 것도 증거가 없고 다만 윗목에 찢어 버린 휴지밖에 없는지라. 주섬주섬 집어 낱낱이 펴가지고 이리저리 조각보 모으듯 맞춰 보니 곧 이시찰의 편지인데, 그 사연에,

"긴 사연 후리치고 피차에 아름다운 인연을 맺기는 백년을 해로코자 함이러니, 다시 생각한즉 연기도 너무 차등이 지고 나의 형편으로 말한대도 도저히 될 수가 없기로 계약서는 보내지 아니하며 돈 십 원을 보내니 변변치 않으나 분과 기름이나 사서 쓰기 믿으며, 이 사람은 공무나 분망치 아니하면 수히 일차 가서 옥안을 다시 대할 듯 대강 그치노라."

하였는지라. 최호방이 보기를 다하고 도로 썩썩 부비어 집어 던지고, 두 눈이 불끈 뒤집히어 이를 북북 갈고 북편을 바라보며,

"으—웅. 세도 있는 사람은 남의 적악을 이렇게 하고도 무사할까. 내 눈에 흙 들어가기 전에는 어디 좀 두고 볼 걸. 여보게 마누라, 울지 말게. 그까짓 소견없는 년 뒤어진데 무엇이 설워 운단 말인가. 그 위인이 믿지 못할 자격이니 기다리지도 말고 진작 단념하라니까 말을 아니 듣고 고집하더니, 필경 제 몸을 이 모양으로 버려서 아비, 어미 눈에서 피가 나오게 해!"

선초 어머니는 그 말을 들으니 더욱 불쌍하고 원통하여 아주 기절을 하여 가며 울더라.

선초가 변변치 못한 자격이라도 그 모양으로 죽었으면 소문이 원근에 낭자하려든 하물며 인물도 남다르고 재질도 남다르고 지조도 남다른 중 죽기까지 남다르게 한 선초리오. 지여부지간(知與不知間) 그 소문을 듣고 단 한 마디씩은 말을 하는데 열이면 열 다 이시찰을 욕하는 소리뿐인데, 그중에 언론이 두 가지로 나오기는 본군과 인읍의 기생들이라. 기생 노릇을 해도 제 마음에는 죽기보다 싫은 것을 사세에 꼼짝하지 못하여 벗어나지 못하는 계집은 선초의 고결한 것을 흠모하여,

"에그, 마음이 어쩌면 그렇게 맵고 끊은 듯 한고. 우리는 그런 사람에게 비하면 아무것도 아니지. 아무때 죽든지 죽기는 일반인데 무엇이 아까워서 이 더러운 일을 하며 살아 있나. 아무도 아니 들으니 말이지 이시찰인지 누구인지 그것도 양반인가. 무식한 상사람과 달라서 의리도 있고 체통도 있을 터인데, 제 자식이라도 막내딸 뻘이나 되는 사람에게 그 모양으로 적악을 해서 생목숨을 끊게 한담."

시집살이 하기가 싫거나 서방을 나무라고 제 버릇 개 못 주어 모야무지에 뛰어나와 기생을 자원한 것들은 선초의 고집을 비소하여,

"어―아니꼬운 년. 제가 저 모양으로 죽으면 대문에 주토 칠할 줄 알고. 죽은 저만 속절없지. 인생이 일장춘몽인데 아니 놀고 무엇할고. 흥, 우리는 그런 기회를 못해서 걱정이야. 웨얼렁웨얼렁 그 비위를 살살 맞춰가며 움푹히 빨아 먹지 못하고 되지 못하게 고집을 하다가 제 몸까지 버릴 곡절이 무엇이람. 에그 우스워라."

서울, 시골 물론하고 기생만 죽으면 전후 건달이 모두 모여 꽃평량자에 징, 장고, 호적, 소고로 쿵 쾡 니나노 하면서 줄무지로

시체를 내가는 것이 오백년 유래지고풍(由來之古風)이 되었는데, 더구나 선초야 원통이도 죽었으려니와 원래 유소문한 터이라 그 시체 나가는데 누가 구경을 아니 가리오. 읍, 촌 여부없이 노소 남녀가 바쁜 일을 제쳐 놓고 인사 겸 구경 겸 구름같이 모여 들었는데, 최호방이 그 딸을 향하여 불쌍하기도 한이 없으려니와, 문견도 없는 처지가 아닌고로 수의 관곽 상여 등을 돈 아까운 줄 모르고 한없이 치례를 하고 술과 밥을 흔전흔전히 장만하여 기구를 부릴 대로 부렸더라.

생베 두건을 눈썹까지 꾹꾹 눌러쓴 상여꾼이 구정닷줄을 갈라 메고 요령 소리 몇 마디에 원통한 신체가 집을 하직하고 떠나간다. 사람이 칠십이고 팔십이고 저 살 날을 다 살다가 한명(限命)에 병이 들어 죽더래도 영결종천 떠나가는 길에서 더 설운 것이 없다는데, 나이 청춘이요 세상을 원통히 버린 선초의 상행이야 다시 일러 무엇하리오. 상두 수번이 요령을 뗑경뗑경 치며,

"워호 워호"

소리를 주니까 여러 상두꾼이 발을 밀어 일어서며

"워호 워호."

신산 잡은 데로 워호 소리를 주고받으며 가서, 양지 바른 자좌 오향(子坐午向)에다 깊숙이 장사를 지내고 봉분을 덩그렇게 모아 놓은 뒤에 사람은 다 헤어져 가고 오직 빈 산이 적적한데 달이 황혼이더라.

선초 어머니가 새로 입힌 잔디를 두 손으로 부드등부드등 뜯으며,

"에구, 선초야. 왜 집을 버리고 예 와 있느냐. 세상에 내가 모질기도 하지. 이것을 예다 버리고 혼자 집으로 돌아가려고 하니. 영감, 나는 차마 이것을 버리고 집으로 못 가겠으니 여기다 아주 묻어를 주고 가오. 혼이나마 모녀가 서로 의지를 하게."

　최호방은 대범한 남자라. 좀체 일에 눈물을 아니 내던 터이더니 비죽비죽 마주 울며,

　"여보게, 객스러운 말 말고 내려가세. 세상에 자식따라 죽는 부모가 어디 있던가. 제가 이렇게 죽은 것이 이 탓 저 탓 할 것 없이 첫째는 제 팔자요, 둘째는 우리 팔자이니 그만 울고 집으로 내려가세."

제 6 회

　최호방 내외가 앞을 가리는 눈물을 간신히 억제하고 집에 돌아오니 온갖 것이 모두 다 눈에 밟혀 못 살 지경이라. 자박자박 자최(자취)가 나는 듯 하고 나즉나즉 음성이 들리는 듯, 연상 설합에는 제 필적으로 쓴 편지쪽이 데굴데굴, 바느질 그릇에는 침선 배울 제 시험하던 골무, 괴불이 데굴데굴, 탁자 위 만권 서책에는 먼지가 켜로 앉았는데 이 갈피 저 갈피 질러 둔 표지는 저 읽던 흔적이 완연한, 그중에 제일 간장이 슬슬 녹고 정신이 아주 없어지며 가슴이 답답해질 일은 문갑 위에 놓여 있는 양금이 밤중만 되면 줄이 절로 죄이며 뚱, 땅 하는 소리라. 평시 같으면 그 소리가 일기가 음음한 탓으로 복판이 늘며 줄이 튀는 것이라 하여 심상히 들었으련마는, 수심에 겨워 잠을 못 이루고 고생하는 선초 어머니는 그 소리 날 제마다,

　"에구, 저 소리가 또 나는구나. 저것도 심상지 아니해서 임자를 찾노라고 저렇게 시시로 우나보오. 영감, 나는 진정이지 저 소리 듣기 싫소. 집어다가 아궁이에나 틀어넣으시오."

　모란이가 옆에 앉았다가 와락 뛰어들며,

　(모란)"에그 어머니 그것은 왜? 내가 가질 걸."

　(춘홍)"에 이년, 네가 그것은 해서 무엇하게!"

(모)"에그, 요전에는 언니가 음률할 제마다 그리 가르쳐 주어도 금방 금방 잊어버리겠더니, 어쩐 일인지 요새는 음률 소리가 귀에 쟁쟁하여 높고 낮고 되고 느린 가락을 모두 짐작하겠는데요."

(춘)"에라, 듣기 싫다. 저리 가거라. 또 이년, 뉘 가슴에다 못을 박으려고 음률을 배우려고."

(모)"어머니께서는 공연히 저러시네. 음률만 배워 나도 언니처럼 기생 노릇을 해야 할 터인데."

(춘)"기생 비생이 어째? 이년, 다시 그런 아가리를 벌려 보아라."

조선 천지에 제 힘 아니 들이고 남 속여 먹기로 생애를 삼는 것들은 소위 무당, 판수라. 무당, 판수가 만나는 사람마다 정대하고, 당하는 일마다 광명하면 하나도 속여 먹지 못하고 자고송(自枯松) 모양으로 굶어 죽은 지가 이구(已久)하겠지마는, 사람들도 보통 어리석고 일도 매양 의심 나는 중 연때가 맞으려면 천지도 야릇한 법이라. 선초 죽던 그 달부터 비 한 점 아니 오고 내리 가무는데 논배미, 밭도랑에 성냥만 득 그어대면 훨훨 탈 만치 오곡잎이 다 말라들어 가니, 가뭄이 너무 심하면 노약들이 서독에 병들기가 십상팔구어늘 무식한 부녀들이 무당에게도 묻고 판수에게도 물으니 묻는 데마다 소지에 우근진으로 으레히 말하기를, 원통히 죽은 선초의 혼이 옥황상제께 호소하여 날도 가물게 하고 병도 다니게 한다 하는 허탄 무거한 말이 한 입 걸러 두 입 걸러 이 사람 저 사람 큰 소일거리 삼아 지껄이는 중, 농꾼의 집에서 더욱 악머구리 끓듯 하여 대동(大洞)이 추렴을 놓아 각색 과실에 큰 소를 잡아 선초의 무덤에 가 제사를 정성껏 지내어 그 혼을 안위코자 하더라. 택일한 제일을 당하여 수백 명 남녀가 구름같이 모여 술잔을 다투어 부어 놓고 제각기 소원을 속으로 암축하

는데 어떤 자는,

'선초 씨여, 이 술을 받은 후에 잡귀, 잡신을 모두 제쳐 주어 우리집 우환이 구름 걷듯 퇴송케 하여 주소서.'

이때 이시찰은 거절하는 편지에 돈 십 원을 넣어 보내고 스스로 생각하기를, '아마 내 편지를 보면 제 생각에 어이가 없으렷다. 기실은 어이없을 것도 없지. 나를 대하여서는 가장 지조가 있는 듯이 계약서니 해로를 하느니 하였지마는 그게 남자 후리는 제 행태이지, 무얼 진심으로야 어린 것이 나 같은 늙은이와 같이 살려고 할라구. 참말 살기만 하면 제가 아니 제 꼭지에 물러날까. 모르면 모르되 편지를 본 뒤에 필경 돈 십 원 보낸 것만 대견하여 얼마쯤 좋아할걸.'

거무하(居無何)에 김선달이 그 돈 십 원을 도로 가지고 와 주며 선초가 받지를 아니하고 도로 싸 보내더라 하는지라. 이시찰이 아니꼬운 양반의 마음이 불끈 치밀어서 발을 땅땅 굴리며,

"어ㅡ버르장이 없는 년. 제년쯤이 다과 간에 내가 보낸 것을 외람히 받지를 아니하고 도로 보내? 양반이 괴약한 년 한 번 상관하고 큰 욕을 보았군."

김가는 아무쪼록 이시찰의 비위를 맞추느라고,

"진노하옵실 일이 아니올시다. 소인의 미련한 생각에는, 선초가 본시 욕심 많은 것으로 사또께서 가까이 하옵셨으니까 그 돈 주신 것이 제 마음에 약소히 여겨 도로 바치면 전천이나 더 처분하실 줄 알고 소견없이 그리했나 보이다."

이시찰이 그 돈을 전장에 나갔던 아들 살아 온 것만치나 대견히 알아서 한 번을 척 접어 가방에다 넣으며,

"오냐, 그만 두어라. 내가 두고 쓰지, 저 싫다는 것을 애를 써 줄 것 무엇 있니. 더 주어? 저 더 줄 돈이 있으면 내가 땅을 다만 한마지기 라도 더 사서 전지자손하겠다."

김선달 물러간 뒤에 자기 마음에 무엇이 그리 충연유득(充然有得)하던지 바른손으로 배를 쓱쓱 문지르며 초헌 다리를 하고 누워서 풍월구를 읊으더니, 잠이 스르르 들어 코를 드르렁드르렁 골다가 이맛전에 땀을 줄줄 흘리고 벌떡 일어나더니 입맛을 쩍쩍 다시며,

"응, 꿈도 괴상하다."

하고 연상에 붓을 집어 먹을 찍더니 머리맡 벽에다 두 줄을 가로,

"야몽극흉 서벽대길(밤 꿈 극히 흉한즉 벽에 글을 쓰노니 크게 길하라.)"

이라 쓴 뒤에 다시 드러눕더니 얼마 아니 되어 또 여전히 땀을 물독에서 빼낸듯이 흘리며 일어나 혼자 중얼중얼 꿈 이야기를 한다.

"어―이게 무슨 꿈인가. 속담에 맘이 있어야 꿈에 뵌다는데 내가 장난 삼아 저를 한 번 상종한 일이지, 바늘끝만치나 못 잊혀 생각을 하기에 펄쩍 뵈이나? 어―요망스러운 것. 꿈에 보일 터이면 좋은 낯으로 반갑게 보이지를 왜 아니하고 내가 제게 무슨 못할 노릇을 했길래, 머리 풀어 산발을 하고 이를 아등아등 갈며 요악한 소리로 '내게 이렇게 적악을 하고 네 신세가 평안할 줄 아느냐. 내 혼이 네 머리 위로 주야 장천 돌아다니며 네 가슴을 콱콱 짓찧으며 한탄하는 양을 보고야 말겠다'하고 발악발악 울며 덤비어 보이노. 응, 요망스러운지고."

이시찰이 그 꿈을 꾸고 나서 입찬 소리로 장담은 하였지마는, 일자 이후로 공연히 심신이 산란하여 지며 머리끝이 쭈뼛쭈뼛한지라, 다시 잠을 자지 못하고 애꿎은 담배만 펄쩍 먹는데 그렁저렁 날이 밝았더라.

김선달이 숨이 턱에 닿게 오더니 황망한 말로,

(김)"사또, 간밤에 선초가 자처를 하였답니다."

(이)"무엇이야, 자처를 하다니, 제가 무슨 곡절로 자처를 했단 말이냐. 네가 분명히 들었느냐?"

(김)"듣다 뿐이오니까. 관비가 가서 보기까지 하고 왔답니다."

(이)"이애, 듣기 싫다. 관비년을 너 어찌 그리 꼭 믿느냐. 그년은 역시 그년이니라. 죽었다고 으름장을 하면 내가 왼눈이나 깜짝 할 줄 알고, 실없는 것들이로고."

(김)"아니올시다. 제가 자처를 했는지는 확실히 믿지 못하겠습니다마는, 살을 맞았는지 관격을 하였는지 죽기는 정녕히 죽었길래 염습 제구를 장만한다 관곽을 짠다 하옵지요."

(이)"참말 죽었을 터이면 네말마따나 필경 살을 맞았거나 관격이 되어 죽은 것이요, 또는 만약 자처를 하였다 하더라도 제 손으로 저 죽은 것이 내게 무슨 상관이 있느냐."

그 모양으로 김선달을 대하여서는 말을 하여 놓고 은근히 마음에 일상 꺼림하던 차에, 장성읍 인민들이 가뭄과 유행병을 인하여 선초의 무덤에 제를 풍비하게 지낸다는 소문을 듣고 염치 좋게 스스로 생각하기를,

'내가 제게 적원한 것은 없지마는 제 마음에는 얼마쯤 섭섭히는 여겼던 것이야. 그러기에 종종 내게 현몽하는 것이니, 제 귀신을 위로할 겸 구경도 할 겸 내가 좀 가보겠다.'

하고 대동이 택일한 제삿날을 당하여 이시찰이 선초의 무덤으로 뱃심좋게 가서 남녀 노소의 축원하는 양을 차례로 구경하고, 모두 다 헤어져 간 뒤에 자기 역시 술 한 잔을 따뜻하게 부어놓고 글 한구를 지어 고성 대독하는데,

"추풍이 내백발하여 낙일에 곡청산이로다.(가을 바람에 백발이 와서 떨어지는 날에 청산에서 울다.)"

가장 선초의 혼이 자기의 술을 달게 흠향이나 한 듯 싶어 희색

이 만면하여 돌아왔더라.

그날 밤 삼경이 못 되어 별안간에 남풍이 슬슬 불며 사면에서 검은 구름이 뭉게뭉게 일어나서 탄탄대로에 기초 달리듯 하더니 번개는 번쩍번쩍, 천둥은 우루루우루루, 주먹 같은 빗방울이 우두두 떨어지다가 거 미기(未機)에 눈을 뜨게 삼대같이 퍼부어오니, 읍하의 우매한 부녀들은 모두 좋아 춤을 추며 제각기 한 마디씩을 다 지껄이기를,

"세상에 영검도 하다. 무당, 판수라 하는 것이 헛것은 아닌 게야. 점괘 나는 대로 선초 혼을 위로하였더니 당일 내로 비가 이렇게 오지. 이번 일을 보아도 살아서나 죽어서나 선초같이 연하고 싹싹한 사람을 나이 몇 살 아니 되었어도 처음 보는 걸. 만일 이번에 인간들이 몽매하여 그냥 내버려 두었으면 어느 때까지 가물는지 모를 뻔하였지. 인제 비는 더 바랄 것 없이 흡족하니 내 집 남의 집을 물론하고 우환이나 마저 없어졌으면 그 아니 좋을까."

이시찰이 적이 신학문에 유의한 터 같으면 그런 소리를 듣더라도 비오는 이치를 풀어서,

"허허, 무식한 것들이라 할 수 없고. 비가 제 지냈다고 왔을까, 사람이 근천명이 왔다갔다 하는 바람에 먼지가 공중으로 올라가 수증기를 맺게 하여 비가 온 것이라."

설명을 하였으련마는, 눈썹만 빼도 똥이 나올 분네는 요량하기를,

"흥, 어림없는 것들이로고. 선초의 귀신이 비를 오게 했을 터이면 저희들 정성에 비가 왔을까. 내가 와서 술을 부어놓고 글을 지었은 즉 거기 감동하여 비를 오게 하였을 터이지."

그날 밤에 아무 기탄 없이 잠을 자려 하는데 눈만 감으면 선초가 여전히 와서 머리 위로 돌아다니며 울고 부르짖는지라. 하릴

없이 일어나 등촉을 밝히고 밤새기를 기다리는데, 동이 틀락말락
하여 창밖에서 난데없이 기침 소리가

"에헴 에헴."

나거늘, 이시찰은 휘휘하고 적적하던 차에 든든한 마음이 나던
지 대단히 반가워하며,

"거기 누가 왔느냐?"

기침 소리가 그치며,

"예, 영문에서 서간이 있어 왔습니다."

이시찰이 갈려 간 관찰과는 서로 성기가 통하여 결전 상관에
별별 조화를 다 부렸더니, 새로 내려온 관찰과는 아직 낙낙 난합
하여 어찌하면 계제를 얻어 또 한번 수단을 피워 볼고 하던 판이
라 영문에서 서간이 왔다는 말을 듣고 한없이 반가워서, 의복도
채 입지 못하고 이불을 두른 채 일어나 앉으며 윗간에서 자는 상
노놈을 깨워서 문을 열고 편지를 받아들이라 하였더라. 상노가
눈을 비비고 부시시 일어나 문을 막 열고 편지를 받으려 할 즈음
에 갓두루마기 한 사람이 마루 위에 우적우적 올라서며 이 문 저
문 턱턱 가로막아 서더니 큼직한 봉투 하나를 주며,

"법부 조회로 영감 잡히셨습니다."

이시찰이 자기의 전후한 일은 잊고 잡혔다는 말을 듣더니 수각
이 황망한 중 삼십육계를 쓰고 싶으나 문마다 막혀서 움치고 뛸
수가 없는지라, 어찌하는 수 없이 그 편지를 받아 속 폭을 뽑아
보며 우두커니 앉았다가,

"잡혔으면 가지, 내 죄 없으니까 아무 겁날 것 없다."

하고 상노놈에게 세숫물을 놓으라 하여 소세를 한 후 아침밥도
못먹고 그자들에게 끌려 영문으로 올라가 그 길로 평리원으로 압
송이 되었더라. 이시찰 잡혀 온 죄는 막중 국세를 중간 환롱한
죄라. 감옥서에다 엄밀히 뇌수하여 두고 삼 년 동안을 재판하는

데, 세상 사람이 지옥 지옥 해도 지옥이 별 것이 아니라 이생에 있는 감옥서가 곧 지옥이라. 그런 고로 죄를 범하고 그 속에를 한 번 들어만 가면 살아나올 제 나온대도 죽은 목숨과 조금도 다를 것이 없는 법이라.

이시찰이 처음에는 가장 쇠가 산 체하고 큰 소리를 철장같이 뽑아낸다.

"양반이 감옥 맛을 아니 보면 못 쓰느니라. 감옥 말고 감옥에서 더한 데를 들어왔더라도 내 죄 없으면 그만이지, 겁을 손톱만치라도 낼 내가 아니다."

하면서도 뒤는 나든지 은근히 자기 상전 두 신씨에게 고급을 하여 일을 무사타협하게 주선하여 달라고 애걸한 후에 눈이 감기도록 반가운 소식 듣기를 기다리는데, 하루 이틀 지나 점점 여러 달이 되도록 시원한 소식은 도무지 없고 사람은 못 당할 경우가 날로 생긴다. 그렇게 가물던 일기가 유월을 접어들며 무슨 비가 그렇게 그칠 새 없이 오던지, 정결한 처소에도 습기가 자연 생겨서 의복은 눅눅하고 기명은 곰팡이가 나는데 더구나 양기를 받아 보지 못하는 감옥 속이리오. 침침 칠야에 빗소리는 주루룩주루룩, 모기, 빈대, 벼룩 등물(等物)은 먹을 판이나 생긴 줄 알고 들이덤비는데 앉아도 편치를 아니한 중, 눈만 감으면 선초가 여전히 옥문 밖에 와 돌아다니며 원통한 사설을 하여 가며 우는 소리가 두 귀에 완연히 들리니, 오려던 잠이 천리 만리 달아나며 신세 타령이 부지중 나온다.

"에구 내 신세가 어찌하다가 이 지경이 되었을까. 죄가 있거든 죽이든지 귀양을 보내든지 얼풋 처판을 하여 주거나. 밤낮 재판은 하여도 끝은 아니 내어주고 이 모양으로 옥구멍에다 넣어 두니 사람이 살이 슬슬 내려 절로 죽겠지. 이 지경 될 줄 알았다면 남과 혐의나 아니 지었으면 좋을 것을. 큰 훈공이나 세울 줄 알고 잡아 압송한 동학당 수백 명을 진작 죽여 없애지를 않고 그대로 가두어 두어서 이놈들이 나를 못 먹겠다고 벌이 살 덤비듯 하며 주먹질, 발길질, 입에 못 담을 욕설 악담이 물 퍼붓듯 하는 중, 조석 때를 당하여 먹을 것을 좀 해 들여오면 이놈도 빼앗아 가고 저놈도 빼앗아 가서 정작 나는 다만 몇 술을 먹어 보는 수 없으니 당장 들피가 나서 꼭 죽을 지경이오. 그뿐 아니라 밤이 되어 잠을 좀 자려하면 고 방정 맞은 선초 귀신의 우는 소리에 실로 송구해서 견딜 수가 없지. 내가 외입은 많이 못 했지마는 그 모양으로 소견 없는 것은 듣고 보나니 처음이야. 제가 규중에 감추어 있던 터가 아니요 계집 상종하는 사람이 여간 거짓말로 속이기가 불시이사어늘, 벌써 제가 고만 살 팔자라 자처를 하고서 왜 내게 와서 성화를 받치누. 내가 지금은 횡액으로 옥 속에서 고생을 하고 있으니 할 수 없지. 조만간 내 나가기만 하여 보아라. 금부 뒤 장님 몇 명만 불러다가 옥추경을 일만 번 읽어 영영 세상 구경을 못 하게 가두어 버릴 터이다. 그러나 이네들이 내일 범연히 주선을 할 리가 만무한데."

하며 가슴이 부집 죄이듯 바짝바짝 타 들어가는 차에, 자기 집으로 무슨 편지가 급히 왔는지라, 좋은 기별이나 있는가 하여 얼핏 받아 떼어 보니 자기 큰아들이 급히 관격으로 위태하다는 병보라, 앓기가 예사지 설마 어떠하랴 하였더니 비몽사몽 간에 선초가 앞서고 동학에 몰려 죽은 임씨 모자가 뒤를 서서 오더니 소상 분명히 이르는 말이,

"네가 우리와 무슨 불공 대천지 원수를 졌길래 생목숨을 끊게 하였느냐. 일인즉 너를 잡아다가 살을 점점이 저며 간을 내어 씹고 싶다마는 그러고 보면 네가 생전에 앙화를 못 다 받을 터이기로, 네집 식구만 차례로 잡아가고 네 몸 하나만 남겨 두어 각색 고초를 당할 제마다 지은 죄를 구비구비 생각하게 할 터이다."

이시찰이 깜짝 놀라 두 손으로 눈을 이리저리 씻고 정신을 가다듬어도 뼈에 사무치는 그 소리가 두 귀에 소상 분명히 들리는 것 같더라. 거 미기에 곽란으로 앓던 맏아들의 부음이 오더니, 곧 이어서 둘째 아들, 셋째 아들의 부음으로 손자 손녀의 변상 기별이 연속 부절하여 들어오는지라. 처음에는 원통한 마음이 나서 눈물이 앞을 가리고 한숨이 걷잡을 새 없이 나오더니, 참척도 여러 번 보니까 졸업생이 되었든지, 서럽고 원통하던 마음이 다 어디로 도망을 하고 부음 들을 때마다 탄평 무사하여 '제 명이 짧으니까 제가 죽었는데 생각해서 소용이 무엇이냐. 젊은 처첩이 있으니 또 낳으면 자식이지' 하는 독하고 무정하고 매몰한 뜻을 가슴속에다 품고서 여상히 지내다가, 급기 자기 마누라가 여러 번 독척을 보고 상심이 되어 신음신음 앓다가 세상을 또 버렸다는 기별을 듣더니 그제는 몸부림을 땅땅하며 기가 컥컥 막히게 울다가 옥사장이에게 구박을 자심하게 당하더라.

사람이 궁극한 지경을 당하면 뉘우치는 마음이 절로 생기는 법이라. 이시찰이 웬만한 사람 같으면 그 지경을 당하였으니, 맑은 낮 고요한 밤에 자기의 전후의 지은 죄를 차례로 생각만 하면 뉘우치는 마음이 나서,

"에구 내가 이 앙화를 받아 싸지. 수원수구를 할까마는 차라리 죄지은 나나 진작 죽여 주었으면 백번 사양을 못 하려니와 애꿎은 처자야 무슨 죄가 있나."

하여 자기 하나 잘못한 죄로 처자식이 불쌍히 세상을 버린 일을 생각하면 머리를 기둥에라도 부딪쳐서 따라 죽을 터인데, 그런 회심을 하기는 고사하고 종래 흰소리로 자기 조상 탓부터 한다.

"어허 내가 이렇게 하면 내 몸만 해롭지 아니되겠구. 우리 산소가 잘못 들었거나 선세에 지은 죄가 있는 탓으로 자식들이 모

다 애물로 생겼다가, 눈 아래 끔찍스러운 경상을 보였는 것을 아무 자식 없는 마누라는 공연히 마음을 상하여서 천금 같은 몸까지 버렸지. 오냐. 칠십에 생남자도 많다는데 아직도 내가 연부역강한즉 어느 때든지 이 재판 끝만 나거든 복성스러운 규수에게 후취도 하려니와, 애 나이하는 작은마누라가 있으니 설마 또 날 터인즉 이 다음 소생 아들은 학교에 내보내어 개화 공부를 시켜 먹을 벌이를 하게 하겠다.”

이시찰이 당한 일은 어느 관찰사와 공전 건몰한 상관으로 재판 시작이 되었는데 아무쪼록 고생을 더 하라고 그렇든지, 재판할 때 마다 제출할 증거와 변론을 미리 준비하였다가 급기 재판정에를 나가면 선초와 임씨 모자가 눈앞에 와서 울며 폭백하는 소리에 정신이 소란하여지며 한 가지 기억을 못하고 횡설수설 주책 없이 말이 나오는 탓으로, 그 재판 끝을 진시 못 내고 장 근 삼년을 내끌었더라. 그때에 이시찰을 지어 부지 간에 모두 다 고소해서 한 마디씩이라도,

“에—잘도 사니. 제가 상전 잘 만난 탓으로 그만치 그릇되었으니 어디까지 매사를 극력 조심하여도 실수하기가 십상 팔구어든, 본래 주제넘고 아니꼬운 위인이 그같이 소무기탄(小無忌憚)하고 남에 적악을 하였으니 천도가 어찌 무심할 리가 있나. 그 죄벌을 당해 싸지.”

이렇게 말하는 사람은 일반 공론이라 과격하다 할 수 없거니와, 적거니 크거니 혐의(嫌疑)가 좀 있는 사람들은,

“흥, 고까짓 것. 제가 제 벌을 받으려면 아직도 멀었지. 아무에 전재 빼앗은 것과 아무의 전답 빼앗은 것이라든지 누구 누구를 모함한 것만 해도 저만치는 고생을 하고도 남을 터이오. 그네 일과 우리의 소조는 다 그만두고 남의 일이라도 말을 하자면 이가 절로 갈리기는, 제 동향에 있는 임씨의 집에 대하여 배은망덕으

로 멸망을 시켰으니 그 원귀들이 가만히 있을 리도 없고 그는 차치 물론(且置勿論)한대도 장성읍 기생 선초의 일로 말하면, 이시찰 자기 소위 학문가의 출신으로 철 모르는 계집아이가 목전에 노는 풍정만 탐하여 행실을 부정히 가질지라도 아무쪼록 좋은 도리로 권고를 간절히 하야 개과천선 하도록 하는 것이 가하거늘, 제 자격이 절등하고 지조가 비상한 선초를 어디까지 포장은 못해주나마 제 부형의 없는 죄를 억지로 씌워서 당장 죽일 듯이 위풍을 부리고 뒤로 은근히 소개를 하여 백발이 허연 자가 막내딸 같은 것을 간통하고 그나마 약조를 저버려 생술 같은 것이 철천지 한을 품고 죽게 하였으니 앙화를 받지 않고 무엇을 할고."

하더라.

그런데 선초와 임씨 모자가 이시찰 눈에 뵈인 일로 말하면 아무라도 참말 그 귀신이 있어 원수를 갚으려고 그리한 것이라 할 터이지마는, 기실은 그렇지 아니한 것이 죽은 귀신이 있어 원수를 갚을 것 같으면 지금 누구니 누구니 하는 소위 재상들이 하나도 와석종신을 못하고 참혹히 벌써 이 세상을 하직한 지가 오래였을 터이지마는 유명이 한번 달라놓은 이상에 그렇게 역력할 수 없는 것은 정한 이치라. 그러나 도적이 발이 저리다는 일처럼 이시찰이 자기 생각에도 지은 죄가 있으니까 공연히 겁이 나며 중정이 허해져서 선초로도 보이고 임씨 모자로도 보이는 중 선악간 사람의 뇌라하는 것은 극히 영통하여 아직 오지 아니한 앞일을 미리 깨닫는 일이 이따금 있는 고로, 자기의 참경을 본 일부터 상처하는 일까지 벌써 마음에 켕겨서 그 모양으로 선초 귀신, 임씨 모자 귀신이 눈에 현연히 보이며 하는 말이 귀에 소상하였던 것이러라.

최호방이 선초의 참경을 본 이후로 한 가지 고집이 생겼는데 이 고집은 별것이 아니라.

"딸자식이라는 것은 반절이나 깨쳐서 가간통정이나 하면 넉넉하고 밥이나 짓고 의복이나 꿰매면 고만이지 한문자는 한 자도 가르칠 일이 아니오. 또 기생으로 말한대도 음률 가무가 변변치 못한 아이들은 열이면 열이 다 후분이 좋아도, 재주가 남보다 뛰어나면 재승덕박(才勝德薄)하여 그런지 개개히 팔자가 기구하더라. 더할 말 없이 우리 선초로 보아도 제가 인물이라든지 음률 가무가 변변치 못하였다면 이시찰이 그 모양으로 욕심을 내어 의리 부동한 행위를 했을 리가 없었을 것이오. 또 제가 글자를 아니 배워 무식한 것 같으면 의리인지 지조인지 어찌 알아서 제 목숨을 끊을 지경까지 하였을 리도 없으니, 에―우리 모란이 년은 당초에 아무것도 가르치지 말고 그대로 내버려 두겠다."

하여 일절 아무 것도 배우지를 못하게 하건마는, 모란이는 매를 맞고 꾸지람을 들어가며 틈틈이 저의 일가집에 가서 동냥 글을 배워서 문필이 저의 형만 못지 아니하고 음률은 최호방 출입한 동안이면 제 형 공부하던 율보를 보아가며 사습을 은근히 하여 어느 배반이든지 막힐 것이 없는 중, 형제의 얼굴이 방불한 것은 흔히 있는 일이라. 제 나이 점점 차 갈수록 달덩이같이 어여뻐 제 형의 얼굴에서 쪼개어낸 듯하더라. 그러지 아니해도 모란이가 천륜이 감동해서 제 형의 넋두리하던 소문 들은 사람마다 모란이는 선초가 다시 왔다고 지목을 하였는데 더구나 인물 재질이 제 형과 방불하니 호사자(好事者)들이 오죽 말을 만들어 하리오.

"에―세상에 희한한 일도 있더라. 장성읍에는 대대로 명기 하나씩이 으레히 생기어서 당년에 유명하던 명주 보패가 차례로 죽고 그 뒤를 이어 선초가 생겨나서 장성 일군을 흔들흔들 하다가 몹쓸 바람에 떨어진 꽃 모양으로 하룻밤 사이에 흔적이 없어지고 적막히 비인 가지에 석양이 비낀 모양이 되었으니, 아무라도 생각하기를 인제는 산천도 변하여져서 장성읍에 명기가 끊기려나 보다 하였는데 죽은 선초는 참 희한한 일이야. 요사이에 도로 살 아났다는 걸."

모란이 성식을 자세 아는 사람은 그런 말을 듣고,

"옳지 모란이가 제 형 선초의 계적을 했으니까 저렇게 말하기 도 용혹 무괴이지."

하여 다시 묻도 아니할 터이지마는 밑도 끝도 없이 그 말을 처음 듣는 자는 죽었던 사람이 살아왔다는 말에 대경소괴하여,

"으응 그게 무슨 말이야. 선초가 살아났다니, 죽은 사람이 도로 살아나. 그러면 선초가 이시찰을 속이노라고 거짓 죽었던 것이로 구먼. 어떻든지 계집의 꾀라는 것이 기가 막히더라. 이시찰은 커녕 우리도 그 소문을 듣고 꼭 속았는 걸."

그 뒤살 전하던 사람도 두 가지 구별이 있으니, 선초의 자초지 종을 알고 말한 자는 선초가 이시찰을 속였나 보다 하는 의심에 대하여 정색을 하여 가며 기어이 변명을 하여 주려니와, 자기도 남의 전하는 것만 듣고 절인지 중인지 알지도 못하며 입이 가벼 움게 지껄이던 자는 어디까지 자기의 주견을 세우노라고 엇구수 하게 얼마쯤 말을 보태어 하더라.

제 7 회

지극히 어지신 하나님께서는 호생지덕(好生之德)을 주장하시는 터이라. 삼 년 동안을 옥구멍 속에서 사람의 못 당할 고생을 다 겪던 이시찰이 놓여 나와 세상 구경을 다시 하게 하신지라. 그물을 벗어난 새와 일반으로 이시찰이 옥문을 나오니 그때에는 애연한 양심이 잠깐 생기어서 스스로 자복하는 말이라.

"에구 내가 이번에 고초 겪은 일이 모두 다 내 잘못이지, 수원

수구할 수 있나. 임씨 집 일로 말하면 내가 그 노인의 사랑하던 은혜를 태산같이 지고 만분의 일이라도 갚지는 못할지언정 내 요공을 하자고 죄도 변변치 않은 그 아들을 사정 없이 포살하였으니 어찌하니 원통치 아니하며, 선초로 말하면 제가 그처럼 고집을 하니 내 욕심을 참았다면 나도 점잖은 모양이 되고 저도 소원 성취가 되었을 것을. 응 잘못했지, 잘못했어. 그것이 생목숨을 끊을 때에 다시 없는 원혼을 품었을 것이니 일부함원에 오월비상(一婦含寃 五月飛霜)이라는데 내가 결단이 어찌 나지 아니하였을고."

하여 가장 회개한 듯이 일절 여색은 가까이 아니하고 점잖은 행태를 이왕 학자 문하에 다니던 때와 일반으로 하니, 이는 자기 마음에 뉘우침도 여간 있으려니와 은근히 엉큼한 욕심이 들어앉아서 세상 이목을 또 한 번 속여볼 작정이더라. 속담에 더 먹자면 거친 개라더니 이시찰이 부조 유업만 해도 자기 식구는 굶지 않고 넉넉히 지내었을 것을, 아무쪼록 불한당질을 하여 장안에 손꼽아지는 거부장자가 되어 보자는 작정겸 일색 미인을 한번 상종하자는 계교로 천신만고하여 삼남 시찰을 보려 내려가서 일색도 상관하였으려니와 재물은 어떻게 휩쓸어 몰아올려 왔던지 만일 그 재물을 굳게 지키기만 하면 충청도 내에 큰 자본가가 되었을 터인데, 거칠게 들어온 재산이 나갈 제도 거친 것은 당연한 이치라. 이시찰이 자기 집에를 와서 그 재물을 한 푼 써보도 못하고 전라 감영에서 바로 서울로 압송이 되어 삼 년 재판하는 중에 집안에 사람도 씨가 없어지고 재물도 본래 있던 것까지 보태어 탕진을 하였으니, 이시찰이 옥에서 나온 후로 본집이라고는 쑥밭뿐이요, 발을 내디디어 향할 곳 없으니까 하릴없이 이왕 소박하여 버렸던 첩의 곁방살이 하고 있는 곳을 수소문하여 찾아가서 비진 사정을 하여 몸을 의지하고 있으며, 간능스럽게 틈틈이 교제를 잘 하여 전백 전관의 구걸로 근근히 호구를 하니 자기 마음에는 사력이 훨씬 핀 줄 여겼던지 지어먹은 마음이 사흘을 못 가서 이왕 행태가 도로 나와서 돈냥만 보면 소치나 대단한 체하여 친구도 모아 술도 먹고, 계집도 불러 소일도 하더니, 하루는 어떤 친구의 연회에를 갔더니 그 좌석에 아무 판서, 아무대신 이하로 협판 참서, 국장 주사가 다수이 회집하여 반조정이 더되고, 겸하여 각국 공영사 내외국 상민도 적지않이 모였는지라. 행여나 실수를 할까 하여 극히 조심조심 하노라고 먹고 싶은 주육도 못 먹고, 하고 싶은 수작도 못 하며 한편 구석에서 숨도 크게 못쉬고 얌전스럽게 앉았노라니 마침 여흥으로 기생의 가무를 보는데, 그중 기생 하나가 자기의 얼굴을 눈이 뚫어지게 여겨보거늘 자기 역시 유심히 본즉 분명히 알 수는 없어도 어디서 이왕 많이 보던 인물 같은지라. 의젓이,

"이애 저 기생 이리 오너라. 네 이름이 무엇이고 나이는 몇 살이며 시골은 어디냐?"

한 마디 물어보고 싶지마는 여러 귀중한 좌객들이 어떻게 여기는지도 알 수 없고, 곁에 친구를 연비하여 그 성명 거주를 탐지하고 싶으나 그 사람 못 보는 데는 무슨 행세를 하였던지 제법 정대한 체통인 체하던 터에 기생의 이름을 자세히 물으면 역시 무엇이라고 흉을 볼는지 알 길이 없어 꿀먹은 벙어리 모양으로 앉아서 그 기생만 쏘아보며,

'그것, 다시 볼수록 절묘한 걸. 어떻게 하면 한 번 조용히 불러 볼구.'

하며 한입에 꼴딱 집어삼키고 싶은 마음이 나서 은근히 좌불안석을 하는데, 그 기생이 추던 춤을 중간에 그치고 이시찰 앉았는 앞으로 쭈르륵 와서 우뚝 섰더니 물끄러미 한동안 마주보는지라. 이시찰 생각에는 자기의 풍채가 두목 지존장 칠 만하여 그 기생

이 저렇게 와서 보거니 싶어 한없이 좋은 중 도리어 면구해서 고개를 돌려 딴 데를 보는 체하는데, 그 기생이 신 내리는 무당 모양으로 소리 한 마디를 버럭 지르더니 이시찰을 향하여 전후 수죄를 다한다.

"여보 너무 마오. 남의 적악을 너무 마오. 점잖은 처지로 학자 문하에 출입을 하였다면서…… 여보 나이값이나 좀 하시오. 귀밑에 털이 희뜩희뜩한 터에 나같이 어린아이에게 이다지 원통히 하여야 가할까요. 조정에서 불차탁용(不次擢用)으로 시찰을 보내실 제는 아무쪼록 패악하여 풍속을 괴란케 하는 자는 징치하고, 정직하여 사회에 모범될 만한 자는 포장하라는 뜻인데, 왜 나와 무슨 불공지수가 있길래 무죄한 우리 아버지를 동학에 관련이 있다 모함을 하여 옥중에다 외수하고 내일 포살하네 각색으로 위협할 뿐 아니라 천연스럽게 계약서까지 하여 주고 급기 강제로 욕을 보인 뒤에는 도장 찍어 주마고 그 계약서를 도로 달래가더니, 이내 배약을 하여 내가 철천지 한을 품고 이렇게 죽게 하였으니 당신 마음에 얼마나 상쾌하시오? 내 백골이 진토가 될지라도 내 원혼은 그대로 있어 당신후분이 얼마나 잘되나 보고야 말 터이오. 여보 무슨 정이 그리 따뜻해서 내 무덤에 와서 술을 부어 놓고 글을 지었습더니까. 가을 바람에 백발이 왔다 하니 나 살아서 거절한 양반이 죽은 뒤에 무엇하러 왔으며 떨어지는 날에 청산에서 운다 하였으니 울기는 무엇이 답답해서 울었습더니까. 오늘 내가 이 좌석에를 불원천리하고 올라오기는 다름아니라, 당신이 시찰로 내려와 그 탐음무도(貪淫無度)한 행실을 하고도 필경 명찰하게 직분을 다한 모양으로 세상이목을 속였을 터이기에 이렇게 만당 귀객이 모이신 데에서 죄상을 공포하려는 것이오. 댁집에 변상이 수없이 나고 재산을 탕패한 것이 무심한 일인 줄로 여겼습더니까? 내 혼이 당신 간 곳마다 쫓아가서 후분이 얼마나 잘되나 보고야 말 터이오.”

하며 무죄 양반을 비도라 모함하여 재물 빼앗던 일을 역력히 들어 수죄하는 중 임씨 부인의 양육한 은혜를 저버리고 죽마고교로 자라난 그 아들을 죄없이 포살을 하여 그 집 고부가 일시에 원통히 세상을 버린 일까지 모조리 공포하니, 그때 그 좌석에 참여한 귀객중 언어를 직접으로 통치 못하는 외국 사람은 당장에는 아무런 줄 모르고 당황히 여길 뿐이로되 기타 모 대신 모 협판 이하로 평시에 이시찰을 상없지 않게 여기던 여러분네들이 그 기생의 하는 거동을 보고 심히 괴상하여 처음에는,

“저것이 풍병이 있거나 광증이 들었나 보다.”

하였더니 차차 그 말을 들으니 무슨 묘맥이 착실히 있는 일이라 각기 연비를 하여 그 기생의 내력을 물은즉, 이름은 모란이요 시골은 장성인데 당시 명기로 세상에 이름이 훤자하던 최호방의 딸 선초의 아우 모란이라. 선초가 비록 하방에 있는 천기이나 그 품행과 재화를 모르는 사람이 없이 썩 유명하였던 탓으로 자세한 곡절은 몰라도 자처하였다는 소문은 다 듣고 모두 가석히 여기던 터이더니, 급기 모란의 일장하는 말을 듣고 선초의 불행히 된 이유를 명확히 알겠는 동시에 이시찰의 죄상까지 일일이 알겠으나 모란의 거동에 대하여 한갓 의심될 문제 한가지가 있는데,

“죽은 선초가 살아나서 모란의 모습을 쓰고 왔단 말인가. 산 모란에게 죽은 선초의 넋이 들었단 말인가. 외양은 보면 모란이 대로 있고 수작을 들으면 선초가 왔으니 그 아니 이상한 일인가.”

이때 이시찰은 어찌 기가 막힌지 아무 말도 못하고 앉아 듣기만 하다가 가만히 생각을 한즉, 묵묵히 발명 없이 있다가는 자기 과실이 모두 발각되어 일자 반급이라도 다시 어찌 해볼까 하고 일껏 행세를 적공드려 한 것이 속절 없을 지경이라. 무슨 효험이

나 볼 줄 알고 어여삐하던 본의 없이 정색을 하여 모란을 보며,

"이년 이 미친년. 이 좌석이 어떤 좌석으로 알고 얼토당토 않은 광언 망설을 이렇게 하느냐. 번연히 살아서 지껄이는 년이 나더러 죽였느니 마니. 응 간밤에 꿈자리가 뒤숭숭하더니 괴악한 년의 수작을 다 듣는다."

하고 좌상에 자기와 친절한 재상을 쳐다보며,

"시생은 오늘 이런 소조가 없습니다. 이런 미친 것이 또 어디 있습니까. 윤척이 없는 말을 함부로 지껄여 조좌 중에 창피케 하오니 역일 변괴올시다. 소매 평생에 눈도 코도 못보던 것이 어디서 와서 저를 죽였느니 살렸느니 못 할 험담이 없이 하는 모양을 보온즉, 저것이 미친년만 아니면 필경 동학 여당으로 시생에게 형벌 당한 무엇이 회개는 할 줄 모르고 도리어 함험을 하여 저것을 꾀이어 이 거조를 하도록 한 것이오니 대감께옵서 경무사 대감께 말씀하오셔 근인을 사문하여 기어이 득정을 하도록 하여 주옵소서."

그 말이 뚝 떨어지자, 모란이가 또 소리를 질러 수죄하는 말이,

"여보 간사도 하오. 그래도 나를 몰라본다고 해? 그만치 고생을 하고도 제 버릇이 그저 남았구려. 누구를 잡아 가두고 사문을 하여 달라구? 이왕에는 세상을 속이고 명예를 도적질한 탓으로 사면 대우도 받고 여간 벼슬도 얻어 했거니와, 내가 이 모양으로 설원하는 것 목도 하시고야 어느 양반이 당신의 말을 옳게 여겨. 나더러 무엇이라 할 줄로 알고 내가 유명(有命)이 다른 탓으로 직접으로 말을 하는 도리가 없어서 내 아우 모란의 입을 빌어 당신의 죄상을 이렇게 말하는 것인데 누구더러 미친년이니 광언 망설이니 하오. 궁흉극악한 댁과 더 말할 것이 없으니 나는 가오."

하더니 모란이가 뒤로 벌떡 자빠져 이내 기색(氣塞)을 하였는지라. 이시찰과 깊은 관계 없는 자들은 일변 모란의 거동을 괴상

히 여기고 일변 이시찰의 본색을 깨달아 검다 쓰다 일언 반사를
아니 하는데, 그중 이시찰을 사자 어금니 여기듯 하던 신대신은
멋 없는 호령을 내심에 잔뜩 준비하기를,

"어ー요망한 년, 사불범정이어든 어디서 이까짓 버르장이를 하
노라고. 어ー암만해도 그대로 두지 못하겠구."

하여 그 자리에서 순검을 불러 모란이를 내어 주려 하다가, 신
대신은 본래 천성이 근신한 터이라 둥그런 눈을 끔적끔적하며 다
시 생각하기를,

'대범 물건이라는 것이 불평하면 우나니. 저것이 맑은 정신의
말이라 할 수는 없으나 제 뜻은 무슨 원통한 일이 있기에 저 모
양으로 울며 사설을 하는 것이니 아무렇든지 그대로 내버려 두고
동정을 더 보리라.'

하고 가만히 앉아 모란의 폭백하는 말을 역력히 듣더니, 모란
이가 하던 말을 다 마치고 그 자리에 가 쓰러지며 넋을 잃는 양
을 보고 그날 연회가 살풍경이 되어 내빈이 흘님흘님 다 헤어져
가는 통에 이시찰은 무안에 취하여 제일 먼저 삼십육계 중 상책
을 하였더라.

당초에 모란이가 저의 형 죽은 후로 꿈마다 저의 형이 와서 울
며 부탁하기를,

"이애 모란아, 네가 아무쪼록 시서, 가무, 음률, 침재를 나만치
배워 가지고 교방에 일등이 되어 네 형의 맺어 먹었던 소원대로
성취도 하고, 네 형의 뼈에 사무친 설원도 하여 다오."

하니 한 나이라도 적어서는 아무 의사도 못 내다가 십오 세가
되어 온갖 지각이 날 만하니까 자기 형의 원통히 세상을 버린 일
이 점점 유한이 되어, 무슨 능력으로 설분을 상쾌히 하여 주는
도리가 없는 지라. 주사야탁으로 골몰히 궁리를 하다가 한 가지
계책을 내어, 서울서 다년 기부로 영업하던 박별감이 데리고 외

입을 하던 기생을 들여 보내고 새로 기생을 구할 차로 내려온 것을 알고 사람을 소개하여 청해다가 자기를 자원하며 약조하는 말이라.

"당신이 기왕 기생을 구하러 오셨다 하니 불필타구로 나를 데려가시오. 내가 당신을 따라간대도 춤이라든지 노래라든지 지어 각색음률까지라도 새로 배울 것이 없은즉 부비 한 푼 들 것 없고, 다만 내 주인이 되어 바깥 도량만 하여 주면 내 목적 달하는 날까지 매창은 사양치 아니하고 하려니와 결단코 매음은 아니할 터이니 그리 아시고 같이 가십시다."

박별감이 그 말을 듣고 생각하여 본즉,

'날뜨기를 돈 주고 사다가 생매 길들이는 불소할 자본을 허비하여 가르치는 것보다 모란을 돈 한 푼 아니 주고 데려다가 가무 등속을 수고스럽게 가르칠 여부 없이 그날부터 벌어먹는 것이 해롭지 않고, 또는 기왕 기부 노릇을 하는 터에 저러한 명기를 한번 데리고 지내는 것이 옳거니.'

하여 소원대로 하게 하마 다짐을 하고, 즉시 교마를 차려 서울로 올라와 약방에다 구실을 박았는데 박별감이 비록 천한 업을 할지언정 과히 상 없지는 아니한 자이라. 모란의 원치 아니하는 매음을 일절 시키지 아니하고 다만 매창하는 놀음에만 보내는데, 기생이 인물만 똑똑해도 예서 오너라, 제서 오너라 하거든 하물며 가무가 곱고 음률까지 서화까지 능란한 모란이리오. 날마다 어찌 쪼이는지 잠시도 집에 들어앉을 겨를이 없는데 모란은 일편 정신이 어느 좌석에서든지 이시찰만 만나면 망신을 한 번 톡톡히 줄 작정인데, 가량 평고(平交)같으면 일부러라도 한번 찾아가 이시찰을 보고 움파같은 주먹으로 볼치를 눈에서 불이 나게 홈쳐치며,

"댁이 내 형을 왜 원통히 죽였나? 법소도 갈 것 없이 내 손에

당장 죽어 보아라."

하련마는 남자도 아니요 여자요, 여자 중에도 천기라 그리하는 수는 없고 다만 좌석에서 만나기만 기다리는데 천행으로 그날 연회에서 이시찰을 보고 직접으로 그 얼굴에다 침을 뱉아가며 수죄를 하려다가 생각한즉, 그 좌석에 이시찰의 상련이 많이 있는 모양인데 섣불리 하다가는 망신만 하겠는 고로 가장 자기 형의 넋이나 씌운 듯이 일호 고기(顧忌)없이 하고 싶은 말을 다 하였더라.

모란의 그 거조 한 번이 어찌 그다지 영독한지, 이시찰이 일자 이후로 간 곳마다 정거가 되어 복직은 커녕 청편지 한 장 얻어보는 도리가 없으니 돈 한 푼 생길 곳은 없고 허구한 날 무엇으로 먹고 입고 살아가리오. 그중에 악종의 첩은 저의 남편이 벼슬을 다녀 돈을 벌어들일 제는 제 낭탁을 좀 해볼 작정으로 입에 혀 노릇을 하며 갖은 간특을 다 부리다가, 감옥서 삼 년에 가산을 여지 없이 털어 바치고 다시는 벼슬도 못하고 돈도 못 벌어들이니 날마다 함박 쪽박을 메어붙이며 포달을 부리는 통에 잘 먹지도 못하지마는 여간 먹는 것이 살로 한 점 못 가는지라. 배도 고프고 자기 첩의 바가지 긁는 것도 귀찮아서 낯 모르는 집으로 남이 알세라 모를세라 다니며 소매 동냥을 하여 가지고 자기 집에 들어갈 제는 가장 누가 보내준 모양으로 그 첩을 속여 안유하며 근근히 지내더니, 하루는 남문 안 어떤 골목에를 지나다가 대문이 큼직하고 용마루가 번주그레한 집을 보고 얼굴 아는 사람이나 아니 보나 뒤를 홀금홀금 둘러보며 그 집으로 들어가 처량한 말로 산천 초목이 쓰러질 만치 애원한 사정을 하며 대소간 구걸을 한다.

"예—쌀이 되나 돈이 되나 적선 좀 하십시오. 늙은 부모가 병이 들어 여러 달포째 위석하였는데 가세가 말이 못 되어 절화를 여러 때 하였사오니 다소간 적선을 하시면 미음이라도 한때를 끓여 봉양하겠습니다."

그 집이 공교히 부엌문에서 중문이 마주 내다보이는데, 주인이 무엇을 하러 마침 부엌에를 내려 왔다가 중문 밖에 섰는 걸인을 물끄러미 내다보다가 혼자 웃고 안으로 들어오며,

"천리가 무심치는 아니하다. 제가 필경 저 지경이 되었군. 우스워라. 늙은 부모가 병이 들었어. 저의 부모가 또 어디 있던가. 양친이 구몰하여 조고여생(早孤餘生)으로 자라났다는데. 오냐 입맛이 썩 붙게 두둑이 동냥을 주어 이 다음에 또 오는 양을 보겠다.

하더니 뒤주 문을 덜컥덜컥 열고 쓸고 쓸은 어백미를 푹푹 퍼서 붉은 도래 함지로 수북하게 담아 아이 하인을 시켜 내어 보내더라. 그 집 안주인은 별 사람이 아니라 곧 연회 좌석에서 이시찰 수죄하던 장성 명기 모란이니 그날 그 좌석에 의기 남자 하나가 있어 선초, 모란, 형제의 내력을 일일이 듣고 그 절조를 깊이 흠복하여 즉시 모란과 백년을 언약하고 남문 안에다 살림을 불치불검하게 썩 얌전히 차렸는데, 이시찰이 문전에 와서 구걸하는 양을 보고 두 눈이 쑥 솟게 호령을 하여 내쫓으려 다가 없는 부모 병들었단 말이 하도 우스워서 다시 생각하여 보고 쌀을 후히 주어 보낸 것이라.

이시찰이 그 쌀을 받아가지고 돌아오며 혼자 생각이라.

'에─참, 그 집이 부자도 부자려니와 인심도 매우 좋은 걸. 그 집 한 집에서 얻은 것이 열스무 집에서 얻은 것보다 썩 많지 않은가. 수일 후에 또 한번 다시 가보겠다.'

하고 며칠 후에 그 집을 전위하여 찾아가서 외마루 문자로 구걸을 하면 또 그렇게 많이 주지 않을 듯 싶어서 임시 변통을 하여,

"예─쌀말이나 적선하십시오. 세 살 먹은 어린 것이 시두(천연

두)를 방장(方將)하고 나서 온갖 먹을 것을 찾는데 가세가 말이 못되어 죽 한 그릇도 끓여주지 못합니다. 후덕하신 댁에서 후히 보조를 하여 주십시오."

모란이가 그 다음부터는 구걸하는 사람이 밖에 와 소리만 지르면 백사를 제치고 내다보더니, 그날 이시찰이 또 와서 구걸하는 양을 보고 동냥은 아니 주고 하인을 시켜 안마당으로 들어오라 하니, 이시찰은 어떤 곡절인지 알지 못하고 원래 후한 집이니까 의차로 피륙이나 양미 섬이나 두둑이 주려나 보다 하고 그 하인의 뒤를 따라 들어가다가 마루 위를 흘긋 쳐다보니 여화여월한 젊은 부인이 둥글게 서 있는지라. 구걸을 하더라도 염치가 있는 사람 같으면 황송해서 고개를 푹 숙이고 상벌간 처분만 바랄 터인데 이는 지각을 어떻게 타고 났는지 그 중에도 부정당한 생각이 들기를,

'잠시간 보아도 저 여편네가 썩 잘생겼는데 나를 왜 이렇게 제 잡담하고 불러들이노…… 거번에 동냥을 한 함지나 줄 때부터 이상스럽더니 이번에 이렇게 불러들일 제는 필유 곡절한 일이로군. 동냥만 주려 문 밖에 세우고라도 넉넉히 줄 터인데……옛날 이야기에도 나 모양으로 궁하게 돌아다니다가 장가 잘 들고 재물도 많이 얻은 일이 있다더니…… 아마 내가 이제는 생수가 나려나 보다. 집에 있는 첩은 늙은 것이 악종만 시시로 부리고 아무 재미가 없건마는 그나마 버리게되면 당장 몸 의탁할 곳이 없겠길래 마음대로 못하였더니…… 어디 아무렇든지 제관하회(第觀下回)를 하여 내게 달도록 하여 보겠다.'

하며 은근히 마음에 좋아하더니, 마루 위에서 그 여인이 기침 한번을 카악 하더니 이시찰의 얼굴이 모닥불 담아 부은 듯이 화끈화끈 하여 지는 말이 나온다.

"여보소 걸인. 보아하니 사지 육체가 멀쩡한 터에 허다 못해

인력거를 끌기로 못 살아서 남의 집으로 돌아다니며 없는 부모의
병이 있으니, 없는 자식이 시두를 했느니 거짓말을 하여 가며 동
냥을 하러 다녀. 초년에 죄를 지으면 말년에 죄를 받는 것은 떳
떳한 이치어늘. 저 지경이 되어서도 죄를 생각지 못할까. 눈을 들
어 내가 누구인지 자세 쳐다볼지어다.”

　이시찰이 그 말을 듣고 만단 의심이 나서 고개를 들어 쳐다보
고서 얼굴빛이 진 당홍물 끼어얹은 듯하여 지며 고개를 다시 푹
숙이고 한걸음에 도주를 하더라.

　기자 왈, 소설이라 하는 것은 매양 빙공착영(憑空捉影)으로 인
정에 맞도록 편집하여 풍속을 교정하고 사회를 경성하는 것이 제
일 목적인 중, 그와 방불한 사람과 사실이 있고 보면 애독하시는
열위 부인, 신사의 진진한 재미가 일층 더 생길 것이요, 그 사람
이 희귀하고 그 사실을 경계하는 좋은 영향도 없지 아니할지라.
고로 본 기자는 이 소설 기록함에 스스로 그 재미와 그 영향이
있음을 바라고 또 바라노라.

추월색(秋月色)

최찬식(崔瓚植)

당시의 신소설 중에서 가장 애독된 작품의 하나다. 봉건적인 유습을 타파하고 서양 문명을 소개하여 새로운 윤리와 신교육 사상을 고취하고자 한 작품이다. 갑오경장 이후의 부패된 관료정치에 대한 민중의 반항을 나타낸 점과, 장면의 생생한 묘사, 기구한 애정 이야기는 당시의 독자에게 환영받는 요소가 되었다.

시름없이 오던 가을비가 그치고 슬슬 부는 서풍이 쌓인 구름을 쓸어 보내더니, 오리알빛 같은 하늘에 티끌 한점 없어지고 교교(皎皎)한 추월색이 천지에 가득하니, 이때는 사람 사람마다 공기 신선한 곳에 한 번 산보할 생각이 도저히 나겠더라.

밝고 밝은 그 달빛에 동경 상야공원(上野公園)이 일 폭 월세계(月世界)를 이루었으니, 높고 낮은 누대(樓臺)는 금벽이 찬란하며, 꽃 그림자 대 그늘은 서로 얼켜 바다 같고, 풀끝에 찬이슬은 낱낱이 반짝거려 아름다운 야경이 그림같이 영롱한데, 쾌락하게 노래부르고 오락가락하는 사람들은 모두 달구경하는 사람이더니, 밤은 어느때나 되었는지 그 많던 사람들이 하나씩 둘씩 다 헤져가고 적적한 공원에 월색만 교결한데, 그 월색 안고 불인지(不忍

池) 관월교 석난간에 의지하여 오똑 섰는 사람은 일개 청년 여학생이더라.

그 여학생은 나이 열 팔구 세쯤 된 듯하며, 신선한 조화로 머리를 장식하고, 자줏빛 하가마를 단정하게 입었는데, 그 온아한 태도가 어느 모로 뜯어보든지 천생귀인(天生貴人)의 집 규중에서 고이 기른 작은아씨더라.

그 여학생의 심중에는 무슨 생각이 그리 첩첩한지 힘없이 서서 달빛만 바라보는데, 그 달 정신을 뽑아다가 그 여학생의 자색을 자랑시키려고 한 듯이 희고 흰 얼굴에 밝고 밝은 광선이 비치어, 그 어여쁜 용모를 이루 형용키 어려우니, 누구든지 한 번 보고 또 한번 다시 보지 아니치 못하겠더라.

그 공원 속에 남아 있는 사람은 이 여학생 한 사람뿐인 듯하더니, 어떤 하이칼라적 소년이 술이 반쯤 취하여 노래를 부르고 불인지 옆으로 내려오는데, 파나마 모자를 푹 숙여 쓰고, 금테 안경은 코허리에 걸고, 양복 앞섶 떡 갈라붙인 속으로 축 늘어진 시곗줄은 월광에 태어 반짝 반짝하며, 바른손에는 반쯤 탄 여송연을 손가락에 감아 쥐고, 왼손으로 단장을 들어 향하는 길을 지점하고 희동 희동 내려오는 모양이, 애무한 부형의 재산도 꽤 없애 보고, 남의 집 시악시도 무던히 버려 주었겠더라.

그 소년이 이 모양으로 내려오다가 관월교 가에 홀로 섰는 여학생을 보더니 모자를 벗어 들고 반갑게 인사한다.

(소년)"아 오래간만에 뵙습니다. 그 사이 귀체 건강하시오니까?"

(여학생)"예, 기운 어떱시오?"

(소년)"요사이는 어째 그리 한 번도 만나뵐 수 없습니까?"

(여학생)"근일에 몸이 좀 불편해서 아무데도 못 갔습니다."

(소년)"……아 어쩐지 일요 강습회에도 한 번 아니 오시기에

무슨 사고가 계신가 하고 매우 궁금히 여기던 차이올시다. 그래, 지금은 쾌차하시오니까?"

(여학생)"조금 낫습니다."

(소년)"나도 근일에 몸이 대단히 곤하여 오늘도 종일 누웠다가 하도 울적하기에 신선한 공기나 좀 쏘여 볼까하고 나왔더니, 비 끝의 달빛이야 참 좋습니다. 그러나 추월색은 영인초장이더니, 그 야말로 사람의 마음을 정히 상합니다 그려…… 허…… 허…… 허."

(여학생)"……"

(소년)"그러나 산본(山本) 노파 언제 만나보셨습니까?"

(여학생)"산본 노파가 누구오니까?"

(소년)"아따, 우리 주인 노파 말씀이요."

(여학생)"글쎄요, 언제 만나보았던지요?"

여학생의 대답이 그치자, 소년이 무슨 말을 할 듯 할 듯 하다가 아니하고, 또 무슨 말을 하려고 입을 벙긋벙긋 하다가 못 하더니 여학생의 얼굴을 다시 한 번 건너다보면서,

(소년)"그 노파에게 무슨 말씀 들어 계시지요?"

여학생은 그 말을 들었는지 못 들었는지 아무 말 없이 비슥 돌아서며 이슬에 젖은 국화 가지를 잡고 맑은 향기를 두어 번 맡을 뿐인데, 구름 같은 살적과 옥 같은 반뺨이 모두 소년의 눈동자 속으로 들어간다. 그 소년은 그렇게 하기 어려운 말을 한 마디 간신히 하였건마는 여학생의 대답은 없으매, 물끄러미 한참 보다가 말 한마디를 또 꺼내더라.

(소년)"그 노파에게도 응당 자세히 들어 계시겠지마는 한 번 조용히 만나면 할 말씀이 무한히 많던 차올시다."

그 소년은 여학생을 만나 인사하고 수작 붙이는 모양이 매우 숙친도 한 듯이 무슨 긴절한 의논도 있는 듯이 노파를 얹어 가며

말하는데, 그 말 속에 무슨 은근한 말이 또 들었는지 여학생은
그 말 대답 또 아니 하고 먼 산을 한 번 바라보더니,

"아마 야심한 듯하니 집으로 돌아가겠습니다. 용서하십시오."

하고 천천히 걸어 내려간다.

그 소년의 마음에는 어떠한 욕망이 있는지 여학생의 대답하는
양을 들어 보려고 그 말끝을 꺼낸 듯한데, 여학생은 냉연히 사절
하는 모양이니, 소년도 그 눈치를 알았을 듯하건마는 무슨 생각
으로 내려가는 여학생을 굳이 따라가며 이 말 저 말 또다시 한다.

(소년)"괴로운 비가 개이더니 달빛이야 참 좋습니다. 공원이란
곳은 원래 풍경이 좋은 곳이지마는, 저 달빛이 몇 배나 공원의
생각을 더 냅니다그려. 인간의 이별하고 만나는 인연은 실로 부
평 같은 일이지마는, 지금 우리가 이렇게 좋은 때와 이렇게 좋은
곳에서 기약없이 만나기는 참 뜻밖의 기회요구려…… 여보시오,
조금도 부끄러우실 것 없소. 서양 사람들은 신랑·신부가 직접으
로 결혼한답니다. 우리도 소개니 중매니 할 것 없이 직접으로 의
논함이 좋지 않겠습니까?

(여학생)"다따가 그게 무슨 말씀이오?"

(소년)"이렇게 생시치미 뗄 것 있소? 아까도 말씀하였거니와
왜 노파를 소개하여 의논하던 터이 아니오니까?"

(여학생)"기닿게 말씀하실 것 없습니다. 노파든지 누구든지 나
는 이왕 결심한 바이 있다고 말한 이상에 당신은 번거히 다시 말
씀하실 필요가 없습니다. 다른 일로나 교제하실 것이오, 그 말씀
은 영구히 단념하시오."

그 여학생과 소년의 수작이 이왕도 많이 언론되던 일인 듯한
데, 여학생은 이처럼 거절하니 소년이 사람스러운 터 같으면 이
렇게 거절당할 듯한 말을 당초에 내지 아니하였을 터이오, 또 거
절을 당하였으면 무안하여도 저는 저대로 가서 달리나 운동하여

볼 것이언마는, 또 무슨 생각이 그렇게 민첩하게 새로 생겼든지, 가장 정다운 체하고 여학생의 옆으로 바싹바싹 다가서더니,

(소년)"당신의 결심한 바는 내가 알려고 할 것 없거니와 저기 저것 좀 보시오. 어제같이 작작하던 도화(桃花)가 어느 겨를에 다 날아가고, 벌써 가을바람에 단풍이 들었소구려. 여보, 우리 인생도 저와 같이 오늘 청춘이 내일 백발은 정한 일이 아니오? 이처럼 무정한 세월이 살같이 빠른 가운데 손같이 잠깐 다녀가는 우리는 이 한세상을 이렇게도 지내고 저렇게도 지내봅시다 그려, 허…… 허…… 허……"

소년이 그렇게 공경하던 예모가 다 어디로 가고 말 그치자 선웃음치며 여학생의 옥 같은 손목을 턱 잡으니 여학생은 기가 막혀서,

(여학생)"이것이 무슨 무례한 짓이오! 점잖은 이가 남녀의 예우를 생각지 아니하고 이런 야만의 행위를 누구에게 하시오?"

하고 손목을 뿌리치는데,

(소년)"이렇게 큰 변될 것 무엇 있소? 야만이 커진 문명국 사람은 악수례(握手禮)만 잘들 하데…… 이렇게 접문례(接吻禮)도 잘들하고…… 하…… 하……"

하면서 한층 더해서 접문례를 하려고 달려드니, 여학생은 호젓한 곳에서 불의의 변괴를 당하매 분한 마음이 탱중(撑中)하나 소년의 파행이 이 지경에 이르렀으니, 아무리 생각하여도 방비할 계책과 능력은 하나도 없고 다만 준절한 말로 달랜다.

(여학생)"여보시오, 해외에 유학도 하고 신사상도 있다는 이가, 이런 금수의 행실을 행코자 하면 어찌하자는 말씀이오? 당신은 섬부(贍富)한 학문과 우월한 재화가 국가도 빛내고 천하도 경영하실 터이어늘, 지금 일개 여자에게 악행위를 더하고자 하심은 실로 비소망어평일(非所望於平日)이오구려. 어서 빨리 돌아가 회

개하시고, 다시 법률에 저촉치 않기를 부디 주의하시오."

(소년)"법률이니 도덕이니 그까짓 말은 다해 쓸 데 있나? 꽃 같은 남녀가 이런 좋은 곳에서 만났다가 어찌 무료히 그저 헤져 갈 수 있나…… 하…… 하…… 하……"

소년은 삼천장 무명업화가 남아미리가주(딘보라소) 활화산 화염치밀 듯하여, 예절이니 염치니 다 불고하고 음흉·난잡한 말을 함부로 뒤던지며 여학생의 가늘고 약한 허리를 덥썩 안고 나무 수풀 깊고 깊은 곳, 육모정 속 어두컴컴한 구석으로 들어가니, 이때 형세가 솔개 병아리 찬 모양이라. 여학생은 호소할 곳도 없이 기가 막히는 경우를 만나매 악이 바짝 나서 모만사(冒萬死)하고 젖먹던 힘을 다 써서 항거하느라니, 두 몸이 한데 뒤틀어져서 이리로 몰리고 저리로 몰리며 죽을 둥 살둥 모르고 서로 상지한다. 어떤 사람이든지 제 욕망을 채우지 못하면 홧증이 나는 법이라 소년은 불같은 욕심을 이기지 못하는 중, 여학생이 죽기를 한하고 방색(防塞)하는 양에 홧증이 왈칵 나며 홧증 끝에 악심이 생겨서 왼손으로는 여학생의 젖가슴을 잔뜩 움켜잡고, 오른손으로는 양복 허리에서 단도(短刀)를 빼어들더니,

(소년)"요년아, 너 요렇게 악지부리는 이유가 무엇이냐? 소위 너의 결심하였다는 것이 무슨 그리 장한 결심이냐? 너 이년, 너의 꽃다운 혼이 당장 이 칼끝에 날아갈지라도 너는 네 고집대로 부리고 장부의 가슴에 무한한 한을 맺을 터이냐?"

(여학생)"오냐, 죽고 죽고 또 죽고 만 번 죽을지라도 너같이 개같은 놈에게 실절(失節)은 아니하겠다."

그 말에 소년의 악심이 더욱 심하여 말이 막 그치자 번쩍 들었던 칼을 그대로 푹 찌르는데, 별안간 한 모퉁이에서 어떤 사람이,

"이놈아, 이놈아!"

소리를 지르며 급히 쫓아오는 바람에 소년은 깜짝 놀라 여학생

찌르던 칼도 미처 뽑을 새 없이 삼십육계의 줄행랑을 하고 여학생은,

"애고머니!"

한 마디 소리에 기절하고 땅에 넘어지니 소실한 한풍은 나무 사이에 움직이고 참담한 월색은 서천에 기울어졌더라.

소리 지르고 오는 사람은 중산 모자 쓰고 후록고투(프록 코우트) 입은 청년 신사인데, 마침 예비해 두었던 것 같이 달려들며 여학생의 몸에 박힌 칼을 빼어들더니, 가만히 무슨 생각을 한참 하는 판에 행순하던 순사가 두어 마디 이상한 소리를 듣고 차츰차츰 오다가 이 곳에 다다르매 꽃봉우리 같은 여학생은 몸에 피를 흘리며 땅에 누웠고, 그 옆에는 어떤 청년이 손에 단도를 들고 섰으니 그 청년은 갈 데 없는 살인범이다. 순사가 그 청년을 잡고 박승을 꺼내더니 다짜고짜로 청년의 손목을 척척 얽어놓고 호각을 호루록 호루록 부니, 군도(軍刀) 소리가 여기서도 제걱제걱하고 저기서도 제걱제걱하며 경관이 네다섯 모여들어 여학생은 급히 병원으로 호송하고 그 청년은 즉시 경찰서로 압거하니, 이 때 적요한 빈 공원에 달 흔적만 남았더라.

그 여학생은 조선사람이오, 이름은 이정임인데, 이시종 ○○○의 딸이다. 자식 사랑하는 마음이야 누가 없으리오마는, 이정임의 부모 이시종 내외는 늦게 정임을 낳으매 슬하 혈육이 다만 일개 여자뿐인고로 그 애지중지함이 남에서 특별히 귀하게 여기는 터인데, 그 이시종의 옆집에 사는 김승지 ○○는 이시종의 죽마고우일 뿐 아니라 서로 지기하는 친구인데, 그 김승지도 역시 늙도록 아들이 없어 설워하다가 정임이 낳던 해에 관옥(冠玉) 같은 남자를 낳으니, 우없이 기뻐하여 이름은 영창이라 하고, 더할 것 없이 귀하게 기르는 터이라. 이시종은 김승지를 만나면,

"자네는 저러한 아들을 두었으니 마음에 오작 좋겠나. 나는 일

개 여아나마 남달리 사랑하네."

하며 이야기하고 서로 친자식같이 귀해하니, 그 두 집 가정에서 일지라도 서로 사랑하기를 남의 자손같이 여기지 아니하더라.

그 두 아해가 두 살되고 세 살 되어 걸음도 배우고 발도 옮기매, 놀기도 함께 놀고 장난도 서로 하여 친형제도 같이 정다우며 쌍동이도 같이 자라는데, 자라 갈수록 더욱 심지가 상합하여 글도 같이 읽고, 좋은 음식을 보아도 나눠 먹으며, 영창이가 아니 오면 정임이가 가고, 정임이가 아니 오면 영창이가 와서 잠시도 서로 떠나지 아니하여 그 정분이 점점 깊어 가더라.

그 두 아해가 나이도 동갑이오, 얼굴도 비슷하고 정의도 한뜻 같으나, 다만 같지 아니한 것은 계집아해와 사나이인 고로 정임의 부모는 영창이를 보면 대단히 부뤄하고, 영창의 부모는 정임이를 보면 매우 탐을 내는 터인데, 정임이 일곱 살 먹던 해 정월 대보름날 저녁에 이시종이 술이 얼근히 취하여 마누라를 부르고 좋은 낯으로 들어오는지라, 부인은 마루로 마주 나가며,

(부인)"어데서 저렇게 약주가 취하셨소?"

(이시종)"오늘이 명일이 아니오? 김승지하고 술을 잔뜩 먹었소. 노래에 정붙일 것은 술밖에 없소구려…… 허…… 허……"

하면서 앞서거니 뒤서거니 방으로 들어오더니,

(이)"마누라, 오늘 정임이 혼사를 확정하였소…… 저희끼리 정답게 노는 영창이 하고……

(부)"그까짓 바지 안에 똥 묻은 것들을 정혼이 다 무엇이오니까, 하…… 하……"

(이)"누가 오늘 신방을 차려 주나…… 그래 두었다가 아무때나 저희들 나 차거든 초례시키지…… 마누라는 일상 영창이 같은 아들 하나 두었으면 좋겠다고 한탄하지 아니했소? 사위는 왜 아들만 못한가요…… 이애 정임아, 오늘은 영창이가 어째 아니 왔

느냐?"

하는 말끝이 떨어지기 전에 영창이가 문을 열고 들어오며,

(영창)"정임아 정임아, 우리 아바지는 부름 많이 사오셨단다. 부름 깨 먹으로 우리 집으로 가자…… 어서…… 어서……"

(이)"허…… 허…… 허, 우리 사위 오시나, 어서 들어오게, 자네집만 부름 사왔다던가? 우리 집에도 이렇게 많이 사왔다네."

하고 벽장문을 열고 호도·잣을 내어 주며 귀한 마음을 이기지 못하여 농지거리를 붙이며 이런 말 저런 말 하다가 사랑으로 나가고, 정임이와 영창이는 부름을 까 먹으며 속달거리고 이야기하는데,

(영창)"이애 정임아, 나는 너한테로 장가가고, 너는 나한테로 시집온다더라."

(정임)"장가는 무엇하는 것이요, 시집은 무엇 하는 것이냐?

(영)"장가는 내가 너하고 절하는 것이오, 시집은 네가 우리 집에 와서 하는 것이라더라."

(정)"이애, 누가 그러더냐?"

(영)"우리 어머니가 말씀하시는데 너의 아버지하고 우리 아버지하고 그렇게 이야기 하셨다더라."

(정)"이애, 나는 너의 집에 가서 살기 싫다. 네가 우리집으로 시집오너라."

두 아해는 밤이 깊도록 이렇게 놀다가 헤어져 갔는데, 그 후부터는 정임의 집에서도 영창이를 자기 사위로 알고 영창의 집에서도 정임이를 자기 며느리로 인정하여 두 집 관계가 더욱 친밀해지고, 그 두 아해들도 혼인이 무엇인지 부부가 무엇인지 의미는 알지 못하나 영창은 정임에게로 장가갈 줄로 생각하고, 정임은 영창에게로 시집갈 줄 알더라.

정임과 영창이가 이렇게 정답게 지내더니, 영창이 열살 되던

해 삼월에 김승지가 초산(楚山) 군수로 서임(敍任)되니 가족을 데리고 즉시 군아(郡衙)에 부임할 터인데, 정임과 영창이가 서로 떠나기를 애석히 여기는 고로 이시종 집에서는 가권(家眷)을 솔거(率去)하는 것이 불가하다고 권고하나, 김승지는 가계가 원래 유족치 못한 터이라, 군수의 박봉을 가지고 식비와 교제비를 제하면 본가에 보낼 것이 남지 아니하겠으니 가족을 데리고 가는 것이 필요가 될 뿐 아니라, 설령 가사는 이시종에게 전혀 부탁하여도 무방하겠지마는, 김승지는 자기 아들 영창을 잠시라도 보지 못하면 애정을 이기지 못하여 침식이 달지 아니한 터인 고로, 부득이하여 부인과 영창을 데리고 초산으로 떠나가는데 가는 노정은 인천으로 가서 기선을 타고 수로로 갈 작정으로 상오 구 시 남대문발 인천행 열차로 발정할 새 정임이는 남대문역에 나아가서 방금 떠나는 영창의 손을 잡고 서로 친절히 전별한다.

(정)"영창아, 너하고 나하고 잠시를 떠나지 못하다가 네가 저렇게 멀리 가면 나는 놀기는 누구하고 같이 놀고 글은 누구하고 같이 읽으며, 너를 보고 싶은 생각을 어떻게 참는단말이야."

(영)"나도 너를 두고 멀리 가기는 대단히 섭섭하다마는, 우리 아버지·어머니가 나를 보고 싶어하실 생각을 하면 떨어져 있을 수 없고나. 오냐, 잘 있거라. 내 쉽사리 올라오마."

정임은 품에서 사진 한 장을 꺼내더니 그 뒷등에 경성 중부 교동 三三九라고 써서 영창이를 주며,

(정)"이것 보아라. 이것은 내 사진이오, 이 뒷등에 쓴 것은 우리집 통호수다. 만일 이 사진을 잃든지 통호수를 잊어버리거든 삼삼구만 생각하여라."

영창이는 사진을 받아들고 그 말 대답도 미처 못 해서 기적 소리가 뿡뿡 나며 차가 떠나고자 하니, 정임은 급히 차에 내려서 스르르 나가는 유리창을 향하여,

"부디…… 잘 가거라."

하며 옷깃에 방울방울 떨어지는 눈물을 씻는데, 기관차 연통에서 검은 연기가 물큰물큰 올라가며 차는 살 닫듯 하여 어느 겨를에 간 곳도 없고, 다만 용산강 언덕 위에 멀리 의의한 버들빛만 더물었더라.

정임이는 영창이를 전송하고 초창(悄愴)한 마음을 이기지 못하여 집까지 울고 들어오니, 이시종의 부인도 섭섭한 마음을 이기지 못하던 차에 자기 귀한 딸이 울고 들어오는 것을 보고 눈물을 흘리다가, 좋은 말로 영창이는 속히 다녀온다고 그 딸을 위로하고 달래었는데, 정임이는 어린아해라 어찌 부처 될 사람의 인정을 알아 그러하리오마는, 같이 자라던 정리도 영창의 생각을 한시도 잊지 못하여 제 눈에 좋은 것만 보면 영창이에게 보내 준다고 꼭꼭 싸두었다가 인편 있을 적마다 보내기도 하고, 영창의 편지를 어제 보았어도 오늘 또 오기를 기다리며, 꽃 피고 새 울 때와, 달 밝고 눈 휠적마다 시름없이 서천을 바라고 눈썹을 찡거리더라.

정임이가 영창이 생각하기를 이렇듯 괴롭게 그 해 일 년을 십 년같이 다 지내고, 그 이듬해 봄이 차차 되어 오매 영창이 오기를 기다리는 마음이 자연 생겨서,

"떠날 때에 쉽사리 온다더니 일 년이 지나도록 어찌 아니 오노?"

하고 문 밖에서 자취 소리만 나도 아마 영창이가 오나 보다, 아침에 까치만 짖어도 아마 영창이가 오나 보다 하여 하루도 몇 번씩 문밖을 내다보더니, 하루는 안마당에서 바삭바삭하는 소리에 창문을 열고 보니, 사람은 아무도 없고 회오리바람이 뺑뺑 돌다가 그치는데 일기가 어찌 화창한지 희고 흰 면회담에 아지랭이가 아물아물하며 멀리 들리는 버들피리 소리가 사람의 회포를 은

근히 돋우는지라, 어린 마음에도 별안간 울적한 생각이 나서 후정을 돌아가 거닐다가 보니 도화(桃花)가 웃는 듯이 피었거늘, 가늘고 가는 손으로 한 가지를 똑 꺾어 가지고 들어오며,

(정임)"어머니 어머니, 도화가 이렇게 피었으니 작년에 영창이 떠나던 때가 벌써 되었습니다그려."

(부인)"참, 세월이 쉽기도 하다. 어제 같던 일이 벌써 돌이로구나."

(정)"영창이는 올 때가 되었는데 왜 아니 옵니까? 요사이는 편지도 보름이 지내도록 아니 오니 웬일인지 궁금합니다."

(부인)"아마 쉬 올 때가 되니까 편지도 아니 오나 보다."

(정)"아니, 그러면 올라올 때에 입고 오게 겹옷이나 보내 줍시다. 아버지가 들어오시거든 소포 부칠 돈을 달래야지요."

하며 장문을 열고 새로 지어 차곡차곡 넣어 두었던 면주 겹바지 저고리와 분홍 삼팔두루마기를 내어 백지로 두어 번 싸고, 그 거죽에 유지로 또 한 번 싸서 노끈으로 열 십자 우물 정자로 이리저리 얽을 즈음에, 이시종이 이마에 내 천자를 쓰고 얼굴에 외꽃이 피어서 들어오더니,

(이)"원…… 이런 변괴가 있나…… 응…… 응……"

(부)"변괴가 무슨 변괴오니까?"

(이)"응응…… 응응……"

(부)"갑갑하니 어서 말씀 좀 하시오."

(이)"초산서 민요(民謠)가 났대여."

(부)"민요가 났으면 어떻게 되었단 말씀이오?"

(이)"어떻게 되고말고 기가 막혀 말할 수 없어. 이 내부에 온 보고 좀 보아."

하고 평북 관찰사(平北觀察使)의 보고 베낀 초를 내어 부인의 앞으로 던지는데, 그 집은 원래 문한가(文翰家)인 고로 그 부인

의 학문도 신문 한 장은 무난히 보는 터이라. 부인이 그 보고초를 집어 들더니,

보고서… 관하 초산군에서 거 이월 이십팔일 하오 삼시경에 난민(亂民) 천여 명이 불의에 취집하여 관아(官衙)에 충화(衝火)하고 작석을 난투(亂投)하와 관사와 민가 수백 호가 연소하옵고, 이민간 사상(死傷) 이십여 인에 달하여 야료(惹鬧)·난폭하므로 강계 진위대에서 병졸 일 소대를 급파하여 익일 상오 십 시에 초히 진압 되었사온데, 해군수와 급 기 가족은 행위 불명하옵기 방금 조사중이오나 종내 종적을 부지(不知)하겠사오며, 민요 주창자는 엄밀히 수색한 결과로 장두 오 인을 포박하여 본부에 엄수하옵고 자에 보고함.

부인이 보고초를 보다가 감짝 놀라며,

(부인)“이게 웬일이오! 세 식구가 다 죽었나 보구려.”

하는 말에 정임이는 정신이 아득하여 얼굴빛이 하얘지며 아무 말 못 하고 그 모친을 한참 보다가, 싸던 옷보를 스르르 놓더니 눈에서 구슬 같은 눈물이 쑥쑥 쏟아지며 목을 놓고 우니, 부인도 여린 마음에 정임이 우는 것을 보고 따라 우는데, 이시종은 영창이 생각도 둘째가 되고, 평생에 지기(知己)하던 친구 김승지를 생각하고 비참한 마음을 억제치 못하여 정신없이 앉았다가, 다시 마음을 정돈하고 우는 정임이를 위로한다.

(이)“어찌된 사기를 자세히 알지도 못하고 울기는 왜들 울어? 정임아, 어서 그쳐라. 내일은 내가 초산을 내려가서 자세히 알아보겠다. 설마 죽기야 하였겠느냐. 참 이상도 하다. 김승지는 민요 만날 사람이 아닌데 그것 웬일이란 말이냐? 그러나 인자(仁者)는 무적(無敵)이라는데…… 김승지같이 어진 사람이 죽을리는 없으리라…… 김승지가 마음은 군자(君子)요 글은 문장(文章)이로되, 일에 당하여서는 짝없이 흐리겠다……”

　이런 말로 정임의 울음을 만류하고 가방과 양탄자를 내어 내일 초산 떠날 행장을 차려 놓고 세 사람이 수색(愁色)이 만면하여 묵묵히 앉았더니, 하인이 저녁상을 들여다 놓고 부인을 대하여 위로하는 말이,

　"놀라운 말씀이야 어찌 다 하오리까마는, 설마 어떠하오리까? 너무 걱정 마시고 진지 어서 잡수십시오."

　하고 나가는데, 정임이는 밥 먹을 생각도 아니하고 치마끈만 비비틀며 쪼그리고 앉았고, 이시종과 부인은 상을 다가놓고 막 두어 술 쯤 뜨는 때에 어디서,

　"불이야! 불이야!"

　하는 소리가 들리며 안방 서창에 연기 그림자가 뭉글뭉글 비치고, 마루 뒷문 밖에는 화광이 충천하니, 밥 먹던 이시종은 수저를 손에 든 채로 급히 나가 보니, 자기 집 굴뚝에서 불이 일어나서 한 끝은 서(西)로 돌아 부엌 뒤까지 돌고, 한 끝은 동(東)으로 뻗쳐 건넌방 머리까지 나갔는데, 솔솔 부는 서북풍에 비비 틀려 돌아가는 불길이 눈 깜짝할 사이에 온 집안에 핑 도니 이시종 집 사람들은 발을 동동 구르나 어찌할 수 없으며, 여간 순검·헌병깨나 와서 우뚝우뚝 섰으나 다 쓸 데 없고, 변변치 못하나마 소방대도 미처 오기 전에 봄볕에 바싹 마른 집이 전체가 다 타 버리고, 그뿐 아니라 화불단행(禍不單行)이라고 그 옆으로 한테 붙은 김승지집까지 일시에 소존성(燒存性)이 되었더라.

　행장을 싸놓고 내일 아침 일찍기 초산 떠나려고 하던 이시종은 뜻밖에 낙미지액(絡眉之厄)을 당하여 가족이 모두 노숙하게 된 경위에 있으니 어찌 먼 길을 떠날 수 있으리오. 민망한 마음을 억지로 참고 급히 빈 집을 구하여 북부 지하동 백팔 통 십 호 삼십구 간 와가(瓦家)를 사서 겨우 안돈(安頓)하고 나매 벌써 일주일이 지났으나, 초산 소식은 종시 묘묘(杳杳)하니 자기와 김승

지와의 정리로 하든지 의리로 하든지 생사간에 한 번 아니 가보지 못할 터이라, 삼 주일 수유(受由)를 얻어 가지고 즉시 떠나 초산을 내려가 보니 읍내는 자기 집 모양으로 빈터에 찬 재뿐이오, 촌가는 강계대 병정이 와서 폭민(暴民) 수색하는 통에 다 달아나고 개미새끼 하나 볼 수 없으니 군수의 거취를 물어 볼 곳도 없는지라, 그 인근 읍으로 다니며 아무리 탐지하여도 종내 김승지의 소식은 알 수 없고, 단지 들리는 말은 초산 군수가 글만 좋아하고 술만 먹는 고로 정사(政事)는 모두 간활(奸猾)한 아전(衙典)의 소매 속에서 놀다가 마침내 민요를 만났다는 말뿐이라, 하릴없이 근 이십 일 만에 집으로 돌아오니, 그 부친이 다녀오면 영창의 소식을 알까 하고 눈이 빠지도록 기다리던 정임이는 낙심천만하여 한없이 비창이 여기는 모양은 눈으로 차마 볼 수 없더라.

이시종이 초산서 집에 돌아온 지 제 삼일 되던 날 관보(官報)에 시종원 시종 이○○의원 면 본관(依願 免 本官)이라 게재되었으니, 이때는 갑오(甲午) 개혁정책(改革政策)이 실패된 이후로 점점 간영이 금달에 출입하여 뜻있는 사람은 일병 배척하는 시대인 고로, 어떤 혐의자가 이시종 초산 간 사이를 엿보고 성총(聖寵)에 모함한 바이라. 이시종은 시종 체임 된 후로 다시 세상에 나번득일 생각이 없어 손을 사절하고 문을 닫으니 꽃다운 풀은 뜰에 가득하고, 문전에 거마(車馬)가 드물어 동네 사람이라도 그 집이 누구의 집인지 알지 못할 만치 되었더라.

이시종은 이로부터 티끌 인연을 끊어버리고 꽃과 새로 벗을 삼아 만년(晩年)을 한가히 보내고, 정임이는 그 부친에게 《소학》을 배워 공부하며 깊고 깊은 규중에서 적적히 지내는데, 영창의 생각은 때때로 암암하여 영창이와 같이 가지고 놀던 유희 제구(遊戲諸具)만 눈에 띄어도 초창한 빛이 눈썹 사이에 가득하며, 혹 꿈에 영창이를 만나 재미있게 놀다가 섭섭히 깨어 볼 때도 있을 뿐 아니라 한 해 두 해 지나 철이 차차 나갈수록 비감한 마음이 더욱 결연(缺然)하여, 여편을 읽을 적마다 소리 없이 눈물도 많이 흘리는 터이언마는, 이시종 내외는 정임의 나 먹는 것을 민망히 여겨 마주 앉기만 하면 항상 아름다운 새 사위 구하기를 근심하고 김승지 집 이야기는 입밖에 내지도 아니하더라.

임염(荏苒)한 세월이 흐르는 듯하여 정임의 나이 어언간 십오 세가 되니, 그 해 칠월 열이렛날은 이시종의 회갑이라. 그 날 수연(壽宴) 잔치 끝에 손은 다 헤져 가고 넘어 가는 해가 서산에 걸렸는데, 이시종 내외는 저녁 하늘 저문 놀빛과 푸른 나무 늦은 매미소리 손마루 북창 앞에 느런히 앉아서 늙은 회포를 서로 이야기한다.

(이)"'포말풍등이 감가련'이라더니 사람의 일생이야 참 가론한 것이야. 어제 같던 우리 청춘이 어느 겨를에 벌써 회갑일세. 지나간 날이 이렇듯 쉬 갔으니 죽을 날도 이렇게 쉬 오겠지. 평생에 사업하나 못 하고 죽을 날이 가까우니 한심한 일이오구려."

(부)"그러기에 말씀이오. 죽을 날은 가까우나 쓸 만한 자식도 하나 못 두었으니 우리는 세상에 난 본의가 없소구려. 정임이 하나 시집가고 보면 이 만년(晩年) 신세를 누구에게 의탁한단 말씀이오?"

(이)"그렇지마는 나는 양자(養子)할 마음은 조금도 없어. 얌전한 사위나 얻어서 아들같이 다리고 있지."

(부)"그러한들 사위가 자식만 하겠습니까마는, 하기는 우리 죽기전에 사위나마 얻어야 하겠습니다…… 사위 고르기는 며느리 얻기 보다 어렵다는데 요새 세상 청년들 눈여겨보면 그 경박한 모양이 모다 제 집 결딴 내고 나라 망할 자식들 같습디다. 사위 재목도 조심해 구할 것이야요."

(이)"그야 무슨 다 그럴라구. 그런 집 자식이 그렇지."

이렇게 수작하는 때에 어떤 사람이 사랑 중문간에서,

"정임아, 정임아."

부르며,

"안손님 아니 계시냐?"

하고 묻더니 큰기침 두어 번 하고 들어오면서,

(어떤 사람)"누님, 저는 가겠습니다."

(부인)"그렇게 속히 가면 무엇 하나? 저녁이나 먹고 이야기나 하다가 달 뜨거든 천천히 가게그려. 어서 올라와……"

부인은 그 사람을 이처럼 만류하며 하인을 불러서,

"술상을 차려 오너라. 진지를 지어서 가져오너라."

하는데 그 사람은 정임이 외삼촌이라. 수연 치하(致賀)하고 집으로 돌아갈 터인데, 그 누님의 만류하는 정의를 떼치지 못하여 마루로 올라와 앉더니 건넌방 문 앞에 섰는 정임이를 한참 보다가,

(외삼촌)"정임이는 금년으로 몰라 보게 자랐습니다그려. 오래지 아니하여 서랑(婿郎) 보시게 되었는데요."

(이)"그까짓년 키만 엄부렁하면 무엇하나. 배운 것이 있어야 시집을 가지."

(부)"그러지 아니하여도 우리가 지금 그 걱정일세. 혼처나 좋은데 한 곳 중매하게그려……"

(외삼촌)"중매 잘못하면 뺨이 세 번이라는데 잘못하다가 뺨이나 얻어맞게요…… 하…… 하……"

(부)"생질사위 잘못 얻는 것은 걱정 없고 뺨 맞는 것만 염려되나?…… 하…… 하……"

(이)"허…… 허…… 허…… 허……"

(외삼촌)"혼처는 저기 좋은 곳 있습니다. 옥동 박 과장의 세째

아들인데, 나는 열 일곱 살이오, 공부는 재작년에 사범속 소학교에서 졸업하고 즉시 관립(官立) 중학교에 입학하여 올해 삼 학년이 되었답니다. 그 아해는 저의 팔촌 처남의 아들인데 그 집 문벌도 훌륭하고 가세도 불빈할 뿐 아니라 제일 당자의 얼굴도 결곡하고 재조도 초월하여 내 마음에는 매우 합당합디다마는 매부 의향에 어떠하신지요?"

이시종의 귀에 그 말이 번쩍 띄어,

응, 그리 해? 합당하면 하다마다. 자네 마음에 합당하면 내 의향에도 좋지 별수 있나? 나는 양반도 취치 않고, 부자도 취치 않고, 다만 당자 하나만 고르네."

하면서 매우 기뻐하고, 정임이 외삼촌은 이런 이야기를 밤이 되도록 하다가 갔는데, 그 후로는 신랑의 선을 본다는 등 사주(四柱)를 받는다는 등 하더니, 하루는 이시종이 붉은 간지(簡紙)를 내 '팔월 십사일 전안 납채(納采) 동일선생'이라 써서 다홍실로 허리를 매어놓고 부인과 의논해 가며 신랑의 의양단자(衣樣單子)를 적는다. 정임이는 영창이 생각을 잊을 만하다가도 시집이니 장가니 혼인이니 사위니 하는 말을 들으면 새로이 생각이 문득 문득 나는 터이라. 외삼촌이 혼처 의논할 때에도 영창이 생각이 뼈에 사무쳐서 건넌방으로 들어가 눈물을 몰래 씻으며 속마음으로,

「부모가 나를 이왕 영창에게 허락하셨으니, 나는 죽어 백골이 되어도 영창의 아내라. 비록 영창이는 불행하였을지라도 나는 결코 두 사람의 처는 되지 아니할 터이오, 저 아저씨는 아무리 중매한다 하여도 입에선 바람만 들일걸.」

하는 생각이 뇌수에 맺혔으나 여자의 부끄러운 마음으로 그 부모에게는 아무 말도 못하고 지내던 터이더니, 택일 단자 보내는 것을 보매 가슴이 선뜻하고 심기(心氣)가 좋지 못하여 몸을 비비

틀며 참다가 못하여 그 모친의 귀에 대고 응석처럼 가만히 하는 말이다.

(정임)"나는 시집가기 싫어."

(부인)"이년, 계집아해 년이 시집가기 싫은 것은 무엇이고, 좋은 것은 무엇이냐?"

(이시종)"그년이 무엇이래, 나중에는 별 망측한 말을 다 듣겠네."

(정)"아바지·어마니 보고 싶어 시집가기 싫어요."

(부)"아비·어미 보고 싶다고 평생 시집 아니 갈까, 이 못생긴 년아."

부인의 말은 철모르는 말로 돌리는 말이라, 정임이는 정색하고 꿇어앉으며,

(정)"그런 것이 아니올시다. 아바지께서 열녀(烈女)는 불경이부(不敬二夫)라는 글 가르쳐 주셨지요. 나를 이왕 영창이와 결혼하게 하시고, 지금 또 시집 보낸다 하시니, 부모가 한 자식을 두 사람에게 허락하시는 법이 있습니까? 아무리 영창이 종적은 알지 못하나 다른 곳으로 시집가기는 죽어도 아니 하겠습니다."

이시종이 그 말을 듣더니 벌떡 일어서며 정임의 머리채를 휘어 잡고 평생 손찌검 한 번 아니 하던 그 딸을 여기저기 함부로 쥐어 박으며,

(이)"요년, 요 못된 년, 그게 무슨 방정맞은 말이냐! 요년, 혓줄기를 끊어놓을라. 네가 영창이 예단(禮單)을 받았단 말이냐, 네가 영창이와 초례를 지냈단 말이냐? 네가 간 데 없는 영창이 생각하고 시집 못 갈 의리가 무엇이란 말이냐, 아무리 어린년인들."

하며 죽일년 잡쥐듯 하니 부인은 겁이 나서,

(부)"고만두시오. 그년이 어린 마음에 부모를 떨어지기 싫어

철모르고 하는 말이지요. 어서 고만 참으시오."

(이)"요년이 어디 철몰라서 하는 말이오? 제 일생을 큰일내고 부모의 가슴에 못박을 년이지…… 우리가 저 하나를 길러서 죽기 전에 서방이나 얻어맡겨 근심을 잊을까 하는 터에…… 요년이 ……"

하며 또 한참 때려 주니, 부인은 놀랍고 가엾은 마음에 살이 떨리고 가슴이 저려서 달려들며 이시종의 손목을 잡고 정임이 머리를 뜯어놓아 간신히 말렸더라.

이시종은 원래 구습을 개혁할 사상이 있는 터인 고로, 설령 그 딸이 과부가 되었을지라도 개가(改嫁)라도 시킬 것이오, 정혼하였던 것을 거리껴서 딸의 일평생을 그릇하지 아니할 사람이라. 정임의 가슴 속에 철석같이 굳은 마음은 알지 못하고, 다만 자기 속마음으로,

"정임이 말도 옳지 아니한 바는 아니로되, 내 생각을 하든지 정임이 생각을 하든지 사소한 일로 전정(前程)에 대불행을 위함이 불가하다."

생각하여 정임이를 압제(壓制) 수단으로 그런 말은 다시 못 하게 하여 놓고, 그 날부터 참모를 부른다. 숙수를 앉힌다 하여 바삐바삐 혼례를 준비하는데, 받아놓은 날이라 눈 깜짝할 사이에 벌써 열사흗날 저녁이 되었으니, 그 이튿날은 백마 탄 새신랑이 올 날이라. 정절이 옥 같은 정임의 마음이야 과연 어떠하다 하리요. 건넌방에 혼자 누웠으니, 이 생각 저 생각 별생각이 다 난다. 부모의 뜻을 순종하자 하니 인륜(人倫)의 죄인이 되어 지하에 가서 영창을 볼 낯이 없을 뿐 아니라, 이는 부모의 뜻을 순종함이 아니오, 곧 부모를 옳지 못한 사람을 만드는 것이오, 부모의 뜻을 좇지 아니하자 하니 그 계책은 죽는 수밖에 없는데, 늙은 부모를 두고 참혹히 죽으면 그 죄는 차라리 시집가는 것이 오히려 경할

지라, 아무리 생각하여도 어찌할 줄 모르다가 한 생각이 문득 나며 혼잣말로,

"시집이란 것이 다 무엇 말라 죽은 것이야! 서양 사람은 시악시 부인도 많다더라."

하고 벌떡 일어서서 안방으로 들어가 보니, 그 부모는 잔치 분별하기에 종일 근뢰하다가 막 첫잠이 곤히 든 모양이라, 문갑 서랍의 열쇠패를 꺼내 가지고 골방으로 들어가 금고를 열고, 십 원 권·오 원권을 있는 대로 집어 내어 손가방에 넣어서 들고 나오니, 시계는 아홉 점을 댕댕 치는데, 안팎으로 들락날락하며 와글와글하던 사람들은 하나도 없이 괴괴하고, 오동나무 그림자는 뜰에 가득하며 벽틈에 여치 소리가 짤깍짤깍할 뿐이라. 다시 건넌 방으로 들어가 종이를 내어 편지 써서 자리 위에 펴놓고 나와서, 그 길로 대문을 나서며 한 번 돌아보니, 부모의 생각이 마음을 찌르나, 억지로 참고 두어 걸음에 한 번씩 돌아보며 효자문 네거리 와서 인력거(人力車)를 불러 타고 남대문 밖을 나서니, 이 때 가을 하늘에 얇은 구름은 고기 비늘같이 조각조각 연하고, 그 사이로 한 바퀴 둥근달이 밝은 광채를 잠깐 자랑하고 잠깐 숨기는데, 연약한 마음이 자연 상하여 흐르는 눈물을 씻고 또 씻는 사이에 벌써 인력거채를 덜컥 놓는데 남대문 정거장에서 요령(搖鈴)소리가 덜렁덜렁 나며 붉은 모자 쓴 사람이,

"후상, 후상, 후산 으이데마셍까 (부산(釜山), 부산, 부산 안 가시렵니까)?"

하고 외는 소리가 장마 속 논고에 맹꽁이 끓듯 하니, 이때는 하오 십시 십오분 부산(釜山) 급행차 떠나는 때라, 인력거에 급히 내려 동경(東京)까지 연락차표를 사 가지고 이등 열차(二等列車)로 오르니 호각 소리가 호르륵 나며 기관차에서 파푸 파푸 하고 남대문이 점점 멀어지니, 앞길의 운산은 창창하고 차 뒤의 연

하(煙霞)는 막막하더라.

그 빠른 기차가 밤새도록 가다가 그 이튿날 아침에 부산에 도착하니, 안방에서 대문 밖도 자세히 모르고 지내던 정임이는 처음 이렇게 멀리 온 터이라. 집에 있을 때에 동경을 가자면 남문역에서 연락차표를 사 가지고 부산 가서 연락선(連絡船) 타고 하관(下關)까지 가고, 하관서 동경 가는 차를 다시 타고 신교역에서 내린다는 말을 듣기는 들었지마는, 남문역에서 부산까지는 왔으나 연락선 정박한 부두(埠頭) 가는 길을 알지 못하여 정거장 머리에서 주저주저하다가,

"화륜선(火輪船) 타는 선창을 어데로 가오?"

하고 들으매 이 사람도 물끄러미 보고, 저 사람도 물끄러미 보니 정임이가 집 떠날 때에 머리는 전반같이 땋은 채로 옷은 분홍 춘사적삼, 옥색 모시 다린 치마 입었던 채로 그대로 쑥 나온 그 모양이라, 누가 이상히 보지 아니하리요? 그 많은 내외국(內外國)사람이 모두 여겨보더니, 그 중에 어떤 사람이 아래위를 한참 훑어보다가,

"여보, 작은아씨, 이리 와 내가 부두까지 가는 길에 가르쳐 줄 터이니."

하고 앞서서 가는데, 말쑥히 비치는 통량갓 속으로 반드르한 상투는 외로 똑 떨어지고 후줄근한 왜사 두루마기는 기름때가 조르르 흘렀더라.

정임이가 약기는 참새 굴레씰 만하지마는 세상 구경은 처음 같은 터이라, 다른 염려 없이 그 사람을 따라 부두로 나가는데, 부두로 갈 것 같으면 사람 많이 다니는 탄탄대로로 갈 것이언마는 이 사람은 정임이를 끌고 꼬불꼬불하고 좁디좁은 골목으로 이리 삥삥 돌고 저리 삥삥 돌아가다가, 어떤 오막살이 높은 등 달린 집으로 들어가며,

(그 사람)"나는 이 집에서 볼일 좀 보고 곧 가르쳐 줄 것이니 이리 잠깐 들어와."

정임이는 배 탈 시간이 늦어 가는가 하고 근심될 뿐 아니라 여자의 몸이 낯선 곳에 혼자 와서 사나이놈 따라 남의 집에 들어갈 까닭이 없는 터이라,

(정임)"길 모르는 사람을 이처럼 가르쳐 주고자 하시니 대단히 고맙습니다. 나는 여기서 잠깐 기다릴 터이니 어서 볼일 보십시오."하고 섰더니 그 사람이 그 집으로 들어간 지 한참 만에 어떤 계집 두 년이 머리에는 왜밀 뒤범벅을 해 붙이고 중문간에서 기웃기웃 내다보며,

"아에그, 그 처녀 얌전도 하다. 아마 서울 사람이지?"

하고 나오더니,

"여보, 잠깐 들어오구려. 같이 오신 손님은 지금 담배 한 대 잡숫는데요. 우리 집에는 아무도 없소. 여편네가 여편네들만 있는 집에 들어오는 것이 무슨 관계 있소? 어서 잠깐 들어왔다 가시오."

하며 한 년은 손목을 잡아다리고 한 년은 등을 미는데, 어찌할 수 없이 안마당으로 들어섰다. 길 가르쳐 주마던 사람은 마루끝에 걸터앉아 담배를 먹다가 정임을 보더니,

(그 사람)"선창을 물으면 배 타고 어데를 가는 길이야?"

(정임)"동경까지 갑니다."

(그 사람)"집은 어데이고?"

(정임)"서울이야요."

(그 사람)"동경은 무어하러 가?"

(정임)"유학하러요."

(그 사람)"유학이고 무엇이고 저렇게 큰 처녀가 길도 모르고 어찌 혼자 나섰어?"

(정임)"지금같이 밝은 세상에 처녀 말고 아무라도 혼자 나온들 무슨 관계 있습니까?"

(그 사람)"이름은 무엇이고 나이는 몇 살이야?"

이렇게 자세히 묻는 바람에 정임이는 의심이 나며, 서울 뉘집 아들도 일본으로 도망해 가다가 그 집에서 부산 경찰서로 전보(電報)하여 붙잡아 갔다더니, 아마 우리 아버지께서 전보한 까닭으로 경찰서에서 별 순검을 보내 조사하나 보다 하는 생각이 나서,

(정임)"배 탈 시간이 늦어 가는데 길도 아니 가르쳐 주고 남의 이름과 나이는 알아 무엇하려오?"

하고 돌아서서 나오는데 그 사람이 달려들며 잡담 제하고 끌어다가 뒷방에 넣고 방문을 밖으로 걸더라.

그 사람은 색주가(色酒家) 서방인데, 서울 사람과 상약(相約)하고 어떤 집 계집아해를 색주가감으로 꾀어 내는 판이라. 서울 사람은 그 계집아해를 유인하여 어느 날 몇 시 차로 보낼 것이니 아무쪼록 놓치지 말고 잘 단속하라는 약조가 있는 터에, 그 계집아해는 아니 오고 애매한 정임이가 걸렸으니 아무리 소리를 지른들 무엇하며, 야단을 친들 무슨 수가 있으리오마는, 하도 무리한 경우를 당하여 기가 막히는 중에,

"이렇게 법률을 무시하는 놈을 여러 사람에게 알리면 도리가 있으리라."

생각하고 한 번 악을 쓰고 소리를 질렀더니, 그놈이 감언이설로 달래다 못하여 회초리 찜질을 대는 판에 전신이 피뭉치가 되고 과연 견딜 수 없을 뿐 아니라, 죽고자 하여도 죽을 수도 없으니 이런 일은 평생에 듣지도 보지도 못하다가 꿈결같이 이 지경을 당하니 분한 마음이 이를 것 없으나 어찌할 수 없이 갇혀 있었다. 사흘 되던 날 밤에 문틈으로 풍뎅이 한 마리가 들어와서

쇠잔한 등불을 쳐서 끄는데 갑갑하고 무서운 생각이 나서 불이나 켜놓고 밤을 새우리라 하고, 뜰창 문지방을 더듬더듬 하며 성냥을 찾으니, 성냥은 없고 다 부러진 대깍칼이 틈에 끼어 있는지라, 그 칼을 집어들고 이리 할까, 저리할까 한참 생각하다가 마침내 문창을 오린다. 칼도 어찌 잘 들고 힘도 어찌 세던지 밤새도록 겨우 창살 한 개를 오리고 나니, 닭은 세 홰를 울고 먼 촌의 개 짖는 소리가 나는데 그 창살 오려 낸 틈으로 밖에 걸린 고리를 벗기고 가만히 나오니 죽었다가 살아난 듯이 상쾌한지라 차차 큰 길을 찾아가며 생각하니,

"이번에 이 고생한 것도 도시 의복을 잘못 차린 까닭이오, 또 동경을 가더라도 조선 의복 입은 사람은 하등(下等)대우를 한다는데, 이 모양으로는 아무데도 가지 못하겠다."

하고 어느 모퉁이에서 날 밝기를 기다려 가지고 곧 오복점(吳復店)을 찾아가서 일본옷 한 벌을 사서 입고, 그 오복점 주인 여편네에게 간청하여 머리를 끌어올려 일본쪽을 찌고, 또 그 여편네에게 선창가는 길을 물어서 찾아 가니, 이때 마침 연락선 일기환이 떠나는지라, 즉시 그 배를 타고 망망한 바다빛이 하늘에 닿은 곳으로 가더라.

이 같은 곤란을 지내고 동경을 향하여 가는 정임이가 삼 일 만에 목적지 신교역(新橋驛)에 내리니, 그 시가의 화려하고 번창함이 처음 보는 구경이나, 여관을 어디로 가는지 모르고 한참 방황하다가 덮어놓고 인력거에 올라앉으니, 별안간 말하는 벙어리, 소리 듣는 귀머거리가 되어 인력거군의 묻는 말을 대답하지 못하고, 다만 손을 들어 되는 대로 가리키니 인력거는 가리키는 대로 가고, 정임이는 묻는 대로 가리켜서 이리저리 한없이 가다가 어느 곳에 다다르니, 상야관이란 현판 붙인 집 앞에서 오는 가는 사람에게 광고를 돌리는데, 그 광고 한 장을 받아 보니 무슨 말

인지 의미는 알 수 없으나, 단지 숙박료 일등에 얼마, 이등에 얼마라고 늘어쓴 것을 보매 그 집이 여관인 줄 알고 인력거를 내려 들어가니, 벌써 여중(女中)과 반또(番頭)들이 나와 맞으며 들어가는 길을 인도하는지라, 인하여 그 집에 여관을 정하고 우선 여관 주인에게 일본말을 배우니, 원래 총명이 과인하고 학문도 중학교 졸업은 되는 터이라, 일곱 달 만에 못할 말 없이 능통할 뿐 아니오, 문법도 막힐 곳 없이 무슨 서적이든지 능히 보게 되매, 그 해 봄에 〈소석천구〉 일본 여자 대학에 입학하였는데, 그 심중에는 항상 부모의 생각, 영창이 생각, 자기 신세 생각이 한데 뒤뭉쳐서 주야로 간절한 터이라, 그러한 뇌심중에 공부도 잘 되지 아니하려마는 시험 볼 적마다 그 성적이 평균점 일공공(100)에 떨어지지 아니하여 해마다 최우등으로 진급되니, 동경 여학생에게 이정임의 이름을 모를 사람이 없이 명예가 굉장하더라.

　하루는 학교에서 하학하고 여관으로 돌아오니, 어떤 여학도(女學徒)가 무슨 청첩을 가지고 와서 아무쪼록 오시기를 바란다고 간곡히 말하고 가는데, 그 청첩은 〈여학생 일요 강습회 창립 총회〉 청첩이오, 그 취지는 여학생이 일요일마다 모여서 학문을 강습하자는 뜻이라. 정임이는 근심이 첩첩하여 만사가 무심한 터이지마는, 그 취지서를 본즉 매우 아름다운 일인 고로 그 날 모인다는 곳으로 갔더니, 여학생 수십 명이 와서 개회하고 임원을 선정하는데 회장은 이정임이오, 서기는 산본 영자라. 정임이는 억지로 사양치 못하고 회장석에 출석하여 문제를 내어걸고 차례로 강연한 후에 장차 폐회할 터인데, 이때에 어떤 소년이 서기 산본 영자의 소개를 얻어 회석에 들어오니, 자기는 조선 유학생 강한영이라 하며, 강습회 조직하는 것을 무한히 칭찬하고, 이 회에 쓰는 재정(財政)은 자기가 찬성적으로 어디까지든지 전담하겠노라 하고 설명하며, 위선 금화 백 원을 기부하는 서슬에, 서기의 특청으로 강 소년이 그 회의 재무 촉탁(囑託)이 되었는데, 이때부터 강 소년은 일요일마다 정임을 만나면 지극히 반가워하고 대단히 정답게 굴어서 아무쪼록 친근히 사귀려고 하며, 혹 어떤 때는 공원으로 놀러가자기도 하고, 야시(夜市) 구경도 같이 가자기도 하나, 정임의 정중한 태도는 비록 여자끼리라도 특별히 친압(親狎)하지 아니하거늘, 하물며 남자와 한가지 구경 다닐 리가 있으리요. 그런 말 들을 적마다 정숙한 말로 대답하매 다시는 그런 말을 못 하는 터이오, 산본 영자도 종종 여관으로 찾아오는데, 하루는 어떤 노파가 와서 자기는 산본 영자의 모친이라 하며 자기 딸과 친절히 지내니 감사하다고 치하하고 가더니, 그 후로는 자주자주 다니며 혹 과자도 갖다주며, 혹 화장품도 사다 주어 없던 정분을 갑자기 사고자 하며, 가끔 가다가 던지는 말로 여자의 평생 신세는 남편을 잘 만나고 못 만나기에 있다고 이야기하더라.

정임이 동경 온 지가 어언간 다섯 해가 되어 그 해 하기 시험에 졸업하고, 증서 수여식 날 졸업장과 다수한 상품을 타매, 그 마당에 모인 고등관인과 내외국 신사들의 칭송이 빗발치듯 하니 그런 영광을 비할 곳이 없을 뿐 아니오, 그 졸업장 한 장이 금 주고 바꾸지 아니할 만치 귀한 것이라 그 마음에 오죽 기쁘리오마는, 정임이는 찬양도 귀에 심상(尋常)이 들리고 좋은 마음도 별로 없이 즉시 여관으로 돌아와 삼층 장자(障子)를 열고 난간에 의지하여 먼 하늘에 기이한 구름 피어오르는 것을 바라보며, 내두의 거취를 어떻게 할까 하고 앉았는데 산본 노파가 오더니 졸업한 것을 치하한다.

(노파)"이번에 우등으로 졸업하였다니 대단히 감축한 일이 오구려. 듣기에 어찌 반가운지 내가 치하하러 왔지요."

(정임)"감축이랄 것 무엇 있습니까?"

(노파)"저렇게 연소한 터에 벌써 대학교 졸업을 하였으니 참

고마운 일이야. 내 마음에 이처럼 반가울 적에 당신이야 오죽 기쁘며, 부모가 들으시면 얼마나 좋아하시겠소.”

(정임)“나는 좋을 것도 없습니다. 학교 교사 여러분의 덕택으로 졸업은 하였으나 아무것도 아는 것은 없으니 무엇이 좋습니까.”

(노파)“그런 겸사는 다 그만두시오. 내가 모른다구요…… 그러나 우리 딸 영자야말로 인제 겨우 고등과 이년급이니 언제나 대학교 졸업을 할는지요? 당신을 쳐다보자면 고소대 꼭대기 같지.”

(정임)“별말씀을 다 하십니다. 영자의 재주로 잠깐이지요. 근심하실 것 무엇 있습니까?”

(노파)“당신은 얼굴도 어여쁘고 마음도 얌전하거니와 재주는 어찌 저렇게 비상하며, 학문은 어찌 저렇게 좋소? 나는 볼 적마다 부러워.”

(정임)“……”

(노파)“이 세상에는 저와같은 짝이 없을걸.”

(정임)“……”

(노파)“남녀 물론하고 혼인은 부모가 정하는 것이지마는, 이 이십세기 시대에야 부모가 혼인 정해 주기를 기다리는 사람이 누가 있나? 혼인이란 것은 제 눈에 들고 제 마음에 맞는 사람과 할 것인……”

(정임)“……”

(노파)“왜 아무 이야기도 아니 하고 얼굴에 근심하는 빛이 있으니 웬일이오? 내가 혼인 이야기를 하니까 아마 시집갈 일이 근심되나 보구려. 혼인은 일평생에 큰 관계가 달린 일인데, 어찌 근심이 되지 아니하리까? 그렇지마는 근심할 것 없소. 내가 좋은 혼처 천거하리다. 이 말이 실없는 말 아니오. 자세히 들어 보시오. 내가 남의 중대한 일에 잘못 소개할 리도 없고, 또 서양 사람

이나 아미리가 사람에게 천거하는 것이 아니라, 같은 나라 사람이자 또 자격이 당신과 똑같은 터이니, 두고두고 평생을 구한들 어찌 그런 합당한 곳을 고를 수 있으리까? 다른 사람이 아니라 일요 강습회에 다니는 강한영 씨 말씀이오. 당신도 많이 만나보셨겠지마는 얼굴인들 좀 얌전하며, 재주인들 여간 좋습더니잇가. 그 양반이 내 집에 주인을 정하고 삼 년을 나와 같이 지내는데, 그 옥 같은 마음은 오던 날이나 오늘이나 마찬가지요, 학문으로 말하더라도 이번에 대학교 법률과 졸업을 하였으니 당신만 못하지 아니하고, 재산으로 말하더라도 조선의 몇 째 아니 가는 부자랍디다. 내가 조선 사람의 부자이고 아닌 것을 어찌 알겠소마는, 이 곳에 와서 돈 쓰는 것만 보면 알겠습디다. 그 양반이 돈을 써도 공익적(公益的)으로나 쓰지, 외입 한 번 하는 것도 못 보았어요. 만일 내 말이 못 믿거던 본가로 편지라도 해서 알아보고, 망설이지 말고 혼인 정하시오. 그 집은 대구(大邱)인데 이번에 나가면 서울로 이사한답디다. 암만 골라도 이러한 곳은 다시 구경도 못 할 터이니 놓쳐 버리고 후회할 것 없이 두말 말고 정하시오. 당신도 그 양반을 모르는 터이 아니어니와 이 늙은 사람이 설마 남 못할 노릇 시키려고 거짓말할 리 있소? 다시 생각할 것 없이 내 말대로 하시오."

그 노파는 졸업 치하가 변하여 혼인 소개가 되더니 잔말을 기다랗게 늘어놓는데 정임이는 조금도 듣기가 귀찮은 터이라,

(정임)"그러하겠습니다. 여자가 되어 시집가는 것도 변될 일이 아니오, 당신이 혼인 중매하시는 것도 고이치 아니한 터이나, 그러나 나는 집 떠날 때부터 마음에 정한 바 있어 다시는 변통 못할 사정이올시다. 그 사정은 말할 필요가 없거니와 만일 내가 시집을 갈 것 같으면 그런 좋은 곳을 버리고 어떤 곳을 다시 구경하리까마는, 내가 시집 아니 가기로 결심한 이상에야 다시 할 말

있습니까. 혼인 이자에 대하여서는 두 말씀 마시기를 바랍니다."

이처럼 싹도 없이 끊어 말하매 노파는 다시 말 못하고 무연히 돌아갔는데, 그 후로부터 일요 강습회에도 다시 가지 아니하고 있더니, 집 생각이 간절하여 집에 돌아가 늙은 부모나 봉양하고 여학교나 설립하여 청년 여자들이나 가르치며 오는 세월을 보내리라 하고 귀국할 행장을 차리는 중인데, 하루는 궂은 비가 종일 와서 심기가 대단히 울적하던 차에, 비 개이고 달 돋아 오는 경이 하도 좋기에 옷을 갈아 입고 상야공원에 가서 달 구경하고 오다가 불인지가를 지나며 보았다. 그런데 패한 연엽에는 비 흔적이 머무르고, 맑고 맑은 물결에는 위에는 관월교요, 밑에도 관월교라, 그 운치를 사랑하여 돌아갈 줄을 잊어버리고 섰더니, 그 악소년을 만나 칼침을 맞고 병원으로 갔는데 병원에서 의사가 상처를 진찰하니 창흔(創痕)은 후문을 비키고 빗나갔고, 창구는 이 분이며 심은 일 촌에 지나지 못하여 생명은 아무 관계 없고, 놀라서 잠시 기색(氣塞)한 모양이라, 의사는 응급수술로 신속히 치료하였으나 정임이는 그러한 광경을 생후에 처음 당하여 어찌 혹독히 놀랐던지 종시 혼도(昏倒)하였다가 간신히 정신을 차려 눈을 떠 보니, 동편 유리창에 볕이 쩡쩡히 비치고, 자기는 높은 와상(臥床)에 흰 홑이불을 덮고 누웠는지라, 어찌된 곡절을 몰라 속생각으로,

"여기가 어데인가? 우리 여관에는 저렇게 볕 들어 본 적도 없고 이러한 와상도 없는데, 내가 뉘 집에 와서 이렇게 누웠나? 애고, 이상도 하다. 내가 아마 꿈을 이렇게 꾸나 보다."

하고 정신을 수습하는 때에, 의사가 간호부를 데리고 들어오는 뒤에 순사가 따라오는 것을 보고 그제야 전신에 소름이 쪽 끼치며, 어젯밤 공원 생각이 나는데 의사가 창구를 씻고 약을 갈아 붙이더니, 순사가 앞으로 다가서며 자세자세 묻는다.

(순사)"당신의 성명은 누구라 하오?"

(정임)"이정임이올시다."

(순)"연령은 얼마요?"

(정)"십구 세올시다."

(순)"당신의 집은 어데요?"

(정)"조선 경성 북부 자하동 백팔 통 십 호올시다."

(순)"당신의 부친은 누구요?"

(정)"이○○올시다."

(순)"부친의 직업은 무엇이오?"

(정)"우리 부친은 관인이더니 지금은 벼슬 없고, 전직은 시종원 시종이올시다."

(순)"형제는 몇 분이요?"

(정)"이 사람 하나뿐이올시다."

(순)"당신이 무슨 일로 동경에 왔소?"

(정)"유학하기 위하여 왔습니다."

(순)"그러시오? 그러면 여관은 어데며, 어느 학교 몇년급에 다니오?"

(정)"여관은 하곡구 거판정 십일 번지 상야관이오, 학교는 일본여자 대학에 다니더니 거(去) 칠월 십일에 졸업하였습니다."

(순)"매우 고마운 일이오마는…… 어젯밤에 행동하던 놈은 아는 놈이오, 모르는 놈이오?"

(정)"안면은 두어 번 있었지요."

(순)"안면이 있으면 그놈의 성명을 알며, 어데서 보았소?"

(정)"성명은 강한영이오, 만나보기는 여학생 일요 강습회에서 만나보았습니다."

(순)"성명을 들으니 그놈도 조선 사람이오구려…… 그놈의 원적지와 유숙하는 여관은 어데인지 아시오?"

(정)"본국 사람이로되 거주도 모르고, 여관도 어데인지 알 수 없으나 그 주인은 산본이랍디다."

(순)"그러면 무슨 이유로 저 일을 당하였소?"

(정)"이유는 아무 이유도 없습니다…… 여자가 되어 세상에는 죄악이지요."

정임이는 그 말 그치자 두 눈에 눈물이 핑 도는데, 순사가 낱낱이 조사하여 수첩에 기록해 가지고 매우 가엾다고 위로하며 의사를 향하여 아무쪼록 잘 보호하고 속히 치료해 주라고 부탁하고 나가더라.

정임이가 이러한 죽을 욕을 보고 병원에 누웠으매 처량하기도 이를 것이 없고 별생각이 다 나는데,

"내가 집을 버리고 멀리 떠나서 늙은 부모의 걱정을 시키니, 이런 죄악을 왜 아니 당할 리 있나. 그렇지마는 내가 부모를 저버린 것이 아니오, 중대한 의리를 지킨 일이니, 아무리 어떠한 죄를 당할지라도 조금도 신명에 부끄러울 것은 없어. 내가 어려서 부모에게 귀함 받고 영창이와 같이 자랄 때에 신세가 이 지경될 줄 누가 알았던가? 그러나 나는 무슨 고생을 하든지 이 세상에 살아 있거니와, 백골이 어느 곳에 헤어진지 알지 못하는 영창의 외로운 혼이 불쌍치 아니한가! 내가 바삐 지하에 돌아가 영창이를 만나서 어서 이런 말을 좀 하였으면 좋겠구먼. 부모 생각에 할 수 없지…… 허…… 나의 한 몸이 천지의 이기(理氣)를 타고 부모의 혈육을 받아 이 세상에 한 번 나온 것이 전만고 후만고에 다시 얻기 어려운 일인데, 이렇게 아까운 일생을 낙을 모르고 지내다가 죽는단 말인가! 참 팔자도 기박도 하다. 생각을 하면 간이 녹아 신문이나 보고 잊어버리겠다."

하고 간호부를 불러 신문 한 장을 가져 오래서 잠심하여 보는데 제삼면 잡보란(雜報欄)에,

"김영창(연 십구)이라 하는 사람이 어떤 여학생과 무슨 감정이 있던지 재작일 하오 십일시경에 상야공원 불인지 가에서 칼로 찌르다가 하곡구 경찰서로 잡혀 갔는데, 그 사람은 본디 조선 사람으로 영국 문과 대학에서 졸업한 자이라더라."

게재하였는지라, 이 잡보를 보다가 하도 이상하여 한 번 다시 보고 또 한 번 더 훑어보아도 갈 데 없이 자기의 사실인데, 행패하던 놈이 성명이 다르매 더욱 이상하여 혼잣말로,

"아이고, 이상도 하다. 이 말이 정녕 내 말인데, 그놈이 강가 아니오, 김영창이란 말은 웬말이며, 영국 문과 대학 졸업이란 말은 웬말인고? 아마 신문에 잘못 게재하였나 보다. 내가 영창이 생각을 잊어버리자고 신문을 보더니."

하고 신문을 땅에 던지다가 다시 집어들고,
"김영창…… 김영창…… 문과 대학 졸업?"

하며 무슨 생각을 새로 하는 때에 누가 어떤 엽서 한 장을 주고 나가는데, 그 엽서는 재판소 호출장이라. 그 엽서를 받아두고 병 낫기를 기다리더니, 병원에 온 지 일주일이 되매 상처도 완전히 치료되고 재판소에 부르는 일자가 되었는지라, 병원에서 퇴원하여 여관으로 돌아가는 길에 곧 재판소로 가더라.

정임의 마음에 이렇듯이 새기고 새겨둔 영창이는 정임을 이별하고 부모를 따라 초산으로 온 후에 날이 가고 해가 갈수록 역시 정임이가 영창이 생각하나 진배 없이 정임을 생각하며 가고 또 오는 날을 괴로이 지내더니, 하루는 정임에게서 편지가 와서 반갑게 떼어 본다.

편지… 이별할 때에 푸르던 버들이 다시 푸르르니 하늘가를 바라보매 눈이 뚫어지고자 하나, 바다는 막막하고 소식은 없으니, 난간에 의지하여 공연히 창자가 끊어질 뿐이오, 해는 가까우나 초산은 멀며, 바람은 가벼우나 이 몸은 무거워서 날아다니는 술

업은 얻지 못하고 다만 봄꿈으로 하여금 괴롭게 하니, 생각을 하면 마음이 상하고 말을 하자니 이가 시구나.

이러한 만지장서를 채 다 보지 못하고 막 시작하여 여기까지 보는데 삼문 밖에서 별안간 우지끈뚝딱하며,

"아 우!"

하는 소리가 나더니 봉두난발(蓬頭亂髮)도 한 놈, 수건도 쓴 놈들이 혹 몽둥이도 들고, 혹 돌도 들고 우 몰려 들어오면서 우선 이방(吏房)·형방(刑房)·순로·사령(使令)을 미친개 때리듯 하며, 한 떼는 대청으로 올라와서 군수를 잡아 내리고, 한 떼는 내아(內衙)에 들어가서 부인을 끌어 내어 한 끈에다가 비웃두름 엮듯이 동여 앉히고 여러 놈이 둘러서서 한 놈은,

"물을 끓여라!"

한 놈은,

"장작더미에 올려 앉혀라!"

한 놈은,

"석유를 끼얹어라!"

한 놈은,

"구덩이를 파라!"

또 한 놈은,

"이애들, 아서라. 학정(虐政)은 모두 아전놈의 짓이지 그 못생긴 원놈이야 술이나 좋아하고 글이나 잘 짓지 무엇을 안다더냐. 그럴 것 없이 집둥우리나 태서 지경이나 넘겨라."

가는데 그 중 한 놈이 쓱 나서며,

"그럴 것 없이 좋은 수가 있다. 두 연놈을 큰 뒤주 속에 한데 넣어서 강물에 띄워 버리자."

하더니 그 여러 놈들이,

"이애, 그 말 좋다…… 자……"

하며 뒤주를 갖다가 군수 내외를 집어넣고 자물쇠를 채고 진상 (進上)가는 꿀병 동이듯 이리 층층 얽고 저리 층층 얽어서 여러 놈이 떼메고 압록강(鴨綠江)으로 나가는 데, 정임이 편지 보던 영창이는 창졸간에 하늘이 무너지고 땅이 꺼지는 듯한 난리를 만나매 어찌할줄 모르고 몸부림을 하며 아버지·어머니를 부르고 울다가, 메고 나가는 뒤주를 좇아가니 어떤 놈은 귀퉁이도 쥐어박고, 어떤 놈은 발길로 차기도 하며 어떤 놈은,

"이애, 요놈은 작은 도적놈이다. 요런 놈 씨 받아서는 못 쓰겠다. 요놈도 마저 뒤주 속에 넣어라."

하더니 또 어떤 놈이 와서,

"아서라, 그까짓 어린 자식 놈이야 무슨 죄가 있느냐? 그렇지마는 요놈이 이렇게 잘 입은 비단옷도 모다 초산 백성의 피 긁은 것이니 이것이나마 입혀 보낼 것 없다."

하고 달려들며 입은 옷을 다 벗기고, 지나가는 거지 아해의 옷 해진 틈틈이 서캐이가 터진 방앗공이에 보리알 끼듯한 것을 바꾸어 입혀서 땅에 발이 붙지 않도록 들어 내쫓는다. 그 지경 당하는 영창의 마음에는, 자기는 죽인 대도 겁날 것 없으되, 무죄한 부모가 참혹히 죽는 것이 비할 데 없이 애통한 생각에,

"나도 압록강에나 가서 기어코 우리 부모 들어앉아 계신 뒤주라도 붙들고 죽으리라."

하고 굴청 언덕을 헤아리지 아니하고 엎드러지며 자빠지며 압록강을 향하고 가는데, 읍내서 압록강이 몇 리나 되던지 밤새도록 가다가 어느 곳에 다다르니 위도 하늘 같고 아래도 하늘 같은 물빛이 보였다. 사면은 적적하고 넓고 넓은 만경창파(萬頃蒼波)에 총총한 별빛만 반짝반짝하여 오열(嗚咽)한 여울 소리가 슬피 조상하는 듯 할 뿐이오, 자기 부모는 어디로 떠나갔는지 알 수 없는지라, 하릴없이 언덕 위에 서서 창자가 끊어지는 듯이 울며

몇 번이나 강물로 떨어지려고 하다가 다시 생각하고,

'죽더라도 떠나가는 뒤주라도 보고 죽으리라.'

하여 물결을 따라 한없이 내려간다. 며칠이나 가고 어디 까지나 왔던지 한 곳에 이르러서는 발도 부르트고 다리도 아플 뿐 아니라, 여러 날 굶어서 기운이 시진(시盡)하여 정신 잃고 사장(沙場)에 넘어졌으니 그 동탕(動蕩)한 얼굴이야 어디 갈 것 아니지마는, 그 넘어진 모양이 하릴 없는 깍쟁이 송장이라. 강변 까마귀는 이리로 날며 깍깍, 저리로 날며 깍깍하고, 개 떼는 와서 여기도 꿋꿋맡아 보고, 저기도 꿋꿋 맡아 보나 이것저것 다 모르고 누웠더니, 누가 허리를 꾹꾹 찌르고 또 꾹꾹 찌르는 섬에 간신히 눈을 들어 보니 어리와리하게 보이는 중에 키는 장승 같고 옷은 시커멓고 코는 주먹덩이 만하고 눈은 여산 칠십 리나 들어간 듯하여 도깨비 중에도 상도깨비 같은 사람이 옆에 서서 무슨 말을 하는데, 귀도 먹먹하지마는 말인지 어훈도 알 수 없고 말할 기운도 없거니와 대답할 줄도 모르고 눈이 멀거니 쳐다볼 뿐이라. 그 사람이 달려들어 일으켜 앉혀 놓고 빨병을 내어 물을 먹이더니, 손목을 끌고 인가를 찾아가니 그 곳은 신의주(新義州) 나루터이오, 그 사람은 영국 문학 박사 스미트라하는 사람인데, 자선가로 영국의 유명한 사람이라. 그 사람이 동양을 유람코자 하여 일본 다녀 조선으로 와서 부산·대구·경성·개성(開城)·평양(平壤)·의주를 다 구경하고 장차 청국(淸國) 북경(北京)으로 가는 길에 이곳에서 영창이 넘어진 것을 보고, 얼굴이 비범한 아이가 그 모양으로 누웠는 것을 매우 측은히 여겨, 즉시 끌고 신의주 개시장 일본 사람의 여관으로 들어가서 급히 약을 먹인다, 우유를 먹인다 하여 정신을 차린 후에 목욕을 시키고 새 옷을 사서 입히니, 그 준수(遵守)한 용모가 관옥같은 호남자이라. 곧 데리고 압록강을 건너가니 다 죽었던 영창이는 은인을 만나 목숨이 살아나매

그때는 아무 생각없고 다만,

 '아무쪼록 생명을 보존하여 기회를 얻어 원수를 갚고 우리 부모의 사속(嗣續)을 전하리라.'하는 마음뿐이라. 그 사람과 말이나 통할 것 같으면 사실 이야기기나 자세히 하고 서울 이시종 집으로 보내 달라고 간청해 볼 터이언마는 말은 서로 알아듣지 못하고, 하릴 없이 그 사람 끌고 가는 대로 따라가는데, 서로 소 닭보듯 하며 먹을 때 되면 먹고, 잘 때 되면 자고, 마차를 타고 막막한 광야로도 가고, 기차를 타고 화려·장대(壯大)한 시가도 지나가고, 화륜선을 타고 망망한 바다로도 가서 어디로 가는지도 모르고 가다가, 어느곳에서 기차를 내리매 땅에 철로가 빈틈 없이 놓이고, 하늘에는 전선이 거미줄같이 얽혔으며, 넓고 넓은 길에 마차·자동차·자전거는 여기서도 쓰르를 저기서도 뜰뜰하고, 십여 층 벽돌집은 좌우에 정연(整然)하며 각색 공장의 연기 굴뚝은 밀짚 들어서듯 총총하여 그 굉장한 풍물(風物)이 영창의 눈을 놀라게 했다. 그 곳은 영국 서울 런던이오, 스미트의 집이 그곳이라, 스미트는 영창을 데리고 집으로 들어가서 세계에 없는 보화(寶貨)를 얻어온 듯이 귀히 여기니 그 부인도 역시 자기 자식같이 사랑하며 날마다 말 가르치기로 일삼는데, 영창의 재주에 한 번 들은 말과 한 번 본 글자를 다시 잊지 아니하고 몇 날 못 되어 가정에서 날마다 쓰는 말은 능히 옮겼다. 부인의 마음에 신통히 여기고 차차 지리·산술·이과 등의 소학교 과정을 가르치기에 재미를 붙이고, 영창이도 스미트 내외에게 친부모 같이 정답게 굴며 근심을 외면에 드러내지 아니하더라.

 정임이는 영창이 소식을 모르고 근심이 가슴에 맺혀서 옷끈이 자연 늦어지는 터이언마는, 영창이는 부모가 그 지경된 것이 지극히 불쌍하여 백해가 녹는 듯이 슬픈 다음에 정임이 생각은 도시 잊었더니, 하루는 산수를 공부하는데 삼삼을 자승(33×33)하

는 문제를 놓으며,

"삼삼구…… 삼삼구…… 또…… 삼삼구…… 삼삼구."

하다가 문득 한 생각이 나며,

'옳지! 정임이가 남문역에서 작별할 때에 편지나 자주 하라고 부탁하며 통호수를 잊거던 삼삼구를 생각하라더라. 편지나 부쳐서 소식이나 알고 있으리라.'

하고 초산서 봉변하던 말과 스미트를 따라 런던 와서 공부하고 있는 말로 즉시 편지를 써서 우편으로 보내고, 다시 생각하는 편지 또 한장을 써서 시종원으로 부쳤더니, 사오 개월이 지난 후에 그 편지 두장이 한겁에 돌아왔는데, 쪽지가 너덧 장 붙고「영수인이 무하여 반환함」이라 썼으니 우편이 발달된 지금 같으면 성안에 있는 이시종 집을 어떻게 못 찾아 전하리오마는, 그때는 우체 배달이 유치한 전한국통신원 시대라, 체전부(遞傳夫)가 그 편지를 가지고 교동 삼십삼 통 구 호를 찾아 가매 불이 타서 빈 터뿐이오, 시종원으로 찾아가매 이시종이 갈려 버린 고로 전하지 못하고 도로 보낸 것이라. 편지를 두 곳으로 부치고 답장 오기를 고대하던 영창이는 어찌된 사실을 몰라 마음에 더욱 불평히 지냈다. 그러나 차차 지각이 날수록 남의 나라의 문명(文明) 부강(富强)한 경황을 보고 내 나라의 야매·조잔(凋殘)한 이유를 생각하매 다른 근심은 다 어디로 가고 다만 학업에 힘쓸 생각뿐이라. 즉시 학교에 입학하여 열심으로 공부하니 그 과공이 일취월장하여 열 여섯 살에 중학교 졸업하고, 열 아홉 살에 문과 대학 졸업하니 그 학문이 훌륭한 청년 문학가가 되었는지라. 스미트 내외도 지극히 기뻐할 뿐 아니라 영국 문부성(文部省) 관리들이 극구 칭송 아니 하는 자가 없더니, 문부성 학무국장이 스미트를 방문하고 자기 딸을 영창에게 통혼(通婚)하는지라 영창이 생각에,

'아무리 정임이와 서로 생사를 알지 못하나 내가 정임이 거취

를 자세히 알기 전에는 다른 배필을 구하지 아니리라.'

하고 그제야 자기 사실과 정임의 관계를 낱낱이 스미트에게 이야기하고 학무국장의 의혼을 거절하였는데, 그 해 유월에 스미트가 대일본 횡빈 주차 영사(橫濱 駐箚領事)가 되어 일본으로 나오매 영창이도 스미트를 따라 횡빈와서 있더니, 어느 때는 동경으로 구경갔다가 지루한 가을 장마에 구경도 못 하고 적적한 여관에서 파초 잎에 떨어지는 빗소리를 들으며 소설을 저술(著述)하는데, 고국 생각이 새로 간절한 중 정임의 소식을 하루바삐 알고자 하는 회포가 마음을 흔들어서,

'아마 정임이는 그 사이 시집을 갔을걸.'

하고 생각하며 하늘 가에 돌아가는 구름을 유연히 바라보더니 헤어져 가는 구름 너머로 쑥 솟아오르는 한 조각 달이 수정(水晶) 같은 광휘를 두루 날리는지라 곧 상야공원에 가서 산보하다가, 불인지 연못가에서 마침 어떤 사람이 칼로 여학생 찌르는 것을 보았다. 문득 잔인(殘忍)한 생각이 왈칵 나서 소리를 지르고 급히 쫓아 가니 여학생의 목에 칼이 박혔는지라, 그 칼을 얼른 빼어들고 생각하매,

'그놈이 벌써 달아났으니 경찰서에 고발하기도 혐의쩍고, 그대로 가자 하나 이것이 사나이 일이 아니라.'

사기가 대단히 망단하여 어찌할 줄 모르고 한창 생각할 때에 행순하던 순사에게 잡혀 가니, 신문하는 마당에 무엇이라고 발명할 증거는 없으나 사실대로 말하니, 그 말은 아무 효력 없고 애매한 살인 미수범(未遂犯)이 되어 즉시 재판소로 넘어가서 감옥서에 갇혀 있더라.

이 때 정임이가 호출장을 가지고 재판소로 들어가니, 검사가 그 날 저녁에 당했던 사실을 자세히 조사하더니 어떤 죄인을 대면시키고,

(검사)"저 사람이 공원에서 칼로 찌르던 사람 아니냐?"

하고 묻는데 정임이는 그 사람의 얼굴을 자세히 보고 병원에서 신문보던 일을 생각하니 얼굴 전형도 흡사한 영창이 어렸을 때 모습이오, 눈·귀·코뿌리도 모두 영창이라, 은근히 반가운 마음이 염통밑을 쑤시나, 한편으로 그 사람이 정녕 영창인지 아닌지 의심도 없지 아니할 뿐 아니라 경솔히 반색할 일도 못 되고, 또 관청에서 사삿말도 할 수 없는 터이라 검사의 말 대답할 겨를도 없이 그 죄인을 물끄러미 보다가 한참 만에 대답을 한다.

(정임)"저이는 그 사람이 아니올시다. 그러나 저 사람에게 한 마디 물어 볼 말씀이 있사오니 잠깐 허가하심을 바랍니다."

(검사)"무슨 말을?"

(정임)"이 사건에 대한 일은 아니오나 사사로이 물어볼 만한 일이 있습니다."

(검사)"무슨 말인지 잠깐 물어 보아."

정임이는 검사의 허락을 얻어 가지고 그 죄인을 대하여 조선말로 묻는다.

(정임)"당신이 어찌된 사기로 이 곳에 오셨소?"

(죄인)"다른 까닭 아니라 공원 구경 갔다가 어떤 놈이 젊은 부인을 모해(謀害)코자 함을 보고 마음에 대단히 송연(竦然)하여 급히 쫓아갔더니 그놈은 달아나고 내가 변명할 수 없이 잡혀 왔습니다. 그 부인이 아마 당신이신게구려. 그때는 매우 위험하더니 천만에 저만하신 것이 대단히 감축합니다."

(정임)"그러하시오니까. 나는 그 때 정신 잃고 아무것도 몰랐습니다그려. 위태함을 무릅쓰고 이만 사람을 구하여 주시니 대단히 고맙습니다마는, 애매히 여러날 고생을 하여 계시니 가엾은 말씀을 어찌 다하오리까. 그러나 존함은 누구신지요?

(죄인)"이 사람은 김영창이올시다."

　(정임)"여러 번 묻기는 너무 불안합니다마는, 내게 은인이 되시는 터에 자세히 알아야 하겠습니다. 황송한 말씀으로 춘부장은 누구시오니까?"

　(죄인)"은인이라 하심은 천만의 말씀이올시다. 우리 선친은 ○○올시다."

　(정임)"그러면 관직은 무슨 벼슬을 지내셨습니까?"

　(죄인)"비서승(秘書丞) 지내시고 초산 군수로 돌아가셨습니다."

　하면서 눈살을 찡그리는데 정임이는 그 말 들으며 다시 물을 것 없이 뇌수에 맺혀 있는 그 영창이라, 죽은 줄 알던 영창이를 뜻밖에 만나니 정신이 아득아득하여 기쁜 마음이 진하여 슬픈 생각이 생겨서 아무 말 못 하고 눈물이 비오듯 하는데, 영창이는 감옥서에 갇혀서 발명하기를 근심하다가 여학생 대면시키는 것이 대단히 상쾌하여 이제는 발명되겠다고 생각하였다. 그런데 그 여학생은 일본말로 검사와 수작하대 무슨 말인지 몰라 궁금하던 차에, 여학생이 조선말로 자세히 묻는 것이 하도 이상하여 그 얼굴을 살펴보니, 남문역에서 한 번 이별한 후로 십 년을 못보던 정임의 용모가 여전하나 역시 의아하여 다른 말은 할 수 없고 다만 묻는 말만 대답하니, 마침내 낙루(落淚)하는 것을 보매 의심이 더욱 나서 한 번 물어본다.

　(영창)"여보시오, 자세히 물으시기는 웬일이며, 또 낙루하시기는 어찌한 곡절이 오니까?"

　(정임)"나를 생각지 못하시오? 나는 이시종의 딸 정임이오."

　하며 흑흑 느끼니 철석 같은 장부의 창자도 이 경우를 당하여서는 어찌할 수 없이 눈물을 보내 수건을 적시더라. 신문하던 검사는 어찌된 까닭을 모르고 정임을 불러 묻는지라, 정임이가 영창이와 같이 자라던 일로부터 부모가 혼인 정하던 말과 초산 민요 후에 서로 생사를 모르던 말과, 동경 와서 유학하는 원인과 오늘 의외로 만난 말을 낱낱이 이야기하니 검사가 그 말을 들으매, 김영창은 백백 애매할 뿐 아니라 그 사실이 매우 신기한지라, 검사도 정임의 절개를 무한히 칭찬하며 한 가지 내어보내고, 강소년을 잡으려고 각 경찰소로 전화도 하고 조선 유학생도 일번 조사하니 각 신문에 '불행위행'이라 제목하고 정임의 사실의 수미(首尾)를 게재하여 극히 찬양하였으매 동경 있는 조선 유학생이 그 사실을 모를 사람이 없더라. 정임이와 영창이가 재판소에서 나와서 같이 여관으로 돌아와 마주 앉으니 몽몽한 꿈 속에 보는 것도 같고, 죽어 혼백이 만난 듯도 하여 그 마음을 이루 측량할 수 없는지라, 서로 울기도 하고 웃기도 하며 그 사이 풍파 겪고 고생하던 이야기를 작약히 하다가 횡빈 영국 대사관으로 내려가서 정임이는 스미트를 보고 영창이 구제함을 감사히 치하하고, 영창이는 공교히 정임이 만날 말을 하며 본국으로 나가서 혼례 지낼 이야기를 하니, 스미트도 대단히 신기히 여기고 혼례 준비금 삼천 원을 주는지라, 정임이는 곧 장문(長文) 전보를 본가로 보내고 영창이와 한가지 발정(發程)하여 서울 남문정거장을 가까이 오니, 한강은 용용하고 남산은 의의하여 의구(依舊)한 고국 산천이 환영하는 뜻을 머금었더라.

정임이 동경으로 가던 그 이튿날 아침에 이시종 집에서는 혼인 잔치 차리느라고 온 집안이 물끓듯 하며 시루를 찐다, 신랑 마중을 보낸다 법석을 하는데, 신부는 방문을 척척 닫고 일고삼장(日高三丈)하도록 일어나지 아니하매 이시종 부인이 심히 이상히 여기고,

"이애 정임아, 오늘 같은 날 무슨 잠을 이리 늦게 자느냐? 어서 일어나서 머리도 빗고 세수도 하여라. 벌써 수모(手母)가 왔다."

하며 방문을 열어 보니 정임이는 간 곳 없고 웬 편지 한 장이 자리 위에 펴 있는데,

편지… 불효의 딸 정임은 부모를 떠나 멀리 가는 길을 임하여 죽기를 무릅쓰고 두어 마디 황송한 말씀을 아버님·어머님께 올리나이다.

대저 사람이 세상에 처하여 윤강을 지키지 못하면 가히 사람이랄 것없이 금수와 다르지 아니함은 정한 일이 아니오니까. 그러하온데 부모께옵서 기왕 이 몸을 영창이에게 허혼하였사오나 비록 성례는 아니하였을지라도 영창의 집 사정이 아니라고 할 수 없는 터이라 어찌 영창이 있고 없는 것을 헤아리오리까. 지금 사세로 말씀하오면 위에 늙은 부모가 계시고 아래에 사나이 동생이 없으매 그 정형이 대단히 절박하오나 그 사람을 알지 못하는 바는 아니오나, 지금 만일 부모의 두 번 명령하심을 복종하와 다른 곳으로 또 시집가오면 이는 부모로 하여금 그른 곳에 빠지게 하여 오륜(五倫)의 첫째를 위반함이오, 이 몸으로써 절개를 잃어 삼강(三綱)의 으뜸을 문란케 함이오니, 정임이가 비록 같지 못한 계집아해오나 어찌 조그마한 사정을 의지하여 윤강을 어기고 금수에 가까운 일을 차마 행하오리까. 그러하므로 죽사와도 내일 일은 감히 이행치 못하옵고 곧 만리붕정(萬里鵬程)의 먼 길을 향하오니, 부모의 슬하를 떠나 걱정을 시키는 일은 실로 불효막심하오나 백 번 생각하고 마지못하여 행하옵나이다. 그러하오나 몔학매식한 천길로 해외에 놀아 문명 공기를 마시고 좋은 학문을 배워 돌아오면 이 어찌 영화가 되지 아니 하오리까. 머지 아니하여 돌아오겠사오니 과도히 근심 마옵시기를 천만 바라오며, 급히 두어 자로 갖추지 못하오니 아버님·어머님은 만수무강하옵소서.

부인이 이 편지를 집어들고 깜짝놀라며 자세히 보지도 않고 사랑에 있는 이시종을 청하여 그 편지를 주며 덜덜떠는 말로,

(부인)"이거 괴변이구려. 요런 방정맞은 년 보아."

(이)"왜 그리여, 이게 무엇이야…… 응?"

하고 그 편지를 받아 보는데 부인의 마음에는 그 딸이 죽어서 나간듯이 서운 섭섭하여 비죽비죽 울며 목멘 소리로,

(부인)"고년이 평일에 동경 유학을 원하더니 아마 일본을 갔나 보. 고년이 자식이 아니라 애물이야. 고 어린년 어디 가서 고생인들 오작할라구. 고년이 요런 생각을 둔 줄 알았더라면 아해년으로 늙어죽더라도 그만두었지. 그러나 저러나 아모데를 가더라도 죽지나 말았으면."

하며 무당 넋두리하듯 하는데 이시종이 그 편지를 다보더니,

(이)"여보, 요란스럽소. 떠들지나 마오."

하고 전보지를 내어 정임이 압류하여 달라고 부산경찰서로 보내는 전보를 써 가지고 전보 부칠 돈을 꺼내려고 철궤를 열어 보니, 귀 떨어진 엽전 한 푼 아니 남기고 죄다 다닥 긁어 내었는지라, 하릴없이 제 은행 소절수에 도장을 찍어 지갑에 넣더니,

(이)"여보 마누라, 나는 전보 부치고 바로 부산까지 다녀올 터이니 집안 일은 마누라가 휘갑을 잘 하오."

하고 나갔는데, 부인은 정신없이 허둥지둥할 사이에 잔치 손님이 꾸역꾸역 모여들고, 마침 중매아비 정임의 외삼촌이 오는지라, 부인이 그 동생을 붙들고 정임이 이야기를 한창 하는 판에 새신랑이 사모관대하고 안부(雁夫)를 말머리에 앞세우고 우적우적 달려드니, 부인 남매는 신부가 밤 사이에 도망하였다는 말을 어찌하며, 또 갑자기 죽었다고 핑계도 할 수 없는 터이라 어찌할 줄 모르고 창황망조(蒼黃罔措)하다가, 동에 닿지도 않는 말로 신부가 지나간 밤에 급히 병이 나서 병원에 있다고 우선 말하니 그 눈치야 누가 모르리요. 안손·바깥손·내 하인·남의 하인 할 것 없이 모두 이 구석에도 몰려 서서 수군수군, 저 구석에도 몰려서서

수군수군하되, 신부없는 혼인을 어찌 지낼 수 있으리요. 닭 쫓은 개는 지붕이나 쳐다보지마는 장가들러 왔던 신랑은 신부를 잃고 뒤통수 치고 돌아서고, 정임의 외삼촌은 즉시 신랑의 부친 박과장을 가서 보고 정임의 써놓고 간 편지를 내어 보이며, 사실의 수미를 자세히 이야기하고 무수히 사과하였으나, 그 창피한 모양은 이루 말할 수 없으며, 이시종은 그 길로 즉시 부산을 내려가서 연락선 타는 선창목을 지키나, 그때 색주가 서방에게 잡혀가 갇혀 있는 정임이를 어찌 그림자나 구경할 수 있으리오. 하릴없이 그 이튿날 도로 올라오는 길에 경찰서에 가서 간권히 다시 부탁하고 왔으나 정임이는 일본옷 입고 일본사람 틈에 끼어 갔으매 경찰서에서도 알지 못하고 놓쳐 보낸 것이더라.

이시종 내외는 생세지락(生世之樂)을 그 외딸 정임에게만 붙이고 늙어 가는 터이라, 응석도 재미로 받고, 독살도 귀엽게 보며, 근심이 있다가도 정임이 얼굴만 보면 없어지고, 홧증이 나다가도 정임이 말만 들으면 풀어지며, 어디를 갔다오다가도 대문께에서 정임이부터 찾으며 들어오는 터이더니, 정임이가 흔적 없이 한번 간 후로 정임의 거동은 눈에 암암하고, 정임이 목소리는 귀에 쟁쟁하여 정임이 생각에 곤한 잠이 번쩍번쩍 깨어 미칠 것 같이 지내는데, 어느날 아침에는 하인이 어떤 편지 한 장을 가지고 들어오며,

"이 편지가 댁에 오는 편지오니까? 우체 사령(使令)이 두고 갔습니다."

하는데 피봉 전면에는 '경성북부 자하동 一○八, 一○, 이시종 ○○각하'라 쓰고, 후면에는 '동경시 하곡구 기판정 십일 번지 상야관 이정임'이라 하였는지라, 이시종이 받아보매 눈이 번쩍 띄어,

(이)"마누라, 마누라! 정임이 편지가 왔소구려."

(부)"아에그! 고년이 어디 가서 있단 말씀이오?"

하며 반가운 마음을 이기지 못하여 비죽비죽 우는데 이시종이 그 편지를 떼어 보니,

편지…미거한 여식이 오괴(迂怪)한 마음으로 불효됨을 생각지 못하옵고, 홀연히 한 번 집 떠난 후에 성사를 오래 궐하오니 지극히 황송하옵고, 또한 문후(問候)할 길이 없사와 민울한 마음이 측량 없사오며 그 사이 추풍은 불어 다하고 쌓인 눈이 심히 춥사온데 기체후 일향만안하옵시고, 어머님께옵서도 안녕하시오니까. 복모구구(伏慕區區) 불리옵지 못하오며, 여식은 그때 곧 도경으로 와서 공부하고 잘 있사오나, 아버님·어머님 뵈옵고 싶은 마음과 부모께옵서 이 불효의 자식을 과히 근심하실 생각에 잠이 달지 아니하며, 먹어도 맛을 알지 못하고 항상 민망히 지내옵나이다. 그러하오나 집에 있을 때에 지어 주는 옷이나 입고 다 해 놓은 밥이나 먹으며 사나이가 눈에 띄면 큰 변으로 알아 대문 밖을 구경치 못하옵다가, 이곳에 와서 처음으로 문명국의 성황을 관찰하오매 시가의 화려함은 좁은 안목에 모두 장관(壯觀)이옵고, 풍속의 우미함은 어둔 지식에 배울 것이 많사와 날마다 풍속 시찰하기에 착심(着心)하고 있사오니, 본국 여자는 모다 집안에 칩복(蟄伏)하여 능히 사람된 직책을 이행치 못하고 그 영향이 국가에까지 미치게 함이 마음에 극히 한심하옵니다. 속히 학교에 입학하여 신학문을 많이 공부하여 가지고 귀국해 일반 여자계를 개량코자 하옵나이다. 이 자식은 자식으로 생각지 마시옵고 너무 걱정 마시기를 천만 바라오며, 내내 기운 안녕하옵시기 엎드려 비옵고 더할 말씀 없이 이만 아뢰옵나이다!

　　　　　　　　　　　　　　　년 월 일 여식 정임 상서

그 편지를 내외분이 돌려 가며 보다가,

(부인)"아이그 고년이야, 어린년이 동경을 어찌 갔나! 고년,

조꼬만 년이 맹랑도 하지. 영감은 그때 부산서 무엇을 보고 오셨소? 경관도 변변치 못하지…… 그러고 저러고 아무 데든지 잘 가 있다는 소식을 알았으니 시원하오마는, 우리가 늙어 오늘 죽을지 내일 죽을지 모르는 처지에 그 딸자식 하나를 오래 그리고는 못 살겠소. 기닿게 할 것 없이 영감이 가서 데리고 오시오. 시집만 보내지 아니하면 그만이지요. 제가 마다고 아니 가는 시집을 부모인들 어찌하겠소.”

(이)“그렇지마는 사기가 이렇게 된 이상에 그것을 데려오면 어떻게 한단 말이오? 점점 모양만 더 창피하니 나중에 어찌하던지 아직 저 하는 대로 내버려 두고 왁자히 소문 내지 마시오.”

부인은 단지 그 딸을 간 곳도 모르고 그러던 끝에 보고 싶은 생각이 더욱 바빠서 한 말인데, 그 남편의 대답이 이렇게 나가매 조조한 마음을 참고 있으나, 원래 부인의 성정이라 딸 보고 싶은 생각만 나면 그만 데려오라고 은근히 그 남편을 조르는 터이지마는 이시종은 그렇지 아니한 이유를 그 부인에게 간곡히 설명하였다. 다달이 학자금 오십 원씩 보내 주며, 언제든지 제 마음 내키는대로 돌아오기만 기다리고 두 내외가 비둘기 같이 의지하여 한 해 두 해 지내는데, 늙어 갈수록 정임의 생각이 간절하여 몸이 좀 아프기만 하면 마음이 더욱 처연한 터이라. 하루는 부인이 몸이 곤하여 안석에 의지하였는데 홀연히 마음이 좋지 못하여,

‘몸이 이렇게 은근히 아프니 아마 정임이를 다시 못보고 황천에 가려나 보다.’

하며 생각하고 누웠더니 서창으로 솔솔 불어 오는 맑은 바람에 낮잠이 혼곤히 오는데, 전에 살던 교동집에서 옥동 박 신랑과 정임이 혼인을 지낸다고 수선하는 중에 난데없는 영창이가 칼을 들고 별안간 달려들며 내 계집을 또 시집 보내는 놈이 누구냐고 소리를 벽력같이 지르고 이시종을 칼로 찍으니 이시종이 마루에 넘

어져서 발을 버둥버둥하며,

"어…… 어!"

하는 소리에 잠을 번쩍 깨니 대문 밖에서 어떤 사람이 문을 두드리며,

"전보 들여 가오, 전보 들여 가오."

하는 소리가 귀에 그렇게 들리는지라, 그 때 하인은 다 어디로 갔던지 부인이 급히 나가 전보를 받아 보니 정임에게서 온 전보이라. 꿈 생각하고 정임이 전보를 받으매 가슴이 선뜩하여 급히 떼어 보니 전보지는 대여섯 장 겹치고 전문은 모두 꾸불꾸불한 일본국문이라, 볼 줄은 알지 못하고 갑갑하고 궁금하여,

"이게 무슨 말인고? 이 사이 꿈자리가 어지럽더니 근심스러운 일이 또 생겼나 보다. 제가 나올 때도 되었지마는 나온다는 말 같으면 이렇게 길지 아니할 터인데, 아마 병이 들어 죽게 되었다는 말이겠지."

하며 중얼중얼하는 때에 이시종이 들어오는지라, 부인이 전보를 내어 놓으며 꿈 이야기를 하는데 이시종도 역시 소경단청이라, 서로 답답한 말만 하다가 일본 어학 하는 사람에게 번역하다가 보니 다른 말 아니오, 상야공원에서 봉변하던 말과 의외에 영창이 만난 말과 영창이와 방금 발정하여 어느 날 몇 시에 서울 도착한다는 말이라, 일변 놀랍기도 하고 일변 반갑기도 하여, 이시종은 감투를 둘러쓰고 돌아다니며 작은 사랑을 수리해라 건넌방에 도배를 해라 분주히 날치고, 부인은 안방으로 들어갔다 마루로 나섰다 정신없이 수선하며 내외 밥 먹을 줄도 모르고 잠잘 줄도 모르고, 칙사(勅使)나오는 듯이 야단을 쳤다. 정임이 입성한다는 날이 되매 남대문역으로 정임이 마중을 나가는데 정임이 타고 오는 기차가 도착하니, 그때 정거장 한 모퉁이에는 서로 붙들고 눈물을 흘리는 빛이더라.

　　정임이는 좋은 학문도 많이 배우고 가슴에 못이 되던 영창이를 만나서 다섯 해 만에 집에 돌아와 그 부모를 뵈니 이같이 기쁜 일은 다시 없이 여기고 왕사는 다 잊어버린 터이지마는, 이시종은 좋은 마음이야 오죽할 것이나, 정임이를 박과장 집으로 시집 보내려고 하던 생각을 하매 정임이 볼 낯도 없을 뿐더러, 더구나 영창이 보기가 면란하여 좋은 마음은 속에 품어 두고 정임이나 영창이를 대할적마다 부끄러운 기색이 표면에 나타났다. 그 일은 이왕 지나간 일이라 그런 생각은 다 접어 놓고 일변 택일을 하고 일변 잔치를 차리며, 일변은 친척·고우(故友)에게 청첩을 보내서 신혼 예식을 거행하는데, 예식을 습관으로 할 것 같으면 전안(奠雁)도 하고 초례(醮禮)도 하겠지마는 이시중도 신식을 좋아하거니와 신랑·신부가 모두 신공기 쏘인 사람이라, 구습은 일변 폐지하고 신식을 모방하여 신혼식을 거행한다. 신랑은 문관 대례복에, 신부는 부인 예복을 입고 청결한 예식장에 단정히 마주 선 후에 신부의 부친 이시종을 매개로 악수례를 행하니, 그 많이 모인 잔치 손님들은 그런 혼인을 처음 보는 터이라, 혹 입을 막고 웃는 사람도 있고, 혹 돌아서서 흉보는 사람도 있으며, 그 중에서도 습관을 개혁코자 하는 사람은 무수히 찬성하는데, 한편 부인석에서 나이 한 사십 된 부인이 나서더니,

　　"이 사람이 아무 지식은 없사오나 오늘 혼례에 대하여 할 줄 모르는 말 서너 마디 할 터이오니 여러분은 용서하십시오."

　　하고 연설을 시작한다.

　　(연설)"대저 신혼예식이라 하는 것은 한 남자와 한 여자가 비로소 부부가 된다고 처음으로 맹약하는 예식이 아니오니까. 그런 고로 그 예식이 대단히 소중한 예식이올시다. 어째 소중하냐 하면 한 번 이 예식을 지낸 후에는 백 년의 고락을 같이하며 만대의 혈속을 전할뿐 아니오, 남편 되는 사람은 또 장가들지 못하고

더군다나 아내되는 사람은 다른 남자를 공경하는 일이 절대적 없는 법이니, 이렇게 소중한 혼례식이 어디 또 있겠습니까? 그러하나 그 내용상으로 말하면 이같이 중대하지마는 그 표면적으로 말하면 한 형식에 지나지 못하는 일이라고 하겠습니다. 왜 그러하냐 하면 이 예식을 지내고라도 남편이 아내를 버린다든지, 아내가 행실이 부정할 것 같으면 소위 예식이라 하는 것은 한 희롱되고 말 것이오, 만일 예식은 아니 지내고라도 부부가 되어 혼례식 지낸 사람보다 의리를 잘 지키면 오히려 예식 지내고 시종이 여일치 못하니보다 낫지 아니하겠습니까. 그러하니 그 의리라 하는 것은 이왕 말씀한 바와 같이 남편은 또 장가들지 못하고, 아내는 다른 남자를 공경치 못하는 것이올시다. 그러나 그 중에 아내 되는 사람의 책임이 더욱 중하니 서양 풍속같으면 남녀가 동등 권리를 보유하여 남편이나 아내나 일반이지마는, 원래 동양 습관에는 남편은 어떠한 외입을 하든지 유처취처(有妻娶妻)하여 몇 번 장가를 들던지 아무 관계 없으나, 여자가 만일 한 번 실절(失節)하면 세상에 다시 용납치 못할 사람이 되니, 남녀가 동등되지 못하고 남편의 자유를 묵허(默許)함은 실로 불미한 풍속이지마는, 그는 여자가 권리를 스스로 잃는 것이라 말할 필요가 없거니와, 아내가 절개를 지키는 것은 원리적으로 여자의 직분이 아니오니까? 그러하지마는 음분난행(淫奔亂行)은 많이 여자에게서 먼저 생기는 고로 옛적 성인도 '열녀는 불경이부(不敬二夫)'라 하여 여자를 더욱 경계하셨으니 남의 아내 된 사람의 책임이 얼마나 더 중합니까. 그러하나 그 의리와 직책을 잘 지키기 장히 어려운 고로 열녀가 나면 그 영명(榮名)을 천고(千古)에 칭송하는 바 아니오니까? 그러한데 오늘 신혼식 지낸 신부 이정임은 가히 열녀의 반열에 참례하겠다 합니다. 그 이유를 말하고자 하면, 정임이 강보에 있을 때에 그 부모가 김영창씨와 혼인을 정하여 서로 내외 될 사람으로 인정하고 같이 자라났으니, 그 관계로 말하든지 그 정리로 말하는지 그 형식에 지나가지 못하는 혼례식 아니지냈다고 어찌 부부의 의리가 없다 하리까. 그러나 중도에 영창씨의 종적을 알지 못하니 만일 열녀가 아니면 다른 곳으로 시집갔으련마는 그 의를 지키고 결코 김영창씨를 저버리지 아니하여 천곤백난(千困百難)을 지내고 기어코 김영창씨를 다시 만나 오늘 예식을 거행하니 그 숙덕이 가히 열녀 되겠습니까 못 되겠습니까? 여러분, 생각하여 보시오.(내빈이 모두 박수한다.) 또 신혼 예식 절차로 말씀하면 상고(上告)시대에 나무 열매 먹고 풀로 옷 지어 입을 때에야 어찌 혼인이니 예식이니 하는 여부가 어데 있으리까. 생생지리는 자연한 이치인고로 금수와 같이 남녀가 난잡히 상교(相交)하매 저간에 무한한 경쟁이 있더니, 사람의 지혜가 조금 발달되어 비로소 검은 말가죽으로 폐백(幣帛)하고 일부일부(一夫一婦)가 작배(作配)하므로부터 차차 혼례라 하는 것이 발명되었는데, 그 예식은 고금(古今)이 다르고 나라마다 다를 뿐 아니라, 아까 말씀한 것과 같이 한 형식에 지나가지 못하는 것이 올시다. 그러하니 그 형식에 지나가지 못하는 예식의 절차는 아무쪼록 간단하고 편리한 것을 취하는 것이 좋지 아니하겠습니까. 그러한데 조선풍속에는 혼인을 지내려면 그 날 신랑은 호강하지마는, 신부는 고생하는 날이옵시다. 얼굴에는 회박을 씌워서 연지·곤지를 찍고, 눈은 왜밀로 철꺽 붙여 소경을 만들어 앉히고, 엉덩이가 저려도 종일 꼼짝 못하게 하니 혼인하는 날같이 좋은 날 그게 무슨 못 할 일이오니까! 여기 계신 여러 부인도 아마 그런 경우 한 번씩은 다 당해 보셨겠습니다마는 그렇게 괴악한 습관이 어데 있습니까? 이중에 혹 저것도 예식이라고 하나? 하는 분도 계실 듯하지마는 그렇지 않습니다. 좋지 못한 구습을 먼저 개혁하는 사람이 없으면 어떠한 일이든지 도저히 개량하여 볼 날이 없습니다. 오늘 지낸 예식이 가히 조선에 모범이 될 만하오니 여러분도 자녀간 혼인을 지내시거든 오늘 예식을 모방하십시오. 나는 정임의 외삼촌 숙모가 되는 사람이나 조금도 사정 둔 말씀이 아니오니 여러분은 깊이 헤아리시기를 바라오며, 변변치 못한 말씀을 오래 하오면 들으시기에 너무 지리하고 괴로우실 듯하여 그만두겠습니다."

연설을 마치매 남녀간 손님이 모두 박수갈채하고 헤어져 가는데, 그 날 밤 동방화촉(洞房華燭)에 원앙금침(鴛鴦衾枕)을 정답게 펴 놓으니 만실춘풍(滿室春風)에 화기가 융융(融融)하고 이 시종은 회색이 만면하여 사랑에서 친구와 술 먹으며 그 딸의 사실 일장을 이야기하더라.

상야공원에서 정임이 칼로 찌르던 강 소년은 대구 부자의 아들인데 열 네 살에 그 부친이 죽으매 열 다섯 살부터 외입에 반하여 경향으로 다니며 양첩(良妾)도 장가들고 기생도 떼어 팔선녀(八仙女)를 꾸려서 여기저기 큰집을 다 각각 배체하고 화려한 문방구나 잡화상을 벌이며, 각종의 음악기는 연극장을 설립하여 놓고, 이 집 저 집 돌아다니며 무궁한 행락(行樂)을 하다가 못 하여 그것도 오히려 부족히 여기고 주사청루(酒肆靑樓)는 거르는 날이 없으며, 산사강정에 아니 노는 곳이 없이 그 방탕함이 끝이 없었다. 저간에 십여 만 원 재산이 몇 해 아니 가서 다 없어지고 종조리 판에는 토지·가옥까지 몰수히 강제 집행을 당하니, 그 많던 계집들도 물흐르고 구름 가듯 하나 둘씩 뿔뿔이 다 달아나고 제 몸 하나만 홀연히 남았다. 대저 음탕무모하던 놈이 이 지경이 되면 개과천선할 줄은 모르고 도적질할 생각이 생기는 것은 하등 인류의 자연한 이치라, 그 소년도 제 신세 결딴나고 제 집 망한 것은 조금도 후회없고, 단지 흔히 쓰던 돈 못 쓰고 잘 하던 외입 못 하는 것이 지극히 민망하여 곧 육촌의 전답 문권(文卷)을 위조하여 만 원에 팔아 가지고 또 한참 흥청거리다가, 그 일이 발각되어 육촌이 정장(呈狀)하였으므로 관가(官家)에서 잡으려고 하매 즉시 동경으로 달아나, 산본이라 하는 노파의 집에 주인을 잡고 있었다. 아무 소관사 없이 오래 두류하는 것을 모두 이상히 여길뿐 아니오, 경찰서 조사에 대답하기가 곤란하여 유학생인 체하고 어느 학교에 입학하였다. 조금만 생각만 있는 놈 같으면 별 풍상 다 겪고 내 재물 그만치 없앴으니 동경같이 좋은 곳에 와서 남의 경황을 구경하였으면 제 마음도 좀 회개할 듯하건마는, 개 꼬리를 땅에 삼 년 묻어 두어도 황모(黃毛)가 되지 아니한다고, 학교에 입학은 하였으나 공부에는 정신없고 길원 같은 화류장(花柳場)에나 종사하며 얼굴 반반한 여학생이나 쫓아다니는 터인데, 정임이 학교에 가는 길이 강 소년 학교에 오는 길이라, 정임이는 몰랐으나 강 소년은 정임이를 학교에 갈 적 만나고 올 적 만나매 음흉한 욕심이 가슴에 탱중하여, 정임이 다니는 학교에까지 따라가 보기도 하고 정임이 있는 여관 앞까지 쫓아와 보기도 하였으나, 정임이가 대문 안으로 쑥 들어가기만 하면 한 겹 대문 안이 태평양을 격한 것같이 적막하고 다시 소식 없어 마음에 점점 감질만 나게 되매 항상,

'그 여학생을 어찌하면 한 번 만나 볼꼬?'

하고 생각하더니 어떻게 알아보았던지 그 여학생이 조선 사람인 줄도 알고 이름이 이정임인 줄도 알았으나, 어떻게 놀려 낼 수단이 없어 주인의 딸 산본 영자를 시켜 여학생 일요 강습회를 조직하고, 이정임을 유인하여 회장을 만들어 놓고, 자기는 재무 촉탁이 되어 정임이와 관계나 가까이 되고 면분이나 두터워지거던 어떻게 꼬여볼까 한 일인데, 사맥은 여의히 되었으나 정임의 정숙한 태도에 압기(壓氣)가 되어 말도 못 붙여 보고 또 산본 노파를 소개하여 정당히 통혼도 하여 보다가 그 역시 상귀하매 이

를 것 없이 분히 여기던 차에, 공교히 호젓한 불인지 가에서 만나 달빛에 비춰는 자색을 다시 보매 불같은 욕심이 바짝 나서 어찌 되었든지 한 번 쏘아 보리라 하다가 종내 그렇게 행패하고, 그 길로 도망하여 조선으로 나왔으나 죄진 일이 한두 가지 아니매 집으로는 가지 못하고 바로 서울 와서 변성명하고 돌아다녔다.

하루는 북장동 네거리에서 동경 있을 때에 짝패가 되어 계집의 집에 같이 다니던 유학생 친구를 만나니, 그야말로 유유상종(類類相從)이라고 그 친구도 역시 강 소년과 한 바리에 실을 사람이다. 장비(張飛)는 만나면 싸움이라더니 이 두사람이 서로 만나면 아무것도 할 일 없고, 요리가 아니면 계집의 집으로 가는 일밖에 없는 터이라, 이때에 또 만나서,

"이에, 오래간만에 만났으니 술이나 한 잔씩 먹자."

"무슨 맛에 술만 먹는단 말이냐. 술을 먹으려거든 은군자 집으로 가자."

하며 두서너 마디 수작이 되더니 아늑하고 조용한 곳으로 찾아가느라 가는 것이 잣골 이시종집 옆에 있는 진주집이라 하는 밀매음녀집에 가서 술을 먹는데, 그 친구는 동경서 불행위행이란 신문 잡부도 보고 경찰서에서 유학생 조사하는 통에 강 소년이 그런 짓하고 도망한 줄 알고 조선을 나왔으나, 강 소년을 만나매 남의단처(短處)를 아는 체할 필요가 없어 그 일 아는 사색(辭色)도 아니하고, 계집 데리고 술 먹으며 정답고 재미있게 밤이 깊도록 노는 터였다. 원래 탕자 잡류(蕩子雜類)의 경박한 행동은 정다운 친구 술 먹으러 가재 놓고도 수틀리면 때리고 욕하기는 항용 하는 일이라. 두 사람이 술이 잔뜩 취하여 횡설수설 주정을 하던 끝에 주인 계집 까닭으로 시비가 되어 옥신각신 다투다가, 술상도 치고 세간도 부수더니, 점점 쇠어 큰 싸움이 되며 뺨도

때리고 옷도 찢으며 일장풍파가 일어나서 내가 옳으니 네가 옳으니, 재판을 가자 호소를 가자 하며 멱살을 서로 잡고 이시종 집 대문 앞에서 싸우는 소리가.

(친구)"이놈, 네가 명색이 무엇이냐? 네까짓 놈이 뉘 앞에서 요따위 버르장이를 하여! 네가 요놈, 동경서 여학생 정임이를 죽이고 도망해 나온 강가 놈이지. 너같은 놈은 내가 경무청에 고발만 하면 네 죄는 경하여야 종신징역이다. 요놈, 죽일 놈 같으니!"

하며 닭 싸우듯 하는 소리가 벽력같이 이시종 집 사랑에까지 들리더라. 이 때는 곧 정임이 신혼식 지내던 날 저녁이라. 이시종이 사랑에서 친구와 술 먹으며 정임이 이야기를 하는데, 상야공원에서 강 소년이 행패하던 말을 막 하는 판에 모든 사람이 매우 통분히 여기는 때에 별안간 문 밖에서 와자하는 소리가 나는지라, 여러 사람이 모뒤 귀를 기울이고 듣더니, 그 좌석에 북부 경찰서 총순 다니는 사람이 앉았다가 그 싸움 소리를 듣고 즉시 쫓아 나가 그 소년을 잡으니 갈 데 없는 강 소년이라, 온 집안이 들썩들썩하며,

"아이그, 고놈 용하게도 잡혔다."

"고놈 상판대기가 어떻게 생겼나 좀 구경하자."

"요놈이 살인 미수범이니까 몇 해 징역이나 될꼬?"

하며 어른·아해가 모두 재미있어 하다가 그 소년은 곧 북부 경찰서로 잡아 가니 온 집안이 고요하고 종려나무 그림자 밑에 학의 잠이 깊었는데, 정임이 신방에서 낭랑옥어(郎郎玉語)가 재미있게 나더라.

조선 습관으로 말하면 혼인 갓한 신랑·신부는 서로 말도 잘 아니하고 마주 앉지도 못하여 가장 스스러운 체하는 법이오, 더구나 신부는 혼인한 지 삼일만 되면 부엌에 내려가 밥이나 짓고 반찬이나 만들기를 시작하여 바깥은 구경도 못 하는 터이라 내외가

한가지 출입하는 일이 어디 있으리요마는, 영창이 내외는 혼인 지내던 제삼일에 만주 봉천(滿洲奉天)으로 신혼여행(新婚旅行)을 떠난다. 내외가 나란히 서서 정답게 이야기하며 정거장으로 나가는 모양이 영창이는 후록고투에 고모를 쓰고, 한 손으로 정임이 분홍 양복 땅에 끌리는 치맛자락을 치어 들었으며, 정임이는 옥색 우산을 어깨 위에 높이 들어 영창이와 반씩 얼러 받았는데, 그 요조(窈窕)한 태도는 가을 물결 맑은 호수에 원앙이 쌍으로 날으는 것도 같으며 아침 볕 성긴 울에 조안화(朝顔花)가 일시에 웃는 듯도 하더라.

신혼여행은 서양 풍속에 새로 혼인한 신랑·신부가 서로 심지(心誌)도 흘러 보고 학식도 시험하며 처음으로 정분도 들이고자 하여 외국이나 혹 명승지로 여행하는 것인데, 만일 서로 지기(志氣)가 상합(相合)치 못하면 그 길에 이혼도 하는 일이 있지마는, 영창이 내외야 무슨 심지를 더 흘러 보고 어떤 정분을 또 들이며 어찌 이혼 여부가 있으리오마는, 유람도 할 겸 운동도 할 겸 서양 풍속을 모방하여 떠나는 여행이라, 남대문 정거장에서 의주 북행차 타고 가며 곳곳이 구경하는데, 개성에 내려 황량(荒凉)한 만월대(滿月臺)와 처창(悽愴)한 선죽교(善竹橋)의 고려(高麗) 고적을 구경하고, 평양 가서 연광정에 오르니, 그 한유(閑裕)한 안계(眼界)는 대동강 비단 같은 물결에 백구는 쌍으로 날고 한가한 돛대는 멀리 돌아가는 경개(景槪)가 가히 시인소객(詩人騷客)의 술 한잔 먹을 만한 곳이라, 행장의 포도주를 내어 서로 권하며 전일 평양감사(平壤監司) 시대에 백성의 피 빨아 가지고 이곳에서 기생 데리고 풍류하며 극호강(極豪强)들 하던 것을 탄하다가, 곧 부벽루(浮碧樓)·모란봉(牡丹峰)·영명사·기린굴 낱낱이 구경하고, 그 길로 안주 백상루, 용천 청유당 다 지나서 의주 통군정에 올라 난간에 의지하여 압록강상의 풍범사도와 연운죽수를

바라보더니 영창이 얼굴에 초창한 빛을 띠고 손을 들어 사장(沙場)을 가리키며,

(영창)"저 곳이 내가 스미트 박사 만났던 곳이오. 저곳을 다시 보니 감구지회(感舊之懷)를 이기지 못하겠소. 이 완악(頑惡)한 목숨은 살아 이 곳에 다시 찾아왔으나, 우리 부모는 저 강물에 장사 지내고 다시 뵙지 못하겠으니 천추에 잊지 못할 한을 향하여 호소할 데가 없소그려."

하고 바람을 임하여 한숨을 길게 쉬며 흐르는 눈물을 금치 못하니, 정임이도 그 말 듣고 그 모양 보매 자연 비감한 생각이 나서 역시 눈물을 씻으며,

(정임)"그 감창(感愴)한 말씀이야 어찌 다하오리까! 오늘날 부모가 살아 계시면 우리를 오죽 귀해하시겠소. 그 부모가 우리를 그렇게 귀히 길러 자미를 못 보시고 중도에 불행히 돌아가셨으니, 지하에 가서 차마 눈을 감지 못하실 터이오. 우리도 그 부모를 봉양코자 하나 어찌할 수 없으니 그야말로 자욕효이 친부재요구려. 그러나 과도히 설워 마시고 아무쪼록 귀중한 몸을 보전하시오."

이렇게 서로 탄식도 하며 위로도 하다가, 즉시 압록강을 건너 구련성 구경하고 계관역에 내려 멀리 계관산·송수산을 지점하여,

(영창)"이 곳은 일로전역(日露戰役) 당시에 일본군이 대승리하던 곳이오구려. 내가 이곳을 지나가 본 지 몇 해가 못 되는데 벌써 황량한 고전장(古戰場)이 되었네."

(정임)"아…… 가련도 하지. 저 청산에 헤어진 용맹한 장사와 충성된 병사의 백골은 모다 도장 속 젊은 부녀의 꿈속 사람들이겠소구려."

(영창)"응, 그렇지마는 동양 행복의 기초는 이곳 승첩(勝捷)에 완전히 굳고 저렇게 철도를 부설하며 시가를 개척하여 점점 번화

지가 되어 가니, 이는 우리 황색 인종도 차차 진흥되는 조짐(兆朕)이지요."

이렇게 수작하며 가을 빛을 따라 높은 경을 사랑하며 천천히 행보하여 언덕도 넘고 다리도 건너며 단풍 가지를 꺾어 모자에 꽂기도 하고, 잔잔한 청계수(淸溪水)를 움켜 손도 씻더니 어언간에 저문 해는 서산을 넘고 저녁 연기는 먼 수풀에 얽혔는지라,

(영창)"해가 저물었으니 그만 정거장 근처로 돌아갑시다. 오늘 밤은 이 곳에서 자고 내일 일찌기 떠나 가며 구경하지."

(정임)"내일은 어데 어데 구경할까요? 요양 백탑과 화표주는 어데쯤 있으며, 여기서 심양봉천부는 몇 리나 남았소? 아마 봉황성은 가깝지? 그러나 계문연수가 구경할 만하다는데 그 구경도 할 겸 이 길에 북경까지 갈까?"

하며 막 돌아서서 정거장을 향하고 오는데, 한편 산 모퉁이에서 난데없는 청인(淸人) 한 떼가 혹 말도 타고, 혹 노새도 타고 우 달려 들며 두말 없이 영창이를 잔뜩 결박하여 나무 수풀에 제쳐 매어 놓고 일변 수대로 빼앗고, 시계도 떼고, 안경도 벗겨 모두 주섬주섬하여 가지고 정임이를 번쩍 들어 말게 치켜 앉혀 놓고 꼼짝도 못하게 층층 동여매더니 채찍을 쳐서 급히 몰아갔다. 정임이는 여러번 놀라 본 터에 또 꿈결같이 이 변을 당하매 가슴이 덜컥 내려앉고 간이 콩잎만해지며 자기 잡혀 가는 것은 고사하고 그 남편이 어찌된지 몰라 눈이 캄캄하고 정신이 아득아득하여 그 마음을 지향할 수 없으나 그 형세가 불가항력이라 속절 없이 잡혀 가는데, 어디로 가는지 한없이 가다가 한곳에 다다라 궁궐같이 큰 집 속으로 들어가더니, 정임이를 대청에 올려 앉히고 그 여러 놈이 좌우로 늘어서서 똥 본 오리처럼 무엇이라고 지껄이매 그 상좌에 기골이 장대하고 용모가 준수한 청인이 흰 수염을 쓰다듬고 앉아서 기쁜 빛이 얼굴에 가득하여 빙글빙글 웃으며

정임을 향하여 무슨 말을 묻는 것 같으나, 정임이는 말도 알아듣지 못할 뿐더러 그 때는 놀란 마음 무서운 생각 다 없어지고 단지 악만 반짝 나는 판이라,

(정임)"나 도무지 개 같은 오랑캐 소리 몰라."

하고 쇠 끊는 소리를 지르니 그 청인의 옆에 앉았던 한 노인이 반가운 안색으로,

(노인)"여보, 그대가 조선 사람이오구려. 조선 말 소리를 들으니 반갑기는 하구먼…… 응…… 집이 어데인데 어찌 되어 저 지경을 당하였단 말이오?"

하는 말이 조선말을 듣고 대단히 반갑게 여기는 모양이니, 정임이도 역시 위험한 경우를 당한 중에 본국 사람을 만나니 마음에 적이 위로되어,

(정임)"집은 서울인데 만주로 구경 왔다가 불의에 이 변을 만났습니다."

하고 대답하며 그 노인을 자세히 보니, 의복은 청인의 복색을 입었으되 그 얼굴이든지 목소리가 일호도 틀리지 않고 흡사한 자기 시아버지 김승지 같으나, 김승지는 태평양으로 떠나갔는지 인도양으로 떠나갔는지, 모르는 터에 이곳에 있을 리는 만무한데, 암만 다시 보아도 정녕한 김승지요, 어려서 볼 때와 조금 다른 것은 살쩍이 허옇게 셀 뿐이라, 심히 의아(疑訝)한 중에 약은 생각이 나서 내가 저 노인의 거동을 좀 보고 만일 우리 시아버지는 아닐지라도 그 노인이 아무 주인과 정다운 듯하니 이 곤란한 중에 언턱걸이나 좀하여 보리라 하고 혼잣말로,

(정임)"아이그, 세상에 같은 얼굴도 있지! 그 노인이 영락 없이 우리 시아버님 같애."

하며 별안간 좍좍 우니, 그 노인이 정임이 우는 것을 한참 바라보고 무슨 생각을 하다가,

(노인)"여보, 그게 웬말이오? 내가 누구와 같단 말이오? 그대는 누구의 따님이 되며, 그대의 시아버님은 누구신가요?"

(정임)"나는 이시종 ○○의 딸아이오, 우리 시아버님은 김승지 ○○신데, 시아버님께서 십여 년 전에 초산 군수로 참혹히 돌아가신 후에 다시 뵙지 못하더니, 지금 노인의 용모를 뵈오니 이렇게 죽을 경우를 당한 중에도 감창한 생각이 나서 그러합니다."

그 노인이 그 말 듣더니 깜짝놀라며,

(노인)"응, 그리야, 그러면 네가 정임이지?"

하고 묻는데 정임이가, 그 말 들으니 죽은 줄 알던 시아버지를 의외에 찾았는지라 반가운 마음에 정신이 번쩍나서,

(정임)"이게 웬일이오니까! 신명이 도와 아버님을 뜻밖에 만나뵈오니 이제는 죽어도 한이 없겠습니다."

하고 일어나 절하며 생각하니, 그제야 정작 설움이 나서 느껴가며 우는데 김승지는 눈물을 흘리며,

(김승지)"네가 이게 웬일이냐! 이게 웬일이냐! 네가 이 곳을 오다니? 그러나 영창이 소식을 너는 알겠구나 대관절 영창이가 초산 봉변할 때에 죽거나 아니하였더냐?"

(정임)"장황한 말씀은 미처 할 수 없고 영창이도 이길에 같이 오다가 이 변을 당하고 그 곳에 결박(結縛)하여 놓은 것을 보고 잡혀 왔는데, 그간 어찌 되었는지 궁금하기 이를 길 없습니다."

김승지가 그 말 듣더니 벌떡 일어나서 안을 향하고,

(김)"마누라, 마누라! 정임이가 왔구려. 영창이도 같이 오다가 중도에서 봉변을 했다는걸."

하는 말에 김승지 부인이 신을 거꾸로 끌고 허둥지둥 나오며,

(부인)"그게 웬말이오? 그게 웬말이오, 정임이가 오다니! 영창이는 어떻게 되었어?"

하고 달려들어 정임이 손목을 잡고 뼈가 녹는 듯이 울며 목멘

소리가 잘 알아들을 수도 없는 말로,

(부인)"너는 어찌된 일로 이 곳에 왔으며, 영창이는 어데 쯤서 욕을 본단 말이냐?"

하고 느끼며 묻는 모양은 누가 보든지 눈물 아니 난 사람 없겠더라.

그 상좌에 앉았던 청인은 정임이 화용월태(花容月態)를 보고 기쁜 마음을 이기지 못하는 모양이더니, 김승지 내외가 서로 붙들고 울매 그 거동이 보기에 이상하고 궁금하던지 김승지를 청하여 무슨 말을 묻는데, 김승지는 그 말대답은 아니 하고 정임이를 불러 하는 말이,

(김)"저 주공(主公)에게 인사하여라. 내가 저 주공의 구원으로 살아나서 저간에 은혜를 많이 받은 터이다."

하며 인사를 시키는지라, 정임이는 일어나서 머리를 굽혀 인사하고, 김승지는 그제야 말대답을 하더니 그 대답이 그치매 청인은 무릎을 치며 정임을 향하여 무슨 말을 하는데 그 통변(通辯)은 김승지가 한다.

(청인)"당신이 저 김공(金公)의 며느님이 되신다지요? 나는 왕자인(王自仁)이라 하는 사람인데, 당신의 시아버님과는 형제같이 지내는 터이오. 그러나 아마 대단히 놀랐지요? 아무 염려 말고 부디 안심하시오. 잠시 놀란 것이야 어떡하리까? 오래 그리던 부모를 만나뵈니 좀 다행한 일이 되었소."

(정임)"각하께오서 돌아가실 부모를 구호하시어 그처럼 친절히 지내신다 하오니 각하의 은혜는 실로 백골 난망이오며 이 사람은 부모를 오래 그릴 뿐 아니라, 부모가 각하의 덕택으로 생존해 계신 줄을 모르고 망극한 마음을 죽어 잊지 못하겠더니, 오늘 의외에 만나뵈오니 이제는 아무 한이 없사오며 어찌 잠깐 놀란 것을 교계하오리까."

　정임이는 그 왕씨를 대하여 백배 사례하는데 왕씨는 일변 정임
이 잡아오던 도당을 불러 그 때 정형을 자세히 조사하더니 곧 영
창이를 급히 데려오라 하는지라, 그 때 정임이 마음에는,

　'우리 내외가 두수 없이 죽는 판에 천우신조하여 부모를 만나
고 화색을 모면하니 이같이 신기할 데는 없으나 영창이는 그간
오죽 애를 쓰리!'

하는 생각이 나서,

'잠시라도 마음 놓게 하리라.'

하고 명함 한 장을 내어 김승지를 주며,

　(정)"아버님, 영창이를 데리러 여러 사람이 몰려가면 필경 또
놀랄 듯하오니 이 명함을 보내는 것이 어떠합니까?"

　김승지가 그 말 들으매 그럴 듯하여 왕씨와 의논하고 곧 그 명
함을 주어 보내고, 정임이는 자기 내외의 소경사를 대강 이야기
하니, 김승지 내외는 눈물 씻기를 마지 아니하고, 왕씨도 역시 무
한히 칭탄(稱歎)하더라.

　영창이는 삽시간에 혹화(酷禍)를 당하여 정임이를 잃고 나무에
동여맨 채로 꼼짝 못하고 앉았으매 이 산에는 여우도 짖고, 저
산에서는 올빼미도 울며 번쩍번쩍하는 인광(燐光－도깨비불)은
여기서도 일어나고 저기서도 일어나서, 남한산성 줄불 놓듯 발뿌
리로 식식 지나가니 평시 같으면 무서운 생각도 있으련마는 그것
저것 조금도 두렵지 않았다. 단지 바작바작 타는 속이 차라리 죽
느니만 같지 못하게 그 밤을 지냈더니, 하룻밤이 삼추같이 지나
가고 동방에 새벽빛이 나며 먼 수풀에 새소리가 지껄이는데, 언
덕 밑으로 어떤 청인 농부 한 사람이 지나가다가 그 광경을 보고
응얼응얼 탄식하며 동여맨 것을 끌러주고 가는지라, 그 농부를
향하여 무수히 사례하고 다시 앉아 생각하니, 정임이는 결코 욕
보고 살지 아니할 터이오, 두말없이 죽은 사람이라. 그 연유를 관

원(官員)호소하자 하니, 그 호소가 대단히 묽은 호소가 될 터이요, 그대로 돌아가자 하니 정임이는 죽었는데 나는 살아가는 것이 사람의 의리가 아닐 뿐 아니오, 설령 혼자 돌아간다 한들 정임이 부모 볼 낯도 없고 장래 신세도 다시 희망할 바 없는지라 혼잣말로,

'허…… 저간에 우리 두 사람이 그러한 천신만고(千神萬苦)를 지내고 간신히 다시 만난 것이 모두 허사가 되었구나!'

하고 목을 매어 죽으려고 양복 질빵을 끌러 막 나무 가지가에 치켜 거는 판에 별안간 어떤 청인 십여 명이 어젯밤 모양으로 또 달려들어 죽 둘러서는지라 속마음으로,

'저놈들이 또 왔구나. 오냐, 암만 또 와도 이제는 기탄(忌憚)없다. 어젯밤에 재물 빼앗기고 계집까지 잃었으니, 지금에 죽이기밖에 더 하겠느냐. 이왕 죽을 사람이 죽인대도 두려울 것은 없다마는 저의 손에 우리 내외가 죽는 것이 지극히 통한(痛恨)하다.'

하고 생각할 즈음에, 그 중 한 사람이 고두(叩頭) 경례하고 명함 한장을 내어 주며 금안 준마를 앞에 세우고 말게 오르기를 재촉하는데, 그 명함은 정임이 명함이오, 명함 뒤에 연필로 두어 자 기록한 말은,

"천만의외에 부모가 이 곳에 계시니 기쁜 마음은 꿈인지 생시인지 깨닫지 못하겠사오며, 나도 역시 무사하오니 아무 염려 말고 급히 오시오."

하였는지라, 그 명함을 받아 보매 반가운 마음에 기가 막혀서,

"응…… 부모가 계셔?"

하는 소리가 하는 줄 모르게 절로 나가나 마음을 진정하여 그 소리를 다시 생각하니 한편으로 의심이 나서,

'그러할 이치가 만무한 일인데 이게 웬말인고? 만일 이 말이 사실 같으면 회한한 별일이다.'

하고 이리저리 연구하여 보니 다른 염려는 별로 없고, 그 글씨가 정임이 필적이라, 반가운 마음이 다시 나서 곧 그 말 타고 귀에 바람이 나도록 달려가더라.

김승지 내외와 정임이는 영창이를 데리러 보내고 오기를 고대하더니 문 밖에서 말굽 소리가 나고 영창이가 지도자를 따라 들어오는지라, 김승지 내외는 정신없이 내려가서 영창이를 목을 안고 얼굴을 한데 대며,

"네가 영창이로구나!"

하고 대성통곡하는데, 영창이는 명함을 보고 오면서도 반신반의하다가 참 부모가 그 곳에 있는지라, 평생에 철천지원(徹天之冤)이 되던 부모를 만나니 비감한 마음이 자연 나서 역시 부모를 붙들고 우니, 정임이도 따라 울어 울음 한판이 또 벌어졌더라.

이 때 주인 왕씨는 즉시 크게 연회를 배설하고 김승지의 가족 일동을 위로하는데, 왕씨가 영창이와 손을 잡고 술을 들어 김승지에게 권하며,

(왕)"김 공은 이러한 아들과 저러한 며느리를 두었으니 장래에 무궁한 청복(淸福)을 받으시겠소."

하는지라 김승지는 그 말 교대에 대답하는 말이,

(김)"여년(餘年)이 몇 해 아니 남은 터에 복을 받으면 얼마나 받겠습니까마는, 내가 주공의 덕택으로 살아나서 천행으로 저것들을 다시 보니 그것이 신기한 일이지요. 그러나 주공께 잠깐 여쭐 말씀은 내가 주공을 모시고 있은 지 십 년에 이 은혜는 태산이 오히려 가벼우니 능히 갚을 길이 없사오며, 그간 깊이 든 정분은 차마 주공을 이별할 수 없습니다마는, 서로 죽은 줄 알던 저것들을 만나니 다시 헤어질 마음이 없을 뿐 아니라, 내가 늙어 죽을 날을 알지 못하는 터이오니 이번에 저것들과 한가지 돌아가서 몇 날이 되든지 부자가 서로 의지하고 살다가 백골을 고국청

산(故國靑山)에 묻고자 하오니 존의(尊意)에 어떠하시오니까?"

하며 눈물을 흘리매 왕씨가 그 말 듣고 한참 침울하더니,

(왕)"사정이 그러하시겠소."

하고 곧 행장을 차려 김승지와 그 가족을 전송하는데 친히 십리 장정에 나와 김승지 손을 잡고,

(왕)"김 공은 다행히 자제를 만나서 오래간만에 고국에 돌아가시니 실로 감축한 일이올시다마는, 나는 십 년 친구를 일조에 이별하니 이같이 감창한 일은 다시 없소구려."

하며 수대를 열고 금화일만 원을 내어 주며,

(왕)"이것이 비록 약소하나 내가 정의(情誼)를 표하고자 하여 드리는 것이올시다. '행자가 필유신'이라니 가지고 가다가 노자나 하시오."

(김)"공은 정의로 주신다니 나도 정의로 받아 가지고 가서 노래에 쇠한 몸을 잘 차양(滋養)하겠습니다마는, 우리가 모두 늙은 터에 한 번 이별하면 다시 만나기를 기약할 수 없으니 그것이 지극히 비창한 일이올시다 그려."

하며 서로 붙들고 울어 차마 놓지 못하다가 김승지 가족일동은 모두 왕씨를 향하여 백배 사례하고 떠나니, 왕씨는 섭섭한 마음을 이기지 못하며 보호자를 보내 정거장까지 호송(護送)하더라.

영창이 내외는 천만의외에 그 부모를 찾으매 구경도 더할 생각 없고, 여행도 다시 할 필요가 없어, 즉시 부모 모시고 만주 남행차 타고 서울로 돌아오며, 찻 속에서 영창이는 영창이 소경력을 이야기하고 정임이는 정임이 지내던 일을 자세히 말하니, 김승지는 자기 역사를 이야기한다.

(김)"내가 초산서 그 봉변을 당하고, 뒤주 속에 들어 앉았으니 늙은이들이 그 지경을 당하여 무슨 정신이 있겠느냐? 그놈들이 떼 메고 나가는지 강물로 떠나가는지 누가 건저 가는지 도무지

몰랐더니, 아마 그 뒤주가 강물로 떠내려 가는데 그 때 마침 상마적이 물 건너와서 노략질해 가지고 가다가 그 뒤주를 만나매 그 사람들 눈에는 무엇이든지 모두 재물로 보이는 터이라, 뒤주 속에 무슨 큰 재물이 있는 줄 알았던지 죽을 힘을 써서 건져 메고 갔나 보더라. 어느 때나 되었던지 간신히 정신을 차려 보니 평생에 보지 못하던 큰 집 대청에 우리 내외가 같이 누웠고, 낯 모르는 청인들이 쫙 둘러섰는데 어리와리하는 생각에, 우리가 죽어서 벌써 염라부(閻羅府)에 들어왔나 보다 하였더니, 그 중 어떤 사람이 지필(紙筆)을 가지고 와서 필담(筆談)을 하자고 하니, 눈은 침침하여 잘 보이지는 아니하고 손은 떨려 글씨도 쓸 수 없으나 간신히 정신을 수습하여 통정을 하는데, 그 사람이 곧 주인 왕씨더라. 그 왕씨는 상마적 괴수(魁首)인데 비록 도적질은 하나 사람인즉 글이 문장이오 뜻이 호화하여 훌륭한 풍류 남자요, 또 천성이 지극히 인자한 사람이더라. 그런데 그 사람이 나를 어떻게 보았던지 그때로부터 극진히 보호하여 의복·음식과 거처 범백(凡百)을 모다 자기와 호리(毫釐)가 틀리지 아니하게 대접하며, 글도 같이 짓고, 술도 같이 먹고, 바둑도 같이 두고, 어데를 가도 같이 가니, 자연 지기가 상합하여 하루·이틀 지내는데, 너희들이 어찌 된지 몰라 애가 타서 한시를 견딜 수 없으나 통신은 자유로 못 하게 하는 고로 이시종에게 편지도 한 번 못하고 있다가 어느 때인지 기회를 얻어 우체로 편지를 한 번 부쳤더니, 다시는 소식이 없기에 너희들이 모두 죽은 줄 알고 그 후로는 주인도 놓지 않지마는 나도 돌아갈 생각이 적어 그럭저럭 지내니 그 상하는 마음이야 어떠하겠느냐! 그러나 모진 목숨이 억지로 죽지 못하고 두 늙은이가 항상 울고 오늘날까지 부지하더니 천만몽상밖에 정임이가 그 곳을 왔더구나. 정임이 그곳에 온 것이 실로 다행하게 된 일이나, 정임이가 그곳에 잡혀온단 말이 되는 말이냐!"

　　이렇게 이야기할 사이에 탄환같이 빠른 차가 어느 겨를에 벌써 압록강을 건너니 총울한 강산이 모두 보이는 대로 새롭더라.

　　이시종 내외는 정임이 부부 신혼여행을 보는데 그 길이 아무 염려는 없는 길이지마는 두 사람은 천연적 풍파를 많이 만나는 사람들이라, 하도 여러번 위험한 경우를 지내 본 터인 고로 어린 아해 물가에 보낸 것같아 근심하다가 회정(回程)해 온다는 날이 되어 잠시가 궁금하여 평양까지 내려가서 기다리더니, 그 때 정임이 내외가 화기가 만면(滿面)하여 오다가 이시종 내외를 보고 차에 내려 인사하는지라, 이시종은 그 두 사람이 잘 다녀오는 것을 대단히 기뻐할 때에 옆에 서 있던 사람이 별안간 손목을 잡으며,

　　"허…… 자네 오래간만에 만나겠네그려."

　　하는데 돌아다보니 생각도 아니 하였던 김승지가 왔는지라, 마음에 깜짝 놀라서,

　　(이)"아! 자네 이게 웬일인가…… 응…… 대관절 어찌 된 일인가!"

　　(김)"우리가 다시 못 만날 줄 알았더니 서로 죽지 않고 오늘 만난 것이 다행한 일이오. 이 못생긴 목숨이 살아 돌아오는 것은 이게 내 복이 아니라 우리 며느리 덕일세."

　　하며 반가운 이야기를 하고, 한편에는 이시종 부인과 김승지 부인이 서로 붙들고 울더니, 이시종과 김승지는 가족들 데리고 그 길로 곧 부벽루에 올라가서 그 사이 지내던 역사와 서로 생각하던 정회를 말하며 술잔을 들고 토진간담(吐盡肝膽)하는데, 이 때에 아아(娥娥)한 청산과 양양한 유수(流水)가 모두 그 술잔 가운데 비취었다.

• **최찬식**(崔瓚植, 1881~1951) 1907년 중국 상해에서 발행한 소설집 '설부총서'를 번안하여 신소설 분야에 첫손을 댔다. 그의 작품의 대부분이 젊은이의 애정 문제와 관련되는 면을 다루어 당시 독자들에게 매우 인기가 있었다.

■ 한국문학사 편찬위원회
이 책은 문학평론가, 국문학과 교수, 고등학교 3학년 국어선생님,
편집주간 등이 기획 · 구성하였고 편집부에서 진행하였다.

국어선생님을 위한
한국문학사 강의 (제5권 : 신소설)

초판 1쇄 발행일 : 2024년 4월 29일
초판 5쇄 발행일 : 2025년 1월 15일

엮은이 : 한국문학사 편찬위원회
발행인 : 김종윤
발행처 : 주식회사 자유지성사
등록번호 : 제 2 - 1173호
등록일자 : 1991년 5월 18일

서울특별시 송파구 위례성대로 8길 58, 202호
전화 : 02) 333- 9535 ㅣ 팩스 : 02) 6280- 9535
E-mail : fibook@naver.com
ISBN : 978 - 89 - 7997 - 571 - 0 (04810)
ISBN : 978 - 89 - 7997 - 566 - 6 (세트)
